Theodor Buhl, geboren 1936 in Bunzlau/Nieder-
schlesien, studierte an der Kunstakademie Düsseldorf und an der Universität Köln. Während seines
gesamten Berufslebens als Lehrer arbeitete er li-
terarisch, daraus erwuchsen Kontakte zu Heinrich
Böll und Peter Rühmkorf. Die erste Fassung von
«Winnetou August» entstand bereits Ende der acht-
ziger Jahre. Theodor Buhl lebt mit seiner Frau in
Düsseldorf.

«‹Winnetou August› erzählt von einer doppelten
Flucht – aus der Heimat und aus der Realität ... Ohne
falsche Parteinahme führt Buhl dem Leser vor Augen, dass Vertreibung immer von unermesslichem
menschlichen Leid und moralischer Verkommenheit
begleitet wird.» (Süddeutsche Zeitung)

«Stilsicher zwischen Witz, Tragik und nüchterner
Beschreibung navigierend, nimmt Buhl den Leser
mit auf eine so schmerzhafte wie lehrreiche Exkur-
sion durch ein verstörendes Kapitel der europä-
ischen Geschichte.» (Frankfurter Rundschau)

«Mit den autobiographischen Romanen von Christa
Wolf und Walter Kempowski, Horst Krüger und
Ludwig Harig schien fast alles über Kindheit und
Jugend im ‹Dritten Reich›, über Krieg und Vertreibung, Entwurzelung und Verrohung, Schuld
und Sühne gesagt. Nun liegt ein Lebensroman vor,
in dem man all dies liest wie zum ersten Mal. Denn
Theodor Buhl hat für seinen Debütroman einen eigenen Ton gefunden, verknappt, jeden Satz wägend,
bis nur das Wesentliche bleibt; wörtliche Reden, die
um der Wahrheit willen keinerlei literarische Glät-
tung aufweisen – und dadurch große Literatur werden.» (Frankfurter Allgemeine Zeitung)

Theodor
Buhl

Winnetou
August

Roman

Rowohlt
Taschenbuch
Verlag

Veröffentlicht im Rowohlt Taschenbuch Verlag,
Reinbek bei Hamburg, März 2012
Copyright © 2010 by Eichborn AG, Frankfurt am Main
Umschlaggestaltung any.way, Barbara Hanke/Cordula Schmidt
(Umschlagabbildung: akg-images; Franz Radziwill/Todessturz
Karl Buchstätters,1928/VG Bild-Kunst, Bonn 2011)
Druck und Bindung Druckerei C.H.Beck, Nördlingen
Printed in Germany
ISBN 978 3 499 25766 7

unge, du wirst Ingenieur!« – August steht vor der Frisier-
kommode, nimmt sich einen aus der Kölnisch-Wasser-
Flasche, drückt den Ekel weg – »Wie der Rudolf Diesel,
Junge.«

Wenn August in den Simmelwochen ist und zufällig
kein Alkohol im Hause, trinkt er Elfriedes 4711.

»Bedeutender Erfinder, Rudi – Phänomen!« Hinten im
Spiegel kann er mich klein am Türrahmen sehen.

August hatte zwei verschiedene Augen, ein wäßrig blaues
und ein grünes, und auch zwei ganz verschiedene Arme.
Den rechten, der wie andre Arme war, und links *die Knoche* – ein Stock von Arm mit einem unförmigen Ellbogengelenk und einer eingekrümmten, blassen Hand, die sich
nicht öffnen ließ und die nur gut war, um auf dem Papier
zu liegen, wenn er schrieb, oder irgend etwas sonst ihm
nicht verrutschen sollte. Man hat die Knochenhand nicht
gern berühren wollen. Sie war kalt und glasig, nahm nicht
richtig teil am Leben, war bloß das Endstück dieses steifen
Arms.

»Junge, mach mir mal die Schuhe zu! – ich kann's nicht
mit der Knoche.«

Die Finger seiner Rechten waren braun vom Rauchen,
die zog er hin und wieder gründlich auf dem Bimsstein
ab. Den Bimsstein klemmte er sich in die Knoche und ho-
belte drüber – »Friedel, du mußt mir die Nägel verschnei-
den!«

Bier trank er regelmäßig – Schnaps, wenn die Sucht ihn
packte. Gegen seine Fahne nahm er starke Zahnputzpulver,
versuchte das zu tarnen. Aber an den Augen sah man es,

die leuchteten dann stärker, ein greller Tierblick manchmal – und um den Mund ein fremdes Lächeln, als ob ihn etwas halbwegs amüsierte, während er mit den Gedanken längst woanders war.

Wenn er tiefer einsank in den Suff, hat er sich an seine zweiarmige Zeit erinnert und an den Tag im Bergelsaal in Brieg, als er vor Hunderten von Leuten – Kaisers Geburtstag! Bergelsaal! Musik! – sein Regiment vertreten hatte. Von der Decke hing ein Seil herunter, wie in einer Zirkuskuppel – und plötzlich Tusch! und Stille: »Gefreiter Rachfahl!« – »Hier!« – Pomade in den Haaren, Turnerdress – und unter Trommelwirbel hin zum Seil, quer über das Parkett – und zack zack zack zack ...

August!

Kaisers Geburtstag am Seil

nur mit den Armen, bis in die Kuppel

Ja – ich! – ja – ich!

Ja – ich! – ja – ich!

Ja – ich! – ja – – – Ich!!

Beine waagerecht ausgestreckt

Beifall!!

Heil Dir im Siegerkranz!

»Da müßt ihr Murre haben, Jungs!« sagt August, zeigt auf seine Schultern. Auch die Knoche will beim Zeigen mit nach oben, aber kommt nicht hoch.

Wenn er nachts mit uns bei klarem Himmel auf den Hof ging und ins Weltall blickte, geriet er in Begeisterung. Ich hab ihm gerne zugehört – selbst wenn Willy Faxen machte neben mir im Dunkeln, der hatte für die Sterne nicht viel übrig.

Mit den Sternen kennt sich August aus, die hat er *damals in Breslau gelernt, als junger Mensch* in Kursen an der Volkshochschule. »Sternwarte Breslau: seht ihr sie alle.« Und schließlich fiel er regelrecht in Vortragsstil, wenn er das zahllose Geflimmer gliederte: die Milchstraße zuerst und dann die beiden, die wir selber konnten, den Großen und den Kleinen Wagen – und gleich danach Orion. Dort saß sein Lieblingsstern, der Beteigeuze, kurz und scharf gesprochen wurde der. Schwan und Leier, Schütze, Wassermann – da ist man meistens nicht ganz mitgekommen – das verlor sich im Geflacker über Lublinitz.

Die *Kassjopeija* ließ er nie aus – »das große Himmels-W«, sagt August. »*Gekeupel* ham wir früher drauf gesagt«, hieß es ab und zu bei den Plejaden. *Gekeupel,* schlesisch: schlaffes Glied – was so gestaltlos ineinandergeht.

Vom Halleyschen Kometen hat er mir erzählt, als ich die Mittelohrentzündung hatte. »Halleischen« sprach er ihn, im Englischen war er nicht *firm.* Den hatte er schon 1910 gesehen, mit siebzehn Jahren schon – der käme alle sechsundsiebzig Jahre bloß vorbei. »Da werd ich längst verfault sein, Junge, dann denk mal an mich.« Als er 86 aus dem Weltall kam, ist mir August wieder eingefallen – Halley als ferner Reflektor unsrer Gedanken.

Auf die Beschlagenheit in Sachen Sterne ist August immer stolz gewesen. *Beschlagen* – das war die zweite Stufe geistiger Entwicklung. Die erste nannte August *firm – firm* hieß so viel wie »gute Grundkenntnisse haben«. Wenn man dazu auch noch beschlagen war, konnte man sein Wissen derart glänzend von sich geben, daß die andern alle nur als Pfeifen in der Gegend standen.

Wer der nächsten Stufe angehörte, war für August *Phänomen*; da hatte man's oder man hatte es nicht, mit Anstrengungen war das nicht zu holen – unmöglich, ausgeschlossen!! Schliemann, Liebig, Röntgen, Koch – und dieser Diesel, Rudolf Diesel! – die waren alle *Phänomene,* hart vor der letzten Stufe, dem *Genie.* Dort wurde es dann restlos unbegreiflich: maßloses Schaffen bis in die Nacht – »rauschhaft«, sagt August, »der innere Drang!« Beethoven beispielsweise: eindeutig klarer Fall – und Goethe, den August *in Weinrot* hatte, im mittleren Teil seines Schrankes im Herrenzimmer, hinter der Glastür. Über Goethe war ein Brett voll Grillparzer geladen, den August ohne zweites R gesprochen hat, wenn er die Geistesgrößen zählte, zum Einprägen für uns: *Grillpazzer*, dunkelblau gebunden und mit Goldschrift auf den Rücken. »Einbruderzwistimhausehabsburg«, sagt August schnell – ein Wort.

Van Gogh stand auf derselben Stufe – in der Rubrik *Verkannte*. Auch Elfriede wußte, daß der wahnsinnig geworden war – und die Sache mit dem Ohr natürlich. »Mit dem Rasiermesser glatt weg!« sagt August. »Verkanntes Genie, genauso wie Rembrandt – Mann mit'm Goldhelm – tragisch!«

Für Willy und für mich sind Augusts Geistesgrößen leerer Dunst gewesen, wir wollten lieber seine *Schnooken* hören: *Silberinsel – Blutausgießen – Nepomuk.* Die kamen alle aufs Tapet, wenn Augusts Schwester zu Besuch war und uns von Augusts Jugendzeit erzählte – eine dürre Frau mit harten Zügen, grober, überpuderter Gesichtshaut, Borstenbrauen und einem Blick zum Fürchten.

»Sag mal, Tante: die Silberinsel –«, sagten wir dann.

Dort hat August einen Bunker mitten in der Oder: ein großes, abgedecktes Erdloch und ein Ledersofa drin – aus der Messe der Kaserne, die stromaufwärts lag, wo die Putzfrauen es mittags in der Sonne hatten stehen lassen. Und August hatte es schwimmen gemacht, bis zur Silberinsel – »und reingeschleppt in den Bunker und Tisch und Stühle dazu«, sagt die Tante, »und ham dort gewohnt und geraucht und Fische gebraten. Da bin ich mal als junges Mädel hin, um mir das anzusehn – Nee! kriegt ich mit der Angst zu tun, das war für Jungs und nicht für mich – um Himmelswillen!«

Und Brieg war die ferne, schwebende Stadt, in der es eine Irrenanstalt gab, wo Augusts Vater vorne an der Pforte saß – »ein stiller, feiner Mann« – und innen aufstand, Haltung annahm, wenn die Ärzte draußen durch die Pforte

gingen, und abends die beiden Spucknäpfe reinigen mußte
im Warteraum – »spülen gründlich und hinstellen wieder«. Brieg, wo die Oder breit und ungefährlich silbrig floß
und auf der Brücke August steht – mit einer Kanne Blut
vom Schlachthof – den Schiffern auf den Kähnen unten
zuruft und wenn sie hochgucken zu ihm und winken, das
Blut durchs Geländer gießt in die Fressen – die sich in
aussichtsloser Wut verzerren – aus denen es noch weither
schreit, wenn sie mit der Strömung weggetragen werden.
Und auf der Brücke oben steht August und freut sich – und
neben ihm am ersten Pfeiler steht *der Nepomuk*, mit einem
viereckigen Loch im Steinbauch – und wenn man sich vor
dem verneigt und gleich danach den Kopf ins Loch rein-
steckt, dann sagt er *nichts*.

»Los, versuch mal! wetten, daß! – Blöder Hund!«

Und als ob die Schnooken ein Beweis für Augusts Gei-
stesgaben wären, sagt die Tante regelmäßig: »Ja, August
hätte auch was andres werden können! – wenn dem Ziegan
halt sein Dackel nicht gewesen wäre.«

An dem war August früh gescheitert auf der Lebens-
bahn – nach dem vierten Schuljahr schon. Da hatten Augusts Volksschullehrer den feinen, stillen Spucknapf-Pfört-
ner Rachfahl kommen lassen: »Ihr Sohn ist doch begabt,
der sollte doch auf Schule gehen! Also sind die Eltern hin
zum Pfarrer Ziegan: ob die Kirche denn nicht helfen
könnte? – daß August auf die Mittelschule wenigstens?«
Und Ziegan bestellte sich August.

»Wenn er dich warten läßt: Halt dich ja ruhig! – Sei
still! – Sitz grade! – Kratz dich nicht!«

August hat durchgehalten, zehn Minuten lang – gekniet in Ziegans Betstuhl immer, wie Ziegan wollte: »Bete,
bis ich komme!« – bis Ziegans Dackel reinkam und ihn
leckte – bis August ihm den Tritt verpaßte – bis Ziegan drüber zukam. »Ja, August hätte auch was andres werden können!« – da war die Tante unbeirrbar.

»Die Kirche, Herr Rachfahl, kann Ihnen nicht helfen«,

sagt Ziegan die Woche drauf. »Aber wenn Ihr Sohn unbedingt was werden will im Leben, kann er das auch so.«

»Und von der Stunde«, sagt die Tante, »hat er zu sich gesagt: Ich werd euch das beweisen, ich zeig euch, daß ich das
genauso werde, was ihr seid – ich werd's euch Lumpen zeigen!«

Wenn die Szene dran war, kriegte sie den fürchterlichen
Blick – kerzengrade plötzlich und die Knöchel ihrer Rechten auf dem Tisch: »So hat er jedesmal gestanden und ge-
klopft: Ich werd's euch Lumpen zeigen!«

August hatte zwei Leben – das zweiarmige und das einarmige Leben. Das zweiarmige endete schon 1914. Da hat
der Kunstschlossergeselle und vorzeitig – weil freiwillig –
zum Kriegsdienst eingezogene August Rachfahl bei der
Erstürmung eines Dorfes einen Franzosen hinter einem
Brunnen knien sehen, der auf ihn zielte, so wie er auf ihn –
denn gleichzeitig mit seinem Schuß riß es ihm links den
Arm vom Schaft und August fiel nach vorn ins Gras. Und
während er dort lag und nach den Sanitätern schrie, sah er,
wie vor ihm, keine fünfzig Meter weit, das deutsche Mör-
serfeuer einschlug, in eine Gruppe von französischen Soldaten, die alle *Hände hoch* aus einer Scheune stürzten – wie
die Granate mitten in der Gruppe platzte und die sechs
Männer auseinanderriß – und wie im selben Augenblick
sein rechtes Bein hochsprang und zuckte.

Für die Geschichte der Familie war der Franzosenschuß
ein Glücksfall und wurde in der Vorstellung der Tante zum
Dreh- und Angelpunkt, wenn sie den simultanen Schuß-
wechsel beschrieb, als wäre sie dabeigewesen – »Hat ihn
noch knien sehn, den Franzosen!« erzählte sie uns bis zu
ihrem Tode – »der war direkt aufs Herz gezielt, der Schuß!«

»Aber weil wohl August grade seinen Körper so gedreht
hat, ist er ihm bloß durch den Arm.« Wenn sie das »gedreht« nachmachte, hatte August praktisch schon die Knoche – vor dem Schuß schon.

Anschließend kam das Numinose: »Muttel hat's genau gefühlt!« Denn an diesem Sonntagmorgen, als der Schuß in Frankreich fiel am Brunnenrand, saß wie jeden Sonntag Augusts Mutter in der Kirche, auf dem Stammplatz mit dem angeschraubten *Rachfahl*-Messingschild – »unter einer Statue der Muttergottes«, wie es hieß – und kurz vor dem Ende der Messe durchfuhr es sie. Und als die Tante, ihre Tochter also, fragte: »Was is denn, Muttel?« ... »Jetzt hat's den August getroffen!«

»Und ganz genau so war's – in *der* Minute!« sagt dann die Tante triumphierend und haut die Knöchel auf den Tisch.

Für August war der Ofen aus in Frankreich, kaum daß er angefangen hatte als Soldat. Ab trimo zurück nach Brieg! – »erst mal auskurieren, wird schon wieder! – in dem Alter!?«

In Brieg kam August in den Bergelsaal. Im Krankenhaus war nichts mehr frei. Überall auf dem Parkett und sonstwo lagen die Zerschossenen in ihren Betten: mein Fuß ist weg! – mein Bein ist weg! – mein Schwanz ist weg! – *Was blasen sie so freudig zu Skalitz in der Schlacht, sie haben frisch und fröhlich der Schlacht ein End gemacht.*

Schräg oben über Augusts Lazarettbett saß der Haken in der Decke, an dem das Seil gehangen hatte – damals, zu Kaisers Geburtstag:

Ja – ich!
Ja – ich!
Ja – ich!!
nur mit den Armen!!!

Ja, was denn: der Schwanz ist noch dran.

Die Splitter im Bein, das ließ sich beheben, die wurden Stück für Stück aus August rausgepolkt. Am Ende sah das leidlich aus, das Bein, wie Beine aussehn halt. Die blauen Narbenknoten fielen gar nicht auf, da war die Hose drüber – daß das vom Knie ab dünner war als das daneben, merkte keiner.

Der Arm ist schwieriger zu richten. Den kriegen sie auf einen Sitz nicht hin. Mit dem muß August immer wieder ran, mit dem kann August so nicht laufen. Mal ließ er sich nicht beugen, ums Verrecken nicht, dann gingen nur zwei Finger grade – dann blieb die Hand kalt, hatte kein Gefühl – dann trat das Ellbogengelenk wie eine Keule vor.

Nach sieben Operationen war Schluß und die Knoche fertig: *Lähmung des linken Armes und der Hand* – der Endbefund. Mehr war beim besten Willen nicht zu machen – »Oder wolln Sie etwa, daß wir'n abnehm? Also!«

August lernte mit dem einen Arm zu leben: wie man beim Rasieren morgens die Visage so verzieht, daß die Klinge in die Falten kommt, weil der linke Arm nicht hochreicht, um die Haut zu spannen – wie man einhändig das Glied rauskramt zum Pinkeln – daß man in Lokalen lieber Gulasch ißt als Sauerbraten – wie man auch den rechten Hosenträger loswird, wenn die Hose runter muß – daß man an die Schuhe besser Schnallen nähen läßt und Gamaschen tragen kann darüber.

Im Frühjahr 16 war's soweit, daß August fast normal aussah, trotz dieser steifen Knoche. Mit der wird er nach Warschau kommandiert, als Schreiber bei der Militärverwaltung – August schreibt eine tadellose Hand, die Knoche hält ihm das Papier – und dann nach Budapest und Bukarest zur landwirtschaftlichen Abteilung. Und die ganze Zeit lang wurden ihnen regelmäßig Orden überreicht:

DAS EISERNE KREUZ ZWEITER KLASSE
(Zweiter war natürlich nicht so gut wie erster,
aber für erster hätte die Knoche rechts hängen müssen.
»Irgendwo muß ja die Grenze sein«, sagt August.)

DAS EHRENKREUZ FÜR FRONTKÄMPFER
(Das war nicht viel, das hatte praktisch jeder.)

DAS VERWUNDETENABZEICHEN in Weiß
(»Rechtschreibfehler«, sagte August –
»keine Ahnung!«)

DIE UNGARISCHE KRIEGSERINNERUNGSMEDAILLE
MIT SCHWERTERN UND HELM
(Sehr geehrter Kamerad! Ich beehre mich höflichst
mitzuteilen,
daß seine Durchlaucht, der Reichsverweser von Ungarn,
Ihnen die ungarische Kriegserinnerungsmedaille verliehen
hat. Umschläge bitte gründlich durchzusehen,
damit nicht Militärpapiere weggeworfen werden!)

DIE BULGARISCHE ERINNERUNGSMEDAILLE
(Ich habe die Ehre, Ihnen höflichst mitzuteilen, daß seine
Majestät Boris III. 2917, König der Bulgaren, Ihnen die
Bulgarische Erinnerungsmedaille
verliehen hat. Ich spreche Ihnen meinen aufrichtigsten
Wunsch aus, dieselbe in angenehmer Erinnerung an
Bulgarien und sein Volk recht lange zu tragen. B. Harisnoff,
Oberst im Generalstab.)

Als August 1918 aus dem Krieg entlassen wurde, spülte der
stille, feine Pförtner Rachfahl tagtäglich immer noch die
beiden Spucknäpfe und stellte sie anschließend wieder hin
und stand noch immer innen auf, nahm Haltung an, wenn
die Ärzte draußen durch die Pforte kamen – und Pfarrer
Ziegan kam auch noch vorbei mit dem Dackel.

Fürs erste ging August zur USPD.

»Uuuuuh-SPD!« mokierte seine Schwester sich.

»Geh doch wenigstens in die normale!« sagte seine Mutter. »Willst du die Russen hier?!« – das war dasselbe U.

Im Januar 1919, als der Jäger Runge vor dem Eden-Hotel in Berlin der Rosa Luxemburg mit dem Gewehrkolben den Kopf zerschlägt und kurz danach der Oberleutnant Vogel planwidrig in den Kopf hineinschießt und als das Auto, in dem Liebknecht weggefahren wird, im dunklen Tiergarten wie vorgesehen stehenbleibt und die Begleiter sagen: »Plötzlich Panne« und es zu Fuß weitergeht, Liebknecht voran, bis Leutnant Liepmann feuert ... ist August immer noch Mitglied bei Haase und Co.

Und als der *VORWÄRTS* schrieb: »Ewig muß ihnen (er meinte Luxemburg und Liebknecht) das furchtbare Wort in den Ohren gellen: *Unstet und flüchtig sollst du sein auf Erden ...«,* ging August unbeirrt wie ehedem in die Versammlungen zum langen U – die Knoche machte alles mit.

Als aber Rosas Körper Ende Mai – viereinhalb Monate danach – aus dem Landwehrkanal wieder auftauchte, mit dem zerschlagenen, unter der Wirkung des Wassers gequollenen Kopf, den offenen Augen (im Scheinwerferlicht der nicht zu vermeidenden Kriminalfotografen) und der geplatzten Oberlippe, aus der die Schneidezähne ragten, als ob der Mund jetzt lächelte, so wie auch Hauptmann Pabst gelächelt hatte, der für den Ablauf zuständig gewesen war (*auf der Flucht* für Liebknecht, *aus einer erregten Menschenmenge heraus* für Rosa), denn Noske hatte ihm lange die Hand gedrückt nach der Sache ... da fing August an zu überlegen und ein Jahr später war er Mitglied bei der SPD.

Drei Jahre läßt sich August schulen in Berlin – ganz in der Nähe, wo die Rosa hochgekommen war – Verwaltungsdienst, Umschulung mit der Knoche, lernt von der Pike auf als Schreibtischhengst, macht eine Vorprüfung für den gehobenen Dienst (»Mit *gut,* was sonst!« – »Warum nicht *eins?*« – »Ja, frag mal!«), geht als Bürodiätar zur Regierung nach Breslau (Sternwarte nachts, am Wochenende: riesige Distanzen über Breslau – Millionen Galaxien!) und folgt einem Ruf nach Plagwitz am Bober: Verwaltung Heil- und

Pflegeanstalt, Besoldungsgruppe IV – 168,52 netto monat-lich.

Im Frühjahr 30 läßt August sich fotografieren: Ich, August Rachfahl, Kassenobersekretär – mit weißem Vorknöpf-hemd und Fliege, Einreiher, scharfen Bügelfalten, knap-pem preußischen Offziersschnitt, Scheitel links – »Euch Lumpen werd ich's zeigen!«

August sitzt auf einem Brunnenrand und lächelt – fron-tal zum Betrachter. Sein rechtes Bein ist angewinkelt und auf dem Knie liegt fest und ungewöhnlich breit die rechte Hand. Daneben auf dem andern Bein liegt starr die Hand der Knoche – verdreht und eingekrümmt in Position ge-bracht, damit sie nicht den Halt verliert.

Hinter August sieht man, etwas unscharf, eine Art Natur-steinsäule – vom fließenden Wasser verschliffen und über-moost – und auf der Sockelplatte oben, hoch über August, die Brunnenfigur: ein nacktes Kind, das sich aus Tüchern, die heruntersinken, in die Höhe reckt – mit beiden Händen nach dem Rohre greifend, aus dem das Wasser sprühend steigt und wie ein Schirm aus feinen Fäden hinter August steht. Links hinter August sieht man die Fenster der Irren-anstalt, vergittert und weiß verhängt.

Elfriede hatte keinen Lebenslauf – August hatte einen, das genügte. Elfriede war einfach irgendwann dagewesen. »Nullfünf«, sagte Elfriede – »im Lublinitzer Schloß.« Dort wohnten, als Elfriede auf die Welt gekommen ist, die Irren-wärter für die Irrenanstalt Lublinitz. So was war Elfriedes Vater. Mit Uniform und großem Schlüsselbund und ewig mürrischem Gesichtsausdruck. Elfriedes Mutter war eine freundliche Frau, die meistens lächelte und gern geblümte Kleider trug. Wie sie auf diesen griesen Bellhammel verfal-len war, hat man sich nicht erklären können.

Einmal in der Woche machte sich Elfriede auf den Weg nach Wimmischlatz – »um Buttermilch zu Frau Piella«. Im

dritten Schuljahr schon. Dann kam sie an den *Do-es*, Was-
serlöchern an der Straße, die nach Wimmischlatz hinlief,
vorüber. Bei denen saß ihr Bruder Fritz, der hütete da Ziegen. Sonst wußte man nichts weiter von Elfriedes Kindheit. Man fragte sie auch nicht. Das mit der Buttermilch hat
sie von selbst erzählt. Man wunderte sich über dieses *um* –
um Buttermilch? Man sah sie jedesmal im Geiste auf die
Buttermilch zugehen.

In ihrer freien Zeit als Kind sortierte sie am liebsten
Knöpfe. Die sammelte sie in Kartons, die konnte man in
einem fort neu ordnen – nach der Größe, nach der Farbe,
nach dem Material oder nach der Anzahl ihrer Löcher.
Wenn man vierzig Jahre später ihren Nähkasten auf-
klappte, stieß man unten auf die kleinen Schachteln.

Als Elfriede mit dem Volksschulabschluß auf die Mittelschule wollte, blaffte sie der Alte an: »Wo solln denn dann
die Kinder vom Direktor hin, wenn meine auf die Mittelschule wollen?!« – »Die könn aufs Gymnasium«, sagte Elfriede. – »Und die vom Kaufmann und die vom Inspektor?!« Also blieb sie, wo sie war, bis zur achten Klasse, und
wurde anschließend Verkäuferin im Schreibwarengeschäft
Kolano, am Ring in Lublinitz, und hat dort eine tiefe Zunei-
gung zu Stenoblöcken, Gummis, Griffeln, Löschpapier, zu
Stempelkissen, Kladden und Kuverts entwickelt – und
ganz besonders zu den Pappkartons, die man nach vorn
zog, um etwas herauszunehmen, und sorgsam wieder
schloß, bevor man sie zurückschob ins Regal.

1921, als die sogenannte Volksabstimmung stattfand,
wurde. sie ins Plebiszit-Büro geholt zum Stimmenzählen.
Plebiszit-Büro – das sprach sie gerne aus: mit scharfem Z.
Daran konnten andere erkennen, daß sie nicht einfach
bloß Verkäuferin gewesen war – da konnte man auch
nachfragen: »Was ist das?« – und sie konnte einem das erklären.

Trotz allen Zählens mußten sie am Ende *raus aus Oberschlesien*: 59,6% für Deutschland reichten nicht. Also zo-

gen sie nach Westen – Richtung Irrenanstalt Plagwitz. Weil sich in der Nähe ihrer Eltern keine Arbeitsstelle finden ließ, bewarb sie sich nach Hirschberg hin, als *Schreibkraft* für ein Ingenieurbüro, und wurde angenommen. Achtzehn war sie damals. Die Woche über wohnte sie in Hirschberg, in einem Dachverschlag als Untermieterin. »Die Wirtin schnitt sich jeden Tag ein Stück von meinem Brot herunter, von der Butter nahm sie heimlich immer unten eine Scheibe ab. Sie dachte, daß ich das nicht merke – ich habe nichts gesagt«, sagte Elfriede.

Wenn sie am Sonnabend um zwölf den Wochenlohn im Umschlag kriegte, gab sie das vor dem Bahnhof Hirschberg einem mit nach Plagwitz. »Auf diese Weise konnte man vielleicht noch ein paar Handtücher dafür bekommen – je nachdem, was grade da war im Geschäft. Wenn ich abends selber ankam, war's bereits verfallen. Manchmal hat man fast vier Wochen lang für einen Fleischwolf in die Arbeit gehen müssen – weil's jedesmal verfallen war«, erzählte sie.

Von Hirschberg hat sie eines Tages einen Ausflug unternommen, »mit einer anderen aus dem Büro zusammen, zur Schneekoppe, bis oben rauf«. Dort hat sie *den Spruch* in der Baude gelesen:

Drei Monate Sommer – neun Monate Schnee,
ein Gott, ein Dach, zwei Geisen
die Menschen sterben vor Heimatweh,
wenn in die Ferne sie reisen

Den hat sie mir oft ganz ergriffen rezitiert. »Ja, ist auch schön«, hat sie mir erwidert, als ich ihr irgendwann den Kickelhahn danebenhielt, »aber denk mal: Neun Monate Schnee – und trotzdem!«

Nach der Zeit im Ingenieurbüro war sie Sekretärin bei der *Ärztlichen Verrechnungsstelle*. Von der sprach sie mit Stolz ihr Leben lang – die und das Plebiszit-Büro. Die *Ärztliche Verrechnungsstelle* war der Gipfel ihrer Laufbahn. Hier war sie dem höheren Menschen nahe gewesen – im

Dunstkreis der Doktoren. Jahrzehnte später war sie immer noch verlegen, wenn sie erzählte, daß der Leiter der Verrechnungsstelle sie eines Tage hatte kommen lassen, um sich für ihre Arbeit zu bedanken – auf sie sei *unbedingt Verlaß.*

Als sie August kennenlernte, gab sie alles auf. Damals muß sie beinah schlank gewesen sein. Sie war nicht groß, wie August eher: untersetzt. *Stramm,* sagte August, *stramm* und *Rasseweib* sei sie gewesen. Von *Rasseweib* war er nicht abzubringen. Das hat er mir noch kurz vor seinem Tode wiederholt. In ihrem Ausweis stand in der Rubrik *Beruf* nur *Ehefrau.* Bei *unveränderliche Kennzeichen* und bei *veränderliche Kennzeichen* stand jeweils *fehlen.* In der Rubrik *Bemerkungen* stand: *keine.*

Sie wohnten anfangs außerhalb von Bunzlau, an einer Landstraße, die nach Klein-Krauschen führte, als Mieter bei Maschinenmeister Prokot. Am Wochenende gingen sie ins Schützenhaus zum Tanzen – »nicht regelmäßig, aber öfter mal, oder halt spazieren in die Felder«. Zum wöchentlichen Baden ging man in die Irrenanstalt, die war nicht weit entfernt.

Drei Zimmer hatten sie. Das dritte war nicht eingerichtet. Weil sie nicht schwanger wurde, blieb das leer – sie wollte *nichts beschrein.* Sie fing an, sich vieles aufzuschreiben. »So einfach hingeschrieben«, sagte sie, »hab mir auch selbst geschrieben, richtig mit der Post, im Umschlag mit der Marke drauf. Und Handarbeiten viel gemacht, die Nächte durch mitunter – wohl sieben Bettjäckchen für die Verwandtschaft und Tischdecken mit schönen Blätterkanten.« Wenn sie nach Bunzlau fuhr, um einzukaufen, stieg sie bei *Spiel-Krause* vom Fahrrad ab und guckte dort ins Fenster.

»Mittags konnte August meist zum Essen kommen aus der Anstalt, aber wenn er weg war, dauerte es lange, bis es Abend wurde«, sagte sie – »da wußte man dann wieder

nicht, was tun.« Wenn das Wetter es erlaubte, setzte sie
sich zu Frau Prokot in den Garten. »Eine furchtbar dicke
Frau«, hat sie gesagt, »mit einem knöchellangen schwarzen
Kleid um ihren vollen Leib und kurzen schwarzen Haaren – die trug sie wie ein Mann. Er mochte sie wohl nicht
mehr, wie sie fünfzig war, und ging mit Pflegerinnen aus
der Anstalt. Sie hat ihm jeden Sonntag bloß noch Semmel-
klöße hingestellt.«

Die Prokot sprach nicht viel, wenn sie im Garten saßen,
durch einen hohen, weißen Zaun getrennt von der Chaussee, die nach Klein-Krauschen führte. Vor ihnen stand ein
dünnbeiniger Tisch im Rasen mit einer weißen Spitzen-
decke für die Vase – »mal mit Wicken, mal mit Tulpen, je
nachdem. Von Zeit zu Zeit hat man auf der Chaussee je-
manden gehen hören«, sagte sie. »Man wußte nicht, wer's
war, denn innen wuchsen dichte Büsche vor dem Zaun. Das
eine oder andre Mal hat man ein Fuhrwerk fahren hören.
Sonst hörte man dort nichts.« Das Haus, in dem sie wohnten, war das letzte an der Straße, dahinter kamen gleich die
Felder. Manchmal, wenn sie lange wortlos in den Korbstüh-
len gesessen hatten, lächelte Frau Prokot plötzlich – »dann
sah das aus, als wüßte sie schon alles«.

»Sie ist schwer umgekommen durch die Russen«, hat
sie mir nach dem Krieg erzählt – mehr wollte sie nicht sagen.

Nach viereinhalb Jahren »wurde es besser«, sie wurde
schwanger. Sie fing an, das leere Zimmer einzurichten und
dafür zu nähen, stellte jeden Tag die Möbel um. August
meinte jetzt, die Wohnung sei zu klein, sie würden mindestens drei Kinder haben. Er legte sich mit einem Ruck ins
Zeug und fand ein Baugrundstück – am Sportplatz, näher
an der Stadt, ein Eckgrundstück. Abends zeichnete er Pläne
und sprach alles mit ihr durch. *Kieskratzputz* wollte er an
der Fassade haben und unbedingt ein *Krüppelwalmdach.*

Zwei Jahre später war das Haus zum Einzug fertig, mit
einem Spitzdach allerdings. Das Krüppelwalmdach war

ihm nicht genehmigt worden, aber den Kieskratzputz hatte es. Und an der Ecke war ein Erker, von dem aus man den Sportplatz sehen konnte und rechts zur Straße in die Stadt hinunter.

Jetzt war sie auf Jahre beschäftigt. Wenn August mittags essen kam, dann kam er meistens jetzt zu früh. Hier in der Burghausstraße hat sie mit dem schwarzen Kassenbuch begonnen, dem für die Mieteinnahmen aus dem ersten Stock und aus dem Dachgeschoß und alles, was zu zahlen war fürs Haus. *Mit Gott!* schrieb sie vorn auf das Deckblatt.

Wenn sie im Haus bei ihrer Arbeit war, hat sie von draußen das *tapp tapp* gehört, wo Willy vor der Tür auf dem Podest die Holzpferdchen von Krause springen ließ – *tapp tapp, tapp tapp* – mit beiden Händen, stundenlang – Willy, der ein eignes Sparbuch hatte.

Das hatte August zugeschickt bekommen, pünktlich zur Geburt, mit drei Mark Kontostand auf Willys Namen und einem Brief der Stadt- und Kreissparkasse Bunzlau:

Die Geburtsgabe möge das junge Menschenkind sein Leben hindurch begleiten und es anspornen zu Fleiß, Tüchtigkeit und Sparsamkeit. Wir dürfen wohl voraussetzen, daß auch Sie in der Erziehung unserer Jugend zu Fleiß und Sparsamkeit das beste Mittel sehen, unser Volk wieder aufzurichten und es einer besseren Zukunft entgegenzuführen. Die Direktion.

August feuerte sofort zurück:

Die segensreiche Einrichtung wird zweifellos dazu beitragen, den Sparsinn von Eltern und Kindern zu fördern. Möge die junge Generation dereinst Träger eines blühenden und stolzen Vaterlandes sein! Ihnen nochmals für die Spareinlage bestens dankend zeichne ich mit vorzüglicher Hochachtung! August Rachfahl.

Ende 33 hatte Willy seinen ersten Zinsgewinn – vier Pfennige – und nachher hin und wieder eine Einzahlung von einer Mark auf seinem Konto. So hat sich Willy bis zu

14,61 Reichsmark hochgearbeitet im Lauf der Jahre – das war sein Endstand, als die Russen kamen.

Ihr zweites Kind war Theo – mein Vorgänger, die Fehlgeburt, durch einen Schock hervorgerufen. »Das Blut war schon schwarz«, hat Elfriede gesagt. Weil Theo noch nicht meldepflichtig war, begruben sie ihn unter ihrer Trauerweide, am Springbrunnen, den August aus Naturstein hatte mauern lassen. Über den Schrecken, der Theo den Garaus machte, hat sie geschwiegen. August war trocken gewesen, seit sie in Bunzlau lebten, Mitglied beim Guttempler-Orden war er – »wo sogar Ärzte Mitglied waren«, sagte sie. Aber sie hat trotz allem zu ihm gehalten. Als ich ihr fünfzehn Jahre später einmal zuschrie, weil August wieder auf dem Höhepunkt der Simmelwochen war: »Laß dich doch endlich scheiden!« – hat sie den Kopf geschüttelt.

Drei Jahre nach meiner Geburt wurde sie dort vor dem Springbrunnen fotografiert, in einem sommerlichen Kleid mit Hunderten von Margaritensternen und einem weißen, ausgebuchteten Jabot: eine hübsche, kerngesunde, stolze junge Frau, die unverwandt das Objektiv fixiert – ein blondes Kind auf ihrem Schoß, das in Gedanken ganz woanders ist – ein zweites stehend neben sich, lächelnd zur Kamera hin, im weißen Matrosenanzug: Willy.

Nicht weit von ihr sieht man die Staude einer Sellerie und hinter ihr – als vagen Schatten nur – die Trauerweide.

Sie hat mir früh geraten, ich sollte meine Nase zwischen Ring- und Zeigefinger nehmen, den Mittelfinger auf dem Nasenrücken, um so die Nase von der Wurzel bis zur Spitze zu massieren – täglich mehrmals, jeden Tag – das brächte eine schöne Form in meine Nase. Sie habe das in ihrer Jugend auch gemacht. Bei mir hat die Methode nicht geholfen. Ich hatte Augusts Nase abgekriegt, den breiten, eingeknickten Kolben – ohne jeden edlen Schwung. »Ein hoher Giebel ziert das Haus«, sagte Elfriede.

1933 saß August plötzlich in der Luft: die SPD war weg, die

gab's nicht mehr. Mit einem Schlag war er parteilos. Zu den Kackebrüdern wollte er auf keinen Fall (*Kackebrüder* hießen die bei ihm) – »ums Verrecken nicht, Elfriede!« sagte August.

Regelmäßig wurde er jetzt aufgefordert, endlich *deutsch* zu werden: *beizutreten.* Auf diesem Ohr war er stocktaub – »Ich bin doch nicht meschugge, Friedel!«

»Steter Tropfen höhlt den Stein«, sagte Elfriede. »Die andern, August, sind längst alle drin!«

»Nichts wird so heiß gegessen, wie's gekocht wird«, sagte August.

Auf einmal wurde die Inspektorstelle in der Irrenanstalt Bunzlau frei. August bewirbt sich wie aus der Pistole geschossen. Die Stelle hatte er bereits sechs Monate verwaltet, als Kassenobersekretär, vertretungsweise – jetzt war er endlich dran!

»Man soll den Tag nicht vor dem Abend loben«, sagt Elfriede.

Die Reaktion auf die Bewerbung war ein Schreiben, in dem man ihm bestätigte, daß er auf seinen Antrag hin jetzt Anwärter für eine Mitgliedschaft in der Partei geworden sei. Das fuchste August – *Beiliegend ein mir irrtümlich gesandtes Schreiben. Die Antragstellung meinerseits ist nicht erfolgt. Hochachtungsvoll!*

»August, überleg dir das, es kann um Kopf und Kragen gehen«, sagt Elfriede.

»Na schön«, sagt August, »wenn du meinst ...« und ändert seinen zweiten Satz. Der hieß nun: *Antragstellung meinerseits ist bisher nicht erfolgt.* »Das könn se sich ja zu Gemüte führn«, sagt August. Die Stelle fiel an den Genossen Strunz aus Görlitz, der schon seit 30 Mitglied war und Sturmbannführer – dem konnte August nichts entgegensetzen.

»Was ein Häkchen werden will, krümmt sich beizeiten, August«, sagt Elfriede.

»Korrupte Schweine«, sagte August. Sein Sekretärs-

gehalt lief weiter wie gehabt: 269,90 Reichsmark, einschließlich Kindergeld, nach Gruppe 5 der Reichsbesoldungsord-
nung. Auch 1937, als August *ordentliches Mitglied der Partei* geworden war – als Beamter quasi automatisch.

»Na, nun ist endlich Ruhe«, sagt Elfriede.

»Noch ist nicht aller Tage Abend, Friedel!« sagte August.

Kurz danach hat August wieder offizielle Post im Kasten,
diesmal vom Oberpräsidenten des Provinzialverbandes
Niederschlesien:

Aus Ihrer Personalakte ersehe ich, daß Sie den Ariernach-
weis für sich sowie für Ihre Ehefrau bis dato nicht erbrach-
ten. Ich bitte daher, diesen Nachweis bald zu führen! Heil
Hitler!

»Da machen wir was draus«, sagt August zu Elfriede.
»Ahnenforschung, Friedel! intressante Sache! daß die Kinder später wissen, wo sie herkomm – weißt du's, ob wir von
den Piasten stammen?! Wart's ab!«

Voller Feuereifer klemmt sich August hinter seine Ahnen, das sagenhafte Herrenvolk, das von den vorderasia-
tischen Gebirgen abgestiegen war, mit den gezähmten
Haustieren im Troß in Richtung Indien marschierte und
sogar Schlesien unterwandert hatte – arische Wanderun-
gen. Hoffnungsfreudig schrieb er einem Rechtsanwalt
Joachim Rachfahl, der in Breslau wohnte – »Studierter
Mann, Elfriede! Rechtsanwalt!« – und der schrieb prompt
zurück. Leider Gottes war er nicht verwandt mit dem, der
suchte auch nach seinen Ariern.

Energisch ging August die Pfarrämter an und die Stan-
desämter, versuchte scharf in die Vergangenheit zu blicken,
wie er's abends mit dem Weltall machte. Was er schwarz
auf weiß am Ende hatte, reichte für den Oberpräsidenten:
reihenweise Irrenwärter, Häusler, Bauerngutsauszügler –
weit vorn im neunzehnten Jahrhundert sprang mal ein
Schneider durch – buchstäblich ganze Sippschaften von
Ariern.

Von denen war August nicht restlos begeistert. Bis auf den einen Florian aus Seitenberg: Kunstgärtner Florian Rachfahl auf Schloß Kamenz – dessen Tochter, als sie noch nicht zwanzig war, mit dem Gutsinspektor Scholz auf einer Bauernhochzeit tanzte und ihm in dieser Nacht *verfiel,* wie Augusts Schwester sagte. Und als das sichtbar wird, macht sich der Gutsinspektor aus dem Staube und sie selber wurde in der eigenen Familie »nicht gelitten«, wie es hieß – Maria, Augusts Großmutter – zog nach Berlin und brachte das zur Welt. Den Jungen füttern sie ihr durch zu Hause, ohne sie. Mit sechzehn fährt er nach Berlin zur Mutter und wird Kammerdiener, bei einem Kommerzienrat. Und als der Kommerzienrat stirbt, wird der Junge vermittelt, als Pförtner an die Irrenanstalt Brieg – und ehelicht Anna, die Wärterin ist in derselben Anstalt, und zeugt vier Kinder – und sitzt tagein tagaus am Pfortenfenster, im Vorraum mit den beiden Spucknäpfen zusammen, und in der Wohnung nebenan sitzt die Familie, hält sich still, damit man sie nicht hören kann, wenn die Ärzte draußen durch die Pforte gehen.

»Stille, ewig stille sein!« sagte die Tante.

Unter all den Irrenwärtern, Häuslern, Bauerngutsauszüglern war dieser Florian aus Seitenberg bei Glatz ein ferner Stern für sie, der bis zu August hin ins zwanzigste Jahrhundert glänzte, und seine Tätigkeit als Kunstgärtner auf Schloß Kamenz und der Kommerzienrat, bei dem ihr Vater Kammerdiener wurde, und selbst der Gutsinspektor Scholz, der nichts als seine Säfte hinterlassen hatte, verbürgten ihr die Teilhabe an einem Dasein, das dem Gewöhnlichen enthoben war – in all dem Niederen der kleinen Leute, die sonst den Stammbaum bildeten.

»Vaters Mutter war die Gärtnerstochter auf dem Schloß Kamenz!« erzählte sie uns immer wieder – mit einem Seitenblick auf ihre Schwägerin Elfriede.

Als August nach Elfriedes Ahnen forschte, stieß er auf Freihäusler, Stellenbesitzer und kleine Bauern. Aus Bienendorf stammten sie, Schmograu und Simmelwitz, alle vom

Lande – und alle dem Darréschen Zeichen arischer Kultur verpflichtet, dem Schwein. Hundertfünfzig Jahre lang und länger, ging ihm auf, liefen die Linien der Rachfahl und Baudis durch Schlesien, ohne sich jemals näherzukommen – bis der letzte von den Baudis Irrenwärter wurde und Elfriede zeugte – und der letzte Rachfahl Pförtner einer Irrenanstalt war und August zeugte – und die sich in der Irrenanstalt Plagwitz aus Zufall und Notwendigkeit begegneten und in die Augen sahen.

»Liebe auf den ersten Blick«, sagt August.

»Ja, das gibt es wirklich!« sagt Elfriede.

Mit seinen Ariern war August nicht zu fassen – »Lupenrein, Elfriede!« sagte August, als er seinen Stammbaum fertig hatte. »Nicht ein einziger dabei, der Schule hat: wie der Führer selber.«

»Beschrei's nicht, August!« sagt Elfriede.

Im November 39 merkte August, daß der Oberpräsident ihn nicht vergessen hatte. *Ich versetze Sie hiermit,* schrieb der ihm Knall und Fall, *an die Landes-Heil- und Pflegeanstalt Lublinitz/OS und beauftrage Sie ab sofort mit der Wahrnehmung der Dienstgeschäfte des Inspektors dieser Anstalt.*

»Die versüßte Pille«, sagte August.

»Jetzt, wo's grade schön wird, August?« sagt Elfriede – »wo's anfängt zu wachsen im Garten? wo man sich grade eingerichtet hat und denkt: nun ja ...?«

»Stillstand ist Rückgang, Friedel!« sagt August. »Verlaß dich drauf: wir kommen wieder!«

Am nächsten Tage fuhr er ab. Vier Wochen später saßen wir alle im Zug.

»Und ausgerechnet Lublinitz!« sagte Elfriede.

In Lublinitz war August zuständig für die Beschaffung und Verwaltung der Verpflegung, des Inventars und der Bekleidung und alle sonstigen Bedürfnisse für fast dreitausend

26 Betten und mehr als sechshundert Personen Personal und für die hundertdreiundzwanzig Morgen große Gärtnerei, drei Gutsbetriebe und die Jugendpsychiatrie, das Landeskrankenhaus und die Erziehungsanstalt – die hingen durch die Bank an Augusts Organisationstalent mit ihrem Lebensfaden – kurz: August kam an alles und jedwedes.

»An der Quelle saß der Knabe«, sagte August und wurde sämtlichen an ihn gestellten Forderungen mit Schlauheit und mit Sachverstand gerecht, zur restlosen Zufriedenheit der Vorgesetzten und unter Anerkennung selbst der Hauptverwaltung, und war rundum beliebt, bei der Belegschaft und den Ärzten – bis hoch zum Führer hin. Der schickte ihm das Kriegsverdienstkreuz:

IM NAMEN DES DEUTSCHEN VOLKES

VERLEIHE ICH

DEN FÜHRER

mit Adler, Hakenkreuz und Lorbeerkranz und einem Abdruck seiner Signatur – in starker Rechtslage vornüberstürzend und ohne jeden Zeilenhalt am Ende.

»Schreibt eine saumäßige Hand, der Mann«, sagt August – »wenn das der Führer ist: Gut Nacht, Marie!«

Sedanstraße 15, links das letzte – gleich dahinter bricht die Straße ab in eine Senke, wo zwei Haufen Pflastersteine liegen: als ob die Arbeiter von einem Tag zum andern weggeblieben wären. Nur der feste Zaun der Irrenanstalt gegenüber läuft noch weiter – eh der Wald beginnt.

Ein hohes, schmutziggraues Haus – mit einem schiefen Zufahrtstor, das immer offenstand, Schneeballsträuchern innen vor dem Zaun und einem Lindenbaum im Hof. Und unter der Linde die Bank und der Sandkasten aus den vier Brettern, die bei Regen grün und glitschig werden, aber wenn sie trocken sind, kann man auf der schmalen Kante balancieren – bis man an der Ecke ist.

Rechtwinklig vorspringend neben der Haustür die Ziegelmauer, von der es im Winter tropfte, an glasigen Steinen herunterlief – und in der Ecke zwischen Wand und Mauer ist das Regenfaß. Und im Sommer bei hellem Licht, wenn unten im Grunde des Fasses die Wolken langsam über die Giebelwand kommen und Kreisleiter Korn sich klein aus dem Fenster beugt, schreit … wenn man hineinspuckt, verwischt es.

Ein Hühnerhof gehört dazu, mit einem Stall für die Karnickel und einem steinernen Gebäude, wo die Hühner nachts, wenn es verschlossen ist, im Dunkeln auf den Stangen hocken.

Und hinter dem Haus liegt ein Park – mit einer breiten Zugangstreppe, drei Stufen zwischen Lebensbäumen aufwärts und über den Kiesweg weiter zum Rasenrondell, in dem die Blautanne steht. Büsche ringsum, viel Flieder im feuchten Schatten der Mauer, die – fast drei Meter hoch – den Park vom Garten trennt. Und wo der Park ans Nachbargrundstück grenzt, ist im Gebüsch der Stacheldraht – durch den kann man die Villa Seidel sehen: ein altes, holzverziertes Haus in einem stillen Garten. Und manchmal kann man eine Frau dort sehen – in Ordensschwesterntracht – die durch den stillen Garten geht, in einem Buche lesend, auf und ab – bis zu der leise plätschernden Schale am Ende des Weges und wieder zurück. »Was meinst du, wie die pimpern nachts!« sagt Willy, wenn er neben einem in den Sträuchern hockt – »du hast ja keine Ahnung!«

Nach Osten hin, anschließend an den Hof, kommt man zum Tennisplatz – mit dem verbeulten hohen Zaun, der überwuchert ist von schwarzen Schlinggewächsen, die vertrocknet in den Maschen hängen, an den Rändern wächst das Unkraut meterhoch. In der Mitte stehen rostig die zwei Pfosten für das Netz. Ein Rest von dem sinkt faulig-naß herunter auf den dunkelroten Boden. Und merkwürdig

und gar nicht zu erklären ist eine Sprunggrube im Tennis-
feld – aufgefüllt mit Sand und Sägespänen und von Samen
aus dem Garten nebenan schon so durchsetzt, daß jetzt
Löwenzahn drin wächst.

Vom Tennisplatz aus kann man in den Garten und an
der Mauer links entlang zum Gartenhaus: ein Pavillon mit
Dachlaterne und weißen hölzernen Gittern rundum, die
alle fleckig verfärbt sind – *die Laube*, sagen August und Elfriede.

Hinter dem Garten ist freies Feld, bis an den dunklen
Waldrand – dann liegt nur noch Kokottek tief im Walde
und dann fängt Polen an.

Im Frühjahr kommen Frauen in den Garten, aus der Irrenanstalt gegenüber. Sieben kranke Frauen und die Pflegerin.
Vom Kinderzimmer aus kann man sie sehen: Wie sie nacheinander langsam durch die Gartenpforte ziehen, an Elfriedes Apfelbaum vorüber – wie sie bei den Spargelbeeten
mit den Messern in die Erde stechen und sich abends,
wenn sie fertig sind, in eine Reihe stellen – stumm die Gesichter alle zur Sonne – und mit ihren Messern in den Händen singen

und ich scherzte,
Liebchen aaaaber weiiiinte,
als ich Aaaabschied nahm
von ihrer Hand

und dann wieder durch die Gartenpforte und zurück in
ihre Anstalt gehen, im Gänsemarsch am Festen Haus entlang – wo der Gliedmann oben brüllend seinen Schwanz
durchs Gitter hält, wenn er sie sieht – bis die Wärter ihn
vom Fenster reißen und ans Bett festschnallen in der Zelle,
wo man ihn noch lange toben hört

Und ich scherzte,
Liebchen aber weinte –

immer weiter mit dem Singsang auf dem Kiesweg zum Kasino, dem weißen Rundbau mit der Kuppel – wo auf dem

Rasen die Fontäne springt und eine Palme steht, in einem Faß mit Eisengriffen.

Neben der Frisierkommode hängt der weiße Gipskopf auf dem Nagel, klein wie von einem Kind und senkrecht durchgeschnitten – *die Unbekannte Schöne aus der Seine*. Die hing im Schlafzimmer so an der Wand, mit ihrem stillen Lächeln, daß August, wenn er dran vorbeikam, sagen konnte »die Unbekannte Schöne aus der Saine«. Da klang was Ausländisches mit – floß durch Paris, das wußte man. Elfriede hatte Hemmungen bei *Seine*, die sagte bloß »die Unbekannte Schöne«.

Im Sommer, wenn es hell und windig war und die Lebensbäume draußen sich bewegten, flackerte *die Unbekannte Schöne* an der Wand. Wenn wir vor dem Spiegel der Frisierkommode unsre Glieder rieben, um sie mit dem gelben Maßband aus Elfriedes Singer-Nähmaschine abzumessen, peilte Willy manchmal zu dem Gipskopf hoch.

Im Spiegel konnte man dabei *Christine* sehen. Christine war gezeichnet, *in Bleistift*, nur *gedruckt*. Sie hing gleich links beim Kleiderschrank: eine Frau mit langen blonden Haaren, die im Nachthemd auf dem Boden einer tiefen Grube kniete – die Hände eng gefaltet und den Kopf so weit zurückgeworfen, daß die Haare ihren Hintern streiften. Vor ihr und seitlich lagen Löwen auf dem Sand, die schläfrig zu Christine blinzelten. Die Wand der Grube war gemauert, bis fast zum Bildrand hoch – ohne jede Treppe oder Leiter – und oben, nah am Bildrand, war ein Stück des Himmels zu erkennen. Von dort fiel ein Licht auf Christine, dort guckte sie hin.

Gliedermessen machte man routinemäßig. »Komm, wir messen mal!« sagt Willy – »wetten, daß!« Man hat nicht viel dabei empfunden. Man rieb so lange, bis man messen konnte. Man wußte immer vorher schon, daß Willy Sieger wurde. Er war drei Jahre älter.

Über August und Elfriedes Rüsterbetten hängen *die Beski-den* – zwei krumme Bäume stehen blattlos tief im Schnee an einem steilen Hang. Dahinter kann man weiße Berge sehen und in der Ferne rötlich einen Schein.

Wenn die dürre Tante uns besuchen wollte, wurden *die Beskiden* abgehängt. Dann hing der Nudelfingrige da an der Wand. Den hatte sie ihnen zur Hochzeit geschenkt – »über die Betten«.

Beim Nudelfingrigen war's Nacht. Er kniete schräg durchs ganze Bild, gewickelt in ein Lakentuch, das völlig faltig war. Man sah ihn von der Seite, ziemlich nahe – ein trauriges Gesicht mit schmaler Nase und einem schwachen Bart am spitzen Kinn. Rings um seine schwarzen Haare, die ihm bis zum Nacken reichten, war ein Leuchtring in der Luft – wie im Winter nachts bei den Laternen auf der Sedanstraße. Er guckte nach oben, genau wie Christine. Durch den dunklen Himmel kam ein Lichtstrahl zu ihm hin. In dem Lichtstrahl waren Streifen, wie bei einer Säule. Nicht weit von ihm, in einer Mulde, kauerten drei Männer, die – ohne zu ihm hinzusehen – Karten spielten.

Er hatte seine Arme ausgestreckt auf einem platten Felsen liegen und die dünnen Finger so verknotet, daß sie wie geflochten alle ineinander gingen und man nicht erkennen konnte, welcher Finger eigentlich zu welcher Hand gehörte. *Christus am Ölberg* hieß er.

Wenn die Tante abgereist war, hob August ihn vom Haken runter und schob ihn hintern Kleiderschrank, dann hängte August *die Beskiden* wieder auf.

Im *Herrenzimmer* steht ein Messingtisch – *Rauchtisch* nennt ihn August, sein »Gesellenstück«. Ein runder Tisch mit einer Messingplatte, die mit Sidol gerieben wird. Mitten auf dem Tisch hat August seinen marmorierten Aschenbecher. Wenn man den zur Seite schiebt, erscheint die Sonne: mit blattförmigen Flammen außen – wie eine große

Sonnenblumenblüte – und aus den Flammen kommen scharfe Strahlen, die bis zu einem Ring am Tischrand reichen. In dem kann man die Tierkreiszeichen sehen, verschnörkelt eingeritzt ins Messing, mit dunklen Resten von Sidol darin:

der Ziegenkopf
die Nähgarnrolle
die große und die kleine Ente
die Wasserwellen
das Korsett –

Augusts Gesellenstück als Kunstschlosser – »mit Auszeichnung bestanden, Jungs!«

Wenn man mit der Hand darüberfährt, fühlt man die Vertiefungen im Messing und stellt sich vor, wie August das alles eingeritzt hat und glattpoliert.

Um den Rauchtisch steht *die Ledergarnitur* und schräg zum Fenster steht der Schreibtisch in der Ecke, von dem aus August – »Licht von links!« – sofort erkennen kann, ob einer reinkommt in sein Zimmer. Auf »Licht von links« legt August allergrößten Wert.

Gegenüber seinem Schreibtisch hängen an der Wand *die Schimmelköppe*, eine schwarz gerahmte Bleistiftzeichnung: vier schneeweiße Gäule, die Köpfe alle zum Fenster hin – mit straffem Zaumzeug und gespitzten Ohren. Und wenn die Sonne morgens scheint in Lublinitz, dann gucken sie ins Licht, nach Osten – Richtung Tschenstochau.

Die *Schimmelköppe* zeichnet Willy alle nacheinander einzeln ab – ohne Fehler, haargenau. »Kopieren«, sagte August. »Lehrreich!« Bloß daß Willy jedesmal einen Lichtstrahl dazu zeichnete – wie beim Nudelfingrigen. Er legte ein Stück Pappe an, schraffierte eine Bahn und schob die Kante weiter, bis seine Lichtstrahlsäule fertig war. Die mußte immer drauf – grundsätzlich, hinter jeden Gaul.

August konnte Schimmelköppe nur im Umriß. Manchmal machte er ein ganzes Pferd für einen, aber auch nur Umriß. Willy konnte sie *naturgetreu*. Ich konnte sie fast gar nicht. Wenn ich heimlich übte, sahen die wie Ziegen aus. Am schwersten waren ihre Beine und die Fußgelenke mit den Hufen. Den Oberschenkel mußte man so weit nach hinten biegen und den Unterschenkel dann so weit nach vorne, bis man selber glaubte, daß der Gaul noch nicht mal stehen könnte – dann war's richtig.

Weil ich Willy sowieso nicht schlagen konnte, zeichnete ich Loks. Die interessierten Willy nicht, bei denen war man sicher. Bis er eines Tages selber sich dafür begeisterte, Typen kannte, Baujahr, Maße – und plötzlich anfing, die zu zeichnen: halbschräg von unten, daß man glaubt, die überfahren einen, weil man vorne auf den Schienen hockt, das konnte der – oder wie sie, voll in Fahrt, qualmend aus dem Tunnel donnern – mit Lichtreflexen auf den Kesseln, richtig aus Metall! Wenn er meine sieht, sagt Willy: »Ist doch Kacke, Junge!«

Das naturgetreue Zeichnen hat mir nicht gelegen. Die zeichneten ja einfach ab – wie Willy! Bei den Pferden mußten sie wahrscheinlich Fotos haben, die Pferde hielten nicht so lange stille, bis man fertig war. Bei Christus und Christine klappte das mit Fotos nicht. »Da haben sie Modelle«, sagte August, »arbeitslose Schauspieler zum Beispiel: die knien eine halbe Stunde, dann gibt's Pause und dann wird wieder eine halbe Stunde stramm gekniet.« Im Grunde war das regelrecht Kopieren – genauso wie bei Willys Pferdeköppen.

Hinter Augusts Schreibtischplatz im *Herrenzimmer* hing erst *das Rapsfeld* an der Wand, das war *in Öl* und quittegelb. Nach ein paar Monaten in Lublinitz hing dort das Hitlerbild im schwarzen Rahmen.

Im Unterschied zum Nudelfingrigen war er vollkommen glatt rasiert am Kinn. Dafür wuchs ihm ein Schnurrbart hoch bis an die Nasenlöcher. Um seinen Kopf herum war

auch ein Leuchtring und in den Haaren glänzte es am Scheitel.

Sein Hemd war ihm zu eng, das sah man, der Kragen
war so fest geknöpft, daß beide Ecken in die Höhe standen,
und außerdem war ihm der Schlips verrutscht – das dünne
Ende schlappte wie ein Kälberstrick nach vorne. Schief
über seine Schulter ging ein Lederriemen. Die Löcher ober-
halb der Schnalle waren ausgeleiert, das konnte man genau
erkennen – als ob er sich den Riemen manchmal schärfer
ziehen würde.

August hatte ihn geschenkt bekommen, zum 25jährigen
Beamtenjubiläum in der Irrenanstalt, und nachts besoffen
mitgebracht, in Packpapier verschnürt. Weil er öfter dienst-
lichen Besuch bekam, mußte er ihn in sein Arbeitszimmer
hängen.

»Soll ich mir das Arschloch dauernd ansehn?!« tobte August.

»Um Himmels willen, August! – denk an die Jungs!«
sagte Elfriede.

Deswegen hing er hinter August. Wenn August am
Schreibtisch saß, sah er ihn nicht – aber wenn man in das
Herrenzimmer reinkam, wurde man sofort vom Arschloch
bohrend angeguckt.

Willy hatte einen eigenen Hitlerkopf. Das war sein Beute-
stück vom Mandelnreißen. Als die rausgerissen werden
sollten, wollte Willy nicht. Also wurde ihm Belohnung an-
geboten: wenn er mitgeht und sich's machen läßt, gibt's ein
Geschenk – aber Willy wollte vorher wissen, was. Das wußten sie bis dahin selber nicht, sie wollten ihn einfach will-
fährig haben.

Willy bleibt stur: dann geht er nicht mit –

Na gut, er könnt sich's aussuchen danach. »Natürlich
nicht zu teuer! – und erst die Mandeln selbstverständlich.«

»Fünf Spritzen!« heulte er anschließend rum.

Den Samstag drauf ging's ab nach Beuthen – August und Willy, ich durfte dabeisein – Geschenk aussuchen für die Mandeln. Ich sollte auch was abbekommen. »Kleinigkeit, zum Ausgleich«, sagt Elfriede.

»Du hast ja deine noch!« schrie Willy.

»Markier hier nicht die Memme!« sagte August.

In Beuthen wurde keine Pause eingelegt – Durchmarsch vom Bahnhof bis zum Ring – direkt vors Spielwarengeschäft: ein Tempel, der zwei Riesenfenster hatte. »Na, was hab ich euch gesagt, Jungs!« sagte August und schnippte seine Kippe in den Rinnstein. »Da kommt der Krause gar nicht ran in Bunzlau! Hier findst du garantiert was, Willy!«

Willy ließ sich richtig Zeit bei der Besichtigung, begratschte Eisenbahnen, Dampfmaschinen – die empfahl ihm August dringend – der klappte Bilderbücher auf, eins nach dem anderen: mit grauen Schlachtschiffen voll unter Dampf und Feuerblitzen vor den Rohren, mit Panzern, Stukas, abgeduckter Infanterie beim Angriff – wenn er durch war, hatte Willy kein Interesse mehr.

Ich hätte mir ein Sturmgewehr genommen und einen Gürtel Handgranaten – die sahen aus wie echt. Willy konnte sich für nichts entscheiden.

August kriegte langsam schmale Augen: also raus! hat keinen Zweck!

Und dann kam August die Idee, ihm eine Kinderschreibtischgarnitur zu zeigen, im nächsten Fenster an der Straße: Füllfederhalter in drehbarem Ständer, Schale mit Stiften, aus Bakelit – Locher, Löschpapierroller und Spitzer – und eine grüne Unterlage aus Linoleum mit einem Soennecken-Abreißkalender rechts oben. Zwei schläfrige Eulen hockten dahinter, als Bücherstützen.

Daneben stand der Hitlerkopf: fast lebensgroß, für fünfzehn Reichsmark – in Gips, als Bronze eingefärbt, auf einem schwarzen Sockel. Der Hals war ihm schräg abgeschnitten.

Den wollte Willy unbedingt, kaum daß er ihn gesehen hatte.

»Kommt gar nicht in die Tüte!« sagte August. »Du bist ja wohl meschugge, Junge!« – in dem Moment, als ein SA-Mann hinter uns vorbeiging.

»Was ham Sie da gesagt!?« – mit Mütze und mit Riemen unterm Kinn, die Daumen vorn im Gürtel.

»Kommt rein, Jungs!« sagte August.

»Der Junge will den Führer!« sagte der SA-Mann laut – der blieb glatt vor der Scheibe draußen stehn und wartete.

»Du nimmst das Schreibzeug!« sagte August drinnen. »Das kannst du gut gebrauchen – sieht richtig schnafte aus!« Aber Willy ließ sich nicht bereden.

»Ein wirklich schönes Stück!« betonte der Verkäufer und drehte vorsichtig den Hitlerkopf im Schaufenster nach innen. Draußen stand noch der SA-Mann vor der Scheibe. Der Hitlerkopf war teurer als die Schreibtischgarnitur – das störte Willy nicht. Die Eulen interessierten ihn nicht für fünf Pfennige.

»Da haben Sie sehr gut gewählt – und sehr vernünftig!« sagte der Verkäufer, als er die Tür aufhielt für uns.

August gab ihm keine Antwort, der rauchte wie verrückt, kaum daß wir draußen waren. Willy mußte das Paket alleine schleppen. Vom Geschäft aus ging's sofort zurück zum Bahnhof. Wortlos. Von meiner »Kleinigkeit« war keine Rede mehr.

Elfriede hat nicht viel gesagt, als Willy seinen Kopf auspackte – die guckte August an.

»Hat er sich selber ausgesucht!«

»Fünfzehn Mark! Und ausgerechnet ...! Mußte das denn wirklich sein?!« – »Frag ihn selber!« sagte August.

Abends hörte man ihn in der Küche mit ihr reden. »So ein Rindvieh!« hörte man und: »Diese Flasche! – Mir kommt der Rogen hoch! ... Und der Heini von der Kackegarde gleich daneben! das passiert mir nicht ein zweites Mal mit ihm, verlaß dich drauf!«

Willy stellte seinen Hitlerkopf im Kinderzimmer auf den Tisch, an dem er Schularbeiten machte. Seitlich am hinteren Tischrand stand er und guckte ihm zu. Anfangs putzte er ihn täglich mit der Kleiderbürste, auch die Augen, regelrecht gewienert wurden die.

Später hat er ihn aufs Fensterbrett gestellt, das Gesicht nach außen. Man konnte ihn vom Park aus deutlich sehen. Unten jäteten die irren Frauen und er guckte runter.

Im Wohnzimmer steht das Klavier – an das muß Willy regelmäßig ran zum Üben. Elfriede weiß genau, ob er »sein Soll erfüllt«. Wenn er schlappmacht, zählt sie ihm das Geld vor, das zum Fenster rausgeworfen wird. Das geht an einen, der ist Geigenspieler und gibt Willy jede Woche zweimal Unterricht auf dem Klavier.

Wenn die Tante zu Besuch ist, wird das Hauskonzert organisiert. Dann bringt der Geigenspieler einen mit, der Klarinette kann. Mit denen zusammen macht Willy auf dem Klavier. Im weißen Oberhemd und naß gekämmt. Mich speisten sie mit dem Triangel ab. In den schlug ich mit einem langen Nagel – je nachdem.

Die Musik lang saßen August und Elfriede und die Tante in den breiten Ledersesseln. August mit hohem Kinn, die Augen halb geschlossen. Elfriede kriegte gleich am Anfang ein verschwommenes Gesicht. Die Tante guckte Willy an, durchgehend lächelnd und mit schiefem Kopf, und nickte abschnittsweise, wenn er die Töne schaffte. Immer wenn ein Stück herum war, klatschten sie. Hin und wieder hörte man's auch oben in der Wohnung klatschen – »Der braune Sack liegt mit dem Ohr am Teppich und hört mit, der hat bloß Grammophon«, sagt August. Dann grinsen beide Musiker – ganz vorsichtig.

Manchmal zog der mit der Geige seinen Bogen durch den Kolophoniumstein. Das war für mich an der Musik am interessantesten – der dunkelgelbe Stein, der eine tiefe Rille hatte.

Vom Wohnzimmer aus kann man in den hellen Winter- **37**
garten. Auf der weiß lackierten Bank beim Gummibaum hat
im Sommer 44 Kurt gesessen, Elfriedes zweiter Bruder. Der
kam aus Rußland und war Ingenieur! – der hatte Front-
urlaub.

Er saß im Wintergarten und trank Kaffee. Sein Gesicht
war voller roter Flecken und sah aus wie abgeschält. Kurt
war mit seiner Truppe in die Nähe einer Explosion geraten.

Seit dem Besuch in Lublinitz war Kurt verschwunden.
In Rußland irgendwo. Wenn sie nach dem Kriege Adolfs
Strecke zählten, hieß es regelmäßig: »Und der Kurt in Ruß-
land halt – wo mag der geblieben sein?«

»Das mußte auch noch vorher kommen!« sagte Elfriede
jedesmal – die Verbrennungen so kurz vor seinem spur-
losen Verschwinden hielt sie für eine überflüssige Gemein-
heit.

Im Keller steht der blaue Tontopf mit dem Sauerkraut – in
einem dunklen, kühlen Seitengang. Auf dem Sauerkraut
liegt umgekehrt ein Teller und auf dem Teller liegt ein
Stein.

Wenn man vom Sauerkraut gegessen hat und anschließend den Teller und den Stein zurücklegt, sieht es genauso
aus wie vorher.

Im Raum daneben ist die Wäschemangel, ein Holzgestell
mit einem Kasten groß wie ein Pferdefuhrwerk, bis fast zur
Kellerdecke hoch, voll schwerer Steine drin. Den Kasten
kann man mit der langen Kurbel hin- und herbewegen auf
zwei glatten Rollen – *die Kullen*, sagen Sophie und Elfriede.
Wenn Sophie und Elfriede mangeln müssen, nehmen sie
die Kullen nacheinander auf den Tisch und wickeln sie in
Wäsche ein und dann ein Rolltuch ringsherum und schieben das unter den Kasten. Wenn man langsam an der Kurbel dreht, senkt der Kasten mit den schweren Steinen sich
herunter auf die Kulle und fährt knackend auf ihr hin und

her. Ist die Kulle falsch gewickelt, brechen alle Knöpfe in der Wäsche.

Meistens kurbelte die Polin Sophie, die war stärker als Elfriede. Elfriede war zu dick zum Kurbeln, die schwitzte gleich dabei und Sophie war auch jünger. Wenn man unvorsichtig ist beim Kurbeln und nicht aufpaßt, müssen einem hinterher im Krankenhaus die Ärzte eine Hand »abnehmen« – vielleicht sogar den ganzen Arm.

Durch die Kellerfenstersiebe sieht man, wie der Kiesweg glitzert draußen in der Sonne. Wenn Sophie an der Hauswand die Rabatte jätet, kann man durch die Siebe ihre Beine sehen – so nah, daß man sie fassen könnte. Willy hatte das entdeckt. Manchmal bückte Sophie sich beim Jäten derart tief, daß man ihre Unterhose sehen konnte. »Guck dir die Schlüpfer an! was sagst du jetzt?« Ich fand nichts an den Unterhosen. »Dummes Luder!« sagte Willy – »keine Ahnung!«

In der Mansarde wohnt der Lehrer Gnazy, Elfriedes Kostgänger, um »den Gehalt« zu bessern. »Gehalt« ist maskulin bei August – prinzipiell. »Mit *der* triffst du den Kern der Sache, Junge«, sagte August.

Jeden Morgen kommt der Lehrer Gnazy an die Wohnungstür und klingelt: »Frau Rachfahl, ist mein Tee schon fertig?« – »Aber ja, Herr Lehrer!« sagt Elfriede jeden Morgen. Kalmus-Tee, mit dem verzieht er sich ins Dach. Wenn man ihm im Treppenhaus begegnet, lächelt er – als ob er weiß, was man sich denkt. Unvermittelt kann er seine Augen schlitzförmig zusammenkneifen. Dann sieht er mit dem schmalen Schnurrbart wie ein Jäger aus. Wenn man eine halbe Treppe höher ist als Gnazy, kann man seinen Scheitel sehen über seinen großen, nackten Ohren.

»Frau Rachfahl, ist mein Tee schon fertig?« – solche Fragen hat sie fast ihr Leben lang gehört – »Aber ja, Herr Lehrer!« Mieter und Kostgänger hatte sie immer. Oder sogenannte *leichte Fälle* aus der Anstalt – die *Familien-*

pfleglinge. In der Lublinitzer Wohnung gab es drei von denen, zum Stopfen und zum Bügeln. Die brachte morgens
eine Schwester und abends holte sie sie ab, zurück zur Anstalt. Einmal oder zweimal in der Woche. Die saßen meist
im Kinderzimmer, wo auch die Nähmaschine stand, die
stopften unermüdlich. Wenn man allein mit denen war,
verging die Zeit ganz langsam. Heergesell war jedesmal dabei – eine starke, schwarzhaarige Frau.

Manchmal ließen sie die Arbeit sinken, kicherten und
horchten: auf Elfriedes Schritte in der Küche – aufs Schlagen der Ofentür – auf das Klappern vom Herd.

»Willst ein Märchen?« sagt dann Heergesell. Die beiden
andern gucken einen an und warten, sie konnte überhaupt
nur eins – »Na, willst?!«

Kaum daß man nickte, stopften alle drei gleich weiter
und Heergesell fing an mit ihrem Märchen: »War mal'n ei-
sernes Zimmer, Rudi, in dem saß n eiserner Mann an nem
eisernen Tisch – vor nem eisernen Ofen, der glühte. Und
auf'm glühenden Ofen drauf saß ne eiserne Katze. Kannst
dir's vorstelln, Rudi?«

Ja, konnte man – und ob!

»Da ging n Wind, der riß die Türe auf, und wie das die
eiserne Katze sieht, is se runter vom Ofen und raus. Sagt
nischt der eiserne Mann dazu.

Also is se die Chaussee lang, bis se an ne Brücke kam,
hockt sich oben aufs Geländer, kuckt in Bach – in die Lubli-
nitza, Rudi. Aber wie se unten die Schlammpeißger zappeln sieht im Wasser, wird se wacklig, fällt se runter, steckt
se tief im Schlamm und kann nicht weg. Bis zum Halse,
Rudi – hoppla.«

»Da half kein Pläken und kein Garnischt, das war ihr
nicht gesund«, sagt Heergesell, »denn über drei Tage entdeckt se der Adler, packt se und nimmt se sich mit in die
Luft – und immer höher rauf, bis übers Meer, und immer
höher, höher, daß ihr's Hörn und Sehn verging – soll ich
weiter, Rudi?«

40   Und wenn man nickt, geht's ohne Pause weiter.

»Läßt se plötzlich los aus seinen Krallen, saust se wie ein Stein nach unten in ein Schiff rein, mitten in ne Ladung Sand im Dunkeln, daß se nich mehr wußte, wo se war – fing's an zu regnen draußen auf m Meer und immer höhre Wellen, kam noch Sturm und nachts brach's auseinander, war das Schiff heidi – konnt keiner schwimmen von den Leuten, mußten se ertrinken alle, bloß die Eisenkatze stoppelte sich durch, die schwamm und schwamm – die ganze Nacht – und wie's dämmrig wurde morgens, fühlt se Steine an n Pfoten, steigt se aus'm Wasser – kann se nich mehr, Rudi, macht se schlapp, bleibt liegen.

Über ihr war a rotes Licht in der Luft, das ging immer an, immer aus – immer an, immer aus – das war von dem Turm, wo sie unten dran lag – immer an, immer aus – und das regnet und regnet monatelang, immer weiter und weiter und weiter – bis se angefangen hat zu rosten, Rudi.«

Jetzt wartet Heergesell – jetzt muß man wieder nicken.

»Oben auf'm Turme wohnt n Mann«, sagt Heergesell dann langsam, »der heißt Smarkowski, Rudi. Der weiß von nischt, daß da ne Eisenkatze liegt und rostet – der raucht und denkt sich seins und putzt seine Lampe fürs rote Licht. Und wie's Sommer is«, sagt Heergesell, »steigt Smarkowski runter drin im Turme, alle 96 Stufen – sperrt die Türe unten auf und sieht n Haufen Rost da liegen. Und oben drauf n Eisenrohr – den Schwanz von der eisernen Katze, Rudi.

Das kann er sich an seinen Ofen stecken, denkt er, und steigt die 96 Stufen rauf damit und steckt sich's oben an n Ofen. Und wie's Herbst wird und zu kalt im Turme, macht er Feuer in sei'm Ofen, rückt n Sessel hin und guckt. Und wie's heiß im Ofen wird, fängt der Ofen an zu glühen, Rudi – und ooch das Rohr fängt an und glüht – und wie er ins Feuer guckt und aufs glühende Rohr ... da sieht er im glühenden Rohre auf einmal ne glühende Katze!«

Wenn Heergesell an die Stelle kam, wo der Ofen heiß wurde, hörten alle drei mit ihrer Arbeit auf und blickten einen an – die Stopfpilze im Schoß. Und wenn Heergesell zu Ende ist mit ihrem Märchen, sagen sie erst nichts und warten lange – bis auf einmal alle kichern – und dann stopfen sie ganz ruhig weiter.

Die *Eiserne Katze* erzählte einem Heergesell immer wieder, bis sie eines Tages, als Smarkowski in die Flammen guckte, sich plötzlich auf mich warf und mich mit beiden Händen würgte – bis mir die Zunge raushing – lautlos zappelnd – bis Elfriede, weil die andern beiden schrien, aus der Küche stürzte und Heergesell abriß von mir.

Zwei Wärter zogen ihr die Jacke über und brachten sie zurück – sie kam danach nicht mehr.

»Wärst wohl erstickt«, sagte Elfriede später, »wenn ich sie nicht im letzten Augenblick ...«

Fürs erste hatte ich genug. Mit dem blaugequetschten Hals setzten sie mich täglich in die Sonne, auf den Balkon, gleich vormittags, neben eine Kiste Apfelsinen. Die hatte August rangeschafft. »Iß, Rudi, iß! Das braucht dein Körper! Vitamine!« sagt Elfriede.

Unglaublich, geradezu exotisch: eine Kiste Apfelsinen – zu Füßen der Schwarzen Madonna von Tschenstochau beinah. Ein paar von denen waren eingewickelt, in dünnes, seidiges Papier, mit einem Neger drauf – der hatte goldne Ringe an den Ohren und lachte wulstig von der Apfelsine. Und das Papier war derart leicht, da konnte man sich kleine Fallschirme mit Nähgarn machen und sie heruntersegeln lassen vom Balkon. Manchmal flogen sie bis an den Ahorn auf der Raseninsel – vor dem roten Nachbarhaus, wo Birgel wohnte und die blonde Frau.

Mittags sauste Birgel in den Hof, in seinem Opel-Zeppelin, fegte um die Raseninsel, daß der Sand hochspritzte hinter ihm, und hupte. Birgel hatte immer Stiefel an. Wenn er die Treppe zur Haustür raufgaloppierte, hörte man es auf den Stufen drüben knirschen. Oben stand schon die blonde Frau in der offenen Tür – im Dirndlkleid mit kurzen Ärmeln und einem breiten Ausschnitt an der weißen Bluse.

»Der kommt die jeden Mittag vögeln«, sagte Willy. »Die vögeln alle bloß!«

Wenn Willy in Stimmung ist, muß er den Handfeger haben – »Los, hol ihn her!« Am Handfeger ist eine Schlaufe dran, mit der hängt er im Besenschrank am Haken. Wenn wir alleine in der Wohnung waren, stellte Willy sich mit offner Hose auf den Badewannenrand und hängte sich den Handfeger ans Glied. »Hier: das ist Kraft, mein Lieber! Ohne Hände!« Warum er auf der Wanne stand dabei, blieb unklar. Es gehörte halt dazu.

Wenn man sich nicht anständig beeindruckt davon zeigte, wurde man sofort zum Affen degradiert. *Affe* war auf Willys Skala fast die letzte Stufe, *Affe* lag noch unter *Arschloch*. Bei *Arschloch* hörte man noch Wut mit, fühlte man sich noch für voll genommen – bei *Affe* war man nichts als blöde, *Affe* lag knapp über *Kind*.

Norbert war bei Willy Dauer-Affe – der Sohn des Kreisleiters, der oben wohnte. Seine Schwester Christa pißte regelmäßig in den Sandkasten im Hof. Notorisch gradezu. Zur Wohnung hoch war's ihr zu weit. »Spiel da nicht drin, sonst kriegst du Ausschlag!« – Norbert nahm das wahllos in die Schnauze. Willy mochte Norbert nicht, der brachte ihn auf Touren, putschte ihn: »Komm, nimm dir eine Ladung, Norbert!« – und trat ihm seelenruhig seine Kuchen platt. Einen nach dem andern. Norbert hatte ein lange Schrecksekunde, der beglotzte Willys Schuh – bis sie alle nacheinander plattgetreten waren, seine Pißsandkuchen. Nach dem letzten guckte er ganz langsam rauf zu Willy – und auf einmal brüllte er.

»Laß den Affen«, sagte Willy und ging einfach um die Ecke.

Die Obergrenze war auf Willys Skala *Ficker*. Darüber **43**
fing der Mensch für Willy an. Die Grenze war nicht leicht
bestimmbar – *Ficker* konnte er auch anerkennend meinen,
je nachdem, wie er das sagte.

Den Sommer über hinkte ab und zu *der Hoppeck* auf der
Sedanstraße, am Zaun vorbei bis in den Wald – ein abgeris-
sener Alter mit schlappigem Hut und immer einem Holzscheit in der Hand. Wenn es mittags still im Hof war,
konnte man ihn manchmal plötzlich hören: das Ratschen
seines Scheits am Zaun – mit den Pausen zwischendurch,
wenn er an den Pfosten war. Dann ließ man alles, was man
gerade machte, liegen und horchte auf den Hoppeck. Solange der Hoppeck ratschte, traute sich keiner raus aus
dem Hof. Aber wenn wir ihn am achten Zaunfeld hörten,
rannten wir zum Tor und guckten – wie er hinten an den
Linden in den Wald reinhinkte.

»Alter Ficker!« sagte Willy durch die Zähne – in einem
Ton, der zwischen Anerkennung und Beschimpfung lag.
Der konnte das so sagen, daß man glaubte, das eine habe
mit dem anderen zu tun. Wie das zusammenhängen sollte,
konnte man sich nicht erklären, aber irgendwie gehörte es
zusammen.

Durch die Erfahrungen der Lublinitzer Orte wird das
Gehirn besetzt und topographisch festgelegt, wo die
Geschichten spielen, die sich nur im Kopf ereignen. Wenn
man Jahre später ganz woanders *Peter Schlemihl* liest, läuft
der Mann, der keinen Schatten hat, auf dem Sandweg an
der Sedanstraße durch die Sonne, wird dort von dem im
grauen Rock am Ärmel festgehalten – und wenn der Schatten auf dem hellen Sand vorbeigleitet, dann ist das hier.

Schneeweißchen und Rosenrot leben am Waldrand, wo
die Irrenanstaltsmauer abbiegt, wo ein Weizenfeld liegt in

der Hitze – in dem steht ein Mann und blickt herüber und bewegt sich wie ein Bär.

Und auch *die schöne Frau* im *Taugenichts* lebt hier. Wenn man sie vor sich sieht beim Lesen, guckt man im Park in Lublinitz, im Halbdunkel der Sträucher hockend, zur Villa Seidel hin: wo die Ordensschwester auf und ab geht, immer wieder – *die schöne Frau* mit ihrem Buche in der Hand zieht in der Ferne wirklich durch den Garten dieser Villa Seidel.

Das dockt nun an und kann nicht mehr woanders hin. So wie die Eulen und die Affen aus dem *Eulenspiegel* – die werden in der Bäckerei in Lublinitz am Ring gemacht. Und an dem langen Nagel, den man nicht erreichen kann – hoch an der Kellertreppe – hängt heute noch die Kreuzhacke der *klugen Else*. Nirgendwo sonst als hier in Lublinitz im Keller.

Wenn die Feldmaus auf Besuch zur Stadtmaus kommt, läuft sie neben Sophies Zimmer in die Speisekammer. Dort hat Elfriede pralle Säcke stehen, an denen schnüffeln dann die beiden Mäuse, die Stadtmaus und die Feldmaus – am Mehl und an den Erbsen und den Linsen, in denen die kleine Blechschaufel steckt – am Griebenschmalz im Steintopf und am Butterklumpen in den feuchten Tüchern – an der Käseglocke mit der eklig-braunen Rolle drunter – an den Eiern in der Schüssel und den Krausen mit den roten Gummizungen ... und an den sauren Gurken gleich daneben, von denen man sich eine nehmen kann. Wenn August Brand hat nach dem Suff, ist immer eine Krause offen, in die greift August einfach mit der Hand. An die Krakauer Würste können die Mäuse nicht ran, die hängen oben an der Wand an ihren Haken – und in der Luft darüber hängen weiße Beutel mit den Schinkenknochen drin. Wenn man in der Speisekammer auf die Ritsche steigt, sieht man im Fliegenfensterdraht die Ahornblätter draußen schattig flackern, weil es windig ist im Hof.

Elfriede ist die Lublinitzer Speisekammer nicht bekom-

men, seit August an der Quelle saß, die wurde zum wei- **45**
chen Koloß an der polnischen Grenze. Als uns August Ende
44 alle knipsen ließ – zweiten Weihnachtsfeiertag – mußte
ich mich vor Elfriede stellen, an ihr Knie anlehnen, weil wir
sonst nicht draufgegangen wären auf das Foto. An meinem
Hintern war Elfriedes Knie so weich, daß es sich wie ihr
Bauch anfühlte.

Das Bewußtsein der Gefühle und Empfindungen entsteht,
wie's eben kommt – die Dispositionen warten auf die En-
gramme – die werden hier am Lublinitzer Wasser einge-
schliffen. Was später folgt, sind meist bloß Varianten, die
ändern nicht mehr viel. Manchmal wird noch etwas ausge-
tauscht, verschoben und erweitert – beim Ekel beispielsweise. Der ist an Käse erst gebunden – als Anlage von Anfang an. Dieses elende, abgrundtief widerlich stinkende
Zeug, das sie allen Ernstes essen! sich an ihre Nasen halten
und dann wirklich runterschlucken! – daß ihr warmer
Atem faulig übern Tisch kommt und man an die Rücken-
lehne muß – dieses hinterhältige Geschmiere, das sie tük-
kisch an den Messern lassen und als pissig-gelbe Rinden
auf dem Brotbrett. Unglaubliche Gerüche! – haargenau wie
die aus Willys Wolke abends, wenn er *krimmert* – wollüstig
im Bett sitzt, seine Füße kraulend, blöde im Gesicht vor
Wohlbehagen, liest dazu, das Ferkel – mit gespreizten
Oberschenkeln, schräg die Fußsohlen nach oben ...
    Da fruchteten selbst alle Drohungen Elfriedes nichts, es
könnten Zeiten kommen, wo nur das! – wo es sonst nichts
zu essen gäbe als nur das! ... so ein Leben schien mir nicht
mehr lebenswert. Schon gar nicht, wenn sie mir kauend
den Nährwert anpries von schleimig zerlaufenden Sorten –
die sie sogar selber unter einer Glocke halten mußte, weil
sie selber nur beim Essen den Gestank ertragen konnte –
nur beim Essen!
    Butter schließlich auch nicht mehr – wenn überhaupt
bloß unsichtbar, dünn unterm Quark. Elfriede wußte das

natürlich und nahm Rücksicht drauf – taktisch, um mich einzulullen – klumpte das heimlich in ihre Suppen, ließ es zergehen und stritt es ab. Doch die kleinen gelben Augen auf der Suppe zeigten, wie sie log. Wenn man, um ihr's endlich zu beweisen, stumm davon gegessen hat, bis die Tränen runterliefen, hatte man für eine Weile Ruhe – kriegte sie Mitleid und ging ein paar Wochen zu Schweinespeck über. Aber dann schmierte sie einem zum Ausgleich die Brote dermaßen – »Nur gekratzt! genau wie immer! Nervennahrung, Rudi!« – daß der gelbe Qualster sämig in den Löchern klebte, auf der Außenseite rausquoll – ekelhaft!

Meine Mißbildung in dieser Sache war den anderen Gesprächsstoff, namentlich der Tante. Der war ein Dasein ohne Butter unbegreiflich: »Haaaach! die gute Putter, Rudi!«, die sprach das Zeug mit P – da wurde es noch glitschiger. Wenn Willy seinem Affen Zucker geben wollte, aß er mir das mit dem Löffel vor, löffelweise Butter! – zum Erbrechen. Anschließend hielt er mir den Harzer hin: »Hier, riech mal, Junge: fast wie Scheiße!« – damit amüsierte er sich regelmäßig.

Das Urgefühl der Angst wird mir im Lublinitzer Kino beigebracht, versehentlich und völlig überraschend für Elfriede. Sie ging mit mir in eine *Filmvorstellung*, irgend so ein Kinderjokus, jugendfrei. Aber die Vorschau auf nächste Woche: die war nicht jugendfrei.

Plötzlich ist dort ein Mann auf der Leinwand – halbnackt, schweißglänzend zwischen andern hockend, die alle lange weiße Hemden tragen – und wird immer größer und größer, riesig! – ein blankes Messer in der Hand und schreit, die Spitze vor dem nackten Bauch – frontal zu uns auf den Klappsitzen unten – brüllt markerschütternd in das Lublinitzer Kino – die Lautsprecher voll aufgedreht, wie bei der Wochenschau. In diesem Augenblick wirft sich Elfriede über mich, hält mir die Augen zu und drückt mich an sich. Wodurch ich nie erfuhr, was dieser Mann ... ihn also in der letzten Phase – wahnsinnig schreiend mit dem Messer vor dem Bauch – als unauslöschliches Gedächtnisbild gespeichert habe. Und das Gefühl, daß man sich fürchten muß, weil man's nicht sehen soll – und weil ich an Elfriedes Hand auf meinen Augen spürte, daß sie selbst zitterte und mich nicht schützen konnte, mir nur die Augen schloß: das war die Angst.

Der Haß ist mir vertraut geworden, als meine Lungen sich entzündet hatten, doppelseitig. Das galt noch zwanzig Jahre später als erstklassiger Schicksalsschlag im Lublinitzer Leben. *Doppelseitje Lungenzündung – ausgerechnet Heiligabend!* Man liegt apathisch, entkräftet im Bett – die Bäume draußen unbewegt, voll schweren Schnees. »Und grade *der!*« hört man Elfriede sagen, »auf den hat August solche Hoffnungen gesetzt!« – als ob ich längst gestorben sei und das bei Willy nicht so schlimm gewesen wäre – »Sollte unbedingt mal Ingenieur geworden sein, der Junge!« Und die Tante sagt: »Jesses, Friedel! beschrei's nicht!« – die kann das auch nicht fassen, daß ich gleich tot sein werde. Die ruckt mit dem heulenden Kopf wie ein Puter und August und Willy fahren den Baum auf dem Teewagen bis vor mein Bett – mit brennenden Kerzen – und schieben ein Pony auf Rädern dazu. Das streicheln sie am Hals und tätscheln ihm die Flanken. Stellvertretend sozusagen.

Die Überraschung folgte nach der Einbescherung: der Hausarzt drückte mir die Spritze in den Arm, verklebte mir die Nadel – aus dem aufgehängten Glase oben lief es tropfenweise in mich rein. »Die letzte Möglichkeit ... wenn er den Morgen schafft!« Elfriede setzt sich neben mich – man will das runterreißen – sie summt beruhigend, man kann nichts tun dagegen, sie hält die Arme fest dabei, mit beiden Händen – bis man keine Kraft mehr hat.

Als ich am nächsten Morgen wach war, konnte ich mich nicht bewegen. Sie hatten mir die Arme an das Bettgestell gebunden, damit ich die Kanüle drinbehielt. Der Tropfbehälter oben war randvoll, sie hatten nachgefüllt, der Arzt war dagewesen. Elfriede saß am Fenster, stopfte Strümpfe. Als sie merkte, daß ich zum Behälter hochsah, sang Elfriede: *Noch einmal das schöne Spiel – weil es mir so gut gefiel* – mehrmals, immer wieder. Ganz fröhlich sang sie das und stopfte weiter. In diesem Augenblick kam über mich der Haß.

Das Pony war aus Kalbfell, ein Holzwollepansen mit Fell überzogen – stabil, man konnte es reiten. Willy war schon reichlich groß fürs Pony. Der saß darauf wie Sancho auf dem Esel und rieb sich an der Kruppe.

Den Sinn für das Erhabene vermittelten mir Hefeklöße. Birgel hatte einen Sohn und eine Tochter. Der Sohn hieß Horst, mit dem war Willy meist befreundet. Wenn sie gut bei Laune waren, durfte man danebenstehen. Manchmal brachte Horst in seiner Lederhose Hefeklöße mit vom Essen – Verpflegung für den Nachmittag. Seine Mutter, diese Blonde mit der Dirndlkrause um den Busen, war aus Süddeutschland, die machte die. Elfriede kochte Preußenkost, in ihrer Küche war kein Platz für Hefeklöße.

Als Horst zum ersten Male einen vorsichtig herauszog aus der Klappe seiner Lederhose, diesen unbekannten Bollen – außen glasig, aber weich, daß seine Finger Dellen in ihn drückten, und innen mürbe und duftend, wenn er ihn aufbrach – etwas Verfeinertes war das, was man da spürte – ein Leichtes, Luftiges – nichts wie Elfriedes schwere *Rutscher*, die klatschig in der Schüssel lagen – probieren ließ er einen nicht, nur riechen.

Der Kloß blieb unerreichbar und alles, was er war für einen, ebenso: das Ferne, Süddeutsche, das Fremde – die blonde Frau im Dirndlkleid, die so was machen konnte und die auch anders sprach als August und Elfriede – mit einer Stimme sprach, bei der man an die Walnußbäume dachte, die man noch nie gesehen hatte, weil sie in Lublinitz nicht wuchsen ... beim Anblick dieser Klöße ahnte ich, was das

Erhabene sein mußte: etwas, das man nicht erreichen konnte, weil man zu gewöhnlich war dafür, was nur in diese Welt gehörte, in der man Lederhosen trug als Junge, nicht diese kratzenden, schlappen Bleyle-Klamotten wie wir.

Wenn ich später dem Erhabenen begegnete – Maria der Elisabeth entgegentrat, Johanna wie entrückt im Kerker saß – war es immer mit den Hefeklößen dort in Lublinitz verbunden, dem plötzlich und unerwartet zum Durchbruch gelangten starken Gefühl im Anblick der Klöße.

Willy hatte kein Organ für das Erhabene, der wollte »die Birgel im Dirndl ficken«. Das schnalzte er mir öfter vor, malte sich in allen Farben aus, wie der Alte drüben das wahrscheinlich machte vor dem Mittagessen, wenn er die Treppe raufgaloppiert war in seinen Stiefeln.

Mit angeschnallten Skiern ist mir klargeworden, daß im Blick des Anderen Instanzen sprechen. Die Skier hatte August uns besorgt. Er selber hatte sich auf dem Gebiet bis dahin nie betätigt. Vermutlich hat er das im Film gesehen und die Bretter franko aus der Irrenanstalt kommen lassen – obwohl die Irren auch nicht damit liefen. Wir sollten »feste üben« – »schön abwechselnd«, weil's nur zwei Skier gab. »Vormachen« konnte August nicht – die Knoche! Elfriede war zu dick für solche schmalen Bretter. Als Bindung hatte man zwei angeschraubte Lederriemen, die schnallte man sich quer über die Kappen. Anschließend quetschte man den Absatz in die Federwurst. Das Beste waren diese Bambus-Teller an den Stöcken – die gaben gute Abdrücke im Schnee.

Kaum daß Willy seinen Skilauf angefangen hatte, lag er *Scheiße* schreiend in der Einfahrt, weil er auf der Glatteisspur von Birgels Wagen nicht mehr bremsen konnte – total verdreht, dem war die Lust vergangen – und deshalb durfte ich.

Ringsum war nirgendwo ein Hügel in der Lublinitzer

Landschaft, an dem man hätte runterrutschen können, man flatschte mit den angeschnallten Brettern Richtung Waldrand und zurück. »Na also, klappt ja!« sagte August, wenn er einen vor dem Hoftor traf. Meistens stand man – neben sich die Stöcke rechts und links – und guckte übers Feld, wie angefroren auf den Skiern. Dreihundert Meter ungefähr vom Haus entfernt – allein im Schnee. Das war ein zünftiges Gefühl. Wenn man mit dem Munde wie ein Karpfen machte, sah man seinen weißen Atem. Den Nasenschleim zog man nach oben, weil man Fausthandschuhe tragen mußte.

Vor einem senkte sich die Böschung und unten war das Feld – zwei Meter tiefer mindestens – ein regelrechter Abgrund. Ich überlegte mir das sehr genau, eh ich gedanklich soweit war und mich vom Rande stieß – und augenblicklich feststak: die Spitzen vorn im Acker und die Enden in der Böschung hinter mir – gewissermaßen in der Luft fixiert.

Weil ich anders von der Skierbrücke nicht herunterkonnte, blieb mir nicht viel übrig, als mich abzuschnallen – bis ich dabei sozusagen umschlug und bewegungslos wie ein Kanister an der Böschung lag – die verqueren Bretter beide über mir.

Oben war plötzlich ein Mann auf dem Weg. Er stand dort und lachte – ganz lautlos, nur mit dem Gesicht. Er muß schon länger dort gestanden haben.

Der Blick dieses Mannes war der Ursprung aller späteren Besonnenheit und Wachsamkeit beim Nasepopeln und beim jugendlichen Onanieren – der Quell der sogenannten Überlegenheit durch Selbstbeherrschung und der Keim der Fähigkeit, Niederlagen wirkungslos in Siege umzuwandeln: denn auf mein hilfloses Gestammel hin »Die Skier sind zu lang« hatte der Mann sein lautloses Lachen beibehalten und war einfach weggegangen.

Die Überlagerung von Ekel durch Interesse lernte ich am Regenfaß, im feuchten Winkel vor der Ziegelwand. Das

Faß war mir ein bodenloser Spiegel, in dem tief unten weiße Wolken über Kieselsteinen schwebten, und wenn man seine Augen locker ließ, fuhren Wasserläufer zitternd hin und her, warteten, trieben zum Rande und dellten das Wasser ein mit den Spinnenbeinen – verschwanden in der Dunkelheit der Mauer – und rückten gleich danach ins Helle vor: zuckend über fernen Wolken, die durch ein Gebirge zogen.

Einmal kommt August mit blutigem Daumen nach Hause. Da war er mit der Knoche an der Anstaltspforte in die Pendeltür geraten, als er nicht mehr sicher auf den Beinen, angesoffen war. Um den Daumen hat er sich ein Taschentuch gewickelt. Das Taschentuch ist naß von Blut. Der Hut sitzt schief. So kommt er durch die Einfahrt übern Hof. Und wie er vor der Haustür steht und seinen Schlüssel sucht, beugt er sich plötzlich übers Regenfaß und kotzt.

Aus dem Badezimmer hörte man ihn später mit Elfriede sprechen, sein Fischgratmantel lag noch auf dem Küchenstuhl.

»Wie konnte das passieren?!« sagt Elfriede. »Bloß weil du wieder angefangen hast!«

»Rede nicht!« sagt August. »Ich spür's nicht mit der Knoche, weißt du doch – bin mit dem Daumen zwischen Tür und Rahmen.«

»Der Nagel bleibt nicht dran, der ist gespalten!« sagt Elfriede.

»Verbind's und hol'n Schnaps!« sagt August.

Als ich sah, wie August in mein Faß reinkotzte, weil er es in seinem Zustand nicht mehr schaffte in die Wohnung, wurde mir das Faß verekelt. Bis ich nach drei Tagen trotzdem hinging, seinen Auswurf unten auf den Steinen sah – zwischen weißen Wolken und der dunklen Giebelwand. Eine Woche später hat es ausgesehen, als gehörte es dazu – war ganz lehrreich, diese Kotzlektion von August.

Die Sexualität erfuhr ich, ohne daß ich sie gebrauchen konnte – durch Anschauung, passive Praxis und angestrengtes Imitieren. Bei Willy hatte alles Hand und Fuß, der schlug sogar im Wörterbuch nach, um Bescheid zu wissen. »Hier, guck dir das mal an! – *ficken, Zeitwort*: reiben, peitschen/*Ficke, weiblich*: Hosentasche«.

Hosentasche? das konnte Willy nur sehr umständlich erklären.

Horst sagte meistens *vögeln*, das stand im Wörterbuch nicht drin, auch *Fitschekuckel* nicht. So hieß das bei der Tante – wenn sie glaubte, daß man sie nicht hören konnte. Wie es funktionierte, konnten Horst und Willy haargenau beschreiben. Am besten war es, wenn man einen richtig Großen hatte – wie der Gliedmann in der Irrenanstalt, wenn er ihn durchs Gitter steckte und dazu noch brüllte.

Elfriede sprach von solchen Sachen nur im Notfall – wenn *gründlich waschen* an der Reihe war. *Schnips* hieß das Ding bei ihr, auch *Dingrich*. Sie sprach dann immer etwas hastig.

August sagte anfangs *Glied*. Im Laufe der Jahre änderte August die Nomenklatur. Als wir älter wurden, nannte er es *Pfeife* – oder *Bottel* und *Johannes*. Bei *Flinte* wußte man, daß er getrunken hatte. Wenn er in dem Zustand seine Schwester ärgern wollte, fing er an, sein Stammgedicht zu deklamieren:

Der Mensch, das ist ein Erdenkloß,
gefüllt mit roter Tinte,
der Arsch ist wie ein Teller groß,
und vorne hängt die Flinte –

bis sie ihm laut ins Wort fiel, aber erst nach *Flinte*: »Um Gottes willen, August!!«

Im letzten Stadium des Suffs hieß es *Familienstrunk*. Dann ging August nicht mehr *kurz aufs Klo*, sondern *den Familienstrunk auswinden* – durch die Zähne, aber gut verständlich.

Sophie hatte einen Schamster, der war Landser und kam nur in Uniform. Einen Sommer lang bei schönem Wetter abends setzte sich der Landser neben Sophie auf die Bank im Hof. Die Bank stand unterm Lindenbaum. *Affenbrotbaum*, sagten wir, Willy hatte das erfunden – Sophie stopfte Strümpfe unterm Affenbrotbaum.

Der Landser brachte mir das Fahrradfahren bei. Wenn ich versteift mit den Pedalen auf- und niederstieg, hielt er mich hinten unterm Sattel – »Ich hab dich, Rudi, kann dir nischt passiern!« So machten wir jedesmal Runden im Hof – zu Birgels Treppe und zurück zur Bank zu Sophie.

Bis ich mich eines Tages bei der Fahrt zu Birgels Treppe, weil ich den Landser nicht mehr laufen hörte hinter mir, im Fahren umdrehte und sah, daß er nicht da war – daß er weit weg von mir bei Sophie auf der Bank saß und sie küßte – während ich zu taumeln anfing, weil ich wußte, daß mich keiner hielt – vor mir den Lenker wackeln sah und hinter mir den Landser unterm Affenbrotbaum sah: wie er Sophie beugte und sie küßte. Von dem Moment an fiel ich nicht mehr um beim Fahrradfahren.

An den Wochenenden gingen August und Elfriede manchmal abends zu Bekannten oder in das Lublinitzer *Filmtheater*. Wenn es dämmrig wurde vor den Fenstern, legt sich Sophie in der dunklen Küche auf die Couch zum *Pferdelmachen* – das Licht bleibt ausgeknipst dabei. Die Sophie ist das Pferd – wir sind die Reiter, mal Willy und mal ich. Man saß auf ihrem Unterleib und wurde auf- und abgewippt. Mit den Händen hielt man sich an Sophies Knien, bis man im Galopp vornüber auf sie fiel. Durch die offene Balkontür sah man draußen, wo's noch heller war, den Ahornbaum auf seiner Insel – dem standen schattig alle Blätter still. Drinnen leuchteten die Kellen überm Herd, von Birgels Treppenlicht.

Willy schob mich meistens gleich am Anfang aus dem Sattel, aber Sophie wollte mehr mit mir – sie lachte unterdrückt beim Reiten und hin und wieder guckte sie zur Küchenuhr. Wenn's neun war, zog sich außen am Balkon der Landser hoch. Dann mußten wir ins Bad, uns fertig machen – »Schlafengehen, Zeit jetzt! gründlich waschen!! Zähneputzen!!« – sie käme nachher kontrollieren! Die Küchentür war abgeschlossen. Willy hatte das probiert.

»Was meinst du, was der einen hat! Da kommst du ja nicht ran mit deinem Ententraller!« sagte Willy.

»Du auch nicht!« – »Affe!«

Man hat sich ausgesperrt gefühlt.

Eine Weile blieb das, wie es war: wir hopsten weiter auf der Sophie und Willy machte weiter seine Faxen auf dem Badewannenrand. Bis sich der Kreisleiter den *Führerhund* zulegte – Senta, Schäferhündin, völlig harmlos, mündelsicher, sogar Norbert, diesen Saftsack, ließ die in ihr Maul reingreifen – und unverhofft Besuch bekam, von einem Kerl in langschäftigen Stiefeln, der einen schwarzen Rüden bei sich hatte: Max. Der mußte draußen vor der Haustür sitzen – »Platz!« Das machte der und rührte sich nicht von der Stelle.

Der sah gefährlich aus. Der guckte stur in Richtung Tür. Der hechelte mit spitzen Ohren. Das war ein anderes Kaliber als die Senta. »Dobermann, mein Lieber!« sagte Willy – »geh ihn doch mal streicheln, feiges Luder!« Bis Willy diesem Max die Haustür öffnete, wo innen Senta wartete, das wußte Willy.

Was Max passierte, war nicht ohne, in jedem Falle lehrreich. Erst das Stoßen und Gestöhne, als er sich verkeilte und die Senta mit gekrümmten Beinen hochschob auf der Treppe – dann das Jaulen durch das ganze Haus, weil er plötzlich festsaß und die braune Töle mit ihm alle Kanten wieder runterrutschte – und zuletzt Elfriede mit dem Eimer Wasser, den sie ihnen drübergoß in einem Schwall.

Max und Senta guckten sich nicht von der Seite an, als sie auseinander waren – die leckten verrenkt ihre schmerzenden Stellen, die waren bedient. »Kaltes Wasser hilft im Nu«, sagte Elfriede. Der in den Schaftstiefeln marschierte wortlos ab mit seinem Nassen. Die Töle wurde oben in die Wohnung reingezogen. Ein Hauch von tierischer Blamage hing im Treppenhaus.

Zwei Tage später zeigte Willy Wirkung – bei Hanni, Birgels Tochter. Sie segelte auf ihrem Kinderfahrrad um die Blautanne im Park herum. An Hanni war an sich nichts dran, was einen hätte interessieren können, die war normalerweise Luft für einen. Sie war halt *weiblich* – das genügte Willy. Der hatte sie im Handumdrehn zum *Hundelspielen* überredet: Sie und ich, wir sollten seine Hunde sein. Wenn ich nicht zum *Kind* absinken wollte, blieb mir keine Wahl. Hanni hatte nichts dagegen, die war froh, daß einer mit ihr spielte.

Zum Eingewöhnen tappten wir durchs Gras, abwechselnd neben Willy her – »bei Fuß!« – bis wir grüne Knie hatten. Anschließend wurde scharf dressiert. Wenn man bei seinen ruckartigen Kehrtwendungen döste, kriegte man eins drüber mit der Ginstergerte.

Danach stand *Decken* im Dressurprogramm. Willy machte vor, wie's richtig war, vorschriftsmäßig sozusagen – Hanni hielt geduldig stille. Er kniete hinter ihr und schob den Rock beiseite, stellte seine Vorderpfoten neben ihre, rieb sich angestrengt an ihrem Hinterteil und hechelte dazu wie Max – mit lang heraushängender Zunge. Genaugenommen sah er ziemlich blöde aus dabei. Als es »Hasso: decken!« hieß, war ich selber an der Reihe. Ich gab mir alle Mühe, meine Bleyle-Hose dicht an Hannis Hintern hin und her zu reiben und zu keuchen. Ich fand nichts an der Sache – höchstens, daß man Hannis Schlüpfer sehen konnte. Man hechelte mit offnem Maul und guckte Richtung Villa Seidel. Vielleicht ging grade dort im Garten mit dem Buch in ihren Händen die Frau zur Brunnenschale und zurück. An die erinnerte man sich, während man sich fast den Unterleib verrenkte – dabei blieb's.

Die Grundausstattung hatte ich in Lublinitz zusammen: den Ekel und die Angst, den Haß und das Gefühl für das Erhabene, die Überlagerung von Ekel durch Interesse und den Impuls zur Sexualität. Was mir noch fehlte, war das Schamgefühl. Das lernte ich, wortwörtlich en passant, an Augusts fünfzigstem Geburtstag.

August hatte Gäste eingeladen. Nicht bloß die beiden Musiker, die Geige und die Klarinette, auch Birgel mit den Stiefelbeinen, der sich, das Schnapsglas in der Hand, im Herrenzimmer fläzte. Und schwere, in Korsetts gezwängte Frauen waren in der Wohnung. Wenn sie in den tiefen Ledersesseln saßen, konnte man die dunklen Ränder ihrer Seidenstrümpfe sehen. Willy peilte vom Klavierstuhl aus. Der trug schon Fliege und Jackett und lächelte mit feuchten Lippen.

Von so einer hab ich das Schamgefühl gelernt, ich kannte die bis dahin nicht. Als ich zufällig aus der Küche kam, war sie im Flur: »Na, Kleiner, wo kann man denn hier mal telefonieren?« – »Im Herrenzimmer!« sagte ich zu der. – »Ach, du Dummerchen, das mein ich doch nicht!« – »Links die letzte Tür, Frau Vollenbruch«, sagte im Vorübergehn Elfriede. Ich stand mit heißem Kopf im Flur – hinter der Klosett-Tür hörte ich die Vollenbruch ins Wasser pinkeln und konnte nicht begreifen, wieso das jetzt *telefonieren* hieß und ich so dämlich war.

In meinem Kopf lebt eine Tante von Elfriede, die wohnt in Glausche. Das ist ein einzelnes Gehöft in meinem Kopf, an einer sommerlichen, baumlosen Chaussee.

Sie wartete auf uns am Bahnhof Namslau, in einer schwarzen Kutsche, die zwei Pferde zogen – sie hatte große, helle Zähne, sie lachte, wenn sie sprach. In der schwarzen Kutsche fuhren wir dann übers Land mit ihr. Sie saß breit auf dem Kutschbock oben und Willy hockte neben ihr – der durfte zwischendurch die Leinen halten – und ich saß mit Elfriede hinten.

Sie redete, die Peitsche in der Hand, laut zu den Pferden hin, die munter trabten – Elfriede rief ihr zu nach vorn. So unterhielten sie sich lachend in die Fahrt. Sie drehte sich nicht um dabei, sie legte nur den Kopf nach hinten, wenn ihr Elfriede Antwort geben sollte. Sie hatten sich wohl lange nicht gesehen und hatten sich viel zu erzählen, die sonnige Chaussee bis Glausche hin. Und die ganze Zeit über, während sie ihre Fragen und Antworten schrieen und lachten, mußte ich gegen das Heulen ankämpfen und gegen die Wut auf die starke, lachende Frau, die mit der Peitsche in der Hand vorn auf dem Kutschbock saß und jedesmal, wenn sie zum Schlag ausholte für die Pferde, mich mit dem scharfen Ende ihrer Schnur am Ohr traf und am Kinn – daß mir die Tränen runterliefen, als wir endlich über eine Zufahrtsbrücke in den Hof einfuhren.

»Wahrscheinlich bloß die lange Fahrt«, sagte Elfriede, als ich mit dem Ärmel mein Gesicht abwischte, das als Rotze tarnen wollte.

»Mußt richtig essen, das gibt Kraft, du bist zu mager, Junge!« erklärte mir die Tante.

»Memme!« sagte Willy – der war sofort im Pferdestall.

Das Essen wurde bald serviert: fettige Polnische Klöße. Die briet sie uns in einer Pfanne auf – in gelber Butter und mit angesengten Zwiebeln – daß mir zum zweiten Mal die Tränen kamen.

Die Peitschenhiebe und die Klöße sind der Eingangszoll gewesen zu Goethes *Wandelnder Glocke* und *Hänsel und Gretel*. Denn auf der andern Seite der Chaussee, der Einfahrt gegenüber, stieg zwischen reifem Korn ein Feldweg einen Hügel hoch. Von dort aus sah man weit ins Land, auf andre Hügel und in Senken – und hinten, im hellen Sommerlicht, sah man ein Dorf und den Kirchturm darin. Das war vermutlich Schmograu. Als in der Schule später das Gedicht gelesen wurde, da wußte ich von Anfang an Bescheid – *schon hat's den Weg ins Feld gelenkt.* Das Kind läuft immer

in Glausche den Feldweg durchs Korn und muß bis Schmograu in die Kirche, wenn die Glocke angewackelt kommt.

Nahe beim Gehöft der Tante stand ein Backofen aus
grauem Stein im Garten – mit einer Eisentür und einem
Riegel. In Glausche ist mir klargeworden, wie das war, wenn
die Alte reingestoßen wurde in die Flammen. In Lublinitz
der Küchenofen war zu klein dazu. Als ich eines Tages dann
die Öfen von Treblinka sah auf einem Foto, hatten sie die
gleiche Eisentür wie der in Glausche.

Für die Rückfahrt setzte ich mich in der Kutsche auf die
andre Seite. Elfriede saß, wo ich gesessen hatte. Zu Elfriede
kam die Peitschenschnur nicht hin – aber auch zu mir
nicht.

Elfriedes Tante wurde zerdrückt – die starke, laute, lachende Frau – als die russischen Panzer Glausche erreichten. Bei dem Fleck auf der Chaussee vor ihrer Einfahrt
konnte man erst nicht Genaues sagen – »An ihrem Kopftuch haben sie sie schließlich doch erkannt ... sie hat wohl
noch weglaufen wollen«, sagte Elfriede.

Wenn es geschneit hatte und fror im Winter, bestellte
August Sonntagnachmittag den Anstaltskutscher
Klimon mit dem Schlitten: Große Ausfahrt, zweispännig,
auf Anstaltskosten – rechts und links am Kutschbock je
eine Laterne.

Klimon zog die Mütze: »Herr Inspekter!« – und schob
neben August an Elfriedes Hintern mit. August stieg von
seiner Seite wie ein Käfer nach. Sie waren beide derart
dick geworden, sie wogen jeder fast zwei Zentner, auch
ohne die Karnickelmäntel. Zwischen ihnen auf der Rück-
bank blieb kein Platz. Klimon warf die Plane über sie – die
ging bis unters Kinn bei ihnen – und hakte sie am Schlitten ein.

Man sah im Fahren, wie sie rot und freundlich wurden

im Gesicht und wie sie mehr und mehr verschneiten und sich die Schneeflocken vom Munde bliesen. Hinter mir saß Klimon auf dem Bock, der roch nach Heu, sogar im Freien, und neben ihm saß Willy: der durfte Klimons Peitsche halten und wippen mit der Schnur. Vor ihm ging Mikosch im Geschirr, ein Apfelschimmel, der Gaul vor Klimon wechselte. Wenn sie die Richtung ändern wollten, plusterte sich Willy auf. Der konnte immer etwas eher als Klimon *Hutta* oder *Schwoide* rufen, was für die Pferde *links* und *rechts* bedeuten sollte, die kapierten das. Nur beim *Brrr!* blieb Klimon Sieger. Willys schlappes *Brrr* verstand kein Gaul.

So glitt man die Sedanstraße entlang, am Forsthaus vorbei in die weißen Wälder, und oben hinter mir saß Willy und redete die ganze Zeit auf Klimon ein, wollte alles über Pferde wissen und markierte den Erwachsenen nach unten: »Weißt du noch: Teichwalde? Was, das weißt du nicht?!« – wo wir im letzten Herbst gewesen waren, bei einem, der Wieczorreck hieß und Karpfen züchtete – gab oben auf dem Kutschbock an mit seinem Wissen. »Galizierkarpfen und Böhmische Karpfen« – ob ich die unterscheiden könnte? »Du hast ja keine Ahnung, Junge!« Ich konnte mich nur an das Motorrad erinnern, mit dem Wieczorreck durch den tiefen Schlamm gefahren war. »Gründeln! – weißt du überhaupt, wie die das machen?« Ich konnte nie verstehen, woher der so was wußte – als ob ich gar nicht in Teichwalde mitgewesen wäre.

Aber meistens kriegte ich am Ende die Genugtuung dafür, denn der Mikosch schiß im Fahren oder furzte derart naß, daß Willy jedesmal was abbekam beim Labern. Klimon setzte sich nie hinter Mikosch.

Wenn man in der Dämmerung zurückfuhr und es düster wurde in den Wäldern, steckte Klimon die Karbidlaternen an. August guckt zum Himmel hoch und prüft, »ob es eine klare Nacht wird« für die Sterne. Die glitzern schon in seinen Augen. Wenn wir hielten, um die Füße warm zu treten, nahm er regelmäßig einen aus der Manteltasche. Elfriede machte den verkniffnen Mund und guckte August wortlos an. Wegen Klimon konnte sie nichts sagen.

In meinem Kopf ist vor der Stadt ein braches Feld, auf dem ein Erdwall liegt – im Mittagslicht, bei großer Hitze. Vor dem Erdwall gehen Männer hin und her – hinkende Männer und Männer mit einem Arm. Dahinter ist ein Graben voller Frauen, die eine Schaufel in den Händen haben und ein Kopftuch tragen. 44 im September war das. Die Frauen schanzen einen Panzergraben – quer nach Osten hin gerichtet.

Als Elfriede mit mir an den Graben kam, hörten alle Frauen auf zu schaufeln, sahen zu ihr hoch und lachten grölend.

»Ja, jetzt muß jede ran!«

»Nun mal feste, Frau Inspekter! is auch gutt fier die Figur!«

Ich schämte mich, daß sie so dick war, und schämte mich, daß ich mich schämte – ihren Körper mit den Augen dieser Weiber ansah. Sie konnte sich nicht wehren, sie sagte bloß: »Jaja, ist gut für die Figur!« – und lachte verlegen.

Als sie zusammensackte über ihrer Schaufel und sich keuchend auf die feuchte Erde setzen mußte, war Sophie plötzlich neben ihr. Sophie half ihr aus dem Graben raus und stützte sie.

»Gehn Se nach Hause, Frau Inspekter, ich schacht für Sie!« sagt Sophie.

»Da könnt ja jede ihr Dienstmädel schicken!« schrien die Weiber.

Sophie, die Polin, hörte nicht hin – die schachtete drauflos. Sophie grub den Panzergraben für Elfriede.

Wir gingen dann nach Hause. Immer wieder blieb sie stehen – schwer atmend und mit leeren Augen. Wir sagten nichts.

Als wir an den Bahnhof kamen, war ein Galgen auf dem

Platz daneben aufgebaut. Sie wüßte nicht, wofür das sei, sagte Elfriede.

Im Oktober lag ein Koffer unter den *Beskiden*. August sollte an die Front mit seiner Knoche – erst nach Neustadt, Kenntnisse auffrischen. Augusts letzter Schuß war dreißig Jahre her – in Frankreich, die Sache am Brunnenrand damals – *Hat ihn noch stehn sehn, den Franzosen.*

Bis dahin hatten wir ausschließlich Calumet geraucht, mit Heu gestopfte trockene Holunderröhren – in den Büschen an der Gartenlaube, dicht am Zaun zur Villa Seidel. Die Streichhölzer hat Horst besorgt, das imponierte einem. Der setzte sich auch auf die Erde, wenn er rauchte, breitbeinig in der Lederhose, mit der Klappe vorne und den beiden Hirschhornknöpfen. Die Beinansätze waren fettig – das hat gut ausgesehen.

Mit *Bleyle* durfte man nur hocken wie die Neger – »Bleibt ja vom Boden weg! die Hämorrhoiden!« August wußte, was er sagte, im Bad war manchmal seine blutverfleckte Wäsche zu besichtigen. Den Wechsel zu den langen Hosen schleppten wir im Herbst so lange raus, wie's irgend auszuhalten war – »Ihr holt euch was fürs Leben«, sagt Elfriede, »wenn ihr so weiterlauft!« – »Bis ihr euch werd die Pfeife verfrieren!« sagt August. Wenn die Beine blau vor Kälte waren, mußte man am Ende doch noch in die langen Wollestrümpfe und die Leibchen.

Horst zog tief rein, der saß beim Rauchen kerzengerade, das linke Bein hoch angewinkelt, das rechte flach zur Seite – wie die Indianer auf den Zigarettenbildern in den Junoschachteln. Anschließend legte er das Kinn aufs Knie und guckte durch den Stacheldraht: im Garten drüben ging die Ordensschwester hin und her, mit dem Buch in ihren Händen. »Die dürfen überhaupt nicht«, sagte Horst.

In der Ecke, wo die Laube an die Mauer stieß, war mit Kreide *VOTZE* an die Wand geschrieben – das O war oben offen.

»Deswegen beten die andauernd«, sagte Horst.

Die Schwester ging im Garten hin und her, wenn sie zurückkam von der Wasserschale, sah man, wie sie ihren Mund bewegte – bis Willy plötzlich sagte: »Im Schlafzimmer im Koffer drin ist eine Fünfzjer-Packung Juno.«

»Na also!« sagte Horst. »Was ist?!«

Am Ende hatten sie mich weichgeredet.

Es war ganz einfach, als man vor dem Koffer stand, man konnte sie sofort erkennen, man brauchte sie nur rauszuziehen. Ich hab mir nichts gedacht dabei.

»Das hast du prima hingekriegt«, hat Horst gesagt – der riß die Packung auf, als ob es seine wären: »Hier: schnapp dir eine, Junge!« Man kam sich ernstgenommen vor, man hatte was geleistet.

Die Junos waren deutlich besser als Holunderröhren, kein Vergleich! die wurden auch nicht derart heiß. Juno hab ich von Anfang an vertragen.

»Manche bleiben stecken«, sagte Horst, »dann zieht die sich so fest zusammen – kannst nicht mehr raus aus der.«

»Und dann? Was macht man dann?« hat Willy wissen wollen.

»Gar nichts – mußt du warten, bis der Krampf sich löst. Aber immer hilft das nicht ...«

»Und dann?! Los, sag schon!« sagte Willy.

»Dann legen sie da eine Decke drüber und bringen die ins Krankenhaus.«

»Und woher weißt du das?«

»Mein Alter hat das mal erzählt, wenn er Besuch bekommt, erzählen die sich so was. Kannst alles durch die Tür verstehn: nur Sauereien! Stell dir vor, du wirst nackt weggetragen in der Decke – auf der Straße, sehen alle!«

»Bei Menschen?« sagte Willy, »das glaubst du selber nicht!« Der dachte wohl an Max und Senta.

»Großes Ehrenwort!«

Nachts lagen wir im Bett und hörten, wie August und El-
friede nebenan die Junos suchten, die Tür war angelehnt:
»Das kann ja nicht! Und gleich ne Fünfzigerpackung!« –
»Um sieben geht dein Zug!«

Ich hatte damit nichts zu tun, das wußte ich. August
suchte seine Zigaretten – die waren eben nicht zu finden.
Aber Willy ist dann aufgestanden und zur Tür gehatscht.

»Das mußte euch doch das Gewissen sagen!« hielt uns
Elfriede vor. Mein Gewissen hatte nichts gesagt.

»Wenn man geklaut hat, muß man dazu stehen!« sagte
August. Da brauchte man ja gar nicht erst zu klauen.

August schlug nicht, prinzipiell nicht. In solchen Fällen
überlegte er sich meist was Pädagogisches – »Schuhe anziehn, Mäntel drüber! das ist Gnazys Pflicht! Dafür ist er
schließlich Lehrer!«

Das dauerte, eh Gnazy oben im Mansardenzimmer seine
Tür aufmachte, der sah jetzt gar nicht wie ein Lehrer aus,
der hatte längst geschlafen. »Rührt euch nicht von der
Stelle!« sagte August und ging zu Gnazy rein.

»Hättst dir denken können, daß das auffällt!« sagte
Willy – »Fünfzig Stück auf einmal! du bist vielleicht bekloppt!«

Nach einer Weile kamen beide raus. Gnazy hatte seinen
Anzug an und war gekämmt.

»Friedel, die Laterne!«

Die wurde brennend überreicht. Wir sollten in den Garten gehn – jetzt, im Dunkeln! nachts! – und die Juno-Pak-
kung aus der Laube holen. Das sollte unsre Seelen reinigen.
»Beeilt euch! steht nicht rum! die Mäntel an!«

August und Gnazy blieben im Hause.

Willy hatte die Laterne, ich mußte ihm die Türen öffnen – »Mach schon!« – erst die zum Tennisplatz und dann
die quietschende zum Garten, bei der ich in die Himbeer-
sträucher stolperte – »Langsam, Mensch, das Licht geht
aus! Na, hast du richtig Schiß?!« – dem war das selber nicht
geheuer, das konnte man im Dunkeln hören.

Ohne die Laterne hätte man nicht sagen können, wo man war. Der Himmel war fast undurchsichtig – nicht mal August hätte einen Stern gefunden. Außerhalb von Willys Lichtschein ging der Garten einfach in den Weltraum über. Wo Willys Licht nicht hinfiel, war man noch nie gewesen – da konnte alles sein.

»Du hast ja keinen Schatten!« sagte Willy. »Hier, sieh dir meinen an!« – der machte Faxen mit der Blendlaterne – bis plötzlich dicht vor uns die Laube stand: die roch jetzt wie verfault.

Als wir die Schachtel mit den Junos hatten, hielt Willy die Laterne hoch: »Guck dir das an!« – die schmutzig-weißen Balken oben waren voller Spinngewebe. »Da sitzt du drunter!« sagte Willy – »die hängen über dir dabei, ist dir das klar?!«

Auf dem Rückweg durch den dunklen Garten hat man hinten an der Tennisplatztür Augusts Kippe glühen sehen.

Willy kriegte vor dem Schlafengehen einen Straf-Aufsatz verpaßt von Gnazy: *Was du nicht willst, das man dir tu, das füg auch keinem andern zu!* – das mußte er sich gleich notieren. Gnazy hob das Kinn und peilte schräg, mit Jägerblick. Willy ging ihm prompt in seine Falle, der nahm beim ersten *das* Eszett – hinterm Komma automatisch. Gnazy lächelte zufrieden.

»So ein Blödsinn!« sagte Willy, als wir wieder in den Betten lagen: »*Was du nicht willst* – als ob ich eigne Zigaretten hätte!«

Durch die Vorhangspalte sah man bei den Lebensbäumen draußen, wie der Mond auf einmal aus den Wolken kam. Den hätte man vorhin im Garten besser brauchen können. Meine Seele war jetzt viel zu müde, um noch groß die Flügel auszuspannen – die lag im warmen Bett mit mir, die ließ mich ruhig schlafen.

»Idioten!« sagte Horst am nächsten Tage. »Alle?! – die Hälfte hättet ihr doch vorher rausnehm können!«

Das leuchtete mir ein.

»Du hast sie wohl nicht!« sagte Willy. »Wenn man geklaut hat, muß man dazu stehen!«

Horst war perplex. Ab sofort besorgte er die Zigaretten selber und wir rauchten bei ihm mit. Ein paar Wochen später hatten wir genug davon – war inzwischen auch zu kalt zum Rauchen.

Acht war ich damals, drei Jahre jünger als Willy. Entsprechend kostümiert lief ich herum. Die Hosen hatte Willy eingetragen, die waren jedesmal so weit, wenn sie zu mir herunterkamen, daß man zum Pinkeln bloß ins Bein zu langen brauchte. In die Träger wurden zusätzliche Löcher eingebohrt – bis der Hosenbund mir fast die Brust berührte und die Schnallen auf den Schultern scheuerten.

Das Schlimmste war der Kopf: dreieckig in Frontalansicht, mit abstehenden Ohren – und wo die anderen an ihrem Hinterkopf die Wölbung hatten: nichts als die flache Platte. Damit das alles gut zur Geltung kam, war nur der scharfe *Offiziersschnitt* zugelassen, bei Willy ebenso – nur eine Handbreit kurze Haare vorn, der Rest war völlig kahlgeschoren. Morgens wurde naß gekämmt, zwei Zentimeter Scheitel, links. »Das trägt man heut so«, sagt Elfriede.

»Lange Loden kommen nicht in Frage!« sagte August. Er selber war nicht weniger verstümmelt, seine fleischig dicken Ohren hatten freies Feld ringsum. Als Ersatz gewissermaßen wuchsen aus den Muscheln Haare. Die verschnitt er regelmäßig mit der Nagelschere, die waren derart hart, daß man sie knacken hörte. Anschließend drehte er den kleinen Finger rein und rieb sich aus.

Manchmal guckte ich mich im Frisierkommodenspiegel an, in dem man sich von allen Seiten sehen konnte. Ich mochte diesen Kopf von Anfang an nicht richtig – ganz gleich wie man die Spiegel stellte. Man hat sich bloß daran gewöhnt und nicht mehr hingesehen.

Von meinem Alter her muß ich in Lublinitz zur Volksschule gegangen sein. Davon ist nichts in meinem Kopf geblieben. Kein Lehrer und kein Schüler und kein Buch. Die bunten, in Papier gefaßten Schieferstifte, das Kratzen auf der Tafel mit den eingeritzten, dünnen roten Linien quer, an die man sich zu halten hatte, bis man außen vor den Holzrand stieß – das nasse Putzen mit den beiden Würfelschwämmen an der steifen Schnur, der schmale Kasten mit dem Schiebedeckel, die schräge Kerbe für den Daumen – das könnte alles auch woandersher sein. Als ob ich nicht dabeigewesen wäre. Wie bei den Karpfen in Teichwalde: davon ist nichts im Kopf – nur vage die Erinnerung an dieses große, rohe Vieh, das mich als Opfer brauchte, das einem jedesmal, wenn man an ihm vorübermußte, von hinten in die Beine trat und einen auf den Treppenstufen täglich in den Nacken schlug von oben, daß einem schwarz vor Augen wurde. Bis dann ein anderer, ein kleiner, sehniger in engen kurzen Hosen, den August wohl geheuert hatte, den Großen auf dem Schulhof stellte – in einem Ring von Schülern in der Sonne um meinen Feind herummarschierte und ihn dabei nicht ansah – den Blick am Boden Kreise um ihn zog ... der Große steht bewegungslos und folgt ihm mit den Augen ... die andern warten ... keiner sagte was. Die Tritte und die Schläge in den Nacken hörten danach auf.

Befreundet war ich sicher nicht mit irgend jemandem in Lublinitz – ich lief mit Willy, kniete neben ihm im Hühnerhof am Holztrog und aß Hühnerfutter – Kleie und Kartoffelschalen, wenn das warm geworden war und sauer – katschte gemeinsam mit Willy am Trog, um ein Huhn zu sein. Und am Karnickelstall bewegte ich die Lippen stumm, genau wie Willy – am Gitter vor den dunklen Kästen, in denen sie mit angelegten Ohren mummelten. Wenn sie plötzlich innehielten, atmete man nicht ... bis sie wieder weitermachten. Oben saß die Lotte drin, die gefleckte graue Häsin, die gehörte Willy.

Fünf Jahre hockten sie mit uns in Lublinitz, zwischen Irrenanstalt, Polenwald und Birgel – und immer den Kreisleiter über sich. Und die ganze Zeit lang sprachen sie von Bunzlau, wo sie hergekommen waren, wo *das Haus* stand – das August 36 hatte bauen lassen, *gebaut hatte*, wie beide sagten – das Haus mit dem spitzen Giebel und dem Kieskratzputz an der Fassade, Ecke Burghaus-/Richterstraße auf erhöhtem Grund, denn zur Stadt hin fiel die Gegend ab und auch zum Sportplatz vis-a-vis, der tiefer lag – als ob das Haus auf einem Hügel steht und mit dem breiten Erker in den Himmel ragt wie eine Festung – daß man meinen könnte, auf dem Dachfirst flattern Fahnen in den Winden. Unaufhörlich sprachen sie davon in Lublinitz, redeten und überwiesen, Grundsteuer und Wassergeld, Schornsteinfeger- und Kanalgebühren – Zinsen, Tilgung und Nutzungsgebühren laut Schreiben vom ...

Elfriede führte über jeden Vorgang Buch – links *Soll*, rechts *Haben* – und wenn sie jeweils aufgerechnet hatte, schrieb sie in Druckbuchstaben den *Bestand vom* unten auf die Seite und unterzeichnete das akkurat mit vollem Namen, in ihrem eigenen Notiz- und Kassenbuch. Vorn auf dem Deckblatt stand wie eh und je: *Mit Gott!*

Bald nach der Panzergrabensache schrieb sie der Bausparkasse einen Brief, sie wolle jetzt *die Restsumme auf einmal tilgen* – löste, wie sie es mit August abgesprochen hatte, das gesamte Sparguthaben auf und schickte ihnen alles, was sie hatte.

Ich danke Ihnen sehr für Ihre Mühen und bleibe mit den schrieb sie unter ihren Brief – dann strich sie das *und bleibe mit den* durch und schrieb den Brief zum zweitenmal: *Ich danke Ihnen sehr für Ihre Mühen. Heil Hitler!*

Für August Rachfahl: Frau Elfriede Rachfahl.

»Jetzt ist es schuldenfrei, Jungs!« sagte sie zu uns.

Geschichten kennen sie von Bunzlau, die werden unermüdlich aufgetischt, bis man am Ende glaubt, man habe sie erlebt und sich leibhaftig sehen kann dabei, wie man als Kind ein Auto inspiziert, das einem Menschen namens Winschias gehörte, im frisch gewaschenen Matrosenanzug drunterkriecht und schwarz verölt zum Vorschein kommt danach – »Der Junge wird mal Ingenieur!« Wer war bloß dieser Winschias? Der fuhr in ihren Schnooken kreuz und quer in einem Kabrio herum und zwischendurch hielt er vor ihrem Haus, vor der *Garage* – in der, wenn's soweit wäre, *der eigne Wagen* stehen würde, der *Volkswagen,* auf den sie eisern sparten.

Wer hätte den denn steuern sollen? August mit der lahmen Knoche etwa? Vermutlich hatten sie von vornherein berechnet, den Führerbuckel auf den Tag genau zu Willys Einundzwanzigstem bezahlt zu haben, der hätte sie darin kutschieren müssen. Ich war inzwischen längst woanders, in Breslau höchstwahrscheinlich – im Studiengang für Ingenieure. Bis dahin konnte ich mich ein paar Jahre noch mit Willy weiter amüsieren, im Springbrunnen vielleicht sogar und unter ihrer Trauerweide – wo Theo in der Erde lag, mit seinen kleinen Kinderknochen.

Der ging als stilles Licht durch ihre Bunzlau-Anekdoten, mein Vorgänger, die Fehlgeburt – während mich Elfriede in Gedanken immer wieder *am Spalier* hochklettern ließ als Kleinkind – »Drei Meter hoch! um Gottes willen! – nur nicht laut anrufen, langsam herunterlocken! Jaaaa – Ruuu-dilein!«

Willy hat die Schicksalsrolle im Phantomtheater Bunzlau. Dem wird von Marie das Leben gerettet, in voller Fahrt im Kinderwagen: Marie, *die treue Seele* – Familienpflegling, *leichter Fall,* selbstredend aus der Irrenanstalt. Die fährt mit Willy auf dem Sportplatz hin und her – Elfriede kann's vom Haus aus sehen – da kommt eine Windhose über den Platz – die kann man auch vom Haus aus sehen, weil sie Sand und Laub und Steine zieht aus Bunzlau – und dreht auf Willys Wagen zu. Marie weicht aus und spurtet mit dem Wagen – mit Willy drin, der kräht und lacht (der

Doofkopp merkt nicht, daß es um sein Leben geht) – und rettet ihn. *Marie, die treue Seele* – »Hier: das ist sie auf dem Foto, hinten sieht man noch den Sportplatz.«

Wenn August sich vorstellt, in Bunzlau zu sein, ist er gedanklich meist schon pensioniert: »Da machen wir's uns schön, Elfriede!« Wenn August pensioniert ist, steht er erst »um achte« auf – »Was denkst du dir! doch nicht wie jetzt um sechse!« Dann lehnt er sich um acht zum Erkerfenster raus und sagt laut »Guten Morgen« Richtung Bunzlau. Und »Guten Abend« gleich danach: *Guten Morgen – Guten Abend,* wenn die andern alle stramm zur Arbeit müssen. Und an Feiertagen wird geflaggt, gelb-weiß natürlich: schlesisch! Jeder, der vorbeikommt, kann im Erkerfeld am Flaggenrohr die Marmortafel sehen – den *Sämann* mit dem *Spruch* darunter.

Wenn Elfriede sich in Lublinitz daran erinnert, wie August damals trocken war in Bunzlau, »keinen Tropfen angerührt hat«, weil er Mitglied beim Guttemplerorden war ... Elfriede ist glücklich, wenn sie von Bunzlau redet.

Bunzlau, das Himmlische Jerusalem, wo ich – wie sie mir immer von neuem versichern – geboren bin. Wenn man hinter den Legenden tastet, nach den Bildern sucht im Kopf: Fahnen, Hakenkreuzfahnen und Arme – starre ausgestreckte Arme ringsherum – und über den gedrängten Menschen auf dem Sportplatz, die alle singen, was die Kehle hergibt, hoch in den Lüften oben das ferne Haus – unerschütterlich im Schall und Wahn, der aus den vielen großen Mäulern unten kommt – *ÜÜÜÜBER AA-HALLES – ÜÜÜÜBER AA-HALLES* ... kleine gelb-weiß-stolze Flagge, die unbewegt am Erker hängt.

Acht Tage nach der Einberufung stand August plötzlich wieder vor der Wohnungstür – mit Wehrpaß, Wehrsold, Fußlappen und Taschentuch, Verpflegungsgeld und Naturalverpflegung für drei Tage und Seife bis Dezember. Aufgelistet und amtlich bestätigt vom Landesschützenersatzbataillon in

Neustadt – samt Adler, Hakenkreuz und Stempel *sachlich richtig.*

»Dienstuntauglich, Friedel«, sagte August. »Tipptopp die Knoche!« Elfriede freute sich und ließ sich seitlich küssen. Die Knoche hing daneben.

August ging weiter morgens ins Büro und hatte abends Packpapier und Schnur in seiner Aktentasche – Elfriede packte jeden Tag Pakete. Auch sonntags lag inzwischen das gewöhnliche Besteck am Teller, das aus dem Küchenkasten, das silberne aus der Kredenz war längst in Plagwitz bei Elfriedes Eltern – dorthin verschwanden alle die Pakete. Die schweren holte Klimon ab, ganz unauffällig nebenbei – »Wenn man euch fragt: Ihr wißt von nichts!«

Im den Kleiderschränken waren leere Fächer – »Zwei Garnituren reichen, eins ums andre«, sagt Elfriede.

Nachts mußten August und Elfriede jetzt öfter »noch mal an die Luft« – mit Taschen und Paketen. Wenn sie zurück vom Bahnhof kamen, war August dick im Tee. Er zog sie regelmäßig in den Wartesaal.

Manchmal wurde er dann laut beim Schlafengehen, dann hörte man ihn durch Elfriedes Finger gurgeln – »Verbrecherbande!« hörte man und »Schweine!« Wenn er sich beruhigt hatte, saß er in den langen Unterhosen auf dem Bettrand vor der Wand, rauchte verkniffen die Junos herunter und knurrte dazu.

Im November fingen Sophie und Elfriede an, uns aus dünnem Leder Brustbeutel zu nähen. Die waren außen glatt und innen rauh und hatten einen großen Druckknopf. Sie saßen nachmittags im Kinderzimmer und unterhielten sich beim Nähen.

»Vierzehn war ich fast genauso alt« – Elfriede meinte mich.

Ich hockte auf dem Boden und versuchte, die lackierten Klötze in den Stadtbaukasten einzuordnen. Das war viel interessanter als das Bauen mit den Dingern. Wenn man vergessen hatte, wie es ging, konnte man es stundenlang versuchen. Am Anfang hatten sie auf einem Blatt Papier mit einer Vorzeichnung gelegen – die hatte August gleich kassiert: »Probieren geht über Studieren.« Am besten war es jedesmal, wenn man die halben runden unter ihre Brückenbögen schieben konnte – das paßte so ersichtlich.

Draußen wurde es allmählich dunkel, Willys Hitlerkopf am Fenster glänzte schon nicht mehr, der sah jetzt eher wie ein Schatten aus. Plötzlich hörte ich Elfriede sagen: »Laßt sorgenfrei die Kinder spielen, ist so schnell vorbei die Kindheit – gut, daß sie's nicht wissen!« Sie dachte, ich sei zu kindisch, um sie zu verstehen.

Ich fühlte, daß ich rot geworden war vor Scham und weil ich wütend war darüber, daß sie mich für ein blödes Kind hielt und das einfach sagte, obwohl ich vor ihr auf dem Boden saß.

Im Dezember gab es mitten in der Woche Huhn zu Mittag, zwei Tage später abermals und schließlich jeden Tag. Klimon hatte ihnen mit der Axt die Köpfe abgeschlagen hinterm Hühnerhaus. Wenn er sie vornüber auf den Holzblock drückte, drehten sie den Kopf zur Seite, um ihn anzusehen.

Elfriede zerrte alles raus aus ihnen. Wenn sie mit der Hand in ihren Bäuchen tastete, sah es aus, als horchte sie. Wenn man es nicht richtig machte, wurden sie beim Essen bitter – wie die Gurken, wenn man sie vom falschen Ende schälte.

Die Köpfe lagen hinterm Hühnerhaus im Schnee. Wenn sie abgeschlagen waren, hatten sie die Augen einen kleinen Spalt geöffnet. Der Schnabel stand weit auseinander.

Weihnachten kriegte man Geschenke, die man selber tragen oder auf den Körper ziehen konnte: Fünf-Mark-Stücke, dicke Socken und Pullover und für jeden »festes Schuhwerk«. Die Fünf-Mark-Stücke waren silbern, die mußte man sich in den Brustbeutel reinstecken. Die knochige Tante kam diesmal nicht.

Nach Silvester kam der Lehrer Gnazy nicht zurück, den hatte zu Hause »die Grippe erwischt übers Fest« – das schrieb er auf der Karte.

»Ich werde auch bald krank«, sagt August.

Am Sonntag fuhr er wie gewöhnlich durch den Wald mit uns im Schlitten. Es war eiskalt und schneite unentwegt. Bei der Abfahrt sagte August: »Ob wir jemals wieder fahren, weiß ich nicht – seht's euch noch mal an.«

»Tja, Herr Inspekter!« sagte Klimon auf dem Bock und nickte lange vor sich hin.

Am nächsten Tag schlug Klimon die Karnickel tot mit einem Holzscheit. Alle nacheinander. Bei jeder Stalltür guckte er schräg von der Seite rein und rauchte dazu seine Pfeife. Dann packte er sie an den Ohren und zog sie aus dem Stall. Wenn er sie an ihren Hinterläufen hatte und herunterhängen ließ, versuchten sie, mit ihrem Oberkörper hochzukommen. Wenn sie nicht mehr konnten und ganz ruhig hingen, schlug er ihnen in den Nacken mit dem Scheit. Wenn sie zuckten, schlug er weiter. Wenn er sie nicht richtig traf, zerschlug er ihnen ihren Kopf. Das hörte man. Anschließend wickelte er Draht um ihre Hinterfüße und hängte sie, den Bauch nach vorne, an den Zaun. Wenn er ihnen ihren Hals durchschneiden wollte, faßte er sie mit der Linken an den Ohren, um sie strammzuziehen. Wenn das Blut herauskam und um ihren Kopf herumlief, legte er das Messer hin und rauchte ein paar Züge. Das Blut lief unten in den Schnee – bis sie bloß noch tropften. Zuletzt war nur die Lotte übrig.

»Die Lotte nicht, Herr Klimon«, sagte Willy.

»Ja, sicher«, sagte Klimon – »is halt so.«

»Ich schenk sie Ihnen«, sagte Willy.

»Kann ich nicht gebrauchen«, sagte Klimon, »geh mal lieber weg.«

»Die Lotte eß ich nicht, Herr Klimon«, sagte Willy.

»Mußt ja nicht«, sagt Klimon, »kannst die andern essen.«
Die Türen am Karnickelstall ließ er alle offenstehen.

»Das Arschloch muß verschwinden«, sagte August, »wenn
die Russen den hier finden, machen se gleich kurze Fuffzehn!« – der hängte im Herrenzimmer das Hitlerbild ab
und das *blühende Rapsfeld* hin. Weil das Rapsfeld kleiner
war, konnte man auf der Tapete rings ums Rapsfeld einen
Schatten sehen. Das Arschloch mußte hintern Kleiderschrank, wo sonst der Nudelfingrige gestanden hatte. August schob das Arschloch mit dem Besenstiel so weit nach
hinten, daß man nichts erkennen konnte. Der Nudelfingrige hing schon seit einer Woche an der Wand. »Der geht
genauso griechisch-orthodox durch«, sagte August.

So leicht war Willys Hitlerkopf nicht loszuwerden, der
war zu groß – und weil Willy protestierte. Der wollte ihn
sich mit nach Plagwitz nehmen, in einem Pappkarton.

»Du bist wohl hirnverbrannt!« schrie August.

»Wirf ihn in die Wäschemangel«, riet Elfriede, »da vermutet ihn doch keiner!«

Als August ihn verfrachtet hatte, stieg ich im Keller auf
die Wäschemangel, um mir das anzusehen. Er lag mit dem
Gesicht nach oben, man konnte ihn im schwachen Licht
kaum unterscheiden von den Steinen ... der liegt dort heute
noch vermutlich und fährt im dunklen Kasten mit den
schweren Steinen auf der Wäsche hin und her und guckt
zur Kellerdecke hoch. An der Kurbel außen wird wohl eine
Polin drehen – wie die Sophie damals.

Plötzlich kam die Sophie auch nicht mehr. Bei Birgels drüben standen Koffer auf dem Treppenabsatz. Unten stand
der Opel Zeppelin. In den schmiß Birgel alles rein. Wir be-
guckten uns das durch die freigekratzten Stellen der vereisten Küchenfensterscheiben. Hanni hatte eine weiße
Mütze auf, als sie vorsichtig zum Wagen tappte. Sie sah
dick eingewickelt aus.

»Du hättest ihr die Schlüpfer dabei runterziehen müssen!« sagte Willy.

An so was hatte ich jetzt nicht gedacht – und wieso ich!

»Lusche!« sagte Willy. »Soll ich alles machen!?«

Als Birgel anfuhr, drehten sich die Opel-Hinterräder auf der Stelle. Birgel tobte immer weiter mit dem Gas – bis er schließlich langsam durch das Hoftor auf die Sedanstraße rutschte. Draußen hupte er zum Abschied.

»Ficker!« sagte Willy.

Es schneite wieder stärker. Vor den offenen Karnickelställen hingen lange weiße Zapfen. Der Holztrog für die Hühner war so zugeschneit, daß man nur den schmalen Schatten schräg im Hühnerhof erkennen konnte. Wir wußten nicht, was wir jetzt machen sollten. Elfriede war zum Bahnhof unterwegs, um *die Billets* nach Plagwitz zu besorgen.

»Komm, wir messen«, sagte Willy.

Ich hatte keine Lust.

»Schlappschwanz«, sagte Willy.

Oben ging die Frau des Kreisleiters in ihrer Wohnung hin und her, sonst war es völlig still im Hause. Vom Flur aus hörte man, wie sie die Klo-Tür schloß und gleich danach das Glucksen. »Die Henne legt sich kein Papier rein«, sagte Willy, »die sitzt beim Pinkeln über dir! stell dir das vor!«

Auf so was kam man selber nicht.

»Habt ihr die Brustbeutel am Halse?« fragte uns Elfriede, als sie zurück vom Bahnhof war. Mit denen mußte man inzwischen sogar schlafen.

August war zum Volkssturm eingezogen worden. Er war noch mal kurz dagewesen mittags – warme Sachen holen. Er hatte keine Uniform, er trug denselben grauen Anzug, mit dem er täglich morgens ins Büro marschierte, aber an der roten Binde um die Knoche war sofort zu sehen, daß er Mitglied bei den kämpfenden Verbänden war. Weil er mit der Knoche gar nicht zielen konnte, hatte er auch kein Gewehr.

»Mein Gott, was sollst du denn dort überhaupt!« sagte Elfriede.

»Wahrscheinlich schmeiß ich Handgranaten«, sagte August, »wenn sie mir sie vorher abgezogen rüberreichen.«

Als August weg war, waren wir alleine in der Wohnung. Innen standen vor der Tür drei große Reisetaschen, für jeden von uns eine. Die Koffer hatte Klimon vor zwei Tagen abgeholt, die fuhren den Paketen hinterher, nach Plagwitz zu Elfriedes Eltern. Oben hörte man den Kreisleiter ins Telefon reinschreien.

Gegen Abend hörte man Geschütze aus dem Wald – rollendes Wummsen und einzelne Schläge. Wenn man auf den Hof ging, war es ziemlich deutlich. Bei zweiundzwanzig minus konnte man nicht lange draußen bleiben.

Nachts kamen aus dem Wald Soldaten – davon war Willy wach geworden. Der hatte Motorengeräusche gehört, der stand im Schlafanzug am dunklen Fenster und guckte sich das an. Man konnte nur die schlitzförmigen Scheinwerfer erkennen. Im abgebrochenen Stück Sedanstraße wußten sie nicht weiter, bis sie seitlich auf den Fußweg fuhren und auf unser Haus zuhielten – vier Kübelwagen mit Verdeck. Einer fuhr bei uns durchs Tor. Oben hörte man die Führertöle bellen.

Elfriede schenkte ihnen Cognac ein im Herrenzimmer, es waren fünf, in langen Mänteln. Sie drehten ihre Köpfe hin und her und guckten nickend auf die Schränke und Gardinen und auf die Teppiche und auf die Ledergarnitur – »Schön ham Sie's hier – jaja!« Sie waren lange weggewesen, jetzt kamen sie zurück.

»Nehmen Sie den nächsten Zug, Frau Rachfahl!« sagten sie. »In spätestens zwei Tagen ist der Russe hier – vielleicht schon heute mittag.«

»Der Kreisleiter wohnt über uns!« Elfriede zeigte hoch zur Zimmerdecke.

Später hockten alle in der Küche und stopften sich mit aufgewärmten Hühnern und Karnickeln voll. Lottes lange Hinterbeine und ihr breiter Rücken waren auch dabei. Sie fraßen noch und noch und tranken Flaschenbier dazu. Elfriede holte ihnen aus der Kammer immer neue Flaschen und wärmte in zwei Pfannen Nachschub. Am Ende kriegten sie Kompott als Nachtisch, das löffelten sie aus den Krausen. Anschließend rauchten sie und hatten gute Laune. Sie fragten vorher, ob sie rauchen dürften. Sie mußten dauernd zur Toilette, das war ein Kommen und ein Gehen. Wenn man ihnen auf dem Flur begegnete, sagten sie *Na, du?* zu einem – sie guckten einen gar nicht an.

Bei der Abfahrt gab Elfriede ihnen eine Flasche Cognac mit und einen Schinken aus der Speisekammer. »Ihr müßtet längst geschlafen haben!« sagte sie zu uns. Vom Bett aus hörte man im Dunkeln, wie sie leise das Geschirr zusammenräumte in der Küche.

Als ich am nächsten Morgen zu mir kam, war Willy vor mir wach. »Weißt du, wie spät das ist? halb neun! – und? Hörst du was?!« Ich hörte die Geschütze aus dem Wald, die waren jetzt viel lauter.

»Nicht das, du Hammel, oben! da!« – Willy fletschte Richtung Zimmerdecke – man hörte überhaupt nichts aus der Wohnung oben.

»Kapierst du endlich! – die sind weg!«

In Windeseile waren wir soweit – zum Frühstücken war keine Zeit, zum Waschen sowieso nicht. Elfriede hakte am Korsett – »Seid doch mal still!« – und horchte zwischendurch zur Zimmerdecke hoch.

Als sie schließlich angezogen war und oben klingelte, rührte sich nichts in der Wohnung. Elfriede drückte mehrmals auf den Knopf – wir standen alle drei im Treppenhaus und lauschten.

»Die Lumpen sind nachts heimlich abgehaun! Los, Jungs, wir sind die letzten!«

Als Elfriede hinter uns die Wohnungstür zuziehen wollte, klingelte das Telefon im Herrenzimmer – August war das: »Um Gottes willn! Ihr seid noch da?! der Russe steht direkt vor Lublinitz!! – bloß weg!!«

Willy war als erster durch die Einfahrt – Elfriede kam nicht los, die schloß die Haustür ab – während man im Wald die Explosionen krachen hörte. Wir rutschten die vereiste Sedanstraße lang – jeder mit der schweren Tasche, die beim Laufen immer schwerer wurde – Willy nach, der vorne lief. Aus dem Walde hörte man jetzt auch Gewehre knallen – außer uns war niemand auf der Straße, nirgendwo in Lublinitz: vom Bahnhof her pfiff eine Lok – »Lauf, Willy, lauuuf!« schrie ihm Elfriede zu – »sag ihn' Bescheid: wir kommen!« – die Lok pfiff wieder ... Willy rannte ... am Bahnhof stand ein Pferd vor einem Karren, den Kopf im umgehängten Futtersack ... wir keuchten durch die offne Sperre ... die nassen Stufen hoch zum Bahnsteig ... weit hinten war Willy neben dem Mann mit der roten Mütze und zeigte auf uns ... wir kriegten noch grade den Arsch in die Tür ... der Kerl mit der Mütze sprang hinter uns rein ... Elfriede schnappte fürchterlich nach Luft.

Im Nachhinein gesehen war der Lublinitzer Aufbruch 45 das Ende meines Kindseins. Denn als August Anfang Januar, als beinah nichts mehr in den Schränken lag, die Wohnung musterte und mit den Augen an den prallen Ledersesseln hängenblieb und meinte: »Die Russen wer'n sich freuen!« – hörte ich mich plötzlich sagen: »Schneidet doch das Leder raus, das kann man gut gebrauchen!«

»Der Junge hat recht!« sagte August und guckte Elfriede an.

Elfriede sträubte sich: »Die schöne Garnitur!« – die sah im Geiste alles abgehäutet vor sich – »Und wenn wir wiederkommen, August!?«

Viel später, auf der Flucht, als Willys Brandsohle vorn wegriß und die »Quappa« machte und auch August mit den großen Zehen durch war, erinnerten sie sich daran: »Ja, der hat recht gehabt, der Junge! Was könnte man jetzt mit dem Leder!« ... daß ich eine schlaffe Flappe kriegte vor Verlegenheit. Regelmäßig kam das aufs Tapet, wurde zum Familienmythos: »Wißt ihr noch, wie Rudi damals – der war klüger!« – bis es mir selber unheimlich wurde mit meiner prophetischen Gabe.

Jahre nachher, als ich mir mit Willy ein paar Schuhe teilen mußte für die Schule – er hatte vormittags, ich nachmittags und umgekehrt – fliegender Wechsel auf halber Strecke, meine Autoreifenlatschen gegen Willys warme Schweißfußkähne – redeten sie immer noch davon: »Das schöne Lublinitzer Leder! Rudi hat's geahnt!« Da wußte ich inzwischen längst, daß ich das alles schon vorhergesehen hatte, und als ich eines Tages las, in der Antike hätten sie geglaubt, aus Dichtern oder Sehern spricht ein Gott, war mir das ohne weiteres verständlich.

In Plagwitz schneite es nachts um halb zehn. Der Zug fuhr auf der Stelle an, sowie wir vom vereisten Trittbrett runter waren – der hatte nur für uns gehalten. Nirgends ließ sich irgend jemand blicken. Die hatten nicht mal einen Wartesaal in Plagwitz und auch kein Bahnsteigdach – oben vor den nackten Hängelampen taumelten die Flocken. Kaum war man durch die offne Eisensperre, stand man in Plagwitz im Gebüsch und rutschte abwärts. Elfriede kannte sich im Dunkeln aus: »Da unten ist gleich die Chaussee. Seid vorsichtig! sonst kaschelt ihr!«

Nach ein paar Metern blindem Tasten in den Sträuchern war man tatsächlich auf der Straße, direkt vor einer hohen Mauer.

»Dahinter ist die Anstalt«, erklärte uns Elfriede – man fühlte sich auf Anhieb wie zu Hause.

Entlang der Mauer ging's im Schneegestöber weiter, jeder mit der schweren Tasche – aufs Licht einer Straßenlaterne zu. Links oben war der schwarze Bahndamm, rechts neben uns die Irrenmauer und vor uns war der Lichtschein der Laterne.

»Das ist die Goldberger Chaussee«, sagte Elfriede.

Von Goldberg war nichts zu erkennen.

»Vor Goldberg kommt erst Lauterseiffen.«

Die Laterne rückte augenblicklich ein Stück weg – und wo war Plagwitz?

»Quatsch nicht so viel – beeil dich!« sagte Willy. »Frierst du nicht?!«

»Jetzt kommt die Lorenschiene«, kündigte Elfriede an. Kurz vor dem Mauerende war ein Streifen in den Schnee gekratzt – in dem vereisten Streifen lief ein schmales Gleis quer über die Chaussee – »Paßt auf, die ist meist glatt!« Aber Willy lag schon flach mit seiner großen Fresse.

Dann standen drei hohe Häuser am Straßenrand nebeneinander. Hinter denen kam nichts mehr, nur die Chaussee ins Dunkle. In den drei Häusern brannte Licht – die sahen aus wie drei Adventskalender. Willy hinkte.

»Das in der Mitte«, sagt Elfriede, »das Fenster rechts im zweiten Stock – die Mutter sitzt noch in der Küche.«

Hundemüde auf dem grünen Sofa, am Tisch mit der riechenden Wachstuchdecke, nah mit den Nasen dran: Willy und ich – halb stehend mit gekrümmten, steifen Beinen – vor der Kartoffelsuppe. Trotz des Kissens unterm Hintern konnte man die kaum erreichen. Der Tisch war zu hoch, das Sofa zu tief – alle drei, vier Löffel mußte man sich setzen. Kräfte sammeln. Über uns hing ein Spruch an der Wand:

Die Freuden,
die in der Heimat wohnen,
suchst du vergebens
in fernen Zonen

– in schwarzer Schrift auf Holz gemalt, in einem braunen

Rahmen. Das rote D am Anfang war total vereiert, das wirkte wie ein Luftballon mit einer Made unten dran.

Von den Küchenstühlen guckten sie sich gegenseitig über die Kartoffelsuppe in die Augen und redeten in einer Tour. Elfriedes Mutter nickte einem zu beim Löffeln, sie hatte helle, feine Haare und ein Mondgesicht. Wenn sie hörte, was die andern sagten, legte sie die Hände aufeinander. Manchmal kraute sie sich mit dem Mittelfinger ihre linke Hand und lächelte dabei. Karoline hieß sie. Sie hatte einen runden Körper wie Elfriede, sie war nur nicht so dick. Als sie aufstand, sah man ihre blaue Schürze mit den hellen Punkten drin. In den Schuhen hatte sie ganz dünne Senkel.

»Für Rudi bloß gekratzt!«, sagte Elfriede, als Karoline Stullen schmieren wollte – »der kann ja keine Butter.«

Karoline sah mich an, als ob ich eine Krankheit hätte. Aus den Löchern ihrer Stullen quoll der gelbe Schleim – ich stellte mich pappsatt. Am oberen Ende des Tisches saß Friedrich, ihr Mann – in einer grauen Wollejacke, mit einem breiten Schnauzbart. Der war in Bunzlau neben meinem Kinderwagen hergegangen, sagten sie, geschoben hatte Karoline. Ich konnte mich an nichts erinnern. Beim Sprechen hatte er was Winselndes im Rachen, als ob er kicherte zu allem. Friedrich war Irrenwärter von Beruf – »im Festen Hause, bei den schweren Fällen«.

Am unteren Ende des Tisches saß Onkel Fritz, Elfriedes jüngster Bruder. Der hatte praktisch keinen Hals und hockte krumm auf seinem Stuhl. Anders konnte er nicht sitzen, weil er einen Buckel hatte. Seine langen Arme lagen bis zum Ellenbogen auf dem Tischtuch. Fritz war ein Hochspannungsmonteur! – auf keinen Fall »Elektriker«, das durfte man zu ihm nicht sagen, auch seine Schwester nicht. »Schwachstrom!« sagte Fritz sofort verächtlich. Mit dem Zeigefinger und dem Daumen rieb er pausenlos am Bierglas rauf und runter.

Uns gegenüber saßen Karoline und Elfriede, die guckten mal nach links und mal nach rechts, je nachdem, ob

Fritz gerade sagte »Die verdammten Nazibrüder, ich war nie für Stahlhelm!« – oder Friedrich winselte: »Tjjja, Rußland! Ist er denn meschugge?! Wie konnte er das machen! Jai jai jai!« Auf dem Büfett stand golden-grün ein Küchenwecker, der tickte unentwegt dazu – bis ich fast eingeschlafen war.

Im Wohnzimmer im Dunkeln auf der Couch hört man sie in der Küche weiterreden, durch das kleine, angelehnte Zwischenfenster über einem – endlos und immerfort weiter und weiter, als Willy längst eingedöst ist auf seiner Matratze – »Ihr habt ein Riesenglück gehabt, im letzten Augenblick! ... was soll nu wer'n?« ... »Und wenn sie es bei uns so machen, wie unsere bei ihnen drüben? ... was Kurt erzählt hat von Rußland damals, wo mag der jetzt sein?« ... »Und August in dem Alter mit der Knoche« ... »Fritz, gratsch das Glas nicht dauernd an!«

Dann wird ein Stuhl gerückt, dann geht jemand zum Ofen, stochert drin, zieht schurrend den Aschkasten hin und her auf der anderen Seite der Wand – das ist wohl Karoline.

»Gib mir das Tippel rüber, Friedel, hier ist ne Neege übrig.«

Und von *Renfteln* sprechen sie, von *Guschen* und *Stifteln*, *Labandern*, *Plautzen* und *Schlickermilch* – und *Spellingen*, die tot vom Dache fallen.

»Mähr nich so rum!«

»Red keinen Tinnef!«

Und von etwas, das noch nicht das Letzte ist, von einem dicken Ende, das noch käme – und »Ludendorff und Hindenburg, die hätten sie nicht reingelassen« – »Na schön, für den Klumpfuß kann er ja nicht« – bis ich, ohne es zu merken, eingeschlafen war.

Kaum war ich wach am nächsten Morgen, hörte ich den Aschekasten wieder schurren – durch das Zwischenfenster über meinem Kopf. Dann knallt die Ofentür. Friedrich ist das auf der andern Seite. »Jai jai jai jai jai«, hört man ihn winseln – dann zog er den Nasenschleim in den Rachen, hustete alles nach vorne, spuckte es ins Küchenbecken und ließ Wasser laufen.

Willy konnte man im schwachen Licht, das von der Küche reinkam, kaum erkennen, der röchelte auf der Matratze unten, schräg gegenüber an der Wand, bei einem Stapel von Paketen – das waren die aus Lublinitz, die waren alle vor uns angekommen. Auf dem Kleiderschrank daneben guckten oben hinter einer Holzverzierung Einweckkrausen vor, in denen waren halbe Birnen zu erkennen. Und vor der kurzen Couch, auf der ich lag, standen, dick wie Eimer, dunkle Gläser auf den Dielen, das mußte Sirup sein. Das Fenster war rot zugezogen.

Wenn man die Gardine wegschob, konnte man nach draußen sehen: auf lange, schmale Gärten unten und ein paar Karnickelställe und auf einen Holzstoß mit dem Sägebock dazu, alles voller Schnee. Dahinter war ein weißes Feld und dann kam quer ein langes Dorf, mit rauchenden Kaminen – das war wahrscheinlich Plagwitz. Der Himmel sah wie bei Gewitter aus: schwere Klumpen nasser Wolkensäcke über einer hellen rosa Fläche. In der rosa Fläche schwebte schwarz wie Ruß ein Faden Rotze, der sich nach rechts verzog. Dort standen zwischen Bäumen graue Klötze, mit Gitterfenstern drin – das war bestimmt die Irrenanstalt.

Zum Frühstück kochte einem Karoline Eier, sie hatte sogar warme Brötchen, die konnte man sich in die Eier tunken.

»Na, Seppel, schmeckt's?« – sie nannte einen *Seppel* – es schien ihr Spaß zu machen, wenn man aß. Friedrich blieb dabei in seiner blauen Irrenwärter-Uniform am Ofen stehen und trank aus einer Henkeltasse Kaffee. Die Tasse war aus Blech und angeschlagen. Er sagte nichts und guckte griesig stur zum Küchenfenster. Die Uniform war bis zum Hals hoch zugeknöpft und vorne hatte er noch zugeknöpfte

Taschen. Durchs Fenster konnte man den Bahndamm sehen und einen eingeschneiten Berg.

Als er merkte, wo ich hinsah, sagte Friedrich: »Hirseberg«. Er hackte zweimal kurz mit seinem spitzen Kinn in Richtung Berg. Auf der Wachstuchdecke vor mir lag ein Schlüsselbund – mit einem Eisenring groß wie ein Einweckgummi.

»Anstaltsschlüssel«, sagte Friedrich. Mit denen schloß er jeden Tag die Türen von den Irren auf und zu, »im Festen Haus, wo die verrückten Schwerverbrecher sitzen«, sagte Friedrich, »wer einen totgeschlagen hat – die komm ins Feste Haus.«

»Friedrich kriegt Gefahrzulage«, sagte Karoline. Sie nannte ihn bloß Friedrich und nicht Opa – als ob ich schon erwachsen wäre.

Ich hatte nichts gesagt.

»Willst wohl auch mal aufs Gymnasium – so wie Willy, was?!« Das fand er komisch und kicherte winselnd.

Weil ich keine Butter essen konnte, stellte Karoline mir zum Frühstück immer Marmelade an den Teller. Die hatte sie in einem weißen Schrank, in der Mauer unterm Fensterbrett. An der Rückwand konnte man im Schrank ein Sieb erkennen – da zog's kalt rein von draußen.

Drei Wochen haben wir vor diesem Schrank gestanden, Willy und ich, und haben durch das Küchenfenster rausgeguckt – auf die Chaussee, die unten rechts von Goldberg kam, und auf die Wiese und den Weg, der hoch zum Bahndamm führte, und auf den Hirseberg. Alles frostig kalt und zugeschneit. Am Fuß des Hirsebergs war eine Schlucht zu sehen und an der Schlucht ein großer Baum, den nannten sie *die Friedenseiche*.

Vor dem Fenster hing ein langes Thermometer. Der blaue Strich blieb meist bei 18 minus. Darunter waren noch zwölf Linien – die konnte er nicht schaffen. In der Küche drinnen war's schön warm, Karoline heizte jeden Tag mit Kohle ein.

Für die Ellenbogen gab sie uns zwei Sofakissen, darauf konnte man sich stützen und nach draußen sehen.

Ab und zu fuhr unten mal ein Fuhrwerk auf der Straße, das meist von Goldberg kam, und auf dem Bahndamm fuhren hin und wieder Züge, die auch von Goldberg kamen. Die fuhren Richtung Löwenberg, erzählte Karoline. Willy kannte alle Loks. Wenn eine durch das Fenster fuhr, dann wußte der auf Anhieb, was das war: 01 – 02 – 03. Von links kam selten eine. Wenn man eine Weile an der Fensterbank gestanden hatte, kriegte man ein mulmiges Gefühl in seiner Hose. Die Schranktür unten schloß nicht dicht, durchs Sieb im Schrank kroch kalte Luft ins Zimmer.

»Hast du auch so eine kalte Pfeife?« sagte Willy.

Wir gingen zwischendurch zu Karolines Ofen und hielten unsern Unterleib davor. Ohne Aufwärmpause war's am Fenster auf die Dauer gar nicht auszuhalten – obwohl's jetzt täglich interessanter wurde auf der Goldberger Chaussee. Jetzt kam nicht ab und zu ein Fuhrwerk, jetzt kamen ganze Trecks. Jede Menge Bauernwagen, vor dem Frühstück schon – mit runden Planen voller Schnee. Die fuhren alle ziemlich langsam und meistens sah man bloß den Kutscher. Die anderen hielten das nicht aus im Freien, die hockten unter den verschneiten Planen.

Dann kamen Wagen, hinter denen Leute liefen, Frauen und ältere Kinder – die hatten ihr Gepäck vorn auf den Wagen. Für sie selber war kein Platz mehr, nur noch für die Koffer. Die zogen alle unten über die Chaussee, von rechts nach links durchs Fenster. Im Schneegestöber konnte man sie manchmal kaum erkennen. Das waren viele. Ohne Ende. Tag und Nacht.

»Fällt dir was auf?!« hat Willy mich gefragt.

Mir war nichts aufgefallen.

»Die werden immer langsamer! Was ich dir sage! – Wenn das dumme Luder einen Zeiger für Sekunden hätte, könntest du sie stoppen!« Karolines golden-grüner Wecker war zum Stoppen ungeeignet.

Inzwischen kamen Wagen völlig ohne Plane, große Kastenwagen. In denen saßen zwanzig, dreißig Leute, zugeschneit und regungslos – wie Pilze fuhren die vorbei. Wir standen in der warmen Küche und guckten uns das täglich an. Stundenlang. In der Wohnung wußte man nicht, was man machen sollte, Spielzeug gab's nicht – blanke Heide.

Bis Willy eines Tages zufällig entdeckte, daß Fritz drei Bücher hatte – oben auf dem Kleiderschrank in seinem Zimmer. Fritz hatte »nichts dagegen«, die für uns rauszurücken. Beim ersten ging's um Meuterei, auf einem Schiff, das *Bounty* hieß. Meuterei – das hörte sich gut an. Das zweite war von einem *Zöberlein* geschrieben und schnörkelig gedruckt: *Der Glaube an Deutschland* – das konnte man bestimmt nicht lesen, das war Kacke. Das dritte Buch war von Karl May: *Zobeljäger und Kosak.* Außer diesen dreien hatte Fritz sonst keine Bücher. Weil Willy sich sofort die *Meuterei* gegriffen hatte, blieb für mich der *Zobeljäger* übrig.

»Früher hab ich auch gelesen«, sagte Fritz – »und wie!« Die *Bonte* hatte er sogar im Kino angesehn. »Famoser Film gewesen damals«, sagte Fritz. Der *Zobeljäger* war bloß *leichte Kost* für ihn – »Kall May ja überhaupt«, hat er gesagt.

Einmal erwischte ich ihn durch die angelehnte Tür, wie er sich auszog, um ins Bett zu gehen. Sein Buckel war genaugenommen nur ein halber Buckel, sein rechtes Schulterblatt stand gratig vor – wie bei einer Pute, wenn man an der Brust von einer Seite schon das Fleisch genommen hatte – sah fast genau so aus. Er konnte garantiert nicht auf dem Rücken schlafen. Unter seinen Oberhemden trug er ein Korsett, das auf der linken Seite selber einen Buckel hatte, zum Ausgleich für den echten.

Warum er mit dem Buckel laufen mußte, hat Karoline uns erklärt. Er hatte Schlosser anfänglich gelernt, »bei einem jähzornigen Meister«, sagte Karoline – und weil Fritz als Lehrling irgend etwas falsch gemacht hat – Karoline wußte nicht mehr, was das nun gewesen war – hatte ihm der Meister einen Amboß nachgeschmissen. Deswegen hatte Fritz den Buckel. Der Buckel war immer größer geworden im Laufe der Jahre, bis er ausgewachsen war. Die Ärzte hatten ein Korsett verschrieben, sonst konnte man nichts machen gegen seinen Buckel. Fritz hatte dann Elektriker gelernt – und später Hochspannungsmonteur! Das Korsett mit seinem zweiten Buckel hing über Nacht am Fensterkreuz, zum Lüften.

Hin und wieder mußte Fritz spätabends »auf Montage«, wenn irgendwo die Leitungen gerissen waren – jetzt im Winter ging das reihenweise. »Was meinst du, was da Zug drauf ist – kannst froh sein, wenn der Mast noch steht!« Ganze Dörfer hockten nächtelang »im Bärenarsche«, bis Fritzens Truppe da war. Fritz mit seinen Affenarmen – oben auf dem Mast im Schneesturm, mitten in der Nacht! pechschwarz! – »Mußt du erst mal finden, die verdammte Stelle! zwanzig Meter hoch im Sturm!« Manche stürzten einfach ab – völlig taubgefroren. Einige verglühten oben an der Phase – im Krampf, hat man sich vorgestellt – »weil der Idiot im Umspannwerk zu früh den Saft geschickt hat!« sagte Fritz.

Die Sache leitete ein Ingenieur mit Namen Linge. Den sprach Fritz schnell und zackig aus. Bei diesem Linge hatte man anscheinend das Gefühl, was richtig Wichtiges zu machen, als wär man selber Ingenieur – »Ja ja, du Tschullik!« sagte Fritz. »Tschullik« hieß so viel wie »kleiner Schwanz«.

Am Sonntag spielte Fritz die Mundharmonika. Er hatte eine Hohner – in einer dunkelblauen Pappeschachtel. Auf dem Deckel stand geschwungen *UNSERE LIEBLINGE* in Goldschrift und rechts und links davon war ein Oval mit breitem Goldrand. In jedem war ein Frauenkopf zu sehen, vor wolkenlosem Himmel. Rechts die war schwarzhaarig und hatte rote Lippen und lächelte nach links herüber. Eng an ihrem Halse trug sie eine Perlenkette – darunter war sie nackt, auf alle Fälle hat man sich das vorgestellt. Sehen konnte man es nicht, ihr Körper wurde über ihrer Brust vom Goldrand des Ovals verdeckt. Genaugenommen konnte man bloß ihren Hals und ihre Schultern sehen – »Das sieht doch jeder, daß die nackt ist«, sagte Willy

Die in dem anderen Oval war blond und etwas jünger, aber beinah bis zum Kinn hoch angezogen: ein erbsengrünes Trägerkleid mit einer weißen Bluse und einem dünnen Schleifchen vor dem Kragen. Sie guckte lachend in den Himmel, aus dem Oval heraus, mit offnem Munde. Gleich nach dem Hals schon war sie abgeschnitten wie die erste. Weil man ihr Kinn von unten sehen konnte, sah es aus, als ob man mit dem Kopf genau an ihren Brüsten wäre. Die Nackte sah man mehr von oben.

Wenn Fritz die Hohner spielen wollte, umschloß er sie mit beiden Händen und drückte seine Ellenbogen aneinander. Er blies und zog ganz vorsichtig und kriegte große Augen. Bei manchen Stellen zitterte er fast genauso wie die Töne. Die blaue Schachtel lag dabei geschlossen vor ihm auf dem Tisch. Wenn er fertig war mit seinem Spielen, schlug er jedesmal die Hohner klatschend in die linke Hand – bis alle Spucke raus war. Anschließend steckte er das Ding sofort zurück in diese Schachtel mit den beiden Weibern.

Mit Friedrich konnte man nicht sprechen, der kicherte, sobald er einen sah. Manchmal fing er an zu singen – wenn er Spätschicht hatte bei den Irren – dann ging er hin und her im Schlafzimmer und sang dazu. Am hellerlichten Tage. Er konnte nur das eine Lied und von dem nur eine Strophe: *Es wollt ein Mann in seine Heimat reisen – er sehnte sich nach seinem Weib und Kind – er mußt dabei ein tiefen Wald durchstreifen – bis plötzlich da ein Räuber vor ihm stand.*

Stand auf *Kind* machte ihm überhaupt nichts aus. Der Rest von seinem Lied war praktisch unverständlich: *Verzeih, verzeih, mein liebster Bruder mein!* – ein einziges Gewinsel. Man konnte ruhig in sein Zimmer gehen, wenn er sang, er guckte einen gar nicht an. Wenn er vom Fenster kam auf seiner Tour, hat er zur Tür geguckt, stur gradeaus – und wenn er von der Tür kam, guckte er durchs Fenster – Richtung Plagwitz und zum eingeschneiten Steinberg hinterm Dorf.

In seinem »Kleiderschranken« hatte er ein abgesperrtes Fach, das schloß er jeden Sonntagmorgen auf und sah sich an, was drin war: eine Kiste voll Zigarren und daneben eine Flasche Cognac – falls unerwartet Gäste kämen, hat Karoline uns erklärt. Friedrich selber rauchte nie und trank auch von dem Cognac nichts. Er hat sich seine Schätze bloß immer lange angesehen – und schloß danach bedächtig wieder ab. Bei August wäre er das Zeug am ersten Abend losgewesen.

Am Küchenfenster fuhren weiter Trecks vorbei – massenhaft, das nahm kein Ende. Jeden Tag dasselbe. Durch den tiefen Schnee. Schließlich hatten wir genug davon und haben mit den Büchern angefangen – Willy mit der *Bonte*, ich den *Zobeljäger.* Auf dem grünen Einbanddeckel lehnte der Kosak in seiner blauen Bluse mit der umgehängten Balalaika überm Rücken schräg am Baum und guckte sich den Brunnen an, der seine Stange runterhängen ließ im Sonnenuntergang – er hatte schöne Gefühle, das konnte man erkennen. *Auf dem Jahrmarkt in Werchne-Udinsk* – so hieß gleich das erste Kapitel. Das klang schon ziemlich nach Sibirien, *wo die Sobolniki*)* (bei den Sternen mußte man nach unten gucken, weil er einem dort das Wort erklärte) *sich zusammentun in der gefrorenen Tundra, um dem Fang der Tiere obzuliegen* – obzuliegen? – *da, batjuschka**).* Der Kammerdiener Florin ging zum Kreishauptmann, wo Karpala in geschnürten Stiefeln *aus dem Bauch des Elentiers* – woran

konnte der das sehen? aus dem Bauch? – ihre weißen, runden Arme leuchten ließ *wie Schnee* und kurz darauf im
Fluß ein Bad nahm – splitternackt, bei sechzig Grad!? – bis
Sam Hawkens, Stone und Parker auf der Bildfläche erschienen, mit den Pässen, die vom Zaren eigenhändig unterzeich-
net waren, und das ganze Durcheinander mit den Adlerhorsts anfing, das man richtig nur verstehen konnte, wenn
man vorher erst den *Derwisch* noch gelesen hatte, jedenfalls stand unten auf der Seite *siehe May, Der Derwisch.*
Aber diesen *Derwisch* hatte Fritz bei seinen Büchern nicht,
der hatte bloß den *Zobeljäger*: Bruno Adlerhorst, Hermann
Adlerhorst, Martin Adlerhorst, Anna Adlerhorst, Gottfried
Adlerhorst – *Orjoltschaschtscha***)*.

Draußen fiel der Schnee so dicht, daß der Hirseberg
verschwunden war. Unten auf der glatten Straße rutschten immer wieder Wagen mit den Pferden vorne dran
langsam in den Graben. Die meisten andern fuhren einfach weiter, wenn sie bei den Abgerutschten waren. Man
konnte wetten, welcher Wagen halten würde: der dritte?
– vierte? – fünfte? Der erste hielt grundsätzlich nicht.
Wenn einer anhielt, mußten alle halten, weil kein Platz
war, um zu überholen. Dann brüllten die von hinten:
»Weiter! Los!!« – und tobten auf der Stelle.

Elfriede wartete auf Post von August, der hatte nie geschrieben. Auf der Treppe mußte man um fremde Leute
steigen – die saßen dort und sagten nichts. Bis hoch zu unsrer Wohnungstür.

Karoline zog den Einweckkrausen nacheinander ihre
Gummiringe ab und verteilte das Kompott im Treppenhaus. Sie brauchte immer eine Sorte restlos auf, bevor sie
an die nächste ging. Die Leute aus der Gegend von Groß-
Strehlitz kriegten alle Kirschen. Bei denen, die aus Grott-
kau kamen, waren Birnen dran. Die aus Frankenstein und
Glatz mußten sich mit Apfelmus begnügen. Die beiden
grünen Sirupgläser standen noch verschlossen neben meinem Sofa auf den Dielen.

Manche wollten eine heiße Brühe haben, die hatte Karoline nicht. Die kriegten heißes Wasser.

Manche fragten: »Ham se nich 'n Kaffee?!«

»Die wolln jetzt sogar Kaffee!« sagte Karoline.

»So dicke ham wer's ooch nich«, sagte Friedrich kichernd.

Manche klingelten und wollten aufs Klosett – »Wo solln wir denn hin in der Kälte damit?!« Andre kamen nicht mehr runter vom Klosett. Die waren krank und hatten Durchfall oder quälten sich dort stundenlang. Manche schliefen dabei ein. Man mußte sie erst aus dem Schlafe donnern, wenn man's selber nicht mehr halten konnte und schon wieder andre an der Klingel waren. Bis in die Küche stank's nach Kacke. Elfriede schnitt ihnen Zeitungen klein, damit sie's nicht verstopften. Viel hat das nicht genützt. Fritz mußte täglich mit dem Feuerhaken stochern. Schließlich kriegten sie drei Blätter vorher in die Hand gedrückt – das half.

Die Gromottka in der Wohnung gegenüber ließ keinen auf ihr Klo. Der hämmerten sie an die Tür und schrien: »Warten Sie! Bald sind Sie selber dran!« – anschließend kamen sie zu uns.

Manche gingen in die Gärten. Hinter den verschneiten Sträuchern konnte man sie unten scheißen sehen. Dazwischen standen regungslose Männer, die pinkelten und guckten in den grauen Winterhimmel.

Und täglich kamen neue auf der Goldberger Chaussee. Einmal, mittendrin im Zobeljäger, rief Willy mir vom Fenster zu: »Los, schnell, du Affe, guck dir's an! – Natürlich ist er das!«

Hinter einem Fuhrwerk stakten, vorgebeugt im Schneegestöber, eine Frau in einem langen Mantel und zwei Kinder: die Birgel und der Horst und Hanni?! – das Mädchen hatte eine weiße Mütze an.

Willy riß das Fenster auf, schrie: »Horst!!« – der Junge drehte sich im Gehen halb nach oben, winkte schlapp.

»Horst!!« schrie Willy immer wieder – der reagierte gar
nicht mehr.

Elfriede stürzte in die Küche und schlug das Fenster zu.
»Seid ihr bei Trost?! Um Himmelswillen?!«

»Horst!« sagte Willy.

Elfriede wollte das nicht glauben. Man konnte sie inzwischen nicht mehr sehen, die waren längst im Schnee verschwunden.

»Der ist fertig!« sagte Willy.

Im *Zobeljäger* wurde jetzt der Kreishauptmann samt seinem Sohn geteert und anschließend gefedert. Bogumir, der
richtig Gottfried hieß und die Karpala liebte, legte seinen
Arm um ihren Nacken. Als er sie verlassen wollte, riß es
ihn mit Gewalt herum – *unwiderstehlich*. Er packte ihre
Hände *und küßte sie ein-, zweimal, dann sprang er in den
Sattel* – die Hände bloß.

Plötzlich schickte August eine Karte. Die war in Schweidnitz abgestempelt. »Das ist ja gar nicht weit von uns! Mein
Gott!« sagte Elfriede.

Im Zweifelsfalle sehn wir uns in Cossebaude, schrieb August auf der Karte – *Zweifelsfalle* hatte Gänsefüße.

Beim *Zobeljäger* kam Kapitel 9 – *Wodka und Knute*.
Gleich zu Anfang wurden den Kosaken hundert Hiebe an-
gedroht – auf den nackten Rücken. Und zusätzlich noch
Pfeffer in die Augen! das war anscheinend gang und gäbe
bei den Russen. Aber Hawkens machte ihnen einen Strich
durch ihre Rechnung. Mit den Zaren-Pässen war er unbe-
siegbar. Wenn einer mal nicht spuren wollte, erzählte er
ihm nebenbei, er würde nächste Woche wieder mit dem
Zaren Kaffee trinken – da knickten alle ein und glaubten
das, die blöden Säcke.

Nach dem Abendessen spielten sie in der geheizten Küche
meistens Karten oder auch Mensch-ärgere-dich-nicht. Draußen fuhren auf der Goldberger Chaussee die Trecks. Im

Dunkeln konnte man die sowieso nicht sehen. Wenn Karoline keine Lust zum Kartenspielen hatte, waren Fritz und Friedrich aufgeschmissen. Überreden ließ sich Karoline nicht. Elfriede spielte Skat grundsätzlich nicht und Willy wollte es nicht lernen. Den hatten sie zuerst belabert: »Versuch doch wenigstens!« – aber jedesmal, wenn Willy eine Karte legte, fing Friedrich an zu kichern, wie über seine Anstaltsirren – »Du bist vielleicht ein Naphthel!«

Der Alte machte Schmu beim Mischen, der mischte haarsträubend bedächtig, die Karten faßte er dabei ganz vorsichtig nur an den Kanten an, damit die richtigen nach unten kamen – seine. Jeder sah das, aber keiner sagte was. Wenn er selber an der Reihe war zum Mischen, hatte er schon vor dem Spiel gewonnen. Beim Würfeln legte er die Zahlen, die er brauchte, in seiner Hand nach unten – und ließ den Würfel dann so eben aus der Flosse kippeln. Bescheißen war bei ihm das halbe Spiel.

Durch das kleine Zwischenfenster über meinem Sofa fiel genügend Licht am Abend – man konnte bis zum Schlafen lange lesen. Hermann von den vielen Adlerhorsts tauchte plötzlich auch in Werchne-Udinsk auf, erfuhr dort, daß sein Bruder Gottfried die Karpala liebte, den *Engel der Verbannten*, und dachte an Zykyma: die war jetzt frei – für ihn! Willy hat beim Lesen seine Beine angezogen, hockte breitbeinig vor der Paketwand und bekrimmerte sich seine Sohlen. Auf einem Meierhof am Baikalsee saß Mila Dobronitsch mit ihren Mägden, in einem kurzen roten Rock, und spann, *um das landesübliche Gespinst zu fertigen – das Gesicht umrahmt von einer Fülle blonder Flechten*. Über ihrer weißen Bluse trug sie eng ein schwarzes Mieder, das *mit Stahlschnallen versehen* war – das stellte man sich vor, wenn man das Buch zuklappte, um zu schlafen.

Im Treppenhaus saßen jetzt Leute aus Wohlau, die kriegten Pflaumen. Auf der Straße vor dem Küchenfenster waren

kaum noch Fuhrwerke zu sehen, statt dessen kamen Fuß- **93**
gänger mit Leiterwagen voll Gepäck – fast immer Alte. Die
hatten sich wie Pferde vor die Wägelchen gespannt, jeder
einen Strick um seine Schulter, meist ein Mann und eine
Frau. Die zogen mühsam Schritt für Schritt vorüber, eine
Hand am Deichselgriff. Wenn sie stehenblieben, keuchten
sie, die Mäuler aufgerissen – die Deichsel stand dann zwischen ihnen, damit sie sich nicht bücken mußten, wenn sie
weiterwollten. Manche konnten nur mit Stöcken laufen,
auf deren Wägelchen war wenig drauf, die waren praktisch
leer. Wenn sie grade gegenüber unserm Fenster keine Kraft
mehr hatten, hielten sie am Straßenrand im tiefen Schnee
und stierten mit verdrehten Augen zu uns hoch. Inzwischen fuhren alle anderen vorbei an ihnen.

Wenn solche im Treppenhaus saßen, dösten sie bloß.
Die blickten nicht mal auf, wenn Karoline und Elfriede ih-
nen das Kompott hinstellten – Mirabellenmus. Leute aus
Schweidnitz sind das gewesen.

Im *Zobeljäger* hatte ich die Hälfte durch. Mila zeigte
dem Kosaken Nr. 10, der eigentlich Gottfried von Adlerhorst hieß, die riesige Pechtanne vor der Felswand und
kletterte an ihren Ästen wie auf Leitersprossen vor ihm in
die Höhe – vorher hatte sie sich Hosen angezogen. In der
Felsenwohnung oben gab es Bücher bis zur Decke und
wändeweise Schinken. Als sie weg war, guckte er alleine
über das Gebirge und die Wüste – weit hinten schimmerte
der Baikalsee im Sonnenlicht: *wie flüssiges Silber.* Plagwitz
war ein Kaff dagegen.

Auf der Goldberger Chaussee kamen jetzt fast nur noch
Frauen, die trugen kleine Kinder statt Gepäck. Fuhrwerke
kamen überhaupt nicht mehr und Züge selten. Wenn doch
mal einer durch das Fenster fuhr, war er derart brechend
voll, daß sie sogar außen auf den Brettern standen und sich
an die Eisengriffe klammerten. Die mußten dicke Handschuh haben in der Kälte.

Die Frauen unten auf der Straße legten manchmal vor-

sichtig was in den Schnee, blieben eine Weile stehen, guckten sich das an und gingen weiter. Bis zu uns rauf konnte
man erkennen, daß sie Rotz und Wasser heulten. Tote Kinder waren das – wie im *Zobeljäger*, als der Vater von Karpala, weil er glaubt, das Kind ist tot, es nicht weit vom Zelt
des Häuptlings in der Tundra bei den Birken in den Schnee
vergräbt.

Jeden Morgen saßen Leute am Chausseerand – Alte, die
nicht weiterkonnten. Wenn sie gegen neun genauso saßen,
rückte die Kolonne an zum Schütteln. Wenn sie sich nicht
rührten nach dem Schütteln, luden sie sie auf. Die toten
Kinder kamen gleich dazu. Weil Elfriede strikt dagegen
war, durfte man nicht runter und sich's ansehn. Man
konnte nur vom Fenster gucken.

»Da drüben der am Baum – ich sage: der ist tot!«

»Ich sag: der atmet noch!«

War er tot, dann blieb er in der Hocke, wenn sie ihn auf
ihren Wagen hoben. Daran konnte man's ganz klar erkennen.

Im *Zobeljäger* ging es auf die letzten Seiten zu, alle wollten Knall und Fall nach Deutschland, von Rußland waren
die bedient – sogar der dicke Häuptling der Bojarten. Der
Derwisch wurde aus Sibirien rausgeschleppt – den setzten
sie als Frau verkleidet in die Kutsche, der kriegte Schlaf-
tabletten. Graf Polikeff erhängte sich, in der Räucherkam-
mer bei den Würsten – der hatte sein Fett weg.

Anschließend war man auf dem Schwarzen Meer. Da
fingen die türkischen Fußnoten an: *Teckne*)* – *Eski
tschömlek**)* – *Ördek***)*. *Ördek* hieß das Schiff: die *Ente*.
An der Reeling lehnte Ibrahim und wollte fliehen – bis
das Steuer brach und Lord Lindsays Yacht auftauchte: da
erschoß er sich doch lieber selber. Der Derwisch wurde
lebend von den Ratten aufgefressen – das Schicksal, das
in aller Stille im Dunkel sich von selbst vollzogen hatte,
wie es hieß. Kurz vor der letzten Seite saßen Hawkens,
Stone und Parker bei einem Schriftsteller in seinem Ar-

beitszimmer auf dem Sofa. Den nannten sie *Old Shatter-*
hand – der war bis dahin gar nicht vorgekommen – dem
richteten sie Grüße aus von einem *Winnetou* – der auch
nicht vorgekommen war. Und plötzlich war das Buch zu
Ende.

Im Treppenhaus saßen jetzt Leute aus Striegau, für die war
kein Kompott mehr da. Die Einweckkrausen standen alle
ausgewaschen auf dem Kleiderschrank, im Zimmer, wo wir
schliefen. Für die aus Striegau gab's nur noch die Sirupgläser neben meinem Sofa. Striegau war schon ziemlich
nahe – »Danach erst Goldberg und dann wir!« Vorher
durfte keiner raus aus Plagwitz, das ging genau der Reihe
nach – so wie *der Russe* näherrückte.

Elfriede schickte wieder Koffer ab, die sollten dieses Mal
nach Dresden – bahnlagernd Hauptbahnhof. Friedrich
fluchte, als er sie auf einem Kinderschlitten bis zum Löwenberger Bahnhof schleifen mußte. Der wollte lieber
über seinen »Anstaltstreck« nachgrübeln – der fuhr ihm
schwer durch seinen Schädel: die Anstalt sollte ihren eignen
Treck bekommen! Alle Irren konnten in dem Treck nicht
mitgenommen werden, die Kranken in den Betten sowieso
nicht. »Die müssen bleiben, wo sie sind, wenn's soweit ist«,
erzählte Friedrich.

»Was willst du denn mit denen machen!« bellte er, als
Karoline ihre Augenbrauen hochzog und ihn ansah.

Fritz rüstete sich für die Abfahrt seiner Hochstromtruppe, der fettete die Stiefel ein – der fühlte sich fast wie
beim Militär. Wegen seines Buckels hatten sie ihn niemals
haben wollen, endlich war er auch mal dran – der war jetzt
richtig aufgeregt: »Feldmarschmäßig fertigmachen! Steh
hier nicht rum, du Tschuul!«

Nachts auf dem Sofa fing ich an zu hecheln wie ein Hund.
Immer schneller, bis ich glaubte, daß ich bald erstickte.
Sie gaben einem Tee dagegen – Pfefferminz. Weil das

nichts half, versuchten sie es mit lakritzeähnliche Pastillen, die schmeckten derart ekelhaft, daß man ans Atmen nicht mehr dachte – nur hechelte man ganz genauso weiter.

»Der Junge hat Asthma«, sagte Elfriede, »seelisch bedingt.«

Das Seelische verstand ich nicht – warum sollte man davon ersticken?

»Hör endlich auf, ich kann nicht schlafen!« sagte Willy angewidert, wenn er abends mit dem Kraulen seiner Füße durch war. Vorher störte ihn das Asthma nicht. Ich hechelte inzwischen jeden Abend, das war jetzt einfach so. Um genügend Luft zu kriegen, mußte man sich setzen. Man saß im Dunkeln und versuchte ums Verrecken, langsamer zu atmen.

Als Karoline ihre Sachen packte für den Treck, entdeckte sie ein altes Buch in einem Koffer, zwischen abgetragenen Korsetts: *Grimms Märchen – illustriert.* Das hat sie uns geschenkt. »Hier! kannst du haben!« sagte Willy – »Märchen!«

Gleich zu Anfang kam ich an die Zeichnung mit dem Jungen, der sich gruseln wollte. Der saß bei einem Feuer nachts und guckte zu den drei Gehenkten hoch. Die konnte man sich wie der Junge haargenau besehen: einer links und einer rechts und einer in der Mitte – alle drei am selben Galgenkreuz im Schein des Feuers.

Der linke von den dreien hing grade ausgestreckt herunter, der hatte nur die Finger abgespreizt – ein Hosenträger war ihm losgerissen. Der in der Mitte hielt die steifen Beine auseinander, das war der Älteste von denen – mit dünnem weißem Bart und offnem Munde, daß man die Zähne sehen konnte. Sein eines Auge blickte stechend, das andere war bloß ein Loch.

Den rechten Aufgehängten sah man von der Seite, der hatte leicht die Knie angewinkelt, die Arme auf dem Rücken – und um den Unterleib ein Tuch, sonst war er nackt.

Das Tuch bewegte sich im Wind nach hinten, wo auch der Rauch des Feuers hinzog. Der rechte war der Jüngste von den dreien, das sah man schon an seinen Haaren. Der Kopf war ihm nach vorn gefallen und seine langen Haare hingen ihm vor dem Gesicht. Das wäre bei den Haaren, die ich selber hatte, nicht gegangen.

Überm Rauch des Feuers, neben dem der Junge mit verschränkten Armen auf dem Baumstumpf saß, sah man wie Schatten einen großen und zwei kleine Raben in der Luft. Wahrscheinlich hatten die dem Toten in der Mitte das eine Auge rausgehackt und hauten ab damit. Weit hinten kam der Mond aus einer Wolke – scharf wie ein Dolch.

Die Füße der Gehenkten berührten fast den Boden, man konnte an den Füßen merken, wie sie sich abgestrampelt hatten, um mit den ausgestreckten Zehen den Boden zu erreichen. Man hat die Füße immer wieder angesehen.

Am besten war die Zeichnung bei der *Gänsehirtin* – wo die Alte sprach: »Komm heraus, mein Töchterchen!« und dann die Tür aufging und sie als Königstochter in das Zimmer trat – in ihrem seidenen Gewand, mit ihren goldnen Haaren und ihren strahlend hellen Augen. Das seidene Gewand war derart durchsichtig gezeichnet, daß man an manchen Stellen ihren Körper sehen konnte. Ihr Körper leuchtete – denn rings um ihn herum war eine helle Fläche, so wie ein Lichterkranz.

Von der Gänsehirtin träumte ich, wenn ich zu Rande war mit meinem Asthma nachts und aus dem Sitzen in den Schlaf umsackte. Sie stand im Mondlicht vor dem Brunnen, sie streifte ihre Haut ab und dann wusch sie sich. Daneben weidete ein Pferd – das gab's im Märchen gar nicht. Sie war schneeweiß, wenn sie sich wusch. Das Pferd fraß ruhig Gras von einer Wiese, man hörte keinen Laut. Wenn ich träumte, wie sie in dem durchsichtigen Seidenkleid ins Zimmer trat, wurde es mir heiß im Körper. Manchmal blickte sie mich an. Sie war mir näher und vertrauter als El-

friede, ich wußte nicht, warum. Das durchsichtige Seidenkleid an ihrem Körper hätte ich sehr gern berühren wollen.

Im Treppenhaus hockten zwei alte Frauen aus Liegnitz,
sonst niemand – die fielen beinah um, die machten nicht
mehr lange. Auf der Chaussee kam keiner mehr. Jetzt waren die Plagwitzer dran. Fritz war schon weg mit seiner
Hochstromtruppe und Karoline auch. Die hatte noch geheult zum Abschied, die war mit Friedrichs Anstaltstreck
gefahren, zusammen mit den »leichten Fällen«. Von den
Kranken schleppten sie nur mit, was gehen konnte. Die andern blieben alle in den Betten. Am Ende wurden ihnen
ihre Türen aufgeschlossen.

Elfriede rutschte, als es soweit war, mit uns zum Löwenberger Bahnhof – auf der vereisten Goldberger Chaussee.
Statt der Reisetaschen wie in Lublinitz hatten wir jetzt jeder einen Rucksack auf dem Rücken, mit allem, was man
brauchte auf der Flucht, einschließlich Zahnputzpulver
und Reservesocken und einem Klappbesteck aus Alumi-
nium – mit einer Schiebeöse. Der Löffel war dermaßen
breit, daß er bestimmt das Maul zerriß beim Essen. Als
Nähzeug hatte man drei Nadeln bei sich und Zwirn auf
sternförmiger Pappe und zum Strümpfe stopfen Wolle, jeder – »Was weißt du, was noch kommt?!« In der Klappe
meines Rucksacks stand in Tintenstift die zeitlose Adresse:
Rudi Rachfahl Bunzlau Burghausstraße 10.

Es schneite grade nicht. Elfriede rutschte neben mir und
Willy ein Stück vor uns. Dem waren wir nicht schnell genug, dem fehlte auf der Flucht grundsätzlich die Geduld.
Elfriede keuchte diesmal weniger. Sie war nicht mehr so
dick wie vor drei Wochen und mußte nicht mehr so oft stehenbleiben und außerdem ging's ja bergab nach Löwenberg, zum Bober hin – den konnte man jetzt sehen. Dann
stießen andere zu uns, die wollten auch zum Bahnhof. »Der
Russe steht vor Liegnitz«, sagten sie – dazwischen lag noch
Goldberg – und dieses Lauterseiffen.

Was man sich vorzustellen hatte unter *Russe*, hat man nicht gewußt. Nachts auf dem Sofa hatte man durchs Zwischenfenster Friedrich regelmäßig sagen hören: »Der Russe hat gehaust« ... anschließend nannte er die Orte, wo das gewesen war. Bei Friedrich *hauste* jedenfalls der Russe immer. Wenn von »Bestien« die Rede war, sagten Karoline und Elfriede nichts dazu. Fritz sagte jedesmal: »Der Russe ist an sich nicht so.« Auf alle Fälle mußte man verschwinden, wenn sich der Russe näherte.

Die im *Zobeljäger* hatten meistens eine Knute bei sich und wollten einem Pfeffer in die Augen streuen oder einen derart peitschen, daß das Fleisch von seinen Knochen fiel. Das mußte dafür von den Peitschenhieben schon ganz mürbe sein, hat man gedacht. Wenn man den Paß des Zaren zeigen konnte, gaben sie sofort klein bei, die Russen.

Der Bober war fest zugefroren, das sah man auf der ersten Brücke, und als wir nach der zweiten an den Bahnhof kamen, war's auf der Uhr dort grade eins und es fing an zu schneien. Willy saß auf seinem Rucksack vor dem Eingang – »Wo bleibt ihr überhaupt!?« – der gab jetzt an damit, wie schnell er rutschen konnte.

Der Bahnsteig war gerammelt voll, wir waren bei den letzten, fast wie in Lublinitz. Nur daß kein Zug da war. Hunderte, die auf dem Bahnsteig in der Kälte standen. Die Flocken fielen immer dichter. Bis plötzlich lautlos eine Lok auftauchte aus dem Schneegestöber und eine lange Reihe Wagen vor uns stellte – ohne Dach und ohne Seitenwände.

Da wollte jeder augenblicklich drauf – handgreiflich rücksichtslos – und alle gleichzeitig und ohne überhaupt zu merken im Gewühle, daß ich dazwischen war. Die drückten, quetschten, schrien sich an ... bis sie schließlich alle saßen und man selber auch – wie eingekeilt.

»Halt dich ja fest beim Fahren, Rudi!« Elfriede hockte ein paar Meter weiter, die hatten sie mit Willy abgedrängt – dicht neben mir war eine Eisenrunge.

Der ganze Klumpen nörgelte und rückte hin und her und stöhnte, bis endlich alle ruhig waren – völlig bewegungslos, wie starr – und man fühlen konnte, wie die Kälte von den Füßen in die Beine kroch. Meinen Hintern konnte sie nicht kriegen, Augusts Hämorrhoidenwarnung war mir gut im Sinn: ich saß auf dem Rucksack, vornübergebeugt, mit dem Kopf auf den Knien.

Man hörte nichts. Es schneite dicke Flocken. Pausenlos. Wenn man zwischendurch den Kopf hob, konnte man die andern Eingeschneiten sehen. Elfriede war schon zu und Willy ebenso – ein endlos langer Zug von zugeschneiten Hockern – ohne Dach und ohne Lok. Die war gleich weg, im Schnee verschwunden, kaum daß sie ihre Wagen los war – ohne uns.

Ich versuchte mir die Gänsehirtin vorzustellen, mit ihrem Seidenkleid und ihrem Strahlenkranz – aber in der Kälte ging das nicht. Mir fehlte das seelische Asthma, da hätt ich mich warmhecheln können.

Nach einer Stunde ungefähr pfiff eine Lok, knallte sich vor unsre Wagen, daß die Hocker alle wachgerüttelt wurden, um sich guckten und »Na endlich!« schrien – und im selben Augenblick beinahe hörte es zu schneien auf. Statt dessen fiel Ruß und deckte uns ein.

Als die Lok zum zweiten Male pfiff, hat der Alte hinter mir sich ausgefurzt dabei. Dann suchte er in seiner Manteltasche rum, das spürte man, drückte mir wieder den Brustkorb gegen die Runge und rauchte. Ich zitterte vor Kälte und zog den Schnodder hoch.

»Heulst du etwa?«

Er hatte eine dunkelblaue Eisenbahnermütze auf, das hatte ich gesehen.

»Jetzt geht's bald los!«

Der rauchte schlimmer noch als August, mitten im rußigen Qualmen der Lok – aber er wärmte einen.

Dann ruckte es – dann fing der Zug zu rollen an, während schwarze Flocken auf uns fielen. Wer ohne Runge war

am Rande, der hatte keinen Halt, die krallten sich an denen **101**
fest, die innen saßen. Ich hatte die eiskalte Runge, umarmte die.

»Kuck mal: drüben – kennste das?«

Der wollte mich wohl trösten, der merkte, wie ich zitterte. Wir saßen mit den Rücken zueinander – wenn er sich
bewegte, mußte ich den Kopf schief halten, weil er mich
dann an die Runge preßte.

»*Goldne Aussicht* heißt das – kannst weit sehn von da.«

Ich konnte bloß Bäume erkennen und Felsen dazwischen – während der Zug immer weiterrollte – nölig langsam neben einer Straße her. Mal war sie links, mal rechts in
den nächsten zwei Stunden – und immer wieder blieb er
einfach stehn auf freier Strecke und es schneite. Rücken an
Rücken, zitternd vor Kälte – und jedesmal den Kopf schief
halten, wenn der Alte über seine Schulter mit mir redete
und mich an meine Runge drückte.

»Rechts oben ist der *Rote Berg* – und wo wir jetzt drü-
berfahren, das ist der *Wolfsbach*« – der kannte sich aus,
der war auf der Strecke Lokführer früher gewesen, hat er
erzählt, der wußte schon alles im voraus – »nu kommt erst
mal Mois«. Dann kam Schmottseiffen, da standen wir wieder – »rechts oben ist die *Napoleonsfichte* und hinter der
die *Teufelei*, kannst jetz nich sehn von hier – und der da
heißt *Speerberg* und der dort der *Frauenberg*.« Am Ende
von Schmottseiffen gab's den *Butterberg* – ich dachte, ich
hör nicht richtig! – »Ganz hinten rechts, da oben, siehste?
der *Hengstberg* – der *Bärberg* links« – »und hier kommt
der *Brandberg*«, der war nicht weit – und als wir in die
große Kurve Euphrosinenthal einfuhren, lag vor uns der
Mordberg – man hätte träumen können von der Strecke.
Bis wir schließlich in den Bahnhof Greiffenberg reinroll-
ten. »Guck mal, da oben ist wieder ne *Goldne Aussicht!*«
sagte der Alte.

Fünfundzwanzig Kilometer in zwei Stunden – ohne
Wand und ohne Dach bei zwanzig minus – bis er endlich

hielt und pfiff. Die pißten alle, wo sie runterfielen – lief keiner erst zum Klo – fast alles Frauen – die hockten ringsherum, auch auf den Schienen, und oben an der Runge stand der Alte mit der Eisenbahnermütze, paffte und sah sich das lachend an. Ich kriegte die Hose nicht auf mit den klammen Fingern. Je mehr es rauschte ringsum, desto eiliger wurde mir das.

In meinem Kopf bereden sich drei Krüppel, in einem dunklen Eisenbahnabteil – die glauben, daß man schläft. Im Fenster zuckt es hell am Horizont. Der Zug bewegt sich nicht. Wenn der eine mit den Krücken sich nach vorne beugte, hörte man sein Holzbein knarren.

»Unsre Ari«, sagt der mit dem einen Arm.

»Schwere Werfer«, sagt der mit dem Kopfverband – »heizen ihnen ein, den Schweinen.«

Manchmal flackert es so schnell, das kann man gar nicht zählen, immer wieder. »Stalinorgel«, sagt der mit dem Holzbein, »ist das Greiffenberg?«

»Kann sein.«

Willy röchelt über seinem Rucksack, den hat er sich als Kissen auf die Knie genommen. Elfriedes Platz ist leer.

»Adolf hat recht gehabt – schlimmer als Tiere«. Das ist der mit dem Kopfverband. Der spricht sehr leise, aber man versteht ihn. »Keine Rede von Genickschuß – auch die Kinder nicht. Die Straße lang den ganzen Treck und in den Häusern das Blut bis zur Decke ... manche noch nicht mal acht oder neun ... genau wie die mit achtzig ... bringt Glück, sagt Iwan. Auch Blinde, mit zerkratzten Schenkeln ... wahrscheinlich die Toten auch noch ... und draußen am Leiterwagen zwei nackte, gekreuzigt und so vergewaltigt, hat er erzählt.«

Der mit dem Holzbein steckt sich eine Zigarette an und klappt den Aschenbecherdeckel hoch.

Eine Weile sagen sie nichts mehr.

Man kann den Rauch im Dunkeln riechen.

»In einer Stube ein junges Mädchen – vierzehn, wenn's hochkommt, hat er gesagt ... die hatten sie auseinandergeschnitten und hatten den Boden gewischt damit.«

»Gewischt? – womit?!«

»Mit ihren Teilen.«

Das Aufwischen verstand ich nicht – mit welchen Teilen?

»Schluß jetzt!« sagt der mit dem Kopfverband.

Elfriede stand vor der Abteiltür. Sie kriegte sie kaum zur Seite geschoben, sie atmete schwer, als sie saß. Die Krüppel sagten nichts. Man merkte, daß sie alle zu Elfriede sahen. Sie hatte die halbhohen Stiefel an.

»Mein Mann ist irgendwo bei Greiffenberg«, sagte Elfriede und guckte zum Fenster, wo's blitzte.

»Das liegt viel weiter rechts«, sagte der Einarmige.

Wahrscheinlich guckte Elfriede jetzt weiter nach rechts, wo keine Blitze waren – man konnte das nicht erkennen im finstern Abteil. Was August dort hinten wollte, wußte man nicht. Man saß und wartete im Dunkeln.

Das mit dem Aufwischen hat man sich nicht erklären können.

»Na also!« sagten die Krüppel alle zusammen, als plötzlich der Zug zu rollen begann.

»Mein Gott, was mag nun August machen?« fragte uns Elfriede. Woher sollte man das wissen? August war da hinten irgendwo im Dunkeln mit der Knoche. Aber was er grade machte – ?

»Denkt mal an ihn, das ist euer Vater!« sagte Elfriede.

Ich war zu müde, um an August noch zu denken, und Willy sagte nichts. Man hatte eher das Gefühl, Elfriede sagte das bloß deshalb, damit die anderen das hörten.

Dann wurde es wieder warm im Abteil, weil der Zug wieder fuhr ... bis sie alle dösig eingeschlafen waren. Nur Willy nicht, der hatte nur darauf gewartet, den juckten seine Füße in den nassen Schuhen, die zog er jetzt aus und kraulte sich heimlich im Dunkeln, das Ferkel – daß man sich wegdrehen mußte, zum Gang hin – wo's auch nicht besser roch, weil da Elfriedes Mantel hing am Haken. Der war ihr auf dem Plattenwagen durchgeweicht und trocknete nun in dem warmen Mief und dunstete. Der Lüftungsschieber überm Fenster oben war fest zugedrückt – die wollten keine frische Luft mehr haben, auf jeden Fall die kalte nicht – schnarchten und stöhnten zum Rattern der Räder im Traum, dicht aneinandergepreßt, wenn es ächzend in Kurven ging und die Holzwände knackten.

Aus dem Aschenbecher unterm Fenster stanken ihre Kippen, die sie auf dem Blech verrieben hatten, und der Geruch von Leder war im Dunkeln, von Schuhen, Stiefeln und von Gürteln – und aus den Krückenklemmen roch der feuchte Filz. Von dem, der seinen Kopf verbunden hatte, kam der Geruch von Medizin herüber, von Salbe und von Schorf vielleicht ... und selber stank man auch, das wußte man, wenn man die Nase an die Achsel hielt, genauso wie die anderen. Die hatten alle lange Unterhosen an und saßen in den eignen Säften – das wurde bloß verdeckt durch ihre Kleidung.

Und wenn man sich erst überlegte, daß sie alle Därme in sich hatten, lange Schläuche voll Gestank, weil dort alles, was sie aßen, langsam Kacke wurde ... und was sie sich im Schlaf in ihre Lungen saugten, das atmeten sie wieder aus ... Elfriede extra laut, die gurgelte dabei ... die konnte sich doch auch nicht waschen, die Hände höchstens noch ... und was der eine von sich gab, das atmete der nächste ein ... so wurde das um und um gewälzt in der engen Kabine ... während immer weiter Wärme aus der Heizung stieg und nichts davon rauskonnte oben am Schieber, denn der war zu.

Im Dämmerschein sah ich Elfriede nicken im Schlaf – die hatte Karolines Fuchs am Halse – der ging ihr rund um

ihren Hals herum und biß sich selber in den Schwanz und **105**
wärmte sie – mit glänzenden Augen, wenn Licht ins Abteil
fiel von kleinen Stationen – die waren aus Glas, die guckten
sie an, wie sie schlief mit dem offenen Munde.

Im Gang die drehten ihre Nase weg, als ich vorbei an ihnen wollte, die saßen auf Koffern, auf Taschen und auf dem
Boden, und als ich mich durchgezwängt hatte zum Klo und
die Tür aufdrückte, war's plötzlich dröhnend laut, man
hörte die eisernen Räder schlagen und raussehen konnte
man nicht durch das Milchglas, nur oben durch die schmale
Klappe – da zog's kalt rein, die war gekippt.

Als ich den Deckel heben wollte mit dem Fuß – »Nie anfassen!! Ihr holt euch was!« – war ich schon abgerutscht
auf einem Bein, nach vorn auf die brüllende Röhre zu, den
Schlund mit den nassen Holzbögen seitlich – daß mir das
Würgen kam über dem flackernden Lichtschein unten ...
riß sich im Fahrtwind ganz auseinander bestimmt ... aber
wo sollte das hin auf den Schienen ... der Schotter, die
Schwellen ... bis der Deckel zufiel und mir besser wurde
beim Gedanken, daß die Züge alle über Scheißebahnen
fuhren.

Schräg durch die offne Klappe oben hat man vom Dek-
kel aus nach draußen sehen können: das flog vorbei, als ob
sich's drehte – Masten Berge weiße Wälder und einmal
kurz auf einer Straße hinten Panzer – und LKWs in langen
Reihen, das mußten auch Soldaten sein. Rechts ging die
Sonne auf – strahlend zwischen roten Wolkenwülsten wie
aus einem tiefen Blutloch – mit dunklen, gequollenen Där-
men ringsum – und links über rauchigen Schwaden, als ob
es dort brannte, der Mond: schmal und scharf wie auf dem
Bild mit den Gehenkten ... unter einem blutigroten Scheiße-
himmel fuhr der Zug auf seiner Scheißebahn immer weiter
und weiter und pfiff, daß ich fror.

Als ich ins miefige Abteil zurückgetaumelt kam, saßen
sie wie vorher mit geschlossnen Augen da und röchelten –
bis sie spürten, daß es Tag geworden war und sich aus dem

Schlafe kratzten und fragten »Wo sind wir? Was ist das?« – das wußte keiner.

Dann lauerten sie auf die Bahnhofsschilder und manchmal hielt der Zug und nahm zusätzlich neue auf – mit Sack und Pack. Dann fuhr er wieder – blieb er wieder stehen – Stunde um Stunde. Bis keine Maus mehr reinging in den Zug und er einfach immer weiterfuhr – ohne irgendwo je wieder anzuhalten – bis nach Dresden, wo er abends, als es kurz vor acht war, in den Bahnhof rollte und die ganze Ladung stinkend auf den Bahnsteig platzte.

Dreizehnter Februar abends in Dresden – das Fatum persönlich, die Sternstunde quasi im Quaken und Glösen zu den Familien-Annalen – zehn Jahre später noch: Dresden! – zweieinhalb Stunden davor! ... anschließend wurde das, was niemandem erläutert werden mußte, kommentiert.

August gewöhnlich militärisch knapp: »Es hat nicht sollen sein!« – der kriegte einen herben Unterton dabei, daß man schon beinah glauben wollte, man hätte damals was verpaßt in Dresden.

Elfriede hat sich auf den Schutzengel versteift. Für Willy und für mich war das die Nachthemdpfeife, der mit dem weibischen Gesicht, den kannten wir aus Büchern. Normalerweise kam der nur am Rand von steilen Felsen vor oder auf geländerlosen, angefaulten Balkenbrücken im Gebirge. Wie der uns nun geholfen haben sollte? und ausgerechnet mir und Willy!? Auf alle Fälle konnte der dann nicht beim Messen an der Singernähmaschine zugesehen haben und bei Willys Badewannen-Nummer mit dem Handfeger vorn dran genausowenig – sonst hätte der in Dresden keine Hand gerührt für uns.

Die knochige Tante machte von Anfang an kurzen Prozeß: »Der Herrgott hat die Hand gehalten über euch!« – das hat man sich wortwörtlich vorgestellt.

Jahrelang stieß ihnen Dresden auf, man hatte jedesmal ein ungutes Gewissen, wenn Dresden an der Reihe war –

als hätte man sich damals einen unverdienten Vorteil ein-
geheimst. Zeitweise hat man ernsthaft daran denken wollen, in Zukunft doch ein bessrer Mensch zu werden, um
diese Gnade zu rechtfertigen. Sie hing wie eine Drohung
über einem.

Willy kannte solche Schuldgefühle nicht, der ließ sich
selbst durch Dresden nicht ins Bockshorn jagen. Ein paar
Jahre später schlug er regelmäßig Kapital aus Dresden:
»Was glauben Sie, was ich als Kind gesehen habe!« – nickte
leidgeprüft dazu und blickte scharf vorbei an seinem Gegenüber irgendwo ins Ferne. – »Wie alt waren Sie denn
damals?« – »Zwölf!« Da guckte mancher anerkennend, verglich das in Gedanken mit seiner eigenen Stabilbau-
kastenzeit, genierte sich vor Willy. Der kam bei *Dresden*
voll in Fahrt, der hatte sogar Sachen drauf wie *Zwinger –
Altmarkt – Scheiterhaufen* ... schnitt tragische Grimassen.
»Du hast ja keine Ahnung, Mann!« – wenn er merkte, daß
ich ihm in die Parade fahren wollte.

Im Grunde stimmte das. Für mich war Dresden faktisch
Hörensagen, ziemlich handfest, aber Hörensagen – bis auf
den ersten Akt.

Man will in Dresden aus dem Zug – bloß raus hier! weg!
– und ist gleich eingekeilt und kann nicht weiter – ein vie-
hisches Gewühle und Gequetsche – und wird geschoben
und gerammt und sieht nichts mehr: was andre in die Rippen kriegen, geht mir an meinen Kopf. Elfriede trägt den
Rucksack vorn, die bricht sich Bahn damit: »Los, Rudi, halt
dich fest an mir!« – und hinten baumelt ihr der Fuchs vom
Halse, dem greif ich um sein Maul, der zieht mich mit.
Hoch oben stürzt schräg ein Glasdach vorbei – Treppen,
auf denen Hunderte saßen, Hunderte, die nicht mehr weiterwollten, Berge von Gepäck und Schluchten – in denen
schießt die Herde abwärts und wir mittendrin. Bis sich das
staut, auf andres prallt, das auch raus will und auch nicht
kann – und Willy auftaucht aus dem Heulen und Gekeife
und »Wartesaal!« schreit und schreiend nach rechts zeigt –

und hinter einer Tür mit einer Besenkante urplötzlich Stille ist. Bis man das Summen und das Klappern hören kann und einen Ober vor sich sieht in weißer Weste, mit einem Teller voller Käsestullen.

Nach fast zwei Tagen Zugfahrt mußte ich mich notgedrungen an die Limonade halten, sonst hatte dieser Stinkbock nichts. Willy und Elfriede haben wortlos zugelangt, das ekelhafte gelbe Zeug verdrückt, so wie die andern alle ringsherum: ein ganzer Wartesaal voll Käse-Esser ... unter einem riesenhaften Lüster. Bis ich apathisch, wie im Tran – nach neuem Quetschen und Geschiebe – in eine Straßenbahn gestoßen wurde, den schweren Rucksack auf dem Rücken – bis einer »Cossebaude!« rief und mich Elfriede von der Stange riß – vom nassen Perron die Stufen runter in dünnen, eisigen Schneeregen rein – und Willy vorneweg im Dunkeln: »Reiß dich zusammen, Flasche! Los!« – wenn er unter den Laternen warten mußte, weil wir nicht mehr weiterkonnten. Elfriede war am Rande, restlos, genau wie ich – »Komm, Rudi, komm! es geht schon!« – das kriegte sie knapp raus, das konnte sie kaum jappen, während Willy uns im Regen führte, jede Töle nach dem Weg gefragt hat beinah und tatsächlich auch noch *bitte* sagte – »Bahnhofstraße, bitte!« – nur wenn wir ihn eingeholt hatten, schrie er: »Scheiße, wo wohnt die?!«

Am Ende standen wir bei Erna kraftlos vor der Wohnungstür und guckten uns das an, wie sie erschrak: »Um Gottes willen! wo kommt *ihr* denn her!«

»Aus Plagwitz«, sagt Elfriede.

»Mein Gott!« sagte Erna. »Und was soll jetzt werden?« – bis sie's schließlich schaffte: »Kommt doch erst mal rein!«

Sie war Elfriedes Schwägerin, die Frau von dem Verbrannten, der mit der abgeschälten Haut in Lublinitz gesessen hatte und dann verschwunden war.

»Tja – Kurt!« sagte Erna, »wo mag der sein?«

Man hat sich immer vorgestellt, daß er im Schnee ver-

schwunden war, irgendwo in Rußland eben. Nachts womöglich, jedenfalls im Winter. Warum das keiner wußte,
wo der war? Sam Hawkens hätte den gefunden – wie die
Adlerhorsts.

»Man soll die Hoffnung nie aufgeben, Erna!« sagte Elfriede. »Hast du vielleicht was Warmes für uns?«

»Wenn man wenigstens Gewißheit hätte!« sagte Erna.

Das Tischtuch roch wie aus Linoleum, mir fiel der Kopf
nach vorn. Unten hörte man Elfriede mit dem Fuß am Teppich schaben. Sie hatte ihre Schuhe ausgezogen und
horchte nach dem Herd, wo Ernas Wassertopf heiß wurde.
Das sollte eine Maggibrühe werden – das Warme, was wir
brauchten. Vom Büfett herüber guckte der Vermißte in die
Küche. Er hatte dunkle Ringe unter seinen Augen und ab-
stehende Ohren so wie ich und lächelte. Er sah sehr mager
aus in seiner Uniform, wie krank. An seiner Mütze konnte
man als weißen Schatten einen Adler sehen.

Neben ihm auf dem Büfettschrank stand ein dunkel-
blauer Wecker, den man ticken hörte. Kurt lächelte – der
Wecker tickte – Elfriede schabte ihren Fuß am Teppich-
stück – das Wasser auf dem Herd fing an zu simsen. Der
blaue Wecker zeigte Punkt halb zehn.

Plötzlich hörte man ein lautes Heulen draußen – ohne
Ende, immer weiter.

»Vor-Alarm erst«, sagte Erna – das hätten sie öfter. »Mal
sehn, was sie im Radio sagen.«

Im Radio war bloß Musik, die sagten nichts. Das Heulen
draußen wurde leiser.

»Berlin wahrscheinlich wieder«, sagte Erna. Als sie aufstand, stieß sie an die Küchenlampe – die schwankte jetzt
hin und her mit dem Licht.

»Macht euch allmählich fertig für den Keller« – sie
drehte kurzerhand den Gasherd ab – »da müßt ihr euch
hier dran gewöhnen.«

In dem Moment kam aus dem Radio statt der Musik ein
lautes Ticken – als säße man in einer großen Uhr.

»Vielleicht auch Chemnitz«, sagte Erna. Ich mußte unbedingt aufs Klo.

»Knips kein Licht an, Rudi«, sagte Erna, »das Rollo ist nicht in Ordnung.«

Im Klo war's dunkel – daß ich tappen mußte, zum Fenster hin, wo auf dem Riffelglas nur schwach ein Schimmer lag. Ich machte mir das Fenster auf und guckte raus dabei. Inzwischen schneite es nicht mehr – es war schön anzusehen: der dunkle Hof voll weißer Bäume, die hohen Dächer vor dem Himmel und hinter ihnen hell ein Schein, als ob der Mond dort wäre – und ganz hoch oben kleine Schäfchenwolken. Da mußte ich an August und Elfriede denken, wie sie in Lublinitz gesungen hatten manchmal abends – mit Willy und mit mir zusammen. Elfriede leise, summend eher, ernst im Gesicht – und August kräftig, tief in seiner Kehle – *der Mond ist aufgegangen.* Willy hielt dann seine Finger lange auf den Tasten – *der weiße Nebel wunderbar* – und drückte das Pedal dazu – *so traulich und so hold.*

Das *traulich und so hold* war immer merkwürdig gewesen, von da ab wartete man auf die letzte Strophe: *So legt euch denn, ihr Brüder, in Gottes Namen nieder* – dann blickten August und Elfriede sich immer gegenseitig an und Augusts Stimme zitterte ... unten lief es endlos warm aus mir heraus.

Draußen war's stille.

Nur weit entfernt war ein Flugzeug zu hören – *kalt ist der Abendhauch.*

Als ich mir die Hose knöpfte, war das Flugzeug näher. Auf einmal hörte man auch andere – und plötzlich waren strahlend grelle Lichter über allen Dächern und eine grüne Kugel platzte auseinander, hing sprühend in der Luft – und ringsum fahle Lichtertrauben und leuchtende Bäume im Himmel, die langsam heruntersanken, daß man mit offnem Munde stand und wartete ... bis man das ferne Dröhnen hörte – näher und näher und stärker, als ob dort Hun-

derte Flugzeuge kämen – und mir am Ende eine dumpfe
Ahnung aufstieg.

Aus dem Radio in der Küche schrie es »Achtung! Achtung! Achtung! Achtung!« – ziemlich aufgeregt – »Die Spitzen der großen feindlichen Bomberverbände sind jetzt im
Anflug auf das Stadtgebiet« – da hatte ich das Fenster
schon geschlossen – »wer sich jetzt noch« – und war schon
an der Tür, an der von außen Willy rüttelte – »wird von der
Polizei verhaftet« – »Mach auf, du Idiot, du wirst verhaftet!« – und »Rudi! Junge!« Elfriede dazwischen ...

Danach war's fast wie beim Fliegenden Robert, aber mit
wesentlich mehr Effet. Vorn riß mir Elfriede den Arm in
die Länge, im Türrahmen schrappte Willy mit durch und
hinter uns zerrte Erna zwei Gören – die Treppe runter, wo
auch andre poltern – da brennt kein Licht – wie Hans-
guck-in-die-Luft, wenn's nach den Kurven abwärts geht –
im Erdgeschoß an der offenen Hoftür vorbei, wo einer
»Amerikaner!« ruft und ein anderer »Engländer! Lancasterbomber!« – die letzten Stufen in den Keller, wo in der
schwachen Notbeleuchtung die Schafe blökend aufeinan-
derprallen – im rasenden Motorenlärm, der irrsinnig näher und näher kommt – grell hin und her zuckt, senkrecht
hochheult – bis knallend wie ein Schuß die Eisentür den
Raum verschließt und der in der Kackeuniform »Hinlegen!« brüllt – »Alle hinlegen!! Los!!« und sich in seiner
Uniform zuerst hinschmeißt – nah an der Tür – und sich
die Fäuste an die Ohren drückt ... während der Strom der
zweihundertvierundvierzig Lancasterbomber am Himmel
die letzten Kilometer Richtung Dresden stürzt –

O wunderbarer Nachtgesang:
von fern im Land der Ströme Gang
– erst kommen die achttausend Pfund schweren Wohn-
blockknacker, die reißen alle Dächer auf und drücken dir
die Scheiße aus dem Darm – die heben dich vom eisigen
Beton, an dem du kratzt – *Tally ho!* – jappt Stöhnen schreit
die da auch – *Tally ho!* – und der Alte mit dem Wackelkopf

in seinem Bademantel Kinder Frauen und als einziger der mit der braunen Uniform, dem seine Stiefel vor dem Hintern zucken – und der unnachgiebige Schrei in das Quieken des Viehs: Raus!!! –

wirrst die Gedanken mir,
mein irres Singen hier

– rüde zurückgeworfen mit offenen Armen, als käme der stoßende Gott über sie – und ,unvermittelt das Ende der Schläge – und Lauschen ...

Als ob die kniende Frau, die das Kind an sich preßt und die Augen schließt, das jetzt sehen könnte: die Hunderttausenden von Brandbomben, die in die aufgerissnen Dächer fallen – Wimmern auch – Keuchen auch – Hecheln ... bis sie mit den siebenhundertfünfzig Pfund schweren Mehrzwecksprengbomben beginnen und das Licht verlischt – Stöhnen und Beten im Dunkeln: Vater unser, der du bist dort oben, wo das alles herkommt.

Nur Elfriede heulte ihren eignen Herrgott an, die ächzte neben mir: »August!« ... der sollte uns nun helfen mit der lahmen Knoche! – mir ging die Nachthemdpfeife durch den Kopf, der mit den langen Haaren und dem Palmenzweig – die Bomben fielen jetzt tatsächlich *ausgezeichnet* – Winseln im Dunkeln und Hochfliegen Aufschlagen Warten – Nasenschleim läuft Pisse rinnt ... bis auch die letzte Welle ihre Schächte leer hat – Totenstille ist.

Dann kriecht das weg, schlurft schneuzend raus – stößt sich wieder auf der Treppe – wimmerte »Um Gottes willen!« – torkelte nach oben in die Wohnungen zurück.

Als ich in der Badewanne hockte und mir den Gestank abspülte, sah ich, daß es vor dem Fenster strahlend hell war draußen.

»Wenn bloß die Koffer heil geblieben sind!« sagte Elfriede. Sie meinte die aus Plagwitz – »bahnlagernd Dresden Hbf«, dort standen die.

Das Zimmer, wo wir schlafen sollten, wurde nicht ge-

heizt. »Kalt schlafen ist gesund.« Willy zitterte in seiner **113**
Ecke. Der schluchzte regelrecht. Das hatte ich bei dem noch
nicht erlebt – »Heulst du?« – »Ich friere, Idiot!« Den hatten
die Bomben fertiggemacht, dem durfte man nicht kommen. In der Küche hat man Erna und Elfriede reden hören.
Bei mir ging das seelische Asthma los. Das konnte dauern,
bis ich einschlief ...

»Amerikaner!« hatte der im Hof gerufen und »Engländer!« der andere. Engländer kannte ich bis dahin nicht –
darüber hatte August nichts erzählt. Bei den Amerikanern
wußte ich Bescheid, von denen hatte ich in Lublinitz ein
Buch gehabt mit einer Bildgeschichte: die handelte von
einem Dampferkapitän, in blauer Uniform mit goldnen
Knöpfen, und einem Jungen in karierten Knickerbocker-
hosen – und diesem kleinen Terrier, der ständig mit dem
Jungen lief. So eine schlaue, krummbeinige Töle, die jedesmal fünf Schwänze kriegte, wenn sie wedelte. Die fuhren
auf dem Meer herum und landeten an Inseln, wo auf den
Palmen Affen hockten und mit Kokosnüssen warfen. Und
wenn sie durch Amerika kutschierten, saßen sie in einem
endlos langen Auto ohne Dach. Am tollsten war die Sache
mit dem runden Tisch gewesen: der hatte unten einen Mo-
tor drin und als fünf Männer daran essen wollten, hat der
Junge heimlich einen Knopf gedrückt – und dann drehte
sich der Tisch so rasend schnell, daß das ganze Essen den
fünf Männern mitten in die Fresse flog. Das Bild hat man
sich gerne angesehen.

Wieso die plötzlich Dresden bombardierten, die Amerikaner? August und Elfriede nannten die Amerikaner immer *die Amerikaner*. Bei den Russen sagten sie *der Russe*.
Das hörte sich gefährlich an. »Wenn du Ingenieur bist,
kommst du in der Welt herum – Amerika vielleicht sogar!«
hat August mir gesagt – Willy schrie im Dunkeln: »Jetzt!
Jetzt! Jetzt!«

Drei Stunden später bei der zweiten Welle waren wir schon besser eingespielt: schläfrig tappend durch den dunklen Hausflur mit den Taschenlampen – die müden Glühwürmchen, die in den Keller wollen. Die Kackeuniform braucht gar nicht mehr zu brüllen, da legt sich jeder freiwillig auf den Beton. Weit hinten kann man schwach Sirenen hören – *Hör! es klagt die Flöte wieder.* Oben kreist der Masterbomber, der war auch nicht zu beneiden: *Mit Schrecken sah er, daß der Feuersturm im Stadtzentrum es ihm unmöglich machte, den Zielpunkt klar zu identifizieren* – und die Bomber würden gleich das Planquadrat erreichen, die soll er einweisen, gewissenhaft, fünfhundertneunundzwanzig Bomber mit hunderttausend Brandbomben an Bord und den Zweitausend-, Viertausend-, Achttausendpfündern. Aber auf den Masterbomber ist Verlaß: in Cossebaude fällt fast nichts, die kippen alles in dasselbe Feuer – dann endlich brennt die Fackel lichterloh und ist 300 Kilometer weit zu sehen.

Bei uns im Keller war bloß einer tot: der Alte mit dem Bademantel – der hatte nach den Explosionen keinen Herzschlag mehr, der hatte schon beim ersten Mal gezappelt, hielt nichts aus. Diesmal mußte ich mir nicht die Beine waschen, ich war knochentrocken, als wir aus dem Keller stiegen. Im Hausflur war es jetzt so hell, daß man ohne Taschenlampe alles gut erkennen konnte. Die Kackeuniform schrie durch das Treppenhaus: »Dachboden! Brandbomben! Nachsehn!«

Willy und ich, wir rannten mit – nur brannte nichts. Die standen alle an den Bodenluken und guckten Richtung Dresden. Für mich war das zu hoch, für Willy nicht. Der war am Fenster mit den anderen. Ich konnte nichts als einen hellen Schein in den Gesichtern sehen. Bis die Uniform mir unter meine Ellenbogen griff und sagte: »Mach dich steif!« – stocksteif in dieser Haltung hochgehoben, sah ich einen Augenblick lang Dresden brennen.

»Merk dir, wer die Lumpen waren, Junge!« sagte der SA-Mann. »Engländer waren das – perfekte Mörder!«

Der drückte mir die eignen Ellenbogen in die Rippen, ich kriegte keine Luft dabei. Vor Schmerzen konnte ich, als Dresden brannte, kaum was sehen.

Im Lager später hab ich mich daran erinnert, als einmal eine Ladung Grüne Heringe auf uns gekommen war, für jeden einer. Die sollten schnell gegessen werden, hieß es. Meinen hab ich mir auf ein Stück Draht gezogen, den wollte ich mir selber braten. Im Winter 46 war das. Aber weil es lausig kalt war, hatten sie den Lager-Ofen hoch mit Koks gefüllt, der glühte schon – und als ich in den leuchtend roten Brand den Hering halten wollte, war das dermaßen heiß, daß er ins Feuer fiel. Und als ich ihn, so schnell ich konnte, draußen hatte mit dem Feuerhaken, war er verkohlt und nur noch halb so groß und mußte in den Aschekasten.

Beim Anblick meines Herings in der Glut ist mir das wieder eingefallen, was ich in Dresden damals auf dem Dach gesehen hatte.

Aber so perfekt, wie der SA-Mann meinte, sind die Engländer am Ende nicht gewesen. Am nächsten Mittag mußten die Amerikaner ran und füllten aus vierhundertfünfzig weiteren Bombern den Ofen auf. Dann waren alle sieben Eimer voll mit Eheringen.

Bei den Kindern ging das nicht so praktisch mit der Registrierung. Die kleinen Grünen Heringe sind nicht beringt gewesen, da mußte man mühselig Stoffproben nehmen von den Verkohlten und sie auf Karteikarten kleben. Die warteten danach in einem Schuppen, bis die Schweinehirten aus dem Osten kamen. Die trieben eine Herde Schweine in den Schuppen und die Schweine der Roten Armee grunzten und wühlten und schissen und pißten herum in den Kinderkarten – und dann wurden die Karten, weil sie so widerlich stanken, verbrannt.

Nach dem dritten Angriff konnte man in Cossebaude ungestört spazierengehen. Am Himmel oben interessierte sich jetzt keiner mehr für Dresden. Man konnte kein einziges Flugzeug hören. Als ob es Dresden nie gegeben hätte.

Aber lange war's nicht auszuhalten draußen. In den Straßen mit den krüppligen Akazienbäumen wehte scharf der Wind durch Cossebaude und es wurde nicht mehr richtig hell, auch mittags nicht. Über Dresden stand am Himmel eine gelbe, kilometerhohe Säule – die lief schlierig auseinander und verfinsterte die Sonne – das hat gut ausgesehen. Sonst gab es nichts, was einem hätte Abwechslung verschaffen können. Auch in der Wohnung nicht. Ernas Kinder waren linkische Geschöpfe, die schwächlich durch die Zimmer huschten. Mit denen war nichts anzufangen.

Zum Mittagessen zog Elfriede jeden Tag mit uns zum Bahnhof Cossebaude, abwechselnd dünne Kürbissuppe oder Pellkartoffeln essen. Von der Gallertsauce auf den Pellkartoffeln mußte man die Haut abheben, wie bei gekochter Milch. Wir hungerten, daß uns die Därme pfiffen.

Erna wartete mit ihren beiden Bleichen mittags, bis wir weggegangen waren. Wenn wir wiederkamen, waren sie schon satt, das merkte man. Man wußte nur nicht, wie sie's machten. Als wir eines Tages zufällig alleine in der Wohnung waren, hat Willy es herausgekriegt. Die Speisekammer war im Kleiderschrank, hinter Ernas Kleidern – die ganze Rückwand hochgestapelte Konservenbüchsen: Wurst, Fleisch und Ölsardinen, Bohnen und Spinat – alles, was Elfriede ihr geschickt hatte aus Lublinitz. »Weil sie bloß die Lebensmittelkarten hatten«, sagt Elfriede.

»Eigentlich gehört das uns!« sagt Willy.

»Geschenkt ist geschenkt!« sagt Elfriede.

Sie fraßen aber jedesmal so rücksichtsvoll, daß man sich nicht dran weiden mußte, und lüfteten auch immer lange nach dem Kochen.

Einmal sah ich, wie das Mädchen sich gerade einen Bis-

sen reinschob, als ich in die Küche kam. Sie guckte mich
mit ihrem Bissen ohne Mundbewegung an und sagte
nichts – bis ich zur Tür raus war.

Am nächsten Tag saß Karoline in der Küche. Friedrich
hatte sie nach Dresden vorgeschickt, als der Anstaltstreck
zu langsam wurde. Die Irren hätten sich frisch abgezogene
Kaninchenfelle über ihren Kopf geschnürt und seien in der
Eiseskälte damit durch den Schnee gelaufen, erzählte Karoline – und Friedrich ständig hinterher, wenn die Irren von
der Straße runter in die Wälder wollten.

Karoline hatte knapp den letzten Zug erwischt. Sie sah
sehr abgemagert aus. Wenn sie jetzt lächelte, war das so
schwach, daß man dachte, ihre Zähne fehlen. Sie hatte bloß
noch, was sie auf dem Leibe trug, und ihren Mantel, weil
ihr Gepäck verschwunden war. Irgendwo bei Hartliebsdorf
war das einfach weg gewesen. Sie lief tagein tagaus im selben dunklen Kleid, dem mit den kleinen weißen Nelken-
köpfen.

*Wo mag der Kurt sein? Wo mag August sein? Und wo mag
Friedrich sein?* Das konnte man nun dauernd hören. Vom
Fritz mit seinem Buckel redeten sie kaum – und dabei
fehlte der genauso.

Öde Stunden waren das, man wußte nicht, was tun. Im
Grunde wartete man auf die Russen. Dann wär's mit den
Rucksäcken weitergegangen, jedenfalls endlich woandershin. Aber die Russen ließen sich Zeit – die kämen nicht
mehr von der Stelle, hieß es, mit denen konnte man nicht
rechnen. Willy hing herum wie ich und hatte zu nichts Lust.

Unsre Koffer lagen immer noch in Dresden. Elfriede
traute sich nicht hin, es fuhren keine Straßenbahnen. Die
Reserveunterhosen aus dem Rucksack waren sozusagen
aufgebraucht. Elfriede wollte, wenn es irgend ging, »das
Geld zusammenhalten« – »Sobald die Bahnen wieder fahren, holen wir die Koffer! Dann kriegt ihr frische Wäsche!
Wenn's hart auf hart kommt, kauf ich neue Unterhosen!«

Mir und Willy kam's schon lange hart auf hart. Der kratzte sich inzwischen sogar vorne – »Juckt dir denn nicht der Schnips?«

Kurz nach Karoline schellte Friedrich an der Tür. Dem waren seine Irren schließlich alle durchgegangen, kreuz und quer in die verschneiten Wälder, mit den Kaninchenfellen auf den Köpfen – bis er eigentlich nur mit den Kutschern und den andern Pflegern treckte. Da hatte er sich abgesetzt. Er war zu Fuß gekommen, mitten durch den Schutt in Dresden. Am meisten jaulte er darüber, daß er dort keine Straßenschilder hätte finden können, er hätte ewig suchen müssen – bis einer ihm erklärte, wo Cossebaude lag. Zu allem anderen, was er in Dresden sonst gesehen hatte, sagte er bloß »Jai jai jai jai jai!«

Als er sich den Kinnbart abgehobelt hatte, sah er so unsympathisch aus wie früher. Die Krawatte konnte er wie eh und je nicht binden: der Knoten quoll ihm aus der Jacke wie ein Rhabarberblatt. Bei August war das unvorstellbar, der hatte fertige Krawatten, die drückte er in einen Knopf, den er sich vorher durch die Kragenlöcher steckte – freiweg, mit einer Hand!

Friedrich kam Elfriede grade richtig: der sollte unsre Koffer holen – bis zum Abend hatte sie ihn breitgeschlagen. Wie er die schweren Dinger schleppen sollte?! Sie wüßte doch, daß keine Straßenbahnen führen! – »Du wirst dir schon zu helfen wissen, Friedrich!« sagte Karoline.

Willy durfte mit nach Dresden. Mich hat Friedrich abgewimmelt. »Wo denkst du hin! Ach was!« hat er gleich losgebellt, als ihn Elfriede fragte – und Willy hat dazu gefeixt. »Das ist noch nichts für dich«, sagte Elfriede. Wenn man sich vorgestellt hat, daß der Altersabstand gegenüber Willy niemals aufzuholen war – nur wenn Willy nicht mehr lebte. Das wollte man auch nicht.

»Die halbe Strecke könnt ihr fahren«, sagte Erna nächsten

Morgen, als sie sich beide wichtig machten – »die Eins fährt wieder bis Hamburger Straße – von dort aus müßt ihr laufen.«

Friedrich hatte schlechte Laune – »jaijaijaijaijai!«

»Geh mit zur Haltestelle, Rudi«, sagt Elfriede, »da kommst du an die Luft!«

»Dann stinkst du nicht mehr so!« sagt Willy.

Mit Friedrich durch die Stadt zu gehn, war ein Erlebnis. Der sprach kein Wort und ging drei Meter vor uns. Man hatte das Gefühl, er schämte sich, daß er mit solchen Rotzern gehen mußte, der wäre lieber mit zwei Irren unterwegs gewesen. Und einen Meter vor mir her ging Willy – genauso wie in Lublinitz.

Als sie die Straßenbahn bestiegen hatten, guckte Willy grinsend zu mir runter. Der stand beim Fahrer vorne. Ich tat, als interessierte mich das nicht – wie der Schaffner lässig an der Lederleine für die Glocke riß und der Fahrer ratschend seine Kurbel drehte und der ganze Kasten knakkend in Bewegung kam ... man konnte froh sein, daß sie nur die halbe Strecke fahren konnten und das andre Ende laufen mußten – lange hoffentlich!

Ich dachte gar nicht dran, zurückzugehen, obwohl das derart kalt war, daß ich steife Finger hatte. Über Dresden stieg die gelbe Säule in den Himmel, die wurde jetzt allmählich braun und wehte auseinander, und als ich an der Elbe war, kam etwas Sonne durch die Schwaden. An der Elbe lagen große Wiesen, bis zum Wasser hin – und in den Wiesen glänzten Teiche nah am Fluß. Das war was andres als der Bober – kein Vergleich! Ein richtig breiter Fluß. Mit einer Boots-Anlegestelle, einer Fähre – und neben der Fähre stand drüben am anderen Ufer ein weißes Schild in der Sonne:

RADEBEUL

In dem Moment ist mir das eingefallen: im *Zobeljäger* auf

der Titelseite, die Palme im Oval, Karl-May-Verlag – und darunter: *Radebeul bei Dresden!* Hier hatten sie den wohl gedruckt, den *Zobeljäger,* und die andern achtundvierzig alle, die man nie gesehen hatte: *Durch die Wüste! Durch das Land der Skipetaren – Wer ein Buch liest, wird alle lesen! – ein* und *alle* fettgedruckt. Und wahrscheinlich wohnte der auch dort, womöglich gegenüber – und dieser Sam Hawkens und Parker und Stone, die hatten in einem der Gärten dort drüben geschlafen! Kaum zu glauben, daß das hier sein sollte ... bis ich, stromaufwärts weiterlaufend, auf die braunen Qualmvorhänge über Dresden zu, plötzlich einen Schwarm von Vögeln vor mir hatte, klobige, fast weiße Vögel, die in große Klumpen krallten – tote Pferde waren das – mit den Hakenschnäbeln zerrten, daß die schwarzen Flügelfedern wippten ... bis von der Straße aus ein Mann herüberschrie: »Geh weg da! Das sind Geier!« und mir die Bücherliste einfiel, im Zobeljäger hinten: *Unter Geiern* hatte eins geheißen von den achtundvierzig Stück – der hatte das direkt vor seiner Tür!

»Du bist total verblödet«, sagte Willy, als ich davon erzählen wollte. Und Friedrich hat gekichert: »Geier!? – Geier gibt's in Afrika!«

Wie dann durch Erna rauskam, daß die Pferde Sarrasani-Pferde waren und die Geier aus dem Zoo – die einen totgebombt, die andern freigebombt – war ich heilfroh, daß ich den Mund gehalten hatte von Karl May.

Friedrich hatte seine Irrenwärterquanten in der Wasserschüssel stehen, der hatte sich kalte Füße geholt in Dresden, der mußte ein Fußbad nehmen.

»Und was soll aus den Koffern werden?« fragte ihn Elfriede und goß ihm heißes Wasser nach – er war nun mal ihr Vater.

»Was willst du mit den Koffern!« sagte Friedrich. »Da ist kein Koffer mehr, die sind verbrannt – was hab ich dir gesagt!«

»Und nun?« sagte Elfriede. »Wie soll das weitergehn? die Leibwäsche und alles?«

»Koffer! Koffer! Koffer!« blaffte Friedrich – »hätt ich mir sparen könn den Weg!«

»Weißt du noch, der Wartesaal, wo wir gesessen haben?« sagte Willy – »am runden Tisch, der Kronleuchter darüber? Und weißt du, wie das aussieht jetzt? – Na los! was glaubst du, sag schon!«

Woher sollte ich das wissen?

»Kommst du sowieso nicht drauf: da ist jetzt bloß der Kronleuchter zu sehen! – der hängt an einem Eisenträger, Junge, und wenn der runterkommt von oben, knallt der genau auf deinen Platz – wo du gesessen hast, mein Lieber!«

Von diesem Leuchter hab ich wochenlang geträumt. Willy hatte ihn mir über meinen Kopf gehängt – der konnte jeden Augenblick auf mich herunterfallen.

»Brauchst du nach Gepäck erst nicht zu fragen«, sagte Friedrich, »die laden dort die Leichen auf, die haben anderes zu tun – mit Heugabeln auf Bauernwagen. Wo solln die alle hin, die Leichen?!«

»Die Köpfe immer nach der einen Seite und die Füße immer nach der andern Seite«, sagte Willy.

»Hör auf damit, Willy!« sagte Elfriede.

»Die sind ganz leicht, wenn sie sie heben.«

Elfriede rollte mit den Augen – »Denk an den Jungen!«

»Stimmt doch, Opa!« sagte Willy – *Opa* sagte der zu dem – und zu mir: »Du hast ja keine Ahnung!«

Dann schickte ihn Elfriede in die Stadt nach Brot.

Der mußte wirklich tolle Sachen dort gesehen haben. Aber bis zum Abend ließ er sich nicht überreden, damit rauszurücken.

Als wir nachts im Dunkeln lagen, hat er selber angefangen: »Kennst du die braune Wolke, ja? – Und was glaubst du, ist mit der? – da kommst du niemals drauf! Da fliegen Arme drin und Beine – und außerdem auch Bücher! Das dreht sich dauernd alles umeinander oben in der Luft –

weil das durch die Hitze hochgesaugt wird, Junge – und irgendwann fällt alles wieder runter. Was ich dir sage! Hier!«

Unter seiner Nachttischlampe hielt er mir ein angekohltes, grünes Buch entgegen – mitten auf den Umschlag war ein schwarzer Pinguin gedruckt. »Hier! guck dir das mal an!« – und schlug mir das Titelblatt auf:

DAS FARBFOTO-BUCH VOM ZOO

»Nicht das, du Hammel! – die Adresse oben! wem das gehörte früher.«

Viel war nicht zu erkennen auf der Seite, das Blatt war angesengt – *fuhs* konnte man knapp lesen. Und schräg darunter *Altmarkt*. Dort hatte der gewohnt, der *fuhs*. Die Hausnummer war weggebrannt.

»Altmarkt – weißt du, wo das ist? Da, wo sie die Leichen alle stapeln«, sagte Willy – »und was meinst du, wo ich das gefunden habe? – fünf Kilometer weiter mindestens! Kapierst du jetzt!?«

Das Buch schien wirklich aus der Wolke mit den Armen und den Beinen herzukommen ...

»Sag ich dir doch!« sagte Willy. »So was hast du nie gesehn: jede Menge Tiere, bunt!«

Anfassen durfte man das Buch natürlich nicht.

»Pfoten weg! – das les ich selber!«

Der steckte sich das unters Kissen.

»Mach endlich Licht aus, Mensch.«

Wo fliegen bloß die Arme und die Beine hin? hat man beim Einschlafen gedacht – die müssen irgendwo ja wieder runterfallen. Und dieses *fuhs*, wie sollte der geheißen haben? Kuhfuhs oder Eilenfuhs vielleicht? – von dem war nur der Fuß noch übrig.

Am nächsten Morgen hat sich Willy in das Buch vertieft, das aus der Wolke kam. Mehr als den schwarzen Pinguin ließ er nicht sehen – »Stör mich nicht!« Nach einer Weile knickte er ein Eselsohr rechts rein und legte sich das Buch auf die Kredenz.

Als er sie lang genug gelöchert hatte, gab ihm Elfriede Geld für einen Zeichenblock – »Pack mir das Buch nicht an, ich bin sofort zurück!«

Kaum war er durch die Wohnungstür, hatte ich die Seite mit dem Eselsohr schon aufgeschlagen: *Löwe Harras, 14 Jahre alt, uncia leo (L.)* – ein erstklassiges buntes Foto, ganz nahe dran geknipst von vorn, der Kopf mit offnem Maul! – dem konnte man bis in den Rachen sehen. Schwarze Lippen wie aus nassem Gummi und darüber die gemeinen Augen – gelb im fleckigen Gesicht. Links auf der Seite standen die Erklärungen: *die Kap- und Berberlöwen – dreieinhalb Zentner wiegt der Mann, der in der Paarungszeit den Sinn für die Gemeinschaft einbüßt, dann fällt er über jeden her* – und vom *tragischen Berufstod* einer Ellen Holzner war die Rede, die hatte sich zwischen zwei Löwen gesetzt: *da verbeißt der eine sich blitzschnell in ihre Brust und der zweite faßt zugleich an und zertrümmert ihr mit dem Gebiß den Hinterkopf.* Waren die nun in der Paarungszeit gewesen? Weil Willy wegblieb, konnte ich noch blättern: *Bengal- oder Königstigerin.* Die lag vor einer Mauer aus Beton und hechelte, halb dösig und halb tückisch, die Vorderpfoten eng zusammen und die Hinterbeine lässig auf der Seite. Die längsten Haare hatten die sibirischen – *bis hin zum Schwanz, dem Barometer der Erregung.* Daneben hatte Willy an den Rand ein Kreuz gemacht.

Weiter konnte ich nicht lesen, Willy kam zurück. Mit einem grauen Zeichenblock. Von Erna hatte er sich einen Staedtler-Bleistift ausgeliehen und als Radiergummi sich weiches Brot geknetet. »Bleib mir vom Leibe, wenn ich zeichne!« Der fetzte jetzt den Löwen Harras hin – freihändig! ohne Karos! wie bei den Schimmelköppen.

Zeitweise ging er kurz auf Abstand – sein rechtes Auge zugekniffen – und schattierte nach. Bis er mich endlich näher ließ, damit ich ihn bewundern konnte – »Hier, Junge, mach das mal! Guck ihn dir an!« Ich tat, als hätt ich Harras nie gesehen – »Was meinst du, wie der rangeht in der Paarungszeit! besonders die sibirischen! – Und weißt du, was ein Barometer ist? der Schwanz von dem, du Heini!«

Der schmiß die Tiger und die Löwen durcheinander und strunzte noch mit seinem falschen Wissen – bis ich mich nicht mehr beherrschen konnte und ihm zeigen wollte, daß ich Ahnung hatte: »Die verbeißen sich erst blitzschnell in die Brust und zertrümmern dir danach den Kopf ...«

»Du Sau hast in dem Buch gelesen!«

Für den Rest des Tages hatte ich bei ihm verschissen.

In der Küche lamentierten Erna, Friedrich und Elfriede – »Der Goebbels hatte recht!« – »Sag so was nicht!« – »Du wirst schon sehn!« – »Die wolln uns ausrotten mit Stumpf und Stiel, die bomben auch die Krankenhäuser – zweihundert in der Frauenklinik!«

»Fast fünfzig werdende Mütter«, sagt Erna.

»Was machst du, wenn du Ameisen hast am Balkon?« sagt Friedrich kichernd. »Kannst du lange treten mit den Stiefeln, kriegst du so nicht weg. Die hecken dauernd neue nach. Mußt du dir die Erde nehmen – alles raus, was da ist, und ins Feuer schmeißen, daß die Eier mitverbrennen – hast du Ruhe, bist sie los.«

Ameisen und Balkon? Balkon? – wie kam der überhaupt auf so was? Ernas Wohnung hatte keinen, die in Plagwitz sowieso nicht – wahrscheinlich hatten ihm das seine Irren nachts erzählt, wenn er Wache hatte bei den Mördern in der Anstalt.

So ging das in der Küche weiter: Wo mag der Kurt sein? Wo mag August sein? Fritz war zuletzt in Marklissa gewesen, das wußte Friedrich. Marklissa hörte sich nach Starkstrom an, gespannten Drähten.

Abends, wenn man schlafen wollte, wurde Willy mitteilsam. Der hatte sich seelisch verhoben in Dresden und wollte mich daran beteiligen: »Hast du mal Tote in der Straßenbahn gesehen?« – kurz vor dem Einschlafen im

Dunkeln. Der hat jetzt maßlos übertrieben: wie aus den ge- **125**
platzten Fenstern die verkohlten Köpfe hingen – dunkel-
grün – und an der Straßenbahn sei keine Farbe mehr
gewesen: total verglüht. Vor dem Bahnhof hätten sie die
toten Kinder aufgestapelt – klein wie Puppen wären die
gewesen, völlig schwarz – aber die Gesichter hätte man erkennen können. »Natürlich nicht die Augen, die waren
ausgelaufen.« – »Wieso die klein wie Puppen sind? Der
Mensch besteht zum größten Teil aus Wasser! – Ja sicher,
was denn sonst, du Pfeife! Fleisch? – Du hast ja keine Ahnung, Junge!«

Die hätten sogar im Asphalt gesteckt, mit den Gesichtern
drin, der sei nämlich geschmolzen in der Hitze. »Die hak-
ken sie jetzt raus aus dem Asphalt, die Köpfe auch.« Friedrich hätte übrigens gezittert und geheult – »der hat sich
nachher in der Straßenbahn noch ausgerotzt in seinen
blauen Lappen – und außerdem hat das in Dresden ganz
gemein gestunken. Morgen zeichne ich die Königstigerin,
Bengal- oder Königstigerin!« – das sprach er zweimal deutlich aus, bevor er eingeschlafen war.

Beim Frühstück fing Friedrich vom Typhus an. Das hatte
ihm einer ins Ohr geblasen beim Morgenspaziergang.
Friedrich ging in Cossebaude jeden Morgen um halb sieben durch die leeren Straßen – dem saß die Frühschicht bei
den Irren in den Knochen. »Wirst du sehen, Erna: Typhus!
Warte nur, wenn's wärmer wird!«

Erna hatte weniger Bedenken: »Die fahren sie die Gro-
ßenhainer Straße lang und in die Wälder. Tiefe Gruben haben sie dort ausgehoben, da kommen alle rein. Die liegen
dort wie auf dem Friedhof, Friedrich.«

»Friedhof!?« sagte Friedrich. »Und was ist mit dem Lei-
chenwasser? – Friedhof! Friedhof! kannst du nicht verglei-
chen – da kommen sonst vielleicht drei, vier pro Tag hin
höchstens. Und jetzt auf einmal diese vielen Tausend? –
geht doch ins Grundwasser und dann?«

Das kriegte man zum Frühstück vorgesetzt, wenn man auf dem Schwarzbrot kaute, bis es süß war. Mich hat Friedrich überhaupt erst wahrgenommen bei den Leichenwasservisionen, als ich wissen wollte, was das ist, der Typhus.

»Was ist?! Was willst du?!« – der sah mich an, als ob ich eine Küchenschabe wäre – »Misch dich nicht ein, wenn die Erwachsnen reden!« – der war wütend, daß ihm Erna nicht auf seinen Typhusleim gegangen war.

»Eine Krankheit ist das«, sagte Erna ruhig.

»Krankheit!?« bellte Friedrich – »eine Seuche ist das! Und verflucht gefährlich ist das! Wir haben zwei gehabt in Plagwitz, Typhusfälle. Da schwillt der Leib dir an und hohes Fieber, daß du nicht schlafen kannst, die reden irre – die haben nächtelang die Bettdecke gekratzt, die beiden – bis sie hinüber waren.«

Elfriede hätte sich das nicht zum Frühstück angehört, die schlief noch. Und Willy auch. Die Bleichigen von Erna sowieso, die waren viel zu schwach zum Aufstehn.

»Wenn du keine Ahnung hast, dann mußt du zuhörn! Bis du trocken hinter deinen Ohren bist!« – das sollte mein Großvater sein.

Ich war froh, als Willy endlich aufgestanden war. Der hatte seinen gönnerhaften Tag, der wollte Straßenbahn mit mir zusammen fahren. Elfriede hat uns »die paar Groschen für die Bahn« gegeben, damit wir nicht die ganze Zeit nur in der Wohnung hockten.

Bis Cotta konnte man inzwischen fahren, dahinter kamen hohe Trümmerhaufen und die Schiene war verschüttet. Der Schaffner rief laut »Endstation« in das Abteil, der Fahrer zog die Kurbel ab, stieg aus, ging an der Bahn entlang und schob beim letzten Führerstand die Kurbel wieder auf den Vierkantbolzen. Die Kurbel war das Wichtigste von allem. Ohne Kurbel hätte er bloß ausgesehen wie ein Schaffner, wenn er außen an der Bahn entlangging – mit der Kurbel war man Herr der Bahn. Das konnte man gleich daran merken, wie er die Kurbel trug – der trug die richtig locker – und wenn er sie dann auf den Bolzen drückte, ging das mit einem Zack. »Guck dir den alten Kurbelficker an!« sagt Willy. Das war bei Willy höchste Anerkennung, in Lublinitz gab's keine Straßenbahn.

Wir standen seitlich hinter ihm beim Fahren, das war der beste Platz – wenn er die Kurbel ratschend anriß, um zu stoppen, oder wenn er plötzlich auf den blanken Knopf am Boden trat und bimmelte, weil irgend so ein alter Knakker glaubte, er könnte noch im letzten Augenblick in aller Ruhe in die Bahn einsteigen und den Fahrplan durcheinanderbringen. Der machte ihnen Beine! Die zogen ihre Knochen ein und sprangen die drei Stufen hoch – der brachte sie in Schwung mit seiner Glocke. Kaum daß sie schnaufend die Abteiltür auseinander hatten, fuhr er schon rukkend an und ließ sie torkeln – bis sie auf den nächsten freien Sitz gefallen waren.

Zeitweise mußten wir nach innen, um uns aufzuwärmen – die blauen Finger vor die Heizung hängen – aber meistens konnten wir nicht lange sitzen bleiben. Wenn die Schwarzgekleideten mit ihren Packpapierpaketen an den Haltestellen standen, wurde es zu eng. Von denen stiegen jedesmal gleich mehrere auf einmal ein, die alle sitzen wollten. Manche heulten vor sich hin beim Fahren. Der in Packpapier blieb draußen, den hielten zwei auf dem Perron, der stand dort zwischen ihnen. Weil es nicht genügend Särge gab in Dresden, wurden sie in Packpapier gewickelt und verschnürt, damit sie mit der Straßenbahn zum Friedhof fahren konnten.

Manche hatten wohl kein Packpapier gehabt, die nahmen Zeitung. Das war komisch, wenn man in den Zeitungen die Überschriften lesen konnte und sich vorgestellt hat, was darunter war – auch die Bilder waren meistens deutlich zu erkennen, je nachdem, wie sie sie eingewickelt hatten. Die kleinen Packpapierpakete wurden ins Abteil getragen, die lehnten neben ihnen auf den Bänken.

Wir hätten tagelang so fahren können, wir kriegten nicht genug davon. Immer bis zur Endstation und anschließend zurück. Das Schönste daran war: wir hatten keine Schule. Für uns kam Schule nicht in Frage. Wir teilten uns das Leben selber ein, Schule hatten wir dazu nicht nötig.

Willy zeichnete den halben Tag. Nach dem Löwen und der Bengaltigerin war Omar dran, der Elefantenbulle. Den hatte er als dritten angekreuzt mit Bleistift – *Elephas maximus* und *L* stand unten auf der Seite. *L* konnten wir uns nicht erklären, das hatte ebenso beim Löwen Harras drangestanden – in Klammern allerdings.

»Indisch – kleine Ohren«, sagte Willy.

Der Kopf war beinah fertig. Mit abgebrochnem rechten Stoßzahnende, haargenau mit Licht und Schatten – ohne jeden Umriß vorher! Der Rest des Blattes war noch völlig frei. Ich konnte nie verstehen, daß er auskam – er kam eindeutig immer aus. Er fing mit Omars Auge an, das guckte schon zu einem rüber – das Auge auf dem weißen Blatt. Dann wuchs das weiter, bis der Kopf erschien, die baumstammdicken Beine vorne, die Kettenringe an den Klumpenfüßen ... und plötzlich nach dem prallen Bauch die Muskeln an den Hinterbeinen – und halb verdeckt davon die dunkle Höhlung oben, wo Willy lange rumschraffierte: bis dort ein meterlanger Schwanz vorragte, der auf dem Foto gar nicht drauf war – »Ist doch klar, Mann«, sagte Willy: »Bulle! Was glaubst du, was der wiegt? fast achtzig Zentner! – Und was der frißt pro Tag! Der scheißt dich glattweg zu, wenn du dahinter stehst!«

Schräg neben diesen Omar-Bullen kam Nelly auf das Blatt, die Elefantenkuh. Die wurde nur ganz blaß gezeichnet, blieb sozusagen Hintergrund. Zwischendurch schraffierte Willys Bleistift Omar weiter. Bis der absolut wie echt aussah – regelrecht wie plastisch, selbst die meterlange

Pfeife. »Da kommst du mit den sieben Zentimetern, die du hast, nicht mit!«

Er selber hatte an der Singernähmaschine höchstens neun geschafft.

»Ich bin ja auch kein Elefant«, sagt Willy.

»Der hat seinen indischen Pfleger erschlagen, mit dem Rüssel auf die Birne, in Hannover« – Willy konnte mühelos beim Zeichnen reden – »Da fällst du auf der Stelle um, wenn der dir einen drüberzieht! Dem zweiten hat er einen Stoßzahn durch die Brust gerammt – und weißt du schon, weswegen? In der Brunftzeit, wenn er richtig geil ist, wenn der Schwanz ihm steht! Da guckst du, was?! – Hier, kannst du haben, lies das selber!« Der erlaubte mir tatsächlich in dem Buch zu blättern, der hatte wirklich seinen groß-zügigen Tag!

Und wo war der Zwinger auf seiner Zeichnung?

»Mach ich aus dem Kopf!« sagt Willy lässig.

Das konnte der – das deutete der kurz mal an, das inter-essierte den im Grunde gar nicht, das waren für ihn Neben-sachen, mein eigenes Spezialgebiet! Allein das Elefanten-haus: nur grade Ziegel! – an denen hätte ich mich endlos aufgehalten – Stück für Stück, mit allen Fugen. Und der Fliesenboden! Und der Rand des Wasserbeckens, wo man links die scharfe Kante sehen konnte! – das hätte man gut zeichnen können, alles ohne Kurven!

Und Wolken gab's nicht auf dem Foto, bloß dieses helle Grau als Himmel. Wolken ließ ich sowieso grundsätzlich weg. Die kriegte man nie hin, die sahen immer aus wie Kohlesäcke, mit Wolken hat man jedesmal das ganze Bild versaut zum Schluß.

»Na los, verzieh dich mit dem Buch – ewig kannst du's nicht behalten!« sagte Willy.

In einer Stunde war ich durch, die reinste Hetze – der konnte das zurückverlangen, wann er wollte – da mußte man mit Plan vorgehen.

Das Kroppzeug wurde überschlagen: der kindische Ma-

layenbär, der Axishirsch, die Schleierfische, der Trauer-
schwan mit Küken – die waren völlig harmlos alle. Die Mäh-
nenschafe und die Mantelpaviane waren halb verbrannt,
die waren praktisch nicht mehr zu erkennen. Bei der Giraffe
war das Bild herausgerissen.

Erstklassig war das Nashorn: das konnte mit der Panzer-
kruste prasselnd durch die Dornen donnern und die Güter-
wagen der Uganda-Bahn entgleisen lassen. Die Krokodile
waren noch gefährlicher: die lagen regungslos und lauerten
auf einen, die konnten einen plötzlich unter Wasser ziehen
und ersäufen – wie eine Antilope. Wenn man von den vielen scharfen Zähnen nicht vorher schon erledigt war. Am
Ende war das Wasser blutig, da peitschten die mit den ge-
zackten Schwänzen drin herum.

Die Vogelspinne sah besonders hinterhältig aus, weil sie
fast lebensgroß durchs Foto kroch. Acht Beine und vier Lungen und behaart! – *das Unberechenbare ihres Wesens*, hieß
es links im Text. *Würgspinnen* wurden die genannt. Die wurden ab und zu als blinde Passagiere eingeschleppt, mit den
Bananen aus Jamaika oder aus Honduras. Vielleicht sogar
mit Apfelsinen – so eine hätte glatt in Lublinitz in meiner
Apfelsinenkiste sitzen können – *mit spitzen Gifthaken wie
krumme Dolche, die der Beute in den Leib gestoßen werden.*
Der Strauß war auch nicht ohne: mit seiner scharfen Zehe
hatte er drei Wärter umgebracht. *Seine Klaue langt dem
Menschen ins Gesicht oder schlitzt ihm gleich den Leib auf.*
Anschließend war man nur noch brauchbar für den Königs-
geier, der zerrte einem alle Eingeweide raus – *jetzt die Leber,
nun die Därme – schält die Muskeln aus der Decke* – genau
wie bei der toten Ratte auf dem Bild. Bis man am Ende wie
ein umgestülpter Handschuh aussah.

Den Drillmann hätte ich beinahe überblättert. Der
hockte harmlos wie ein Affe in der Ecke, aber wenn man
näher hingeguckt hat, war das nicht ein Riesenbrocken rotes Futterfleisch, was der da zwischen seinen schwarzen
Beinen hatte – das war tatsächlich dessen Glied! *Aman ul-*

lah hieß der, *Mandrillus leucophaeus* – der konnte grollen, gurgeln, toben – mit den Zähnen Nägel aus den Brettern ziehen – rasend an der Stange rütteln und am Trinknapf rammeln.

»Na, hast du den Drill gesehen?« sagte Willy. »Was meinst du, wenn der tobt mit seinem Nischel! Mandrill! – hier: mach das nach!«

Der war mit seiner Zeichnung fertig und hatte alles drauf. Sogar den Elefantenzwinger – und oben, wo nichts weiter als das Hellgrau auf dem Foto war: Wolken! feder-leichte Wolken – wie aus Luft. Nicht wie meine schweren Kohlensäcke.

»Du hast halt kein Talent!« sagt Willy. »Weißt du, was ich an deiner Stelle zeichnen würde? – gib mal her!«

Dann schlug er einen auf, den hatte ich vollkommen übersehen: der klebte grün auf einem dürren Ast, die Beine eckig angewinkelt – mit stierem Blick, das Maul halb offen, mit einem Zapfen auf dem Kopf und einem Rückenkamm aus lauter Zacken – *Stirnzapfenbasilisk* stand drunter.

»Der ist doch was für dich: nur grade Linien, Junge!« sagte Willy. »Vor die Vorderflosse kannst du einen Ast schattieren, die hat paar leichte Kurven.«

Diese Krüppelechse wollte er mir andrehn. Das Vieh war ohne Schwanz vielleicht zehn Zentimeter lang – »Den kannst du dir alleine zeichnen!«

»Mach ich ja vielleicht noch«, sagte Willy. »Hier, das gelbe Auge – immer erst das Auge! Und von da zu diesem Kehlsack runter und den Schuppen. Wenn man den vergrö-ßert, sieht er wie ein echter Saurier aus! Wenn *du* das machst natürlich nicht, dann sieht er wie ein Holzfrosch aus.«

Abends mußte ich jetzt nicht mehr hecheln wie ein Hund, das seelische Asthma ließ mich in Ruhe. Man hätte jetzt gut schlafen können – wenn Willy nach dem Lichtausknip-sen nicht dauernd angefangen hätte, Sachen auszukramen, von denen man im Dunkeln stundenlang nicht loskam. Der schlief inzwischen schlechter ein als ich, genaugenommen hätte der das Asthma haben müssen.

»Was meinst du, was die vorher fressen, wenn sie starten mit den Bombern?«

Darüber hatte ich bisher nicht nachgedacht: wahrscheinlich Frühstück, wenn sie früh abflogen, und Mittagessen, wenn sie mittags flogen –

»Denkst du! Überleg dir mal: die haben doch kein Klo im Flugzeug! – Eierpulver fressen die! Und weißt du auch, warum? natürlich nicht! – die könnten ja genauso Honig fressen oder Käse. Und weswegen grade Eierpulver? Weil sie davon wild wie dieser Drillman werden – jede Menge Eierpulver, kurz bevor sie starten. Was glaubst du, wie die bomben nachher! Drill!!«

Mit diesen Eierphantasien sollte man nun schlafen.

»Und woher weißt du das?«

»So was weiß man eben«, sagte Willy.

Morgens saß Friedrich in der Küche und redete auf Erna ein – »Was ich dir sage!« – seinen Frühspaziergang hatte er schon hinter sich, seinen Informanten schon getroffen. Jetzt würgte er hoch und kaute das durch: Am Pirnaischen Platze hätten sie nur mit den Gummistiefeln in den Keller reingekonnt – dreißig Zentimeter tief der Blutbrei – da hätten wohl dreihundert drin gesessen – zwei Soldaten hätten sich geweigert reinzugehen, die wären dafür gleich erschossen worden.

»Dreißig Zentimeter, Erna: Brei aus Blut und Knochen!«

»Friedrich, hör auf!«

»Ja, was *hör auf!*«

»Denk an das Kind!« – das sollte ich sein.

Die würden sie jetzt nicht mehr in die Wälder fahren, das seien viel zu viele, die kämen alle auf den Altmarkt zum Verbrennen – »Tausende, Erna, zum Altmarkt! – Möchtest du dort zum Verbrennen hin!? ich nicht! – Das brennt doch gar nicht, Mensch! Wie wollen sie das machen?«

Das konnte ich auch selber nicht verstehen – Fleisch, das brennt?

»Da werden sie Benzin verwenden müssen!« sagte Friedrich. »Was ich dir sage, Erna! – Wie groß soll dann das Feuer sein? So viele junge Menschen, jai jai jai jai jai! Ausrotten wolln sie uns, was ich dir sage, Erna! – Wie hieß der Jude noch?«

»Morgenthau«, sagt Erna.

So zogen die Tage in Dresden dahin. Vormittags fuhr man Straßenbahn, am Mittag ging man Kürbissuppe essen oder diese Pellkartoffeln mit der Gallertsoße – dazwischen quakten die Erwachsenen, wenn sie nicht grade um das Radio hockten, mit vorgestreckten, schiefen Köpfen – und abends im Dunkeln kraulte sich Willy auf seiner Matratze die heißen Füße – »Soll ich dir mal was sagen?«

An Lublinitz hab ich fast gar nicht mehr gedacht, das war weit weg – mit Lublinitz hat man nichts mehr zu tun gehabt. Hin und wieder ist mir Sophie eingefallen – wenn Willy seine Phantasien hatte.

Elfriede redete von Lublinitz, das wollte man nicht hören.

»Wer mag in unsrer schönen Wohnung sitzen?«

»Na, wer? – der Russe!« sagte Friedrich.

»Mein Gott, wo mag bloß August sein!«

An August hatte ich auch lange nicht gedacht – der war nicht da. »Du mußt Geduld haben, Elfriede«, sagte Karoline, »der wird schon kommen, glaube mir, der August schlägt sich durch.« Man merkte es an Karolines Sprechen, daß sie selber nicht dran glaubte. Elfriede wußte das, das merkte man genauso. Es hörte sich so an, als spielten sie

Theater. »Jeden Abend bete ich zu meinem Herrgott«, sagt Elfriede, der sollte ihr den August schicken.

Durch die Kürbissuppe und die Pellkartoffeln hatten sie viel Fleisch verloren. Karoline war inzwischen dürr und eckig, die wurde langsam Friedrich ähnlich. Elfriede sah dabei viel schöner aus als mit dem Fett in Lublinitz – »Ihr müßt jetzt fleißig beten!« sagte sie zu uns. Das klang wie Schularbeiten machen, daran war man nicht interessiert. Ich dachte an den *Zobeljäger*, den hätte ich sofort zum zweitenmal gelesen – und an das Märchenbuch. Von der Gänsehirtin hatte ich seit langem nicht geträumt. Ich wußte kaum noch, wie das war, wenn sie im Mondlicht ihre Haut abstreifte.

»Soll ich dir was erzählen?« sagte Willy, als wir nachts im Dunkeln lagen. »Das glaubst du sowieso nicht! – Hast du jemals eine nackte Frau gesehn? Ich meine: richtig nackt?!«

Wenn Willy einem solche Fragen stellte, war man von vornherein im Nachteil. Ich hatte höchstens mal Elfriede im Korsett gesehen. Aber nackt war das auf keinen Fall gewesen. Die Gänsehirtin hatte zwar ein durchsichtiges Seidenkleid um ihren Körper, wenn sie ins Zimmer trat, aber trotzdem konnte man fast nichts erkennen – und wenn sie sich am Brunnen wusch im Mondlicht, fielen ihr die langen Haare über ihren Körper. Und Willy meinte außerdem *in Wirklichkeit*.

»Und weißt du, wann ich die gesehen habe?« sagte Willy. »Als ich in Dresden war mit Opa!« – der nannte den tatsächlich so. »Die lag vor einer Haltestelle, brauchst du mir ja nicht zu glauben!«

»Und was hat die gemacht?«

»Die war tot, du Affe!« sagte Willy.

»Dann war sie doch verbrannt!«

»Verbrannt! Verbrannt! – die war erstickt! Die lag auf einem Pelz und völlig nackt, was ich dir sage! Die Beine breit, du konntest alles sehen!«

»Und was hat Friedrich da gesagt?«

»Glaubst du, der hätte mich die ansehn lassen, spinnst du?! – der mußte pinkeln gehn und ich bin um die Ecke. Da lagen jede Menge rum, die waren alle nackt – und weißt du, wo die her war? aus Berlin! Weil sie nämlich eine Reisetasche hatte, und auf der Reisetasche stand *Berlin,* das hat man lesen können. Völlig nackt und aus Berlin – das mußt du dir mal vorstelln!

Auf so was wär man nie gekommen. Darüber hat man lange nachgedacht, bevor man eingeschlafen war. Völlig nackt und aus Berlin – das hatte man verpaßt. Weil sie einen nicht nach Dresden mitgenommen hatten, weil man zu klein gewesen war für Dresden.

Plötzlich stand August vor der Wohnungstür – wie Karoline immer angekündigt hatte beim Theaterspielen mit Elfriede. Der hatte nicht auf Gott vertraut – *ein echter Schütze hilft sich selbst.* August mit der lahmen Knoche hatte auch den Volkssturm überlebt.

Er war mit seiner Bindentruppe nachts nach Löwenberg verfrachtet worden und sollte dort dem Ansturm aus dem Osten seine Stirne bieten. Die Waffen würden später kommen, hieß es, denn irgend etwas hatte nicht geklappt mit irgendeiner Funkleitstelle, die irgendwo wahrscheinlich nicht mehr existierte. Da blieb selbst August gar nichts übrig, als in diesen Kampf hineinzugehen *wie in einen Gottesdienst.* Und eh er sich's versah, war's mitten in der Nacht taghell von Explosionen und die ersten schrien um Hilfe. Dann sprang der LKW nicht an, auf dem die schweren Fälle aufgestapelt waren – die mit den Splittern in den Eingeweiden und die, die bloß noch gurgelten. Die konnte man nicht für die Russen lassen, zumindest August konnte nicht, der brüllte ... bis die andern hielten, um den Wagen abzuschleppen, bis eine Stahlseilschlinge hochspringt, August wirft und ihm das Bein abschnürt – und weil das Seil nicht eingeklinkt war hinten, zogen sie nun August durch den Schlamm – bis er zur Seite fiel. Letztendlich waren sie ihn los, rechneten ihn dem Blutklumpen zu und drückten aufs Gas. »Die Schweine haben mich dort einfach liegenlassen«, sagte August später öfter mal.

Danach fing August mit dem großen Kriechen an: in Richtung Greiffenberg, wohin die LKWs verschwunden waren – am Straßenrand, wo gutes Licht war von den Explosionen in der Nähe, und als die aussetzten und man Motoren hörte, die von hinten näher kamen, im Straßengraben weiter – bis August so vertraut war mit dem Schneeschlamm wie ein Molch und unten aus dem Graben einen Russen-Panzer sehen konnte, der ihn oben auf der Straße überholte.

Im Lauf der Jahre änderte sich Augusts Strecke. Anfangs war es nur ein Kilometer, den er durch den Straßengraben robbte, wenn er das erzählte – vorbei an diesem Panzer wieder, der weiter vorne auf den Haupttrupp wartete, und dann an einem LKW vorüber, in dem sich nichts mehr regte, weil er zerschossen war – bis er die nächste deutsche PAK-Stellung erreichte. Später wurde seine Strecke immer länger und am Ende robbte er »die ganze Nacht«. Der Panzer stand jetzt knapp zwei Meter weg vom Graben, man konnte hören, wie die Russen russisch redeten im Halblicht, man mußte dicht daran vorbei – man hätte nach den Ketten fassen können, roch den Machorka-Rauch. Und dieser LKW, den es getroffen hatte, war immer deutlicher von Jahr zu Jahr als der erkennbar, der ihn dort »in der Scheiße« hatte liegenlassen: »Von denen lebt heut keiner mehr!« Mit diesem Übergang ins kollektive Unbewußte verlor die Sache nach und nach für August ihre Schärfe. Zehn Jahre später mußte er sich selber fragen: »Wie war das? – Warte mal!«

Bis dahin aber wuchs ihm die Geschichte auf zu ungeahnten Höhen, wenn er sich daran berauschte, sie zu variieren, Akzente zu ändern, den Tonfall, das Tempo – je nach Verfassung und Alkoholsorte: August war Künstler.

Vor der Wohnungstür in Cossebaude wußte er's noch sehr genau, sein Bein war noch nicht abgeschwollen. Jetzt war er schräg symmetrisch untauglich geworden für den Fahnendienst. Links die Knoche, rechts das Bein – der Rest war militärisch nicht verwendbar.

August schien das zu gefallen, der hatte gute Laune. Er lächelte in seinem langen Fischgrätmantel unterm Filzhut vor, sah regelrecht zivil aus. Er hatte auch die rote Binde nicht mehr an der Knoche.

»Na, Junge«, sagte er zu mir, »du mußt wohl was auf deine Rippen kriegen, ißt keine Butter, wie?« – der würde sich bald wundern, der kriegte selber keine.

«Geht's euch gut? Wo ist denn Friedel?« Im Vorübergehen faßte er mir an den Hinterkopf: »Wir werden dir die Haare schneiden müssen« – kaum sah man beinah wie ein Mensch aus, trotz der Ohren, schon drohte einem der Offziersschnitt wieder, der nackte Schädel mit dem kurzen Büschel vorne.

Als August nah an mir vorüberhinkte, roch ich den warmen Dunst von Schnaps – man hatte augenblicklich heimische Gefühle.

Erna schwankte zwischen Lichtblick und Verdüsterung, als August plötzlich vor ihr stand. Jetzt hockten neun statt drei in ihrer Wohnung. Aber August blieb bestimmt nicht hier, der nahm vielleicht drei mit! Auf Friedrich konnte man nicht bauen, der hatte sich inzwischen abgefunden, der wollte bleiben, wo er war – »bis beßre Zeiten kommen«.

Zwei Tage später saßen wir im Zug nach Osten. In diese Richtung fuhren nicht sehr viele. »Willst du verhungern hier in Dresden?!« – »Der Russe wird zurückgeschlagen!« – »Friedel, du wirst sehn!«

Über Görlitz, Reichenberg, Tannwald, Polaun und Hirschberg – bis Freiburg. Nach achtzehn Stunden kamen wir dort morgens um halb sieben an. Viel weiter konnte August nicht mit uns, denn hinter Freiburg war die Front, dreißig Kilometer östlich. »Luftlinie allerdings«, wie August meinte.

Kaum waren wir in Freiburg ausgestiegen, marschierte August an die Bahnhofstheke und kippte sich ein Pils. »Wird warm heut, Junge«, sagte er zu mir. Tatsächlich schien die Sonne hell durchs Fenster. Danach verlangte August knapp das Telefon – »Verbinden Sie mich mit Altreichenau: Gendarmerie!« – und blickte scharf den Kellner an. In Reichenau wohnten die knochige Tante und Martin, der Wachtmeister-Onkel, der sollte uns abholen kommen.

Die nächsten Stunden saßen wir auf einer Bank, in der warmen Frühlingssonne vor dem Bahnhof Freiburg. Von ferne hörte man ein schwaches Donnern. Ab und zu verzog sich August in den Wartesaal: »Nur kurz aufs Klo« – »Ich ruf da an« – »Wo bleiben die?!«

»Nicht schon wieder, August«, sagte matt Elfriede.

»Keine Angst, geht aufwärts, Friedel!« sagte August.

Als es bald Mittag war und August nicht mehr restlos nüchtern, kam ein Fuhrwerk angekrochen, mit zwei Schweinen auf dem Bock – die sahen wirklich wie zwei Schweine aus, die beiden. Der eingesteckte Peitschenstiel stand zitternd neben ihnen, als die Kutsche auf dem Kopfsteinpflaster näherrückte.

Das eine Schwein war *Onkel Martin*, den Wanst in Uniform geknöpft, hoch bis zum Spiegelkragen – so eng, daß ihm das Halsfleisch drüberquoll: Hauptwachtmeister Martin Moskowitz, mit Breeches, Stiefeln, Adler-Tschako, den Daumen in die Knopfleiste geschoben, den Zeigefinger auf dem Knopf. Vorfahrt auf dem Bahnhofsplatz von Freiburg – Halt!

Man rührt sich nicht. August unten auf der Bank – Martin oben auf dem Bock. Man guckt sich an. Wortlos bewegungslos, als ob man sich's noch überlegen könnte.

»Ob das die richtige Entscheidung war?« sagt Martin.

»Einen Strohsack werdet Ihr wohl für uns haben!«

»Hör mal!« sagt Martin und hält den Kopf schief – zum fernen Geschützdonner hin: »Weißt du, wie weit das ist?«

»Luftlinie, Martin«, sagt August.

»In Dresden wären wir verhungert«, sagt Elfriede.

»Tja!« sagt Martin – nimmt den Tschako ab, wischt sich über seine Stirn. Jetzt wird er Mensch und steigt vom Bock – küßt alles außer August durch. Richtig nasse Flatschen auf die Backen – mit Schnurrbartstich. Anschließend wird man beidhändig geschüttelt: »Na, Seppel!« – das soll *ich* sein. Das zweite Schwein wird als Parteikassierer Elsner vorgestellt. Martin schließt dazu das rechte Auge. Ab sofort muß August an den deutschen Endsieg glauben.

Willy darf sich neben Elsner setzen, oben auf den Bock, der ruft mir grinsend »Gute Fahrt!« nach unten zu. Neben mir schlägt Martin in die Sitzbank ein und quetscht mich an den Rand. Elsner zieht die Peitsche: »Holla!«

Martin knöpft sich mit dem Daumen auf – »August, hier: Zigarre?«

»Fast wie im Frieden«, sagt August und nimmt sich eine – »Habt ihr was zu trinken mit?«

Martin sieht Elfriede an – »Anny wird den Kaffee fertig haben, wenn wir kommen.«

Elfriede guckt erleichtert. August nicht.

»Echter Bohnenkaffee – der aus Lublinitz!« sagt Martin.

»Wenn du nehmen willst, so gib«, sagt August.

Dann geht's aus Freiburg raus, auf die Chaussee, im schönsten Sonnenlicht – hoch bis zum Rudolfsberg und wieder runter. Elsner läßt die Peitsche knallen. Leider trifft er keinen mit der scharfen Schnur. »Sitzt du gut?« ruft Willy mir von oben zu – bis wir in ein Dorf reinfahren, rechts und links von einem Bach, dem *Striegauer Wasser*, wie Martin den nennt, und Elsner plötzlich hält: vor einer Panzersperre.

Da paßt nur knapp ein Wagen durch – und noch einer, noch einer: Gegenverkehr. Dicke Stämme, senkrecht eingegraben quer zur Straße, Stamm an Stamm. In der Mitte ist die schmale Durchfahrt – die kann man verrammeln, im letzten Moment.

Wo die Stämme an die Hauswand stoßen, klebt ein Plakat in meinem Kopf. Die Schrift liest man danach – erst sieht man sich das Bild an mit verdrehtem Hals, weil die Beine oben sind statt unten. Die Arme sind zur Seite ausgestreckt und auch die Nägel in den Händen sehen ganz genauso aus, da ist kein Unterschied, bloß bei den Beinen: nicht das eine etwas angezogen und den Oberschenkel halb vors Glied gehoben – wie völlig ausgedehnt ist der: als ob sie ihn aufgehängt haben an seinen Füßen und nur unten seine Hände angenagelt haben. Ob der schon vorher tot gewesen war?

Der Mund mit der geschwollnen Zunge sieht wie blutig aus. Ob der geschrieen hat dabei? – an den Augen kann man nichts erkennen, die sind zu. Vor den Füßen oben ist die weiße Schrift:

DIE ROTE ARMEE BEFREIT EUCH!
und unten, vor den genagelten Händen steht: SO BEFREIT EUCH DIE ROTE ARMEE: KÄMPFT!!

»Wo haben die Kanaillen das gemacht?« sagt August.

»In Striegau wahrscheinlich«, sagt Martin. »Elsner, was ist?«

»Müßt ihr ausgerechnet hier denn stehenbleiben?!« sagt Elfriede.

»Panzersperre!« hört man Willy sagen.

»Ich hab dir ja gesagt – «, sagt Martin und sieht August an.

»Rudi, guck da drüben: Gänse!« sagt Elfriede.

»Kann der Iwan sich den Kopp einrennen, wenn er will«, sagt Elsner.

»Keine zehn Minuten: hat er die geknackt«, sagt August durch die Zähne.

»Macht nischt«, sagt Elsner, ohne sich umzudrehen.

»Nach der kommt gleich die nächste und die Brücke wird

gesprengt: Brinkel machen Brocken und Brocken machen Brot.«

»Ein richtiger Ostwall!« sagt August.

Martin hustet, hält sich die Hand vor den Mund – Elsner lehnt sich mit langen Ohren zurück und fährt an.

»Guck mal, Rudi – Gänse!« sagt Elfriede.

Elsner läßt die Peitsche knallen. Hinter August kann man weiter das Plakat erkennen – ob der wirklich tot war vorher? August schmeißt den Stummel der Zigarre aus der Kutsche: »Wir mußten unbedingt nach Rußland – jaaa!« Martin zeigt mit ausgestrecktem Daumen auf sein Kinn. Elfriede stößt mit ihrem Ellenbogen August an und guckt zu Elsner hoch: »Willy, halt dich fest!«

August wird allmählich rot in der Visage – »Verfluchte Hitze heute!« – der hat Durst.

In diesem Augenblick ist mir das wieder eingefallen, der mit der Kopfverletzung hatte das erzählt, nachts im dunklen Zug bei Greiffenberg: die hatten sie auch gekreuzigt – *und so vergewaltigt*, hat er gesagt. Die mußten mit dem Kopf nach oben angenagelt worden sein, sonst wär das nicht gegangen, und die mußten noch am Leben sein dabei. Wahrscheinlich war der Mann auf dem Plakat dann doch schon tot gewesen vorher.

Martins Haus war eine kleine Krucke, spitzgiebelig und grau verputzt, am Ende eines Schotterweges, der von der Straße schräg den Hang hochführte. Vor der Haustür hatte Martin ein Podest, auf dem war rechts ein Eisen eingemauert. An dem Eisen mußten seine Kunden sich den Dreck von ihren Schuhen streifen, wenn sie in sein Polizeibüro reinwollten. Das lag »gleich linker Hand« – Verbotenes Gelände! – »Auf keinen Fall dort rein!« – Das hätte man sich gerne angesehn, die Handschellen zum Beispiel.

GENDARMERIEPOSTEN
ALTREICHENAU

stand neben der Haustür – in weißer Schrift auf blauem Blech. Darüber brannte Nacht für Nacht die gelbe Kugellampe, damit das Schild rund um die Uhr zu lesen war.

Vor Martins Haus war nur der Schotterweg und das Gebüsch am Rande, steil abwärts zum Striegauer Wasser unten. Das konnte man nachts laufen hören. Wenn die gelbe Kugel brannte.

Statt Garten hatte Martin einen Hof, mit einem Spriegelzaun darum. Dahinter stieg die Wiese hoch, bis in die Fichtenwälder oben. Wenn man ins Freie wollte – *an die frische Luft* – war man sofort auf feindlichem Gebiet.

In dieser Krucke wohnte Martin – mit Anny und mit Else. Anny war genauso knochig wie in Lublinitz, aber wenn sie einen jetzt beguckte, unter ihren dichten Brauenstruppen vor, dachte man, man sei jetzt größer als in Lublinitz. Sie konnte einen derart ansehn, daß man seine eignen Augen dreißig Zentimeter höher fühlte, obwohl sie selber so viel größer war, wenn sie vor einem stand.

Else war Annys ältere Schwester. Als die Russen näher rückten, war sie notgedrungen in die Krucke eingezogen. Else war ganz dünn und klein und immer nett zu einem. Wenn man bei ihr vorbeikam, sagte sie: »Na, Rudi – «, mit Gedankenstrich. Gleich nach dem Gedankenstrich häkelte sie wieder. Sie häkelte in einer Tour, wenn nicht, hat sie gestickt. Für wen das alles war, das wußte keiner, es lag im Schrank in ihrem Zimmer und manchmal gingen es die anderen befühlen, sehr vorsichtig, mit schwachen Fingern – »Was eine Arbeit, Else!« Dazu hat Else bloß gelächelt und häkelte anschließend weiter. Um die vielen kleinen Schlingen durchzuhalten, rauchte sie.

Wenn man morgens in die Küche wollte, saß Martin naßgekämmt vor seinem Kaffeetopf, im Unterhemd, mit Hosenträgern drüber – Reithosen, Stiefel an. Kaum, daß er einen sah, zog er die Fresse schief und knurrte: »Labander!« – »Räudel!« – »Lerge!« Dem war man jedenfalls im Wege morgens, den durfte man nicht stören, wenn er dar-

auf warten mußte, daß er endlich Druck bekam fürs Klo. **143**
Dann horchte er nach innen und kriegte kleine Augen.
Wenn Else in der Küche war, nahm er die Brauen hoch und
sah ihr zu, wie sie in ihren abgewetzten Lederlatschen zur
Ofentür hinschloofte und einen Span ins Feuer hielt – um
ihre Stummelpfeife anzustecken: die war kurz abgekaut,
bis an den Kopf, die hatte gar kein Mundstück mehr. Else
mußte das Gesicht beim Ziehen auf die Seite drehen, weil
es sonst zu heiß für ihre Augen wurde. In der abgefreßnen
Pfeife rauchte sie die Kippen ihrer Zigaretten auf. Die sammelte sie für den nächsten Morgen und saugte sich das vor
dem Frühstück rein.

Martin sah sich das mit schmalen Augen an – »Deine
liebe Tante Else!« sagte er zu mir. Und zu ihr hin: »Meine
liebe Schwägerin!«

Else gab ihm keine Antwort, die wartete genau wie er
auf Wirkung und saugte weiter an der schwarzen Knolle.

Bei den Namen seiner beiden Weiber machte Martin strikte
Unterschiede. Wenn sie zur selben Zeit im Zimmer waren,
hieß die Anny bei ihm *Andel*. Else nannte er dabei bloß
Else. Wenn Andel nicht im Zimmer war, sprach er von ihr
als *Anny*. Wenn Else nicht im Zimmer war, hieß sie bei ihm
die Else.

Verheiratet war Martin praktisch noch mit Frieda, der
jüngeren von Annys beiden Schwestern. Die war schon seit
zehn Jahren tot, weil Martin in der Kurve an der Brücke das
Motorrad nicht hatte halten können. »Herzriß! Frieda, tja –
Rasseweib gewesen!« sagte Anny regelmäßig, wenn sie zu
Friedas großem Foto hingesehen hat, neben dem Büfettschrank an der Küchenwand. Das hörte sich so an, als ob
sie stolz auf Frieda sei, obwohl sie selber jetzt ja Martins
Frau war. Else sagte nichts dazu. Martin hatte Else erst gefragt nach Friedas Tod – »anstandshalber«, sagte Anny.
»Else zuerst, die älteste Schwester. Der Reihe nach!«

Am Vormittag ging Martin *Streife* oder *zur Gemeinde,*

dort ging auch August hin. Elfriede plackte sich mit Anny ab, sie wollte ihr im Haushalt helfen und konnte nicht zum Zuge kommen, denn Anny plante alles durch, bevor sie Hand an irgend etwas legte, langstielig Schritt für Schritt, und prüfte x-mal, ob die Reihenfolge stimmte: »Um acht die Milch! – dann Wasser pumpen! – dann die Stube fegen!« Elfriede rollte mit den Augen.

Milch holen mußte ich. Man ging die Stufen bis zum Holzsteg runter – guckte vom Holzsteg ins Striegauer Wasser und sah keinen Fisch – stieg die Stufen auf der andern Seite hoch zur Straße und stolperte beim Bauern Schürmann rein. Dort hielt man demütig der Tochter seine Kanne hin, bis sie »Und?« zu einem sagte – jedesmal. »Ich soll die Milch für Moskowitz abholen« – jedesmal. Dann grinste die und sagte jedesmal: »Ach so!«

Anschließend zog man los mit roten Ohren und rotzte vor Wut ins Striegauer Wasser – weil man ein kleines Arschloch war, das mit der Milch herumlief. Meist hat man Willy auf dem Bauernhof getroffen – mit einem Pferdestriegel oder einer Forke in der Hand. Der machte sich dort wichtig, der »arbeitete« jetzt beim Bauern und rieb mir Pfeffer in die Wunde: »Na, holst du wieder Milch?« Am liebsten hätte man die Milch gleich weggekippt.

Wenn man sie am Ende in der Küche hatte, wußte man im Grunde nicht mehr, was man machen sollte. Wie Willy in der Scheiße kramen, lag mir nicht. Abends roch er wie der Kutscher Klimon oder wie ein Schweinestall, je nachdem, wo er herumgestochert hatte.

Bücher gab's in Martins Krucke nicht – »Wo denkst du hin! Wir sind hier auf dem Dorfe, Junge!« sagte Martin. Man hatte richtig das Gefühl, daß ihm was fehlte ohne Bücher. – »Ja, als wir noch in Brieg gewohnt ham, da hatten wir auch Bücher«, sagte Anny. »Und nicht bloß eins!« Dazu zog und drückte sie den langen Schwengel an der Wasserpumpe in der Küche rauf und runter. Wenn sie das nicht täglich zweimal machte, gurgelten die Wasserhähne.

Willy kriegte man tagsüber nicht mehr zu Gesicht, höchstens wenn er auf der Straße drüben mit dem Jauchewagen langfuhr, neben einem von den Knechten auf dem Kutschbock vor der Tonne. Der blähte sich wer weiß wie auf, weil er die Pisse eskortierte.

Wenn er abends über seine Füße herfiel, gaukelte er mir die Bauerntöchter vor beim Krimmern: die würden sich beim Melken ihre Röcke in die Höhe binden – da könnte man was andres sehn als bei der Sophie damals! – »Kalter Kaffee im Vergleich mit denen!« Wir lagen ziemlich nahe beieinander, jeder auf dem plattgedrückten Strohsack, auf den Dielen unterm Dach. Im Raum daneben standen Martins Ehebetten, in denen lag er jetzt mit Anny, August und Elfriede drin, alle vier zusammen. In der Kammer hinter unsrer pfiff die Else – die schnarchte nicht, die pfiff im Schlaf. Und unten auf der Couch im Wohnzimmer lag seit drei Tagen ein Major – *mit Bursche*, wie das hieß. Die gingen früh und kamen spät, die sah man nicht.

Einmal, als wir beinah eingeschlafen waren, sagte August plötzlich nebenan: »Ich glaube, mir ist die Ader geschwollen!« – sie hatten ihre Tür nicht zugedrückt.

»Meinst du den Aaronstab?« hat man den Martin sagen hören.

»Denkt an die Jungs!« – das war Elfriede. Dann hörte man ein Kichern.

»Glaubst du, die vögeln?« sagte Willy nächsten Abend. »Klar vögeln die, du merkst ja nichts! Was glaubst du, was das ist – der Aaronstab?!«

Da wär ich wirklich nicht von selber drauf gekommen. Bei der dürren Tante hätte man sich das von Anfang an nicht vorgestellt, aber August und Elfriede – das hatte ich mir niemals überlegt. Das ging mir lange durch den Kopf. Das hat mir nicht gefallen. Die machten etwas, wo sie nicht an einen dachten, wovon man ausgeschlossen war – als ob es einen gar nicht gäbe. Früher hatten sie das mal gemacht, um Kinder zu bekommen, da hatten sie an uns gedacht dabei, an Willy und an mich – und jetzt? Daran mußte man sich erst gewöhnen.

Willy schien das nicht zu stören, der hat nichts mehr gesagt dazu. Der ging tagtäglich einfach misten, kämmte sich die Haare naß und übte vor dem Spiegel schräge Blicke – damit wollte er den Bauerntrinen imponieren.

Auf der Wiese hinterm Spriegelzaun wußte man nichts mit sich anzufangen. Dort wuchs halt Gras, was sollte man damit? Nur wenn Anny grüne Klöße kochte – die waren derart schwer im Leibe, von denen fiel man fast in Ohnmacht und taumelte zur Wiese hin und haute sich ins Gras – mit dem Nachgeschmack von Kren im Munde. Anschließend fühlte man sich öde wie davor.

August schenkte mir ein Taschenmesser, das stammte noch aus seiner Volkssturmzeit, damit sollte ich mir Weidenpfeifen schnitzen: Trillerpfeifen – streng nach Skizze! August zeichnete sie einem auf, mit Querschnitt und mit Seitenriß – »Klopfen, bis der Bast sich löst!« – zum Trillern eine trockne Erbse rein.

Ich konnte keine Weiden finden, die gab's wahrscheinlich gar nicht in Altreichenau. Als ich ein halbes Dutzend Aststücke verstümmelt hatte und sich der Bast bei keinem löste, verlor ich irgendwo im hohen Gras das Messer.

»Das war ein gutes Messer, Rudi!« sagte August.

Mit der Messersuche hätte man sich tagelang befassen können, aber Martin zapfte gleich die Luft ab: »Einkreisen, anders findst du's nie! Einkreisen! Immer enger!« – da blieb einem als Eigenleistung nur, die Kreise auf der Wiese rechteckig zu machen. »Na, was hab ich dir gesagt! – systematisch vorgehn!« sagte Martin, als ich das Messer wiederhatte.

Nachts ist man wach geworden, weil man nebenan bei den Erwachsenen ein lautes Wimmern hörte – so wie von einem Kind – und dann den Martin sagen hörte: »Ja, Anny, ist schon gut, du hast geträumt – ein Traum bloß, Anny. Schlaf jetzt!«

Man hat das mehrmals hören können, daß Anny nachts gewimmert hat.

Dreißig Jahre später, kurz vor ihrem Tode, hat sie mir erzählt, warum sie damals in Altreichenau nicht schlafen konnte.

Am Anfang des Krieges ist das gewesen, als sie zu Martin gefahren war – nach Tschechlow in Polen, der mußte dort Dienst tun in den besetzten Gebieten. »Plötzlich standen sie da, die SS«, hat Anny gesagt. Blödow war auf Streifengang erschlagen worden, Martins Dienstkollege, Vater von zwei Kindern. »Und sind ins Dorf und ham die Männer aus den Häusern raus und alle erschossen und übereinandergeworfen, Waffen-SS«, hat Anny gesagt – »ich hab sie gekannt an den Uniformen. Dann wurden die Toten geholt mit dem Wagen und abgeladen im Hofe. Zwölf haben vor dem Fenster dort gelegen, junge Menschen alles. Und vierzehn beim zweiten Mal. *Heute verläßt du das Haus nicht, Anny!* hat Martin gesagt. Aber durch das Fenster hab ich's sehen können. Anschließend wurden sie fotografiert für die Akten und weggebracht zum Verbrennen abends. Ich hab nie was gesagt in meinem Leben. Hab schwören müssen drauf. Nach Tschechlow bin ich nicht mehr hingefahren.«

Davon hat Anny nachts nicht schlafen können in Altreichenau.

Einmal rafften sie sich alle sonntags auf und wollten bis zum Heidelstein hochkriechen, der lag nicht weit von Martins Haus. »Schön peu á peu! das Herz!« In den Pausen pafften sie, August, Martin und die Anny – »Eine nehm!« Else rauchte nur zu Hause.

Vom Heidelstein aus war die Schneekoppe zu sehen. »Der höchste Berg in Schlesien, Jungs!« hat August uns erklärt. »Sechzehnhundert und drei Meter! Merken! – wenn die Lehrer in der Schule später fragen!«

Nach langem Zwinkern konnte man weit hinten schwach den kleinen Napfkuchen erkennen – bloß Koppe, keine Spur von Schnee. Das hatte man sich anders vorgestellt, in jedem Falle größer. Natürlich konnte Willy »haargenau die Baude sehen«. »Dahinter liegt gleich die Tschechei – ganz oben ist die Grenze!« sagte August scharf. »Wenn du aufs Klo gehst in der Baude, bist du praktisch schon im Ausland!«

Elfriede wurde weich und schluckte: »Drei Monate Sommer, neun Monate Schnee« – das sollte in der Baude einer an die Wand geschrieben haben – »die Menschen sterben vor Heimatweh.«

Beim Abstieg qualmte Else wie die andern – »ausnahmsweise«. Willy lief voraus und rotzte Steine an – »Guck mal, Tante, ist das nicht ein Gittel?« – »Haaaach!« sagt Anny jedesmal.

»Nichts geht über frische Luft!« – als sie alle fix und fertig auf die Küchenstühle fielen – »aaaahhhh!«

Eine Woche später mußte das gesamte Dorf zum Heidelstein, hundert Meter vor die Felswand: »Schießeinweisung« – Panzerfaust und Panzerschreck – »falls der Russe durchbricht!«

Unter fünfzehn durfte man, über fünfzehn mußte man. Die Else auch. Direkt vom Häkeln weg. Am Heidelstein war Hochbetrieb, viel kriegte man nicht mit. Die Reichenauer mußten sich gut konzentrieren, es gab nur einen Schuß zum Zeigen – »um Munition zu sparen!« Der Kerl, der sich die Keule auf die Schulter legte, war derart weit entfernt, daß man auf keinen Fall erkennen konnte, was er machte. »Panzerfaust, mein Lieber!« sagte Willy lässig. Im selben Augenblick schlug aus der Keule rückwärts eine Flamme raus und vor dem Kerl fiel knallend ein Stück Heidelstein herunter. »Was meinst du, wenn du hinter dem stehst!« sagte Willy. »Da gehst du ohne Kopf nach Hause!« – wahrscheinlich wurde es deswegen vorgemacht. Panzerschreck **149** war ungefährlich, da sauste eine kleine Bombe aus dem Rohr, die imponierte keinem.

»Na, wenn jetzt *wir* den Russen solln aufhalten?!« sagte Anny auf dem Rückweg. »Hast du denn was gesehn?«

»Ach wo!« sagte Elfriede.

»Ich kann das schwere Ding doch gar nicht heben«, sagte Else.

»Das Arschloch mußte ja nach Rußland!« sagte August.

»Um Gottes willen, August!« – alle drehten sich gleich um und guckten hinter sich den Weg hoch.

Dann wußte man acht Tage wieder nicht, was tun. Außer schönem Wetter gab es nichts in Reichenau. In Plagwitz hatte man noch wenigstens vom Fenster aus was sehen können, aber hier: nichts als weiße Wolken! Vorn überm Spitzberg und dem Huhnberg – wenn Martin nicht die schiefe Fresse hatte, zählte er sie einem alle nacheinander auf, die Berge – und hinten zogen sie am Heidelstein, am Sattel und am Rabenberg vorüber, daß einem schlecht vom Zusehn wurde ... und unten floß immer das Striegauer Wasser vorbei.

Urplötzlich änderte sich was. Der Wohnzimmermajor fuhr auf dem Motorrad vors Haus und sagte: »Ist soweit!« Worauf sich die Altreichenauer Starre mit einem Schlage löste und wie im Schweinsgalopp das Packen anging. Kopfloses Rennen auf den Dielen, daß der ganze Kasten wackelte und knackte – »Los! Los! Beeil dich! Los!« – all den Krempel so wie früher in den Rucksack rein – »Kontrolle, ob du alles hast!« Schuhe Socken Seife – Unterhosen Unterhemd – Nähzeug Klappbesteck! Pullover. Die Inschrift in der Klappe nachziehn mit dem Tintenstift: *Rudi Rachfahl Bunzlau Burghausstraße 10* – Brustbeutel überstreifen: fertig! Der klebt inzwischen, weil er speckig ist.

Jeder hatte das geahnt, alle hatten das gewußt! – bloß gepackt hat keiner. Aber jetzt auf einmal Tempo! Tempo! – »Heul hier nicht rum, dann gehst du eben ohne!« Die Aule einfach auf die Straße, wenn man das Taschentuch vergessen hat – Willys Strategie.

Nur Else hatte nichts geahnt und nichts gewußt – die häkelte in Seelenruhe weiter – »Else!!« – »Was ist!?« Else hatte längst gepackt, vier Wochen vorher schon.

Im Hof stand breitbeinig der Wohnzimmermajor mit der MPi am Spriegelzaun und schoß zwei Magazine leer – in den Wiesenhang dahinter, wo ich sonst gelegen hatte. Außer ein paar Erde-Spritzern war nicht viel zu sehen. Anschließend guckte er zu einem rüber – fachmännisch ernst, damit man merkte, daß er einen für ein kleines Kind hielt, dem die Schießerei zu imponieren hatte. Bei Martin tauschte er drei Flaschen Mosel *für Zivil*. Die Sachen schnallte er auf sein Motorrad, in Packpapier. Kaum eine Viertelstunde später war August an der ersten Flasche.

Aus den Höfen gegenüber rollten Planenwagen, so wie die vor Karolines Fenster damals, und stellten sich in einer Reihe an den Straßenrand. Die Pferde wurden ausgeschirrt und in die Ställe abgeführt.

Der Wohnzimmermajor bestieg sein Motorrad und spielte mit dem Gasgriff – »Womöglich sieht man sich noch mal!«

»Ja, wer kann's wissen!«

»Um sechs geht's morgen los!«

»Früh in die Klappe!«

Willy krimmerte im Dunkeln prophylaktisch, morgen sollten wir marschieren. Aus der Küche hörte man sie murmeln und das Radio dazu – unten lief endlos das Striegauer Wasser vorbei.

Ein regelrechtes Trecken war das nicht, wenn man an Plagwitz dachte. Was da am Fenster langgezogen war bei zwanzig minus – daß man von oben aus dem zweiten Stock er-

kennen konnte, wie sie sich bloß weiterschleppten, weil die 151
Füße ihnen sonst vereisten – und die steifen Hocker morgens an den Bäumen, die um neun tot, wie sie waren, auf den Leiterwagen kamen, damit sie nicht verschneiten und erst im nächsten Frühjahr wieder sichtbar wurden – das war tatsächlich Trecken! Dagegen war Altreichenau ein Klacks, ein Mai-Treck sozusagen.

Man saß um sechs Uhr morgens auf dem Kutscherbock und ließ sich von der Sonne wärmen, man wischte sich den Schlaf aus seinen Augen und wartete, daß sich die Räder drehen würden. Die Spatzen zwitscherten und schwirrten zu den Pferdeäpfeln, die aus den angespannten Ärschen vor mir fielen, einer nach dem andern, Stück für Stück – bis August aus dem Hause trat. Der hatte schon seit Tagesanbruch in der Küche rumrumort und ein verzogenes Gesicht, weil jetzt die letzte Flasche leer geworden war, kurz vor dem Start – »Solln das die Russen trinken, Friedel!?« – kam nicht ganz trittfest an den Wagen und sagte: »Halt dich grade, Junge, ab nach Westen! Wem Gott will rechte Gunst erweisen.«

Willy fühlte sich wie Klimon – tätschelte die Pferde.

Dann standen sie alle neben dem Wagen, Elfriede und August, die Anny, die Else und Martin in Zivil – der sah jetzt ohne Uniform wie Brühwurst ohne Pelle aus – und guckten zum Gendarmeriehaus hinüber, zur gelben Kugel drüben vor der Tür, und wendeten die Köpfe hin und her, als ob sie Lerchen hörten in der Luft, und hatten weich gewordene Gefühle.

»Seht's euch noch mal an – das schöne Reichenau!«

»Wer weiß, ob wir's je wiedersehen!«

Bis gestern war das bloß ein Nest gewesen, dieses Reichenau – verglichen mit dem »schönen Brieg« – und jetzt auf einmal konnten sie nicht los davon und taumelten ergriffen umeinander und nickten schniefend vor sich hin – bis sie endlich alle auf den Wagen stiegen und sich auf die beiden Bretter setzten, wo sie nichts mehr sagten. Mir konnte dieses Kaff gestohlen bleiben, die öde Reichenauer Kacke.

Für mich gab's vorne auf den Brettern keinen Platz. Ich hockte bei den Koffern – drei Hintern vor mir und den Streifen Himmel, in dem die Schnur der Peitsche wippte – als ruckend alles in Bewegung kam, der lange Wurm von Planenwagen im Tal von Reichenau – und unser mittendrin. Bis ich beim Trecken eingeschlafen war.

Stunden später ziehn sie einen aus dem Wagen, ins grelle Licht und in den Lärm – »Komm, Rudi! Laufen, Rudi! Los!« – »Schädelhöhe«, hört man August fluchend, »guter Name!« – der schwitzt sich jetzt den Fusel raus, dem gibt die Sonne jetzt den Rest, der wird jetzt ausgenüchtert auf der Steigung, der greift sich an die Plauze und bleibt stehen – der pumpt, der stiert, als ob er gar nichts sieht, der jappst inzwischen wie Elfriede – die ist krebsrot, die ist am Ende, die guckt mit aufgerißnen Augen, offnem Munde – die Steigung hoch, wo sie die Pferde peitschen, die an den schweren Wagen zerren: »Schieben!!« – »Los, drücken!!« Schreien im Sonnenlicht oben: »Das schaffen die!! Los!!«

Else hängt weit vorgebeugt am Wagenende neben mir, mit den Pfoten in der Planenschlinge – die kann alleine nicht, die muß gezogen werden – die ist so dünn, das tut den Gäulen nichts – statt der Else könnte auch ein totes Huhn am Wagen hängen. Unten geht die Straße durch, mit den Speichenschatten, die sich drehen. Wenn wir in die weiche Pferdescheiße müssen, stöhnt die Else leise.

Die Schädelhöhe war ein Reinfall – »Los! Los! Los! Los! Nicht stehenbleiben! Los!« Wenn die Reichenauer, die schon drüber waren, Pause machen wollten, wurden sie von denen, die noch auf der Steigung waren, drei Minuten später überholt. Beim Trecken überholen lassen?! Nie! – Los! Weiter! Los! – ein einziger Beschiß: kaum war man

oben, ging's gleich weiter, gleich wieder runter von der
Schädelhöhe – bis der letzte Reichenauer drüben war und
das Rennen unterbrochen werden konnte: zum Keuchen
und Hecheln in praller Sonne – zum Pissen und Kacken
mit wackligen Beinen – im Straßengraben, weil kein Busch
da ist – und hinterher zum Stullenreißen.

»Du mußt was essen, Rudi, du brauchst Kraft!« Die
Stullen hatte Anny vollgeschmiert – »die gute Putter!« –
der gelbe Kraftschleim kam aus allen Poren. Anschließend wurde sonnenwarme Milch mit Haut gereicht – daß
sogar Willy würgen mußte. Flucht mit der Eisenbahn war
besser.

In Landeshut ist es so still, daß man sich denkt, die sind
längst alle weg, die Landeshuter – oder sitzen die in ihren Kellern?

Die haben aus den Häusern lange weiße Fahnen raus-
gehängt – kein Mensch zu sehen irgendwo, nicht mal die
Hunde – mucksmäuschenstill in Landeshut. Nur die langen schlappen, weißen Fahnen in den leeren Straßen – nur
das Rollen unsrer Räder und die Hufe unsrer Pferde, das
Trappeln der vielen Füße auf dem Asphalt. Die Landeshuter heben nicht den Kopf, die hören uns in ihren Kellern –
oder sind die alle doch schon weg? Weil sie wissen, was
jetzt kommt?

Das kommt erst Stunden später, kurz vor Erlendorf – auf
einer Landstraße, die flach durch Felder lief – Gebrüll und
Hupen hinter uns, aus Schalltrichtern Kommandos plötzlich: »Die Straße räumen! Fahren Sie rechts ran! Platz für
die Truppe! Äußerst rechts!«

Die hatten's wirklich eilig, sah man, mit offnen LKWs,
randvoll Soldaten – und alle die Köpfe nach hinten gedreht
ins Ferne – und im Vorübersausen zappeln sie sich aus den

Uniformen, schmeißen Helme, Handgranaten und Gewehre, alles was sie hatten, rechts und links herunter von den Wagen, daß man in Deckung gehen mußte – die warfen Ballast ab, die machten Tempo – die wollten mit den Schwänzen aus der Falle.

»Bedingungslose Kapitulation, das war's dann wohl: die deutsche Wehrmacht!« August guckt sich das verächtlich an und pafft.

»Die lassen uns alleine hier!« sagt Else. Der liefen die Tränen herunter, die schluchzte – ich wußte nicht, warum.

»Und jetzt?« – August zog an seiner Juno, daß sie glühte.

»Ja, wart mal«, sagte Martin.

»Aus der Traum – dein treuer Vater!« sagte August.

Keine drei Minuten nach dem letzten Kübelwagen kamen Panzer – mit grölenden, braunen Soldaten rings um die Türme – »Woina kaputt! Mir!« – die waren gut bei Laune, die lachten zu uns runter – die waren nicht so abgehetzt wie unsre, die winkten von den bulligen Kolossen, wenn sie an uns vorüberrasselten – Panzer um Panzer.

»T 34!« sagte Willy – der kannte sie wie seine Loks, der freute sich. Bis plötzlich vorn am Treck ein Schuß gefallen ist und jeder Bauernwagen seinen eignen Panzer hatte und die lachenden Soldaten von den Panzern sprangen – um uns das Maul zu stopfen, mit Händen voll Rosinen – die mußte man solange kauen, ob man das wollte oder nicht, bis sie die Uhren und die Eheringe eingesammelt hatten, und immer weiter kauen, als sie jetzt in den Wagen stocherten und wühlten – immer gut kauen die Rosinen – auch wenn man aus den Wagen Schreie hört und schrilles Quieken und August hart Elfriede in den Straßengraben stößt, daß sie gleich stürzt und liegenbleibt – schön ruhig stehen, weiterkauen, ein langer Treck Rosinenfresser in der Sonne – stehend neben den Wagen und kauend vor den Maschinenpistolen: »Mir!«

Vorn, wo der Schuß gefallen war, stieg eine Rauchwolke zum Himmel, waren Flammen – und während sie an ihren

Hosen knöpften und ihre Beine schlenkernd schüttelten, **155**
lachten die braunen Soldaten uns an: »Woina kaputt – domoi! domoi! Alles zurück!« Da war's vorbei mit dem Rosi-
nenkauen und der ganze lange Bauerntreck machte auf der
Stelle kehrt und fuhr zurück, um wieder in *das schöne Reichenau* zu kommen.

Die Reichenauer sagten nicht mehr viel, die hatten die Rosinen nicht vertragen. Wenn irgendwas zu hören war, verstand man meist nur »Schweine!« – und einmal »Genfer
Konvention!« August war das, August war beschlagen.

Die Else zitterte vor Angst, die taumelte wie ein verletz-
ter Schmetterling beim Laufen – und manchmal blieb sie
stehen und guckte einen an und nickte langsam.

Um neun Uhr abends wußten alle, daß Reichenau nicht
zu erreichen war. Jeder suchte, was er finden konnte – bis
unser Wagen mit zwei anderen in einen Gutshof rollte, wo
um ein Feuer, wortlos und an Stöcken schnitzend, russische Soldaten saßen und ruhig allen mit den Augen folg-
ten, die sich erschöpft ins Haus reinschleppten – und als
die höchstens vierzehn Jahre alte Bauerntochter aus dem
Wagen stieg, halblaut und ohne eine Miene zu verziehen,
russisch sprachen – und sich das ansahen, wie sie die
Eingangstreppe hochging – und weiter an den Stöcken
schnitzten.

Willy kann zum Schlafen in die Kammer mit den Knechten, Willy ist »schon groß«. Ich muß zu den Frauen. Die liegen in vier Betten in dem weiß getünchten Raum – ich bei
Elfriede, vorn am Gang – Elfriede an der Wand. »Sei froh,
daß du ein Bett hast, Rudi!« An der Decke brennt die Birne
ohne Lampenschirm.

Keine hat sich ausgezogen, nur die Schuhe – die stehen
vor den Bettgestellen. Gegenüber, einen Meter weit entfernt von mir, liegt die Bauerntochter mit der Mutter. Die
liegen steif wie tote Fische. Mit dem Gesicht zur Decke hin.

Dann knipst die an der Tür die Birne aus, sagt tonlos »Gute Nacht« – die murmeln nur dazu im Dunkeln.

Die Männer sitzen unten in der Diele auf der Bank und rauchen. Dort sitzen auch August und Martin, das hat man gesehen. Vor dem Fenster scheint der Mond, den kann man durch den dünnen Vorhangstoff erkennen. Von Elfriede muß man Abstand halten in dem warmen Federbett – »Schlaf gut, Rudi!« – und rückt wieder ein Stück näher. Man spürt genau, daß keine schläft – sie rühren sich bloß nicht.

Auf einmal fing es draußen an zu singen – richtig getragen und im Chor. Erst auf- und abschwellend und immer leiser dann – wie flüsternder Gesang – daß einem weich und dösig wurde unter dem Plumeau, und dazu spielte einer Ziehharmonika. Balalaika wie im *Zobeljäger* hatten die wohl nicht – wie der Kosak, als er im Meierhof das Lied gesungen hatte, vor dieser Mila Dobronitsch und ihren Mägden – die mit dem kurzen roten Rock und ihrem Schnallenmieder. Man konnte sich schöne Gedanken machen bei dem Gesang – das mußten jetzt wirklich *die Russen an sich* sein im Hof – das war eine ganz andre Sorte als die mit der Rosinenzwangsverfütterung bei Erlendorf ...

Urplötzlich hörte es zu singen auf, schlug donnernd an die Eingangstür, schrie brüllend: »Otpirai!!« – schoß, daß die beiden Fische neben mir in ihrem Bett hochsprangen – Rennen im Flur bei den Männern unten, wo August und Martin sitzen –

wie jetzt die Haustür bricht und rasende Schritte die Holztreppe hoch bis zu uns – »Schließ ab um Gottes willen Licht an!!« – splitternd schon aus dem Rahmen fliegt an die Wand – der Schuß in die brennende Birne fährt – »Suda! dawai!« –

wie sie kreischen, wenn man zwischendurch zum Atemholen auftaucht, weil Elfriede einem immer wieder dieses heiße Kissen aufs Gesicht drückt, daß man kämpfen muß mit ihr, um Luft zu kriegen – schweißnaß hochkommt aus dem Deckbett –

»Nimm mich!! Nimm mich!! sie ist doch noch ein
Kind!!« – und ohne daß man etwas sehen könnte, hört, wie
sie weiter unters Bettgestell will – kriechend und an den
Sprungfedern zerrend unter der Mutter – und wie sie dicht
neben mir sich den Körper herausziehen an den Beinen
und sich um den schreienden Kopf unterm Bett nicht kümmern – sie aufreißen, daß man sie schlagen hört auf den
Dielen, und wie sie keucht am Ende, wenn sie wechseln –
ein-, zweimal aufschreit und die lachen –

und sah's mit kaltem Blute,

wie sich das Fischlein wand –

so zuckte seine Rute,

das Fischlein zappelt dran

und immer neue kommen und sie immer wieder vorholen
müssen, weil sie immer wieder unters Bettgestell will mit
dem Leib – und wie die Frau im Bett darüber immer wieder
schrie »Nimm mich!! Sie ist ein Kind!!« – und sie zu sich
herunterziehen wollte, bis sie ihr so lange auf den Kopf geschlagen haben, daß sie ruhig war und man es nur noch arbeiten gehört hat neben mir und auch das Mädchen immer
ruhiger geworden ist und dann mit dem Körper im Gang
lag und still war –

und wie man spürt unter dem naßgeschwitzten Federbett, daß es noch nasser wird und stinkt – weil sie, wenn sie
fertig sind, johlend ihre Schwänze auf uns halten und auf
uns herunter urinieren – daß wir in die nassen Mulden
mußten mit den Köpfen, Elfriede und ich – uns wanden
vor Ekel, aber nicht wußten, wohin –

bis – »Rudi, raus jetzt!!« – Elfriede mich mitriß zur Tür
und über den Flur – wo im Mondlicht an den Fenstern russische Soldaten standen, die dort brüllend ihre Schwänze
rieben – während hinter uns im Zimmer jetzt das Mädchen
ganz hoch wimmerte ...

da wußte ich, daß die Armee der Russen aus solchen geisteskranken Gliedmännern bestand wie dem in Lublinitz,
der brüllend seinen Schwanz durchs Gitter hielt, bis die

Wärter in die Zelle stürzten, ihn vom Fenster rissen und ans Bett festschnallten – nur daß die Rotarmisten keine Wärter bei sich hatten und bewaffnet waren – die waren nicht nur geisteskrank, die schossen auch, wenn sie den Anfall kriegten.

Die waren wie in Trance mit ihren Gliedern – die merkten gar nicht, als wir nah vorbei an ihnen wie Schatten einer Tür zuflogen, am anderen Ende des Flurs und rein in ein Zimmer:

wo Licht brennt, ein breites, zerwühltes Bett gradeaus – und uns mit allem, was wir fassen konnten, trockenwischten, abrieben gegenseitig – knieten und würgten nebeneinander, Elfriede fürchterlich in Tränen ausbrach, schluchzte – bis draußen vor der Tür der Lärm losgeht, Poltern von Stiefeln und Türenschlagen – Elfriede mich festhält, als ob ich ihr Kleinkind wäre und anfängt zu beten – »Rudi, du auch!« – »Vaterunserderdubistimhimmel« – das hatte ich seit langem nicht gehört, das ging an diesen Nudelfingrigen – der sollte uns nun helfen? der?! – von dem war garantiert nicht viel zu hoffen, Sam Hawkens wäre mir lieber gewesen mit seinem Ausweis vom Zaren, der hätte die Russen im Nu aus der Bude gehabt – »geheiligt werde dein Name dein Reich?« – da war doch eher der zuständig, von dem es regelmäßig hieß: »Das Arschloch mußte ja nach Rußland!« – Adolf, der in Lublinitz jetzt bei den Steinen in der Mangel lag – »wie im Himmel so auf Erden« – wenn's dort zuging wie bei uns ...

und wie die Tür aufspringt von einem Tritt und diese beiden Russen in den Stiefeln – Elfriede und ich immer weiter und weiter – »geheiligt werde« – in panischer Angst, Elfriede mit aufgelösten, strähnig herunterhängenden, stinkenden Haaren – zitternd wie im Schüttelfrost beim Beten und ich immer mitwackelnd auf ihrem Schoß – »und führe uns nicht in Versuchung!«

Aber sie taxierten sie nur kurz, verzogen ihre Mäuler – Elfriedes altes Fleisch war nicht in ihrem Sinne – »Staraja!«

Die interessierten sich für eine Ledertasche, die dort stand. Die machten sie vorsichtig auf und schütteten raus, was drin war – Papiere – klopften den Staub ab und schlossen sie wieder – dann traten sie dem Nachttisch neben uns die Rippen ein, durchsuchten die Trümmer – da ist nichts – sind weg.

Dann weiß man lange nicht, was man jetzt machen soll. Elfriede zittert immer noch, das spürt man. Das Mädchen im Zimmer drüben hört man nicht mehr. Dann hört man, wie sie mit den Stiefeln auf der Treppe sind, dann werden Autos angelassen, dann hört man, wie sie fahren.

Willy ist im Erdgeschoß, der hat schon wieder Oberwasser. »Mich haben die am Sack gepackt: *Du gute Kamerad?* – mit vorgehaltener MPi, mein Lieber! Die Knechte sind durchs Fenster abgehauen!«

Mir stank der Kopf, ich wollte an die Pumpe –

»Bück dich, bepißte Sau!«

Willy pumpte, bis ich einen Eiskopf hatte –

»Heulst du etwa?« – der versuchte mir im Mondlicht ins Gesicht zu gucken.

Oben wird ein Fenster aufgestoßen. »Da hängt ja vorn und hinten alles raus – um Himmels willen! ohne Arzt?!« hört man die Anny auf der Treppe rufen. In der Diele sitzt der Martin, raucht und starrt den Ofen an.

Im Durchgang zu den Ställen liegt ein Haufen Kleider mit zwei steif gestreckten nackten Beinen. An denen überall im Fleisch sind rote Kratzer – und zwischen den Beinen ist Blut. Der Haufen Kleider ist ein Rock. Der Rock ist hochgezogen und zugebunden wie ein Sack. Im Sack drin sind die Arme und der Kopf.

»Mandrill«, sagt Willy und guckt weiter drauf.

»Die ist doch tot!«

Bis aus dem Sack ein Stöhnen kam –

»Was macht ihr hier?! Los, weg da!«

Die war nicht tot, obwohl sie mindestens schon siebzig war, die wäre fast erstickt, die lebte noch.

Die beiden in der Schlachterkammer waren tot, das konnte man sofort erkennen. Die Körper lagen auf dem Tisch, die eine mit dem Rücken, die andre umgekehrt. Die Beine hingen von der Kante runter, die Hände waren an den Tisch gebunden. Man konnte sie nur einen Augenblick lang sehen, die knallten gleich die Tür von innen zu, kaum daß sie uns entdeckten.

Zwischen den gespreizten Beinen hat bei jeder eine Mistgabel gestanden, mit den Zinken auf dem Boden. Die waren mit den Stielen reingesteckt gewesen. Weil man es nicht richtig hatte sehen können, hat man es sich immer wieder vorgestellt.

»Lappen im Mund!« sagte Willy. Das hatte ich nicht mitbekommen. »Bist du blind?! – Knebel sind das, wenn sie schreien wollen.«

Willy schien das wenig auszumachen, in Dresden hatte er noch nachts geheult.

Das mit den Knebeln hat man sich auch immer wieder vorgestellt.

August stank wie eine Jauchegrube, der war durchs Fenster – »Du SS!!« – weil sie ihn erschießen wollten – und in den Düngerhaufen reingekrochen. Dort hatten sie ihn nicht vermutet. Alles, was er auf dem Leibe hatte, mußte weggeschmissen werden. Am liebsten hätte er sich häuten wollen. August fühlte sich wie vollgesogen – »Mitten in den Exkrementen! Mach das mal! Anderthalb Stunden!« Danach war er getürmt mit seiner Knoche.

Der stiere Alte aus der Diele hatte einen abgelegten Anzug für ihn übrig, der war ihm viel zu groß – »Und ausgerechnet braun!« sagt August. In diesem braunen Anzug lief er jetzt herum.

Martins Haus war vollgeschissen bis zur Schwelle, als wir nächsten Mittag durch die Haustür wollten. Man roch sofort, daß Russen übernachtet hatten, Leute, die in Holzverschlägen wohnten oder in Bojartenzelten wie im *Zobel-*

jäger – ihren Arsch ins Freie hielten, wenn sie Druck beka- **161**
men – irgendwo in Werchne-Udinsk oder Werchojansk
wahrscheinlich. Die hatten alles aus sich rausgepreßt in
Martins Haus: in alle Sessel, in die Betten und in die Couch,
wo der Major geschlafen hatte – und nachher die Plumeaus
zerschnitten, daß jedesmal die Federn flogen, wenn man
bloß hustete in dem Gestank – und auf die Dielenbretter
neben meinem Strohsack, das mußten mehrere gewesen
sein, selbst auf den Küchenofen. Nur ins Klosett nicht, das
war picobello sauber.

Und was die Kacker der Armee nicht schafften, das
nahmen sich die Pisser vor: Elses Häkeldeckchen mit den
hunderttausend Schlingen, Annys weiße Wäsche in den
Schränken und die Akten und Papiere im Büro. Das klebte
nun sämtlich feucht aneinander und stank wie die nassen
Teppiche auch.

Blut, Scheiße und Urin – das gurgelte alles an einem vorbei in Altreichenau. Und nachts hat man Schreie gehört
und Schüsse. Dann konnte man vom Fenster aus im Mondlicht August rennen sehen, auf der Straße drüben, wo
sonst Willy mit der Jauchetonne langgefahren war. August
rannte nicht mehr um sein Leben, normalerweise nicht,
der rannte jetzt, um Frauen zu beschützen, wenn irgendwo
im Dorfe vergewaltigt wurde.

August war nicht gut in Form, man hörte bis zum Fenster
hoch sein Keuchen, und neben August rannte Martin. Die
hatten beide eine rote Binde an den Armen, mit einem Stempel drauf. Das hatte August durchgesetzt beim Kommandanten: Zivilschutztruppe – Haager Landkriegsordnung! Für
die Haager Landkriegsordnung schmiß sich August furcht-
los in die Schanze und sprach fließend polnisch: Streife gehen mit sechs Mann! Keine Übergriffe!

Fallweise ließen sich die Sowjets darauf ein, wenn August ihnen mit der roten Binde auf die Pelle rückte und den
Kommandantenstempel präsentierte, Krach schlug. Dann
zogen sie ab, versuchten's woanders. August mit der Streife

immer hinter ihnen her, bis der Morgen graute. Aber wenn die Rotarmisten erst mal ihre Hosen offen hatten und August drüber zukam, wie die geisteskranken Gliedmänner den Anfall kriegten und außerdem noch schossen, dann half nur rennen und den Kommandanten wecken, der nachts meist vollgesoffen war und schlecht bei Laune und vor der Tür zwei Posten stehen hatte – und wenn dann drinnen im Gejohle eine Frau schrie oder mehrere, weil der Kommandant gerade selber seinen Anfall hatte, dann war's Essig mit der Haager Landkriegsordnung.

Gegen Mittag wurden die Debatten zwischen August und dem Kommandanten wieder aufgenommen und neue klipp und klare Abkommen getroffen. August war hochgradig beschäftigt in Altreichenau und Martin ebenso. Die fielen beide vom Fleische durch ihre nächtlichen Strecken. Reichenau war Straßendorf, das zog sich in die Länge.

Einmal sah ich August nachts aus diesem Bauernhof rausrennen, wo ich jeden Morgen Milch abholen mußte und wo Willy misten ging – das machte der auch unter russischer Besatzung, obwohl die Ställe täglich leerer wurden, weil die Truppen alle Kühe, alle Schweine und am Ende selbst die Hunde schlachteten.

August rennt – dann schießt es hinter August her – dann hört man Frauen schreien – dann ist Stille.

»Die halten ihnen die MPi an ihren Kopf dabei«, sagt Willy.

Der steht am Fenster neben mir. Man wartet, wie es weitergeht. Nach einer halben Stunde ist man derart müde, daß man sich schlafen legt. Auch wenn die drüben noch nicht fertig sind.

Die mir sonst die Milch gegeben hatte, sitzt am nächsten Morgen mit gerafftem Rock auf einem Stuhl. Neben ihr sitzt ihre Schwester. Beide haben ihre Beine fast bis zu den Knien in einer Wanne. An den Beinen sind bis oben dunkle Flecken. Weil sie einem beide in die Augen blicken, kann man das nur kurz erkennen. Man kommt sich kindisch vor.

Sie gucken einen an, als ob sie etwas wissen, was man sich selber nicht erklären kann – als ob sie stolz auf etwas sind. Obwohl sie elend aussehn. Das kann man nicht verstehen ... und daß sie ihre Beine in der Wanne haben.

Die Ältere sagt: »Nimm dir – da!« – bewegt sich nicht, zeigt mit dem Kinn.

Die hat mir sonst die Kanne vollgelöffelt.

Sie gucken einen dauernd an – wie man mit der langen Kelle in der Kanne fuhrwerkt. In der Kanne ist so wenig drin, daß man sie kippen müßte ... beim Rausgehn muß man nah vorbei an ihnen.

»Damit sie keine Kinder kriegen von der Vergewaltigung«, sagt Willy. »Heißes Wasser, Mensch! – du hast ja keine Ahnung!«

Heißes Wasser? – unvorstellbar.

Täglich wird das Essen knapper in Altreichenau, die Truppen fressen alles kahl. August und der Martin fangen an zu phantasieren: von Schnitzeln und Krakauer Würsten, am hellichten Tage – bei Pellkartoffeln ohne irgendwas – von Keulchen, Rouladen, Kaßler und Rippenstücken. Anny gibt *die gute Putter* zu, schmort und schmurgelt und brät das im Kopf – bis man es sehen kann. Elfriede stellt sich Klöße vor, mit Rauchfleisch und mit Kren.

Else träumt von feinem, weißem Hühnerfleisch in leichten Brühen – ihr schattenhaftes Stickerinnendasein verträgt die schweren Brocken nicht – nicht mal in Gedanken.

Meistens trinkt man Wasser zu den Pellkartoffeln. Morgens wird das Wasser vorher angewärmt.

August leidet an »Entzugserscheinungen«. Wenn das Wasser dran ist, wird er laut: gegen *die Verbrecherbande*. Zu der gehören jetzt auch Stalin, Roosevelt und Churchill. August fühlt sich *wie vertrocknet*, nur beim Kommandanten kann er ab und an noch einen kriegen. Die Gespräche zwischen August und dem Kommandanten werden immer wieder aufgenommen.

Der Waschzwang schläft allmählich ein. Ohne Seife geht der Dreck nicht runter. Das sieht man, wenn man trocken reibt und Würste rollt auf seiner Haut. Für die Hände und die Fersen steht ein Topf mit Sand im Badezimmer. Die Leute auf der Straße kratzen sich am Kopf, manche ungeniert am Hintern. Martin spricht von *Winterkirschen.*

Im Unterdorf gibt es ein graues Haus mit einer Einfahrt, die ist zugenagelt. Im Garten liegen dort drei Tote in der Erde. »Weil der Vater, als der Russe über seine Tochter hergegangen ist, ihn totgeschlagen hat«, sagt Anny – »die einzige Tochter! Da kam das Kommando, hat Vater und Mutter erschossen und am Ende, als sie mit ihr fertig warn, die Tochter und ham die drei verscharrt im Garten.« So was kann man abends hören, wenn sie in der Küche unten sprechen und die Tür bloß angelehnt ist. Dann fragt man sich im Dunkeln auf dem Strohsack, ob der Vater diesen Russen ganz genauso totgeschlagen hätte, wenn eine zweite Tochter dagewesen wäre – »die einzige Tochter!« Das muß etwas bedeuten, was man nicht versteht.

Wenn man an dem grauen Haus vorbeikommt, hört man nichts und stellt sich vor, wie die drei verscharrt im Garten liegen. Zwei Häuser weiter ist noch eine andre Einfahrt zugenagelt. Dort hat sich »eine Familie zusammengebunden«, sagt Anny, »und zwischen sich die Handgranate, als die Russen rein sind – war Unteroffizier, der Mann«, sagt Anny. Dabei fällt einem ein, daß August Unteroffizier gewesen ist.

Auf der Straßenseite gegenüber stehen Holzschuhe vor einer Haustür in der Sonne. Nicht gewöhnliche Pantinen mit der Lederkappe – richtige, aus einem Stück gehöhlt! – wie die in Karolines Märchenbuch in Plagwitz: mit der

hohen Spitze vorn und dem schmalen Holzrand um die **165**
Ferse – und innen glänzend glatt, das konnte man genau
erkennen. Die standen hier in Wirklichkeit, als ob sie niemandem gehörten – mit denen konnte man sogar durch
Kuhmist laufen! – der schlief wohl jetzt, weil's Mittag
war ...

Viermal ging ich wie gelähmt daran vorbei – der konnte
einen ja vielleicht durchs Fenster sehen – der schlief
wahrscheinlich nicht, der wartete ...

An der Panzersperre ist die Schrift auf dem Plakat weiß
überpinselt. Der verkehrt herum Gekreuzigte hängt unter
einem weißen Streifen und berührt mit seinem Kopf den
zweiten weißen Streifen. In der Mitte ist auf seine Hose
groß SS geschrieben. Auch in Weiß. Die Panzersperre sieht
genauso aus wie vorher, die stört niemanden mehr.

Am nächsten Tage sind die Holzschuhe verschwunden.
Als ich grade fest entschlossen war. Willy hatte für mein
Zögern kein Verständnis: »Glaubst du, der stellt dir die drei
Wochen hin?! – Was willst du überhaupt damit? die Knochen brechen? Hast du solche Oderkähne schon mal ange-
habt? – mit denen latscht du doch wie eine Ente! Hier, guck
dir an, wie du dann aussiehst!« – der machte mir das grinsend vor. Bis man sich schließlich selber fragte, warum
man derart blöde war, das schön zu finden.

Meist ist Willy unterwegs, der striegelt Russengäule. Eine
ganze Horde Russen lagert auf der Wiese unten bei der
Brücke. Denen geht er jetzt zur Hand. Der schleppt sogar
die Wassereimer für die Russen. August tobt, als er dahin-
terkommt.

»Denkst du bloß an dich, du unsoziale Flasche?!«

Seitdem bringt Willy Kippen, Brot und Knochen von
den Russen mit. Das Brot muß man in Wasser legen, sonst
reißt man sich das Zahnfleisch ab beim Kauen. Die Knochen werden immer wieder ausgekocht, bis sie zerfallen.
Aus den braunen Stummelresten dreht Elfriede Zigaretten,

mit alter Zeitung aus dem Keller. August »kann's nicht mit der Knoche«. Martin drückt sich den Machorka einfach in die Pfeife rein, die Else ebenso. Ohne kann sie morgens nicht aufs Klo, wird sie »steinhart«.

Beim Rauchen besprechen Martin und August die Zukunft Deutschlands.

»Glaubst du denn, daß ...?«

»Niemals! Und du?«

Der auch nicht.

Else sieht den einen und den andern an und sagt nichts. Die glaubt's genausowenig.

Anny krimmert sich den Unterarm.

»Und was soll werden dann?!«

»Ja, was?!«

»Weißt du noch, was ich gesagt hab dreiunddreißig?«

»Das schöne Schlesien«, wispert Else.

So glösen sie – mit den Köpfen im Qualm.

Am Striegauer Wasser geht abends ein Mann – mit hochgekrempelter Hose. Hin und wieder steigt er in den Bach und reißt mit einem Ruck die alten Kannen hoch, die dort im Wasser liegen. Manchmal ist ein Fisch in einer Kanne.

Wenn man etwas eher da ist, kann man seine Kannen vor ihm heben. In der zweiten ist ein Fisch – der rutscht mir durch die Hände und ist weg. Den in der dritten hab ich vorsichtig ins Gras gekippt. Man muß mit einem Stein so lange auf den Kopf einschlagen, bis er ruhig liegt, sonst kann man ihn nicht fassen.

»Das ist eine Forelle«, sagte Martin, »eine junge noch.«

Elfriede hat sie trocken braten müssen. Als sie vor mir auf dem Teller lag, hatte sie fast keine Haut. Weil sie viel zu klein ist, muß man sie alleine essen.

»Na, nun iß schon«, sagen sie.

»Das lohnt sich nicht – «

»Schmeckt's wenigstens – ?«

Das Fangen hatte mir mehr Spaß gemacht als hinterher

das Essen: wenn man sich heranschlich an die Kanne und sie plötzlich hochriß – daß sie nicht entkommen konnte und wild zappelte.

Anfang Juni hatte August von Altreichenau die Nase voll, ließ uns im Unterdorfe einen Leiterwagen klauen und fettete die Achsen ein mit Wagenschmiere. »Der steht dort eine Woche rum, was soll er da?« sagt August. »Wir fahrn nach Bunzlau, Jungs, reißt euch zusammen! Schluß mit dem Warten jetzt! – Zwei Tage Marsch, das müßt ihr schaffen!« August hat den gelben Blick – als ob er im Norden, hinter dem Katzbachgebirge, Alkohol wittert.

»Fünf Uhr aufstehn morgen! Sechs Uhr ab trimo!«

»Feldmarschmäßig fertigmachen!« hätte Fritz gesagt. Wo war der überhaupt? – das wußte keiner. Der fehlte mir auch nicht mit seinem einzigen Karl May.

Um fünf Uhr war's so hell, daß man die Russenflecke in den Dielen neben meinem Strohsack sehen konnte. Vor dem Küchenofen rauchte Else ihre Stummelpfeife, um sich aufzuweichen. Anny rührte keine Hand fürs Frühstück, die stieg nur hin und her und sah durchs Fenster hoch, in Richtung »Herrgott«.

»August, was soll bloß werden?!«

»Laß gut sein, Anny, wir komm durch!«

Martin peilte mit der schiefen Fresse – sagte nichts.

»Wenn ihr uns bis an den Krähenbusch begleiten wollt, müßt ihr euch beeilen!« sagte August.

Kurz danach ging's wirklich los – erst über die Brücke und dann einen Feldweg zum Krähenbusch rauf. Das war angeblich kürzer als durchs Unterdorf. »Man hat schon Pferde kotzen sehen!« sagte August – mit Blick zum Leiterwagen.

Vorne im Geschirr zog Willy, der hatte einen breiten Lederriemen um die Schultern, der machte schräg gebeugt den Panje-Gaul und ließ sich von der Deichsel, wenn sie

hin- und herschlug, in die Hüfte hauen. Für unsern schmalen Leiterwagen war der Feldweg nicht gedacht: Holterdie-
polter, was hast du, was kannst du – mal links, mal rechts
mit beiden Rädern durch die Soden – »Um Gottes willen!« –»Vorsicht, Mensch!« – daß der ganze hoch beladene
Fünf-Zentner-Karren schief ins Kippen kam. Hinten schoben alle, wie sie konnten, selbst die dünne Else. Für Martin
war kein Platz mehr frei am Wagen, der drückte den Spa-
zierstock an das Brett und paffte noch dazu.

Nach der zweiten Steigung auf dem Feldweg mit der falschen Spur fing Willy an zu jaulen, wenn die Deichsel ihn
erwischte. »Markier nicht!« schrie ihn August an – »oder
soll ich selber mit der Knoche?!«

»Markieren« hieß soviel wie »tun als ob«, wer markierte,
war nicht ernst zu nehmen. Willy ging das ziemlich an die
Nerven – gegen die Erpressung mit der Knoche war er
machtlos. »Wenn ich nicht die Knoche hätte!« Manchmal
wünschte man sich August ohne Knoche, dann hätte er ja
zeigen können, wie stark er wirklich war. Mit der Knoche
blieb er eigentlich allmächtig.

Als der Krähenbusch erreicht war, flennten sie sich alle
aus. Nur August nicht, der rauchte, eine von Elfriedes
Selbstgedrehten – »Na nun, so schlimm wird's wohl nicht
werden!« Else schluchzte vor sich hin, umarmte einen
schwach und zitterte dabei. Die Anny heulte richtig naß,
mit weißem Taschentuch – »Um Gottes willen vorsichtig,
Elfriede!« Und als wir endlich fahren konnten, rief sie hohl
hinterher: »Jesses – der August!«

Die endlosen Chausseen im Sonnenlicht. Vorn an der
Deichsel Willy im Geschirr und hinten links und rechts an
ihren Rungen August und Elfriede – und ich in der Mitte,
die Hände am Brett – durch Baumgarten, Würgsdorf und
über die Wüthende Neiße – an Vogelheerd, Nimmersath,
Ketschdorf entlang und ins Katzbachgebirge. August kennt
sich aus, der hat von Martin eine Karte mit – die geht nicht

bis nach Bunzlau hin, aber fast die halbe Strecke. Den Rest hat August »sowieso im Koppe«.

Wo ich schiebe, sieht man nichts. Bloß die glatte, abgegriffne Bretterkante mit den Händen drauf. Vor meinem Kopf kommt der Gepäckberg hoch, die Koffer und die Rucksäcke, die auf den Koffern liegen. Die kann man sich beim Trecken ansehn: die Schnallen und die blanken Dorne in den mürben Lederriemen – die Kräuselränder an den prallen Außentaschen – den Knoten in der ausgefransten Schnur ... bis man nach innen guckt dabei. Unten vor den Füßen kann man auf die Straße stieren – die rutscht schnell durch, da hält sich nichts.

Elfriede hört man immer atmen neben sich. Der fällt das Trecken schwer, die keucht, die wischt sich ständig das Gesicht beim Schieben. Dann tut sie einem leid. Solange man noch selber kann.

Manchmal hört man sie mit August reden.

»Glaubst du, das steht – ?«

»Wenn nicht, wird's wieder aufgebaut, Elfriede.«

So was ging über einem hin und her am Leiterwagenbrett.

In den nächsten Stunden hat uns August zügig fahren lassen. Bis es wärmer wurde. Auf dem Rucksack vor mir lag jetzt Augusts durchgeschwitzte Jacke. Das roch und blieb vor Augen. Willy drehte sich schon lange nicht mehr um. Man hörte nur Elfriedes Keuchen immer und immer die eisernen Reifen auf dem Asphalt – und wie August, wenn er ganz besonders kräftig schieben wollte, ächzend furzte und wie jedesmal Elfriede, ohne zu ihm hinzusehen, »August!« sagte, »muß das sein?!« und August »Meine Peristaltik« sagte. Sonst war's vollkommen still in den Alleen. Dort treckte niemand außer uns.

Manchmal kam man plötzlich aus dem Tritt, weil der Leiterwagen eckig schwenkte und verriß beim Schieben. Dann versuchte Willy vorne Pferdescheiße zu umfahren. Hinten nützte das nicht viel – meist lief man mitten durch.

»Kannst du das nicht eher sagen?!« schrie ihm August zu. Der fühlte sich gestört im Dämmern durch die Schwenker.

»Soll ich etwa in die Kacke rein?!« Willy war gereizt, der riß am Riemen.

Die Pferdescheiße konnte nur von Russen sein. Da waren viele vor uns hergeritten.

Schließlich hat sich August eine Astgabel aus einem Busch herausgebrochen, die legte er auf meine Wagenkante und schob wie Martin morgens mit dem Stock. Da durfte ich an Augusts Runge, mit einem Lappen für die wunden Hände. Von der Runge konnte man weit in die Straße sehen, die wurde immer länger – und wenn sie in der Ferne hochstieg, glaubte man, das sei dermaßen steil, dort käme man nie rauf. »Guck dir das an!« schrie Willy jedesmal. Aber wenn man später hinkam, ging es so allmählich in die Höhe, als ob man sich den Berg bloß eingebildet hätte. Trotzdem hat Willy jedesmal von neuem losgelegt: »Guck dir das an!«

Gegen Mittag wurde Rast gemacht, am Straßenrand im Schatten. Elfriede packte Stullen aus, mit lauem Quark und reichlich Salz. Lange kauen Vorschrift! Wenn's nicht runterwill, das warme Wasser dazu trinken – Niemals auf die Steine setzen! – »Hunger ist der beste Koch!« – Nur auf dicke Büschel! – »Salzverlust ausgleichen!« – Achtung: Hämorrhoiden!

Während alle kauten, kam vom Waldrand einer durch die Wiesen auf uns zu, bucklig und mit Knickerbocker wie der Onkel Fritz – bis man merkte, daß der Buckel von dem Kerl ein kleiner Rucksack war. Als er ran war, nickte der in aller Ruhe und bepeilte unsern Wagen. Der schien das gut zu finden, daß wir treckten.

August fiel ihn unvermittelt an: »Schnellster Weg nach Bunzlau – Kauffung? – Was zu trinken mit?«

So eilig war's dem Knickerbocker nicht, der kramte umständlich nach einem Lederbeutel, stopfte seine Pfeife – alles, ohne was zu sagen – ließ nachher August in den Beutel greifen und Elfriede drehen. Dann angelte er eine Lupe aus der Hosentasche, stellte sich, die Pfeife in der Flappe, an die Straße, guckte kurz mal eben, wo die Sonne war – und bewegte vorsichtig die Lupe überm Tabak: bis er's endlich hatte und auf einmal aus der Pfeife dünner Rauch stieg und das Saugen losging.

»Brennglas, Jungs!« sagt August. »Seht's euch an!« So was ließ sich August nicht entgehen: Lerngelegenheit! Der Knickerbocker brannte extra noch für uns zwei Löcher in ein trocknes Blatt – Brennglas! das leuchtete mir ein, da fragte man sich gar nicht groß, wieso das brannte.

»In Kauffung sitzt der Russe, ganzes Regiment.« Dazu nutschte er an seiner Pfeife – mit einem Blick zur Seite, zu Elfriede hin. »Andre Straße? – könn Se nich! Mitten durch, die Katzbach lang. Wenn Se schon nach Bunzlau müssen: alles Gute!«

»Wolln Sie auch nach Kauffung?« fragte ihn Elfriede.

»Ne, lassen Se mal, lieber nich!« Der marschierte querfeldein – als ob er keine Straße brauchte.

»He! Sie!« rief August hinterher und kippte ein paar schnelle Schnäpse in der Luft: »Was ist damit?!«

»Vorsicht – die Brunnen solln vergiftet sein!« rief ihm der Knickerbocker aus dem hohen Gras zurück und marschierte einfach weiter.

»Du Arschloch!« sagte August. »Wasser! Also los: ab durch die Mitte wieder!«

Bei den ersten Schritten dachte man, die Beine brechen.

In Kauffung gab's so viele Russen, wie man in Reichenau in einem Monat nicht gesehen hatte. Die saßen nicht, die standen: aufgereiht entlang der Straße, vor ihren Panzern, LKWs und Panje-Wagen, und warteten auf uns.

Als man Kauffung liegen sah, ließ August halten und zog

sich seinen braunen Sakko an. Elfriede knöpfte ihre Strick-
jacke bis oben zu, als ob ihr kalt sei in der Hitze – jeden
Knopf. Darüber zog sie Augusts grauen Gummimantel. Der
hing wie eine Zeltbahn an ihr runter, bis zu den Knöcheln
fast.

Willy war nervös, der wollte weiter.

»Gesprochen wird nicht«, sagte August, »keine Silbe! –
bis wir durch sind!«

August ging in seinem braunen Anzug vorneweg, in tadelloser Haltung, der schob nicht mit, markierte Pole. August führte uns durch Kauffung, immer neben uns die
Katzbach – die floß schneller, als wir fahren konnten –
rauschte und lief immer weiter und weiter – an Hunderten
Russen vorbei mit den schrägen Käppis, den Stehkragen
an den Litewkas, den lappigen Achselklappen, den Riemen
quer über die Brust, den sackigen Hosen, den Stiefeln – das
konnte man alles beim Schieben erkennen – und daß sie
aufhörten zu reden, wenn wir näher kamen – und daß sie
uns anblickten, wenn wir an ihnen vorübermußten, das
fühlte man – und wie die Katzbach immer lauter wurde
und niemand sonst in Kauffung war, nur wir und diese vielen Russen ... Kauffung war endlos ...

Fast am Ende winkte einer, Offizier: »Stój!« – da keuchte
Elfriede schon furchtbar im Gummimantel –

Und August bleibt stehen – und spricht plötzlich polnisch, greift in die Jacke und faltet sein Dokument auseinander:

Zaswiadczenie
Pan/Pani RACHFAHL, ELFRIEDE ma zamiar powrocic
domiesjca zamieskania LUBLINITZ ÜBER BUNZLAU
Uprasca sie o niestawianie trudnosci w csazie powrotnej
podrozy

und dann kam eine Unterschrift, das konnte *Sänger* hei-
ßen, je nachdem – und manches andre auch. Elfriedes
Name war in Augusts Handschrift, rechtslagig mit dem
Tintenstift – so wie der Zusatz: *mit zwei Kindern!* Darunter

stand das alles russisch. Jede Mühe war vergeblich, irgendwas davon zu lesen – aber Sänger hatte wieder abgezeichnet, selbst die deutsche Übersetzung, die dem folgte:

Elfriede Rachfahl beabsichtigt in ihren Heimatort Lublinitz
über Bunzlau zurückzukehren. Es wird gebeten, sie mit
zwei Kindern ungehindert passieren zu lassen.

Da war dem Sänger immer noch nicht aufgegangen, wohin die Reise gehen sollte: nach Osten über Westen – amtlich genehmigt und gestempelt: *STAROSTA*, saftig fett.

Um der Sache Schmiß zu geben, hatte August nachgeholfen: Rotstift unter die *zwei Kinder*, jedesmal – und *Elfriede* abgehakt in Schwarz: *Zwaswiadczenie!*

Wenn August das Ding aus der Brusttasche zieht und entfaltet, nimmt man augenblicklich Haltung an.

Aber der russische Offizier liest sich das alles sehr langsam durch – man hört Elfriedes schweres Keuchen und die Katzbach unten laufen ... bis er mit dem Schreiben zu ihr hingeht, auf den abgehakten Namen zeigt und dann auf sie.

»Da da!« sagt Elfriede schweißnaß, »da da!« – und August sagt kalt: »chory!« Elfriede ist gleich wirklich krank, die fällt gleich um im Gummimantel.

Und der winkt tatsächlich: weiter!

Nur August hat's nicht eilig, der fragt ihn seelenruhig: »Papirossy?« – und läßt sich Feuer reichen. August zieht mit Kennermiene – ausgestreckte Hand zur Schläfe, richtig zackig August: »Doswidania!« Kurzer, scharfer Wink an uns Pollacken hinten: »Weiter! Los!«

Nach Kauffung konnte ich für eine Weile August kaum von Sam Hawkens unterscheiden: die Pässe des Zaren! wenn's brenzlig wird – das konnte August selber! Mit August wär man durch Sibirien gekommen – nicht nur durch Kauffung, dieses Russennest. Und alles mit der Knoche! August war mächtig gestiegen in meiner Achtung. In seiner eigenen nicht weniger. Der ging, als Kauffung längst vorüber war, glatt einfach vorneweg – der dachte nicht daran zu schieben – paffte und guckte sich grinsend gelegentlich um. Bis er endlich, weit genug entfernt von Kauffung, halten ließ: »Jetzt einen Schnaps, das wär's!«

Elfriede zitterte, die war am Ende, die hat sich den Gummimantel heruntergerissen, die würgt an einem Straßenbaum, als ob sie sich erbrechen will ...

»Laß gut sein, Friedel! – bloß die Nerven.«

August versuchte ihr zu helfen, wie sie vornüber dort am Baumstamm würgte, hielt ihr mit der rechten Hand die Schulter. Die Knoche hing starr zwischen ihnen.

»Ist ja schon gut – «

Als das nichts nutzte, ging er an den nächsten Busch und pinkelte.

Willy saß im Grase und betastete sich seine nackten Sohlen: »Was glaubst du, wie mir meine Füße brennen!« Bis plötzlich hinter uns Geschrei zu hören war und Peitschenknallen und ein Fuhrwerk aus der grellen Sonne jagte, ein Russe auf dem Bock – der peitschte die Pferde und lachte dabei – der hatte zwei deutsche Soldaten im Schlepptau, mit einer Schlinge um den Hals, die Hände hinter sich verknotet – die rannten, was sie konnten – »Hoiiiii!« – lachte und zeigte uns seine Tiere – die hatten ihre Mäuler und die Augen aufgerissen – die guckten zu uns hin beim Rennen, die Schlingen um die ausgedehnten Hälse – der war im Nu vorbei mit ihnen.

»Drecksau!« sagte August. »Weiter!«

Bei August kam man nicht erst zur Besinnung, der wollte jetzt durch Schönau und bis Falkenhain mit uns – den halben Weg nach Bunzlau.

»Damit für morgen auch was bleibt«, sagt August.

Man hat sich, wie er's verlangt hat, zusammengerissen und ist wieder weitermarschiert mit dem Wagen – man wollte weit weg sein von Kauffung, wenn's dunkel wurde.

Die letzte Strecke abends sagte keiner mehr ein Wort, selbst August nicht. Als in der Dämmerung in einem Hofe seitlich von der Straße Licht zu sehen war und uns das Vieh nicht nehmen wollte – »Der Russe, Mensch!! was denken Sie?!« – flammte August noch mal auf und brüllte. Wir hörten das vom Wagen aus entkräftet an – bis der uns seine Scheune überließ und uns fünf glasige Kartoffeln schenkte, mit Sirup und Wasser aus seinem Brunnen – »ohne Gift, Sie könn mir's glauben!« Man überlegte sich beim schlaffen Kauen, ob man weiterkauen oder gähnen sollte oder einfach umsinken ins Stroh.

Nächsten Mittag konnte August Bunzlau riechen und fing an zu singen. Zwanzig Kilometer vor dem Ziel. Das störte August nicht. Mit seiner Gabel auf der Schulter marschierte er freiweg in die Chaussee und sang. Der Leiterwagen lief ihm im Gefälle hinterher, wir brauchten kaum zu schieben. Erst war der *Rattenfänger* dran:

> *Ein fahrender Säääääinger –*
> *von niemand gekannt!*
> *ein Raahaatenfäääääinger –*
> *aus fernem Land.*

Hinter uns lag schon der Sonntagsberg, auch die Probsthainer Spitze hatten wir uns merken müssen – nicht bloß trecken: lernen! firm sein!

> *Trotz Kummer und Soooorgen*
> *froh ist mein Sinn –*
> *geh ich mit Freuuuiiden*
> *die letzte Fahrt hin –*

Die Stelle schmetterte er mehrmals in die Gegend, mit und ohne Worte:

> *Ta ta ta ta – Taaata!*
> *hm hm hm – Hm!*

Willy drehte sich mit scheelen Augen zu uns um – August marschierte vor ihm her.

An der Schnellen Deichsa überkam es August in der

prallen Sonne, da glaubte er hinter den waldigen Kuppen halb rechts den Gröditzberg zu sehen und legte auf der Stelle los:

dort hinter den funkelnden Bergen –
da weiiiiß ich ein Haus –
das wartet auf dich – mein Schatz!

Dann guckte er Elfriede an – die lächelte dazu an ihrer Runge. Sie liebten sich, selbst wenn sie trecken mußten, das konnte man erkennen.

Kurz darauf, als abseits von der Straße weiß im hellen Sonnenlicht ein einzelnes Gebäude lag und August kommandierte »Wasser fassen!« – stürzte die schreiende Frau aus dem Haus, der sie das Kind vergewaltigt hatten.

Es fängt fast lautlos an. Erst ist dort Totenstille, in der man langsam auf das Haus zufährt, das nicht bewohnt zu sein schien – man hörte nur das Knirschen unsrer Räder. Gerade wenn man denkt, das Haus ist wirklich leer, stürzt sich die schreiende Frau aus der Tür. Mit den Händen auf den Ohren tierisch schreiend, daß man nur immer *mir mein Kind!! ... mein Kind!!* versteht. Man sieht – vollkommen regungslos – wie schreiend und mit beiden Händen ihre Ohren schlagend, die Frau auf einen zukommt und hinter ihr mit der MPi der russische Soldat. August steht vor uns und bewegt sich nicht, die lange Gabel auf der Schulter. Man sieht die Frau, ununterbrochen schreiend, vor August auf die Erde fallen und sieht, wie August seine Astgabel zur Seite wirft und auf die Frau zugeht, die vor ihm liegt und wimmert ...

Willy war gleich vom Geschirr weg um die Ecke – man konnte durch das Fenster sehen: »Da auf dem Tisch! – guck dir das an!«

Das Kind liegt auf dem Tisch – die Beine sind weit auseinander. Vom Fenster aus ist nur der Unterleib zu sehen. Schräg vor dem Tisch steht, mit dem Rücken zu uns, ein russischer Soldat, der sich den Gürtel festschnallt und das Kind ansieht. Das Kind bewegt sich nicht – die Beine bleiben, wie sie sind – dazwischen ist das Blut.

Vor dem Hause hört man plötzlich August brüllen. Der russische Soldat geht aus dem Zimmer.

»Ihr dürft keine Frau nehmen, wenn sie sich wehrt, hat Stalin gesagt!!« schreit August den ersten Russen an.

»Ist keine Frau, ist Kind«, sagt der Soldat, der konnte etwas Deutsch.

»Verrohte Bestien!« knurrte August.

Der zweite Russe lehnte in der Haustür – »Deutsche Soldat gemacht in Rußland auch!«

»Niemals! Du lügst!« schrie August.

»Paß auf, du!« sagte der mit der MPi und ging auf August zu.

August hatte keine Angst, das sah man, der kochte vor Jähzorn.

»Nein!« schrie Elfriede.

»Du – sei ja vorsichtig! Paß auf, du!«

Sie hatten hinterm Haus ein Damenfahrrad stehen, mit dem sie ganz gemächlich abgefahren sind. Alle beide auf dem einen Fahrrad. Der zweite rittlings hinten auf dem Träger. Die waren jung, nicht halb so alt wie August. Die sahen komisch aus auf ihrem Fahrrad. Der trat so langsam die Pedale, daß das Fahrrad beinah kippte. Der hinten auf dem Träger hatte mal den linken, mal den rechten Fuß am Boden.

Elfriede geht zu der heulenden Frau und führt sie ins Haus zurück. August steckt sich eine an und sagt kein Wort. Dann hört man drinnen den Aufschrei der Frau.

»Bleibt, wo ihr seid!« sagt August.

In der Sonne war es ziemlich heiß.

»August, das Kind braucht einen Arzt – das ist erst acht!« rief ihm Elfriede von der Haustür zu.

»Halunken«, sagte August. »Also los! Du deinen Rucksack, Rudi, und ich Willys! – dann kann's auf den Wagen.«

Willy mußte vorher seine Rucksackriemen länger stellen, für August waren die zu knapp. Das Kind kam eingewickelt in ein Tuch auf unsern Wagen. Die Frau schob mit, an meinem Platz. Ich mußte mit dem Rucksack hinter ihnen gehen. Die ganze Zeit lang, während wir aufs nächste Dorf zu fuhren, sagte keiner was. August marschierte nicht mehr vorneweg. Der ging jetzt hinter uns. Man hatte ein Gefühl, als müßte man sich schämen. Man wußte nicht genau, warum. Man spürte, daß das August auch so fühlte. Man konnte nicht verstehen, daß das Kind so klein gewesen war dazu. Man hat daran gedacht, daß man das auch am Körper hatte, womit sie das gemacht hatten beim Kind. Die Frau hat immer nur geschluchzt und unentwegt geschoben. Das Kind lag eingewickelt auf dem Wagen, von dem war nichts zu hören.

Als wir das nächste Dorf erreichten, haben August und Elfriede mit den Leuten dort geredet. Die Leute wollten sich »drum kümmern«. Die Frau hat nichts gesagt.

Dann ist es weiter gradeaus gegangen, der heißen Straße nach. Man ist froh gewesen, daß man jetzt den Rucksack nicht mehr schleppen mußte. Vom Kind hat keiner was gesagt. Man überlegte sich beim Schieben, warum das Kind geblutet hatte – so wie die alte Frau in Reichenau, der sie über ihren Kopf den Rock gebunden hatten.

August hat wieder angefangen, uns die Landschaft zu erklären. Das interessierte keinen. August war voll von unterdrückter Wut, das hörte man an seiner Stimme. Einmal sagte er laut vor sich hin »Verbrecherschweine!« – und schüttelte die Astgabel dazu.

Am späten Nachmittag ist man an einem eingezäunten Birkenwald vorbeigekommen, in dem ein Wasserturm gestanden hat. Am Stacheldrahtzaun waren gelbe Schilder aufgespießt: ACHTUNG! MINEN! – man ist daran vorbeigetrottet mit dem schweren Wagen – immer weiter an dem Stacheldraht entlang, hinter dem die Minen liegen sollten. Bis der Birkenwald zu Ende war. August hat nicht mehr gesungen. Es wurde auch bald Abend. Nach dem Dorf, wo wir das Kind gelassen hatten, sind wir keinem mehr begegnet.

Häuser gab es, aber man hat niemanden gesehen. Einmal lag ein plattgequetschter Igel auf der Straße. Da mußte jemand vor uns hergefahren sein. Nah bei Bunzlau war das schon. Aus dem Rad an meiner Runge löste sich ein Reifennagel, das holperte beim Fahren. August guckte sich das an und schlug mit einem Stein darauf. »Zu trocken das Holz«, sagte August.

Im Stadtforst Bunzlau war es kühl und dämmrig und auf dem Fußweg unten neben der Chaussee ist langsam eine Frau gegangen – auf Bunzlau zu. Es sah so aus, als sei sie durch den Wald gewandert und wollte nun zurück nach Bunzlau, eh es dunkel wurde. Sie hatte eine Gerte bei sich, die schlug sie dauernd leicht in ihre linke Hand beim Gehen. Wenn die Gerte ihre Hand berührte, schloß sie ihre Finger um die Gerte. Zwischen uns und ihrem Fußweg war ein Graben. Als wir bei ihr waren, ließ uns August halten – August und Elfriede kannten sie und redeten sie an. Sie konnte sich nicht gleich erinnern: »Rachfahl? Rachfahl? – bis es ihr eingefallen ist: »ach ja – «

»Steht das Haus noch?!« riefen August und Elfriede.

Sie guckte uns erst an, der Reihe nach, als ob sie's daran sehen könnte – »Ja, das steht noch« – ja, sie glaube, ja, das stünde noch – »Die anderen sind alle abgebrannt, die ganze Siedlung ... aber Ihres steht – jaja – das steht.«

»Gott sei Dank!« sagte Elfriede.

August sagte nichts.

»Wenn's besetzt ist, können Sie zu mir die Nacht – Sie wissen ja: am Ring.«

»Los, Willy!« sagte August.

Die Frau ging langsam weiter, als wir fuhren. Auf einmal hörte man sie singen – im Zwielicht hinter uns. August und Elfriede drehten sich kurz um nach ihr – »Manoli«, sagte August.

Nach dem Stadtforst war es wieder heller auf der Straße

und ein paar Minuten später konnte man die ersten Häuser sehen.

»Bunzlau!« riefen August und Elfriede – witterten das Ziel und galoppierten plötzlich, riefen sich die einzelnen Stationen zu beim Schieben, zeigten drauf: »Schönbrunn!« – »das Krankenhaus!« – sie hatten leuchtende Gesichter – scharf rechts jetzt! weiter! schneller! – »das Sägewerk! das Schützenhaus!« – und beiderseits flogen Russen vorüber, die freuten sich, wie wir dort Tempo machten, die feuerten uns an, die lachten breit: »dawai! dawai!« – und dann die Steigung Burghausstraße hoch – »der Sportplatz, Jungs!« ... bis unversehens die Ruinen kamen, die ganze Burghausstraße lang – schwarz, alle wie sie waren, eins nach dem andern abgebrannt – von Hampel bis Pampel und Frielingsdorf – die zählten sie sich alle auf im Rennen und hatten keine Luft mehr, jappten – »und unsres?!« – »unsres!« – »kann's nicht sehen!« ... »Auch!«

Man konnte nicht sagen, daß es nicht *stand*. Der mythische Kasten hatte kein Dach mehr und keine Fenster und keine Türen und an der Straße keinen Zaun mehr – das war jetzt alles weg. Aber ansonsten ragte ihr Heimstättenwerkhaus stolz in die Lüfte – schwarzgebrannt zwar und mit tiefen Rissen im Kieskratzputz, aber vorn am Erker war die schräge Fahnenhalterung aus Schmiedeeisen fest an ihrer Stelle und darüber war die Marmortafel in der Wand zu sehen.

»Der Sämann« – sagte August leise, als sei ihm aus früheren Tagen, Jahrzehnte zurück, ein alter Bekannter begegnet. Wir standen alle neben August und guckten ihn uns an, den Sämann: Ein Strumpfhosenbauer, der Körner streute, und vor ihm – man dachte, man sieht nicht richtig – im fußlangen Nachthemd geflügelt ein Engel – der mit ausgestrecktem Arm dem Bauern zeigte, wo er streuen sollte.

Die Schrift darunter war im Ruß gut zu erkennen:

EMSIG STREUTEST DU,
SÄMANN, DEN SAMEN
DASS DIE SAAT DIR GEDEIH,
WALTE DER HERR!

Das hat uns August vorgelesen – langsam, Wort für Wort. Man hörte, wie ihm seine Stimme zitterte – bis auch Elfriede nicht mehr konnte.

»Dafür spart man nun und legt sich krumm!« – bei dem Gedanken liefen ihr die Tränen runter, das schien ihr nicht gerecht, das merkte man – nachdem sie grade vor acht Monaten die letzte Rate überwiesen hatte und alles schuldenfrei geworden war – die Hypotheken auf dem Grundblatt sechzig, Abteilung drei, gelöscht gewesen waren und man endlich diesen Paragraphen los war, wonach *der Eigentümer der sofortigen Vollstreckung unterworfen* werden konnte, und der Verband der Sparkassen bestätigt hatte, daß er *im Hinblick auf die Schuld nebst allen Zinsen vom Grundstückseigentümer* rundherum *befriedigt* worden sei – weil sie Monat für Monat neun Jahre lang eingezahlt hatte – und immer alles akkurat vermerkt in ihrem schwarzen Buch: *Mit Gott!* ... und jetzt?! Da fühlte sie wahrscheinlich doch, daß er sie angeschissen hatte, der gütige Vater, mit voller Absicht reingelegt, um mal zu sehen, wie sie knickte, obwohl sie noch Augusts Familie zuliebe katholisch geworden war – da heulte sie erst wirklich.

August hatte seine Arme vor der Brust verschränkt – die Knoche hatte er sich hochgezogen. August stand breitbeinig aufrecht vor der Ruine und musterte sie wie ein Bauherr: der hat vermutlich ans Katasteramt gedacht, an die, wie es geheißen hatte, *Grundsteuermutterrolle,* mit der die Sache angefangen hatte, und an sein Krüppelwalmdach, das sie ihm *mit Rücksicht auf das Straßenbild* gestrichen hatten, und an den Heimstättenvertrag im Sinne des Reichsheimstättengesetzes und an die Ausführungsbestimmungen des preußischen Ministers für die Volkswohlfahrt, nach denen, um die Heimstätte nicht zu gefährden, *die*

Heimstätte in gutem Zustand zu erhalten war und alles lebende und tote Inventar zum vollen Werte dauernd zu versichern – der ganze Kack fiel ihm jetzt ein und alles, was danach gewesen war: die Erd-, die Maurer- und die Zimmererarbeiten, die Arbeiten der Dachdecker, der Tischler und der Glaser, der Ofensetzer, Klempner und Elektriker, nicht zu vergessen die Erschließungskosten – *mithin Gesamtbaukosten 25.000,- Reichsmark* – und oben drauf die Fensterläden, die Jalousien und die Düngergrube, der Springbrunnen, die Pergola und die Garageneinfahrt – und als er so fast dreißigtausend Reichsmark Kosten aufgestapelt hatte, war ihm zuletzt von Amts wegen bescheinigt worden, der Dachsparren am Schornsteinkasten habe *nicht die vorschriftsmäßige Entfernung,* den sollte er in vierzehn Tagen *auf Entfernung bringen* ... den hatten die Russen nun restlos entfernt, samt allen andern Sparren.

Von der Straßenecke gegenüber guckte sich ein junger Russe die Familienfeier Rachfahl an und kam nach einer Weile näher.

»Dein Haus?«

»Unser Haus«, sagt August. Elfriede schluchzt dazu.

»Ja – russische Kartusche gut!« sagt der Soldat.

»Kartusche?!« schreit ihn August an, »Kartusche?! – ihr habt das abgebrannt im Suff!«

»Ich nicht verstehen – was du sagen?« sagt der Russe.

»Hier!« sagt August: »Freudenfeuer!« und hält ihm sein Feuerzeug hin und schnippt mit dem Daumen – das Feuerzeug geht überhaupt nicht an.

»Du, paß auf, du!« sagt der Russe. »Sei du ruhig, du!« – mit ausgestrecktem Zeigefinger – und geht weg.

»Laß gut sein, Friedel«, sagte August, »das bau ich alles wieder auf – denn die Substanz, die ist solide! – das krieg ich alles wieder hin!«

So was glaubte ihm Elfriede immer. Die schöpfte augenblicklich Hoffnung, beruhigte sich mehr und mehr.

»Hier seid ihr geboren, Jungs!« sagte August. Ich konnte

mich an nichts erinnern, als ob ich niemals hiergewesen
wäre, ich wollte in den schwarzgebrannten Kasten gar
nicht rein. Was sollte ich dort drin? – ich war vom Trecken
hundemüde, ich hätte auf der Stelle schlafen können. Dafür war keine Zeit. Jetzt, wo sie endlich vor dem Trümmerhaufen standen, wollten sie ihn auch genießen – ausgiebig,
Stück für Stück.

»Hier war das Wohnzimmer, direkt nach Westen!« sagte
August, »alles geplant im Koppe vorher: konntest von hier
die Sonne untergehen sehen abends, dort drüben über Til-
lendorf – und das da unten ist der Sportplatz!«

Der sah jetzt wie ein Acker aus, mit eingedrücktem
Drahtzaun.

»Und morgens konntest du sie aufgehn sehn im Küchenfenster – Ost-West-Lage, genau!«

Als sie durch die Ruine gingen, wurden sie ganz leise:
»Ja«, sagte Elfriede flüsternd, »ja, ja« und guckte sich die
Zimmerdecken an – »Tja!« sagte August.

Im Bad hing unversehrt der Spiegel.

»Hier hab ich mich rasiert, Jungs!« sagte August »Der ist
nicht mal geplatzt.« August stellte sich vor seinen Spiegel,
guckte rein und zog sich die Gesichtshaut mit zwei Fingern
straff.

An der Hauswand hinten lehnten zwei verkohlte Latten.
»Die sind vom Spalier«, hat Elfriede gesagt. »An denen bist
du damals hochgeklettert, Rudi – mir ist das Herz fast
stehngeblieben!« Man hat sich die verkohlten Latten angesehen, man hat sich nicht daran erinnern können, man
wußte nichts davon.

Willy pinkelte am Stamm der Trauerweide, dort hatte er
Deckung unter dem hängenden Grün.

»Doch nicht hier, Mensch!« sagte August scharf.

Dort lag ja dieser Theo in der Erde, der vor mir dagewesen war. Dem hatte Willy jetzt direkt aufs Grab gepißt, das
sickerte jetzt ein, bis zu den kleinen Kinderknochen.

August schüttelte bloß seinen Kopf. Elfriede hatte nichts

gemerkt, denn August lenkte ihr den Blick gleich in die Höhe: »Sieh dir mal an – wie groß ist die geworden, Friedel!« Sie standen beide vor der Trauerweide und blickten in die grünen Zweige hoch und sagten: »Tja!« – und nickten versonnen mit offenen Mündern, die Köpfe im Nakken: »Tja, Friedel!« – »Tja, August!«

Beim Abmarsch von der Burghausstraße gab August an der Ecke den Befehl aus *Guckt's euch noch mal an!* Das kannte man aus Lublinitz und aus Altreichenau, da hatte man beim Abmarsch auch noch vorher *angeguckt.* Das *Angucken* ging auch bei Menschen. Augusts Vater hatte auf dem Sterbebett sich *alle noch mal angeguckt* und war dann ohne weiteres gestorben. Die knochige Tante erzählte das hin und wieder. Kurz vor dem Sterben wurde *angeguckt* – wer *noch mal anguckte,* kam nicht zurück.

Bunzlau steckte voller Russen, als wir mit unserm Leiterwagen spätabends durch die Straßen krochen. August immer vorneweg, der führte. Elfriede mußte hinten mit mir schieben, im langen Gummimantel. Rechts und links von uns im Dunkeln glühten Zigaretten – wenn sie daran zogen, sah man die Gesichter.

»Mongolen«, sagt Elfriede leise.

»Ruhig weitergehn!« sagt August – »Guck nicht hin!«

Die Frau mit der Gerte saß in der finsteren Wohnung am Ring und wartete auf uns. »Ich konnt's Ihn doch nicht sagen«, sagte sie.

»Schon gut«, sagte August. »Ich hab mir's gedacht.«

In meinem Kopf ist das ein großes, leeres Zimmer. Auf den nackten Dielen neben mir liegt Willy. Der kann nur auf der linken Seite liegen, dem ist die rechte Seite blaugeschlagen von der Deichsel und an der Schulter ist der wund vom Riemen – »Mach du das mal, dann weißt du!« – der winselt, der ist fertig. »Bunzlau ist Scheiße!« sagt er im Dunkeln. Das hallt in dem leeren Raum.

Draußen vor den Fenstern ist ein Lichtschein, der manch- **185**
mal heller wird und wieder schwächer. Die Wohnung liegt
im zweiten Stock und unten ist ein Platz gewesen, auf dem
ein Feuer brannte, um das Soldaten saßen. Der hohe,
schwarze Bau nicht weit davon muß eine Kirche sein – die
Eingangstür stand offen. Nirgends sonst war auf dem Platz
ein Licht – nur dieses Feuer mit den russischen Soldaten.

Eine Wand des leeren Zimmers, wo ich neben Willy auf
den Dielen liege, war aus Holz, eine Trennwand, die ver-
glast war. Dahinter saßen August und Elfriede und die Frau
und redeten im Dunkeln, murmelten, was man nicht unterscheiden konnte, aber wenn man lauschte, mehr und mehr
verstand – und als die Frau das Fenster abgedeckt und eine
Kerze angezündet hatte, sah man jetzt, wie sie sprach – tonlos und einschläfernd beinah – zu August und Elfriede dort
am Küchentisch ...

»Die Ärzte und die Apotheker hatten's gut – die konnten
sich vergiften vorher – aber wir andern – was sollten wir
machen? Manche hams mit Gas versucht, aber das dauert
und hilft nicht immer – «

und hinter den schmutzigen Scheiben der Trennwand
formten sich im Schein der Kerze dunkle Höhlen und Licht-
räume, die ineinander übergingen und sich durchdrangen
und mich in meinem müden Inneren das Ahnungsvolle
spüren ließen und das Mitgefühl – und die mich sehen ließen, daß meine Seele nicht allein war, daß alles von der
einen Kraft durchwirkt war, alle Einzeldinge und Gescheh-
nisse nur Wirkungen und Modifikationen waren, natura
naturata – Figuren, Raum und Licht und Dunkel – und die
mich durch die trüben Scheiben das stumme Zuhören und
die Versunkenheit erkennen ließen – und das Geöffnetsein
für das Verborgene, das sichtbar wurde in den Worten dieser Frau:

»Manche draußen wollten in die Försterbache, sich er-
tränken – aber das war da zu flach, das ging auch nicht.
Ham se sich sie wieder rausgezogen und ham wieder wei-

tergemacht in dem Zustand mit ihnen – zwanzig, dreißig Mann für eine immer – bis sie nicht mehr schrie.«

»Spämann hat danebenstehen müssen – brennende Kerze in beiden Händen – Frau und zwei Töchter, die waren erst zehn und zwölf.«

Rings um die Frau mit dem Licht war das Dunkel verhüllend und in der Hülle der Bunzlauer Nacht wurde die Küche zur stillen Kammer – fast braun, wie golden – und nahe beim Licht saß die Frau in der Küche, hell leuchtend in ihrem Gesicht, und ihr gegenüber saßen Elfriede und August am Tisch und waren in ein völlig andres Licht gerückt – dem alles Unergründliche, Geheimnisvolle fehlte, in dem die Haut ihrer Gesichter fahl und kalkig aussah und ihre Haare schillernd glänzten – und hörten der Frau zu.

»Manche ham sich nach der ersten Nacht erhängt – ganze Familien, die Kinder zuerst – der eigene Vater den Töchtern den Stuhl weggestoßen und dann die Frau erhängt und sich selber.«

Einmal stand sie auf und nahm die Kerze hoch und ging zum Küchenschrank: da wanderte das Licht wie taumelnd durch die vielen kleinen Scheiben in der Trennwand und senkte sich, als sie zurückkam, wie ein Leuchten auf Elfriedes Haupt – bis die Kerze wieder auf dem Tisch stand und die Frau in ihrem Lichtschein wieder sprach –

»Bei Pampels sind sie drüber zugekommen und ham sich beide Töchter abgeschnitten – die zappelten noch – die ham sich dann morgens noch mal erhängt.«

– und immer so sprach wie am Anfang, tonlos, Worte um Worte, in denen das Leben war – und das Leben der drei in der Küche dort war das Licht auf dem Tisch – das wahrhaftige Licht, das in der Finsternis scheint und alle erleuchtet.

Dann wird es auf den Dielen plötzlich hell – flackert's in den Fenstern. Dann schreit es – brüllt – grölt auf dem Kirchplatz unten. Willy steht seitlich am Fenster im Schatten. Dann wird die Kerze in der Küche ausgelöscht und dann ist

August an der Tür: »Geh weg da – sonst komm sie hier rauf!«

Dann schreit es wieder. Auch von Frauen.

Dann hört man August in dem leeren Zimmer sagen: »Friedel, wir ham in der Steppe gebaut« – und hört Elfriede in der dunklen Küche sagen: »Das ist nicht mehr Bunzlau, August!«

Dann versucht man einzuschlafen auf den Dielenbrettern, weil man furchtbar müde ist – lautes, gemeines Lachen und überschnappende, hohe Schreie – Johlen und Klimpern auf einem Klavier – Kreischen – Gejammer von einem Schwein – Fahrradklingeln im Gegröle, als ob dort Hunderte von Russen auf dem Platz im Licht des Feuers hin und her mit ihren Rädern fahren ... dann schläft man ein: August ist nicht bis ans Fenster gegangen. August ist weit vom Fenster weg stehengeblieben.

Drei Stunden nach der einen Schnitte Brot zum Frühstück waren wir schon in der Gegend mit dem Minenfeld, am Zaun und den gelben Schildern vorüber – ziemlich lustlos, Richtung Plagwitz diesmal. Von Bunzlau sprachen sie kein Wort. Von Bunzlau hatten sie genug.

Plötzlich läßt August halten, geht zum Zaun. Dort fehlen ein paar Büsche auf der andern Seite, dort ist ein Loch im Boden. Auf der Straße liegen Steine an der Stelle.

»Guckt euch den an!« sagte August.

Drei Meter hinterm Stacheldrahtzaun liegt ein großes Stück von einem Hasen. Ohne Hinterteil – das Fell ist blutig. »Der ist noch frisch«, sagt August. »An dem ist noch viel dran!«

»Um Gottes willen!« sagt Elfriede – »Denk an die Minen, August!«

»Mit einem langen Stock«, sagt August, »den kannst du in die Brust reinschieben – liegt grade richtig so.«

Man stellt sich vor, wie August ihm den Stock reinschiebt und ihn zu uns herüberhebt. Aber weit und breit ist nirgendwo ein Stock. Die wachsen alle hinterm Stacheldraht –

»Die Deichsel reicht nicht ganz«, sagt August, »seh ich. Das sind fünf Schritte höchstens – direkt am Zaun sind keine Minen!«

»Weiß man's?!« sagt Elfriede.«

»Schade«, sagte August – »Hase!«

Gegen Mittag drehte ich mich einmal und guckte hinter mich in die Allee: da kamen zwei Russen auf Rädern – schon ziemlich nah.

»Nicht umdrehn!« sagte August – »einfach weiter!«

Die beiden russischen Soldaten wollten keine Dokumente sehen, die interessierten sich auch nicht für Augusts braunen Anzug, die ließen ihre Fahrräder zur Seite fallen und nahmen die MPis vom Rücken.

August hat neben mir gestanden und neben August stand Elfriede und Willy war der letzte in der Reihe – alle *Hände hoch!* Und immer weiter hoch die Hände, August nur mit seiner rechten – hoch die Hände und nicht mukken, wenn sie die Rucksäcke vom Wagen reißen und die Koffer – alles auf die Straße kippen und mit ihren Stiefeln auseinanderschieben ...

»Die sind doch höchstens zwanzig«, sagt August durch die Zähne, »den Strolchen sollte man den Arsch versohlen.« August läßt Dampf ab, der kocht gleich über – Elfriede beißt sich auf die Lippen.

Willy wird zuerst betastet – der hat bloß blaue Flecken, bei dem ist nichts zu holen. August kriegt einen Stoß in die Rippen mit der MPi – der hat keine Uri, der schnappt nach Luft. Von mir will keiner was.

Bei Elfriede bleibt der eine länger stehen – ruft dem an-

deren was zu – geht ihr langsam mit der Hand an ihre Brüste. Elfriede hat die Arme oben und guckt gradeaus – August neben mir knurrt wie ein Hund – der russische Soldat
hat eine Narbe unterm linken Auge – auf der Straße liegen
unsere Sachen in der Sonne. Elfriede hält den Atem an, das
hört man – die betet wahrscheinlich, der soll jetzt der
Schutzengel helfen, der denkt gar nicht dran.

Statt dessen hörte man ein Pferd, Hufschlagklappern
auf der Straße vor uns – bis der Reiter um die Biegung
trabte und sofort zu brüllen anfing, kaum daß er uns gesehen hatte, und seinem Pferd die Sporen gab: ein russischer
Major – der hatte keinen Palmzweig bei sich, der hatte eine
Peitsche – der stauchte die im Handumdrehn zusammen,
der machte denen Feuer unterm Hintern: die zogen schleunigst ihre Schwänze ein und rückten ab. Der stieg sogar
von seinem Pferd herunter, der half uns unsre Sachen auf-
zusammeln – der russische Major!

Da ist mir *der Russe an sich* wieder eingefallen – der, von
dem der Fritz in Plagwitz immer angefangen hatte in der
Küche: der hier war ganz bestimmt *an sich*. Der bot August
auch noch eine Papirossy an zum Abschied – den hätte August fast um Wodka angehauen, August war kurz davor,
das sah man – dem flatterten die Nervenenden.

»Fuchswallach!« tat sich Willy dick vor mir, das hatte ich
wie üblich nicht gemerkt.

Als August sich bedankte, grüßte der Major, die Hand
zur Mütze hoch. August genauso, ohne Mütze, richtig
schneidig August. Willy hatte nur den Fuchswallach gehalten, alle andern hatten die Klamotten eingesammelt.

»Major!« sagte August. »Gebildeter Mann! Die Schweine,
bloß weg hier!«

In der nächsten halben Stunde wurde scharf gefahren – bis
Willy bei dem Tempo in ein Loch kam und die Deichsel
brach und der Leiterwagen ohne jede Lenkung hin- und
herschlug auf der Straße – vorn im Lederriemen Willy, den

die Räder um ein Haar erwischten. Der heulte jetzt, schrie »Scheiße!«, der hatte keine Deichsel mehr.

So leicht war August nicht zu schlagen – »Was jetzt, Elfriede?! Warte mal!« August riß sich, ohne viel zu fackeln, einfach eine Latte ab von einem Zaun und klemmte sie unten, wo vorher die Deichsel gewesen war, zwischen die Bolzen. Damit mußte Willy lenken, ob er wollte oder nicht. Eine Weile fehlte ihm der kleine Querstab vorne, aber etwas später hatte er ihn schon vergessen.

August trieb uns weiter an: »Das lassen die nicht auf sich sitzen! – die komm zurück, was ich euch sage! Reißt euch zusamm, wir müssen weg!« August schob mit, der brachte uns auf Trab, der hat sich ständig umgesehen. Bis jeder außer Atem fix und fertig war, auch August selber: »Hier runter, los – da in den Wald!«

»Wie denn?!« schrie Willy vorne an der Latte – bis der Wagen endlich hinter einem Busch zum Stillstand kam und alle hechelnd auf dem Baumstamm saßen, der dort lag.

Im Wald war's kühler als auf der Chaussee. Das hätte man für eine Weile ausgehalten. Elfriede kriegte keine Luft, die war rot angelaufen, hing vornüber. August paffte so energisch, daß er seine letzten Züge nur noch mit zusammengekniffnen Augen schaffte. Willy zog sich seine Schuhe aus und wollte grade –

»Schuhe an, du Ferkel!« sagte August.

»Guck doch, wie die Füße wund sind!« jaulte Willy.

»Die sind nicht wund, die stinken!« sagte August. »Los, geh zur Straße, ob was kommt. Aber laß dich ja nicht sehn! – Was ham wir denn zu essen, Friedel?«

»Pellkartoffeln und den Rest der Marmelade«, sagt Elfriede.

»Der Hase, das wär's jetzt!« sagt August. »Schoppen Bier dazu!«

»Der Hunger treibt's rein«, sagt Elfriede.

August aß die kleinen Dinger gleich mit Schale. Elfriede

pellte jede einzeln ab, die fühlte sich im Wald wie in der
Küche, die schnitt sie durch und häufelte mit einem Teelöf-
fel die Marmelade drauf. Mir schmeckte das so oder so
nicht.

»Da kommt einer mit Fahrrad näher!« – plötzlich war
Willy wieder bei uns.

»Einer oder zwei?« fragt August. »Hat er dich gesehen?!«

»Einer bloß – nee, glaub ich nicht«, sagt Willy.

Kurz danach steht August schon am Baum – die Mün-
dung der MPi in seinem Kinnfleisch. Die Knoche schafft's
nur halb nach oben. Höher mit dem Kopf kann August
ums Verrecken nicht, der steht längst auf den Zehen –
dem wird die Kehle immer länger, der fiept und gurgelt
aus dem letzten Loch, der berührt mit seiner Stirne fast
den Baumstamm hinter sich – bis es dem Gliedmann mit
der Narbe unterm Auge reicht und er sein Knie in Augusts
Unterleib reinrammt – und August stöhnend umfällt und
sich einrollt und der Gliedmann mit Elfriede aufs Gebüsch zugeht – Elfriede vor ihm her – *dein Leib ist wie*
ein Weizenhaufen – und man nichts hört, nur Augusts
Stöhnen – und der Gliedmann mit Elfriede im Gebüsch
verschwindet – *laß mich auf den Palmbaum steigen, un-*
ser Bette grünet – und wir wie blöde *Hände hoch* beim
Wagen – und August, der sich vor Schmerzen ins Knie
beißt, liegt vor uns im Dreck – und plötzlich Elfriedes
Schrei aus den Büschen: »Nein!!« – *die du wohnest in den*
Gärten, laß mich deine Stimme hören – »Nein!!« – *denn*
Liebe ist stark wie der Tod und ihr Eifer ist eine Stimme des
Herrn –

und August hochkommt mit fürchterlichem Gesicht, die
Deichsellatte aus dem Wagen zieht und mit dem langen
Ding in seiner Rechten bebend vor Wut in die Büsche stakt,
wo man Elfriede schreien hört: »August!!!«

Willy und ich, wir haben nichts gesehen. August hat Willy nachher rangewinkt, der mußte ihm das Fahrrad an die Büsche bringen. Elfriede hat gezittert und geschluchzt und uns nicht angeguckt.

»Kein Wort, sonst komm wir alle an die Wand!« hat August nur gesagt und hat die Faust geballt dabei.

Sie haben niemals mehr in unsrer Gegenwart davon gesprochen. Nicht eine Silbe. Nie. Und Willy hat auch nichts zu mir gesagt. Wenn man später daran dachte, war es immer, als wenn wir alle zusammen eine gemeine Obszönität gesehen hätten, über die man nicht sprechen konnte. Selbst im Suff hat August niemals davon angefangen.

Ganz zuletzt, als er vom Krebs schon ausgehöhlt war – mitten in dem großen Waschraum, wo sie ihn im Krankenhaus zum Sterben hingeschoben hatten – als er wirklich nur noch Stunden konnte und die Augen schon geschlossen hatte, hat er plötzlich laut zu mir gesagt: »Ich hab das Schwein erschlagen, Junge – der hat die Friedel nicht gekriegt!« Das sah aus, als wollte August lächeln mit dem schmerzverzerrten Mund.

Nach Plagwitz brauchten wir zwölf Stunden, weil August in Sirgwitz abbiegen ließ – nach Osten, statt südlich weiterzufahren – der fuhr mit uns über Dunkelwald, Laubgrund – bergauf, bergab die ewigen Chausseen – nach Armenruh, Zobten, ein Riesenumweg! – bis Plagwitz nördlich von uns war und keiner, der uns sah, auf die Idee verfallen konnte, daß wir von Bunzlau kamen. August hat immer mitgeschoben.

Als wir ins Bobertal einfuhren abends, wo in der Dämmerung die feuchten Wiesen lagen, mußten wir oft stehenbleiben – »Geht's wieder, Friedel?« Elfriede war bleich: »das Herz!« August stand, den Kopf gesenkt, wie ein Kalb an seiner Runge und versuchte ruhiger zu atmen. »Los! Weiter!« sagte Willy. »Weiter! Weiter!« – der war vom unentwegten Ziehen wie im Wahn.

Dann kam die Straßengabelung, wo's rechts nach Plagwitz lief – dann guckten dort aus einem Fenster Leute und
riefen »Ihres steht!« zu uns herüber – das gab uns fast den
Rest. Dann kam die Anstaltsmauer, dann die Lorenschiene
quer, daß Willy an der Lenkung riß und aufschrie – dann
standen die drei Häuser an der Goldberger Chaussee: das
rechts und links war abgebrannt, das in der Mitte stand tatsächlich! – und oben in der Küche sah man Licht.

»Glück braucht der Mensch!« sagt August.

Fritz war gerade mit dem Abendessen durch – der hatte
gebratene Tauben gegessen. Von denen waren nur die
Knochen übrig. Alles andre hatte Fritz schon intus. Die
Knochen hatte er sich sauber aufgeschichtet – bündig regelrecht, wie dünne Äste – da war beim besten Willen nichts
mehr abzulutschen. Man merkte, wie's ihm peinlich war,
daß wir in dem Moment gekommen waren – »Sind ja bloß
kleine Dinger, is nischt dran! Puschtauben halt.« Zehn
Minuten früher wär er alles losgewesen, das war knapp!

Fritz hatte innen erst den Balken von der Haustür heben
müssen, damit wir rein in seine Festung konnten. Die
Haustür drückte keiner ein, wenn Fritz den Balken schräg
dagegen hatte – »Was meint ihr, was hier manchmal los ist
nachts!«

»Russen?« fragte August.

»Polen!«

Den Balken hat er gleich verkantet, kaum daß wir mit
dem Leiterwagen und unserm Krempel drauf im Hausflur
standen.

Fritz hatte weißes Brot im Schrank und Plockwurst. Das
wurde jetzt besinnlich durchgekaut, bis man verklebte.
Man stierte vor sich hin dabei.

»Mein lieber Mann, seid ihr erledigt!« sagte Fritz. Der
guckte einen nach dem andern an. Die Taubenknochen
hatte er ganz nebenbei in Karolines Aschekasten fallen lassen.

»Wie die Made im Speck!« sagte August und ging sich mit dem krummen Finger durch die Zähne. Als Nachtisch gab es Wasser.

»Die ersten Wochen mußtest du das aus der Plumpe holen unten«, sagte Fritz. »Alle Tage! – auch fürs Klo!«

Man hat sich vorgestellt, wie er mit seinem Buckel und zwei Eimern die Treppen hochgeentert war. Darüber regte er sich jetzt noch auf, das hielt er glatt für unter seiner Würde – Schwachstrom! Bei den Flüchtlingskackern, die im Februar das Klo verstopften, wär das nicht gegangen mit dem Eimer, hat man sich gedacht.

Fritz saß gebückt am Tisch und rieb sein Glas – mit dem Daumen und dem Zeigefinger, rauf und runter. Friedrich konnte ihn dafür nicht rüffeln, der war weit weg in Dresden. Hin und wieder sagte Fritz mal »tja!« und kniff die Lippen fest zusammen: »tja!« Außer Fritzens »tja!« war nichts zu hören in der Küche. Bei jedem »tja!« hat man geglaubt, daß Fritz sich schwer Gedanken machte – aber immer andere Gedanken. Das »tja!« klang dauernd anders.

»Hast du was zu rauchen?!« sagte August plötzlich scharf.

Fritz hatte nichts, der rauchte nur gelegentlich, der konnte sogar gar nicht, wenn's nichts gab. August schwoll sofort der Kamm, wenn er bloß dran dachte, daß das gehen sollte. »Verflucht und zugenäht! wo bin ich denn?! zwölf Stunden trecken und dann das!«

Fritz wurde schlagartig behende: »Ich geh zum Budek runter, warte! Reg dich nicht auf, der Budek hat!«

»Muß das denn sein?« sagte Elfriede. Das sagte sie auch jedesmal, wenn August mit den Simmelwochen anfing. Genauso tonlos. Einfach vor sich hin.

»Natürlich muß das sein!«

Budek wohnte unten in der Festung, er unten und Fritz oben. Sonst war der Kasten leer. Die andern waren nicht zurückgekommen nach dem Russeneinmarsch. Willy guckte mich gealtert an: »Was meinst du, wie ich fertig bin! den ganzen Tag die Karre ziehn!« – man hat sich wie erholt gefühlt, weil man ja nur geschoben hatte.

Budek hat wirklich was gehabt. Der hauste jetzt allein in seiner Wohnung. »Die Töchter haben sich mit Polen eingelassen«, sagte Fritz. »Hat jede einen Schamster – Offiziere! Und seitdem kennt er die nicht mehr – der spricht kein Wort mit seinen Töchtern. Die Frau ist vor dem Kriege schon.«

Machorka hatte Budek reichlich, den rauchte er in seiner Pfeife, den schoben ihm die Töchter abends in den Briefschlitz.

Fritz drehte August gleich zwei Stück. Der wollte ihn beruhigen, das merkte man. August griff hin und ließ sich Feuer geben. Fürs erste rauchte August. Budeks Töchter waren ihm egal. Elfriede hatte unterm Tisch die Schuhe aus und rieb die Füße aneinander, hörte man. Dazu rollte sie die Augen. Willy gähnte in der Sofa-Ecke. Ich trank so lange Leitungswasser, bis mir elend war. *Die Freuden, die in der Heimat wohnen* hingen weiter überm Sofa, hinter mir und Willy.

»Ich hab drei Tage bald gebraucht, bis ich Podschundek hatte in der Wohnung«, sagte Fritz. »Wie die Vandalen! Rechts und links, die ham sie angezündet – Freudenfeuer! – und bei uns hier oben haben sie gefeiert – du machst dir kein Begriff! Mutters Sirup mitten auf den Teppich und am Ende in die Betten scheißen – nun sag, wer macht so was!? – Ham das unsre auch gemacht bei denen, August? das glaubst du doch im Leben nicht! – Deutsche Armee!«

»Die ham wohl noch ganz was andres gemacht«, hat August gesagt. »Von nichts kommt so was nicht – los, dreh mir eine als Reserve für die Nacht!«

»Wie spät mag das inzwischen sein?« sagte Elfriede gähnend.

Wenn sie richtig müde war, gähnte sie wie alle andern, ohne jede Tarnung, ungeniert, daß man oben ihren Gold-

zahn sehen konnte. August gähnte stöhnend mit – »Uuuaa-
aaaaaahh«. Fritz rückte mit dem Stuhl nach hinten, zog
sich sein linkes Hosenbein hoch bis zum Knie und guckte
gähnend nach: »dreiviertelzwöööölf« – Armbanduhr als
Wadenuhr, der hatte Hühnerbeine.

An Waschen wollte keiner denken, man ist, so wie man
war, ins Bett getaumelt. Willy hatte auf dem Teppich mit
den Sirupflecken sein Matratzenstück. Der sackte einfach
um, dann hörte man nichts mehr von dem. Ich hatte
meine kurze Couch – unterm kleinen hellen, angelehnten
Zwischenfenster – genauso wie im Februar. Plötzlich lag
man wieder an derselben Stelle. Man kam sich vor wie im
Mensch-ärgere-Dich-nicht, wenn man rausgeschmissen
wurde und von vorne anfing. Das Plumeau hielt ich mir
vom Kopf entfernt, vielleicht war Russenscheiße drin gewesen. In der Küche hat man Fritz und August leise reden
hören, die nahmen sie sich alle vor: Friedrich – Erna – Karoline, Martin – Else – Anny – Kurt. »Wo mag der geblieben sein?« Am Ende war noch ein gewisser Erich dran –
der hatte irgendwo in einem *Oderbruch* – Panzer hatte der
geknackt – und unter seinem Arm war eine Nummer, die
ging jetzt nicht mehr ab – und wenn sie ihn erwischten
mit der Nummer, kam Erich »an die Wand« ...

Mitten in der Nacht war ich auf einmal wach. Willy stand
am offnen Fenster: »Hast du das nicht gehört? – Sei endlich still!« Ich hatte gar kein Wort gesagt, ich wußte gar
nicht, wo ich war. Willy machte lange Ohren in die Gegend – der hörte selber nichts.

Da war zwar etwas Mondlicht draußen, griesig eher – die
Sterne waren beinah heller, die konnte man gut sehen –
und die schmalen Gärten unten mit den Lauben und das
langgestreckte dunkle Dorf dahinter, wo sie alle schliefen –
und wenn man nach der rechten Seite guckte, konnte man
die Irrenanstalt sehen. Es war so still, daß man gleich wieder müde wurde.

»Nun warte doch! da nicht, du Affe! – dort, wo Licht brennt in der Anstalt!«

Was wollte der bloß mit dem kleinen Licht?

Aber Willy hatte recht, wie jedesmal: dort, wo das kleine Licht war in der Anstalt, hat plötzlich einer laut geschrien – dermaßen laut, daß man zusammenzuckte. Als ob er bis zum allerletzten Augenblick das hatte unterdrücken wollen und dann auf einmal alles aus ihm rauskam.

»Na, was hab ich dir gesagt!« sagt Willy.

Der Schrei war noch ein paarmal gut zu hören, aber immer schwächer schließlich. Bis man umsonst gewartet hat – der konnte wohl nicht mehr. Nirgends außer in der Anstalt war ein Licht zu sehen.

»Wahrscheinlich schreit der öfter«, sagte Willy. »Was meinst du, wer das ist? – einer von den Irren ist das und der kriegt den Anfall nachts!«

»Die sind doch alle weg!«

»Ja sicher sind die alle weg, aber der ist halt zurückgekommen und schreit nachts alleine rum! Hau dich hin, dem langt's für heute!«

Für Willy war der Fall erledigt, der legte sich auf sein Matratzenstück und pennte weiter. Bei mir ging das seelische Asthma los, darauf war kein Verlaß, das kam, wie's wollte – besonders nachts, wenn alle schliefen. Willy wurde wild, wenn er das Raspeln hörte: »Wer soll dabei denn schlafen, Mensch!« – Licht von der Nachttischlampe hat ihn nicht gestört, man durfte sogar lesen, wenn er schlief. Aber nur mit kontrolliertem Atem – langsam ein und aus – bis der Kopf so heiß ist, daß man glaubt, man wird erstikken ... bis ich das Märchenbuch entdeckte, oben auf dem Kleiderschrank, neben dem geschweiften Aufsatz, wo im Februar die Krausen standen.

Die Gänsehirtin konnte man jetzt nicht mehr träumen, die war verklebt mit Sirupflecken: die stand jetzt schmierig in der Tür. Ihr seidenes Gewand und ihre goldnen Haare waren braun bekleistert. Nur die helle Fläche rings um ihren Körper war noch da, als ob er weiter leuchtete in dem verkackten Zustand.

Der Junge hat nichts abgekriegt. Der sitzt beim Feuer mit verschränkten Armen, der guckt sich die Gehenkten an: die wollen den Boden erreichen mit ihren Zehen – das geht nicht, die sind ja längst tot. Der nächste Sirup kam erst ein paar Seiten später.

Morgens in der Küche hat sich Fritz darüber ausgelassen, was das Schreien nachts gewesen ist. August hat das auch gehört, der will nun wissen, wo er dran ist.

»Nee, Kranke gibt's nicht mehr in Plagwitz«, sagte Fritz, »die Russen haben alle umgebracht beim Einmarsch – alles, was die damals auf den Treck nicht mitnehm konnten, die lagen nachher in den Anstaltsgärten, die ham sie alle totgeschlagen – viele gleich in ihren Betten – nee nee, die Anstalt steht jetzt leer. Der kleine Wenzel ist das, was ihr nachts gehört habt: den holen sich die Polen nachts zum Prügeln, wenn sie angesoffen sind, die Brüder. Der Oberinspektor Wenzel ist das gewesen, den prügeln sie dermaßen durch ...«

»Und weswegen?« fragte August.

»Ja, frag mich! – weil er Deutscher ist wahrscheinlich.«

»War der denn irgendwas in der Partei?«

»Ach wo! – doch nicht der Wenzel!« sagte Fritz. »Zwangsmitgliedschaft, genau wie du!«

August war Inspektor, eine Stufe unter Wenzel.

»Der Wenzel ist bloß ne halbe Portion, der hält das nicht mehr lange aus«, hat Fritz gesagt. »Die Tochter hat versucht, was möglich war – die holen sich ihn immer wieder. Sind auch andre dagewesen, um ein Wort mal einzulegen für den Wenzel. Die haben sie gleich dabehalten und das Maul poliert. Offziere selbst beteiligt dran – was willst du machen!? Budek und ich, wir haben nachts die Fenster zu.«

An den Wenzel hat man sich gewöhnt. Elfriede hat gründlich gelüftet tagsüber und vor dem Schlafengehn zur

Anstalt hin die Fenster dichtgemacht und die Gardinen vorgezogen. Bei der Wärme war das kein Vergnügen. Die Küche lag zur andern Seite, dort blieb das Fenster offen stehn, von dem kam nachts die Luft. Wenn's schlimmer wurde mit dem Asthma, setzte man sich in der Küche auf das grüne Sofa nachts und hechelte. Das störte keinen.

Bis sie eines Tages merkten, daß sie über eine Woche wegen nichts und wieder nichts in den warmen Buden schlecht geschlafen hatten, weil der Wenzel schon seit über einer Woche tot gewesen ist. Von da ab wurde ganz normal nach hinten raus gelüftet.

Herrliche Zeiten damals in Plagwitz für Willy und für mich: Frühling, Sommer, Herbst und Winter sind des lieben Gottes Kinder! Die Jahreszeiten wechselten und alle waren Ferien. Wir hatten seit dem Januar nicht eine Schule mehr gesehen. Niemand kam auf den Gedanken, eine Schule aufzumachen.

»Januar-Februar-März-April-Mai-Juni-Juli – das geht nun in den siebten Monat, August!« Elfriede rechnete ihm an den Fingern vor, wie lange wir inzwischen ohne Lehrer lebten: »Wo soll das hinführn, August?! – die andern büffeln längst!«

»Die Ferien mußt du abziehn«, sagte August, »in den Ferien komm die andern auch nicht weiter.«

Entwicklungsmäßig lag ich damals gut im Rennen. Die Umformung zum Großkind hatte ich geschafft, in jedem Falle psychisch.

Was mir fehlte, war *die zweite Fülle* – Breitenwuchs, vermehrter Fettansatz, die hätten mich jetzt runden müssen. Davon war nichts zu sehen. *Spittel* hieß mein Phänotyp bei Fritz: *Spittel* – zwischen Spinne und Spital. Fritz hatte selber nicht viel zuzusetzen, der sah, wenn man ihn nackt erwischte, genauso aus, wie er die dürren Weiber nannte: wie ein *Gestecke* – außer seinem Buckel hinten. Die Trampeltiere hatten zwei, das wußte man seit Dresden, die konnten sich ernähren aus dem Buckel, wenn's nichts zu essen und zu trinken gab.

Fritz aß am liebsten Klöße, in leichten, braunen Tunken und mit Bratfleisch – von Hasen oder von Karnickeln. Die gliederzittrigen Tiere, die mochte er. »Puschtauben« ebenso, die kleinen. Solche Sachen konnte er verdauen. Fritz hatte einen schwachen Magen, der rächte sich sofort, wenn Schwarzbrotstücke runterkamen und Polnische Klöße statt weicher, schlesischer Rutscher.

Was Fritz für seinen Magen brauchte, kriegte er, weil er nach dem Russeneinmarsch in den Dörfern rings um Plagwitz *auf Montage* ging. Er reparierte in der ganzen Gegend den Elektrokram, den die Armeen überall zerrissen und zerschossen hatten: die Trafos, die Generatoren, die Sicherungskästen – und wenn nur irgend möglich: die Zuleitungen von den Starkstrommasten. Das war zwar auch noch »Schwachstrom«, hatte aber schon Kontakt zur wirklichen Elektrik: *Hochspannung! Achtung! Lebensgefahr!*

Lauterseiffen, Ludwigsdorf, Deutmannsdorf, Braunau und Plagwitz natürlich und Höfel – das war sein Revier. Alles zu Fuß. Auf den Bauernhöfen ließ er sich ernähren, so kam er durch den Tag. Bezahlung nahm er abends nur in Naturalien an: Mehl, Kartoffeln, Zucker, Weißbrot – und Fleisch, das man in Schlingen fangen konnte. Puschtauben schossen ihm die Russen.

Wenn er weit gelaufen war zu einem Bauern und gesehen hatte, daß er dem das in zwei Stunden würde reparieren können, baute Fritz ihm erst mal richtig einen Fehler ein: dann knallten die Sicherungen wie Feuerwerkskörper. Den Fehler schob er ungeniert aufs »Umspannwerk«. Damit belullte er die Bauern. »Falsche Spannung!« – »Falsche Phase!« – »Falsches Material!« – die Sprüche gab er gerne von sich und fluchte fachmännisch dazu. Für so was legten sich die Bauern anstandslos ins Zeug, um Fritz zu nähren. Fritz besorgte ihnen auch die Teile, die sie dringend haben mußten, den Ersatz für das, was er vernichtet hatte. Den be-

schaffte er sich in der Irrenanstalt, die plünderte er restlos **201**
aus, dort hing genug Elektrik – »Wer tot ist, braucht kein
Licht mehr!« sagte Fritz.

Jetzt, wo wir alle in der Küche hockten, war sein Bedarf
an Naturalien verfünffacht worden. Das hätten ihm allein
die Bauern niemals rausgerückt. Also wurde August zum
Gesellen und ging mit auf die Montagetour – in blauer
Jacke, echt elektrisch, und Schirmmütze wie Fritz, in Blau:
Altgeselle August. Die Steigeisen hat Fritz sich selber
schleppen müssen, das lehnte August rundweg ab – die
Knoche! August trug die Werkzeugtasche, die war leichter:
Schraubenzieher, Lüsterklemmen, Isolierband, Phasenprü-
fer, Kombizange – und den Rucksack für die Beute.

Das klappte eine Zeitlang reibungslos. Fritz engagierte
sich am Schwachstrom und August reichte an. Die brachten immer einen vollen Rucksack mit von ihrer Tour. Jeden
Abend konnte man Elfriede Klöße kneten sehen. Mit denen hat sich Fritz den Magen ausgepolstert, bis er schläfrig
wurde. Dann schlich er sich vom Tisch, um »bissel dumm
zu tun«, lag mit geschlossnen Augen schlapp im Sessel und
verdaute: »Laß mich in Ruhe – ich muß mich von innen
ansehn!«

Hin und wieder nahm Elfriede Anlauf: »August, die brauchen Unterricht! die werden uns verkommen! Wer soll ihnen das eintrichtern nachher?!«

»Reg dich nicht auf! Sobald ich kann! – den bieg ich's
bei: wart's ab!« August behielt die Nerven.

Solange August auf Montage gehen mußte, war für uns
nichts zu befürchten. August hatte einfach keine Zeit, um
uns irgend etwas »beizubiegen«, der war vollauf beschäftigt. Und wir auch.

»Wir müssen in die Anstalt!« meinte Willy.

»Bleibt bloß da weg!« sagte Elfriede. »Paßt mit den Türen auf, die schnappen ein! Und ja nicht in die Zellen! –
Wer soll dann wissen, wo ihr seid!?«

»Wenn ihr Zeitung findet: mitbring!«, sagte August –
»aus Zeitung kann man drehn!«

Das Beste an der Irrenanstalt war das Feste Haus: ein großer Klotz mit Gittern vor den Fenstern. Hier hatte Friedrich
mit dem Schlüsselbund die Türen auf- und zugeschlossen
und war schon mal von einem Irren angesprungen worden – oder hat im letzten Augenblick gemerkt, wie der
schwere Hocker angeflogen kam, weil er ihnen kurz den
Rücken drehte. Die geisteskranken Mörder hatten hier ge-
lauert. Selbst in der Sonne sah der Kasten absolut gefährlich aus. Den mußte man in jedem Falle auskundschaften.

»Kann sein, daß wir dort Leichen finden«, sagte Willy.
»Stell dich drauf ein!«

Die langen, dämmerigen Gänge – in denen alle Türen offen waren – man hörte nichts, bloß unsre Schritte. Immer
wieder blieb man stehen, weil man glaubte, was gehört zu
haben – hielt den Atem an und lauschte, ob vielleicht noch
einer drin war von den Mördern. Man hat sich dauernd
umgedreht.

»Nur einer in die Zellen!« sagte Willy – »wenn hinter
uns das Schloß einschnappt!« Innen waren keine Klinken
an den schweren Türen. Die Zungen gingen ganz leicht
rein, wenn man probierte.

Durch die Gitterfenster fiel das Sonnenlicht – auf eiserne, weiße Betten mit Streifenmatratzen und klobige Tische und Eisenhocker und Nachttöpfe neben der Tür. Sonst
war nichts in den Zellen.

»Irgendwo muß auch die Gummizelle sein!« sagt Willy.
»Guck links die Türen, ich guck rechts!«

Die hätte man sich gerne angesehen – »Gummiwände!«
sagte Willy, »wenn sie mit dem Kopf dagegenrennen!« –
leider war die nicht zu finden.

Am Ende kam ein Saal mit vielen Betten, in denen Bettzeug lag. In manchen Betten waren große, dunkelrote Flek-
ken.

»Blut!« sagte Willy.

Die geisteskranken russischen Soldaten hatten hier die geisteskranken deutschen Geisteskranken umgebracht in ihren Betten. Willy guckte sich das alles gründlich an. Die Betten waren sämtlich leer, bis auf das Bettzeug drin. Blechnäpfe lagen überall herum und Löffel und eiserne Becher – und braune, zerbrochene Flaschen dazwischen, die rochen scharf nach Medizin. Und auf dem Boden standen harte Scheißehaufen.

Der Saal war gleißend hell, viel heller als die Zellen. Der hatte hohe Doppelfenster, mit Milchglasscheiben unten, und oben konnte man den blauen Himmel durch die Fenster sehen und schwankende, schattige Bäume davor – und wenn man stille war und lauschte, hörte man in dem Gestank die Vögel draußen zwitschern.

»Los, raus hier!« sagte Willy, »nimm die mit!« – an der Tür lag eine Zeitung auf dem Boden – »Bück dich!«

Im Freien hat man tief geatmet.

»Der Völkische Beobachter? Wo habt ihr den her?« sagte August abends in der Küche.

»Aus der Anstalt«, sagte Willy vage.

»Da *mußt* du ja im Koppe irre werden!« sagte August – »wenn das die tägliche Lektüre ist.« Anschließend hat er gleich gelesen.

»Im Festen Haus sind mal drei ausgebrochen«, sagte Fritz. Das wußte er von Friedrich, dem waren die drei durchgegangen, sein Zellentrakt war das gewesen. Darüber feixte Fritz. »Das warn dir vielleicht Brüder! – drei Mann hoch! Mit dem Löffel durch den Boden! – dreißig Zentimeter! Ich möcht nicht wissen, wie der Alte doof geguckt hat, als die Dohlen ausgeflogen waren!« Darüber lachte Fritz am meisten.

»Mit einem Löffelstiel, stell dir das vor! Der eine hat die Mundharmonika gespielt dazu, damit man das nicht hörte, und die andern beiden ham gekratzt – ein halbes Jahr lang, jeden Tag. Wenn Friedrich reinkam in die Zelle, saß der eine immer auf dem Boden, beim Fenster in der Ecke hinterm Bett. Immer auf derselben Stelle. Was machst du da, du Idiot? hat Friedrich ihn gefragt – Oh, Herr Pfleger, hat er ihm geantwortet, von hier aus kann ich, wenn die Mundharmonika spielt, schön die Sterne sehen! – So haben sie den Alten reingelegt.«

Das amüsierte Fritz, speziell die Sache mit der Mundharmonika. Seine eigene, die mit den beiden Weibern auf dem Deckel, war inzwischen wieder aufgetaucht. Die hatte er, als er zurückkam von Marklissa, bei Gromottka nebenan gefunden – »im Kleiderschranken bei Gromottka« – mit Karolines silbernem Besteck zusammen. »Die haben vor den Russen noch bei uns geplündert«, sagte Fritz. »Die sind doch nach uns raus!«

»Meine Herrn! – beim eignen Nachbarn! Ich denk, die warn so fromm!« sagte Elfriede.

»Streng katholisch«, sagte Fritz, »und wie! Jeden Sonntag hin.« Fritz war evangelisch.

»Trau schau wem!« sagte Elfriede.

»Mit dem Löffel durch Beton, dreißig Zentimeter!« sagte Fritz – »da kannste mal sehn, was Ausdauer bringt!«

In meinem Kopf schob sich das alles ineinander, agglutinierte sozusagen: die Löffelkratzer und der Sternenseher – die Zungen an den Zellentüren – der Gliedmann hinterm Gitter oben – die kranke Heergesell, die auf mir liegt mit ihrem weichen Drillichleib und mich mit beiden Händen würgt – die stinkenden, harten Fäkalienhaufen im Krankensaal – das Blut in den Betten – und draußen hinter den Milchglasscheiben der Anstaltsfenster die schwankenden Schatten der Bäume und helles Vogelgezwitscher.

Als ich im Kino später den *Mabuse* sah, fühlte ich mich wie zu Hause – *erschüttert geradezu durch die Räume und Treppen, die kindheitlich-märchenhafte Vertrautheit der Atmosphäre, und angerührt durch soziales Wiedererkennen.*

Am Bahnhof Plagwitz gab es eine Rampe. Von der lief über die Chaussee die Lorenschiene in die Anstalt, nach Süden aufs Kasino zu, bog kurz vor einem Kürbisfeld scharf ab und endete an einer Kolonie von Apfelbäumen am Vorratslager des Kasinos. Bei diesen Apfelbäumen standen Loren aufgereiht, eiserne mit eingehängten Kübeln. In denen war für die Plagwitzer Irren der Nachschub vom Bahnhof heruntergedonnert – jetzt standen die für uns da.

Willy hatte gleich den Bogen raus, der rollte längst, als ich noch guckte – lässig bis zur Kurve hin. Der hatte eine ohne Kippkübel erwischt, die war schön leicht zum Schieben und auf der fuhr er jetzt – unbeweglich kerzengrade – und genoß das, wie sie immer weiterrollte.

Einmal auf den Geschmack gebracht, konnten wir von diesen Loren nicht mehr lassen. Wir fuhren tagelang mit denen, wir waren im Exzeß. Erst die halbe Strecke schieben auf der Steigung Richtung Bahnhof, bis man stehenbleiben mußte, um sich zu erholen – und dann hinten auf die Lore drauf und warten, wie sie ganz allmählich anfing, auf der abschüssigen Bahn in Fahrt zu kommen, schneller wurde – dazu wippte man, als ob man reiten wollte ... bis man unten auf das Kürbisfeld zuschoß und durch die Kurve ratterte und auslief.

Willy war erfinderisch, um seine Lust zu steigern, dem waren die eisernen Kübel zu schwer beim Schieben, der hebelte die aus mit einer Latte und ließ sie runterpoltern.

Mit den nackten Loren ging das Schieben besser – ganz zur Anstaltsmauer hoch, das brachte Fahrt! – da jagten die Büsche vorbei und der Zaun, und wenn man an den Kürbissen die Kurve nahm, schlug's einem hart ins Rückgrat rein, weil dann die Lore in der Schiene derart rüttelte, daß man sich nur mit Mühe halten konnte auf ihr – bis sie schließlich langsam wurde und zum Stillstand kam. Danach war man vom Fahren so fertig wie vom Schieben. Vom Schieben eher körperlich, vom Fahren eher seelisch.

Kaum war man unten, fing man wieder an. Wir waren wie im Rausch – wir fielen mehr und mehr vom Fleische, wir waren nur noch Haut und Knochen – wir lagen abends fast wie scheintot in den Betten. Wir waren wie besessen von den Loren.

Bis Willy beinah aus der Kurve flog mit einer, im letzten Augenblick, als die schon abhob, springen konnte – bevor der ganze Apparat ins Kürbisfeld reinsauste, sich überschlug und steckenblieb.

Nicht alle flogen aus der Kurve – manche mußte zehnmal an die Anstaltsmauer hochgeschoben werden, ehe sie sich endlich in die Kürbisse reinbohrte. Willy wollte nicht so lange schieben, bis er sein Geschoß loswerden konnte, der dachte abends nach im Bett: »Morgen zeig ich dir's, du Heini – mach das Licht aus!«

Das brachte einen auch ins Grübeln: Was hatte der sich vorgenommen? noch mehr Anlauf? durchs Anstaltstor bis an den Bahnhof? quer über die Chaussee vielleicht? – »Wart's ab!«

Willy hatte sich die systematische Entgleisung ausgedacht, der zeichnete mir nächsten Tag die Lorenschiene: »Knüppel oder Steine drauf – aber wo?! mein Lieber – Hier! Was glaubst du, wie die abgehn in der Kurve! – und dann in die weichen Bollen rein, stell dir das vor!«

Mit Willys Technik kriegten wir sie alle in die Kürbisse hinein: in voller Fahrt von oben runter – hinten auf dem Kranzgestell, federnd zwischen den eisernen Beinen – und dann vor der Kurve der Sprung und gleich wieder hoch, damit man das genießen konnte, wenn sie auf den Knüppel liefen und die ganze Ladung durch die Luft flog und die Kürbisse erwischte.

Willy gab sich nicht so leicht zufrieden, der legte seine Hindernisse systematisch an, mal einen Stein, mal einen Stock – der konnte zielen mit den Dingern, gezielte Entgleisung im wahrsten Sinne, der plante wie ein Ingenieur. Bis das gesamte Kürbisfeld ein Schrottplatz war, von umgekippten und verkeilten Loren und den zermantschten Kürbissen dazwischen, das hat gut ausgesehn.

Rechts am Rande lag noch einer, der hatte alles überstanden – das paßte Willy nicht.

»Guck ihn dir an! – der letzte!«

Den hätte man sich mit nach Hause nehmen können.

»Bist du manoli!« sagte Willy. »Kürbissuppe wie in Dresden, willst du das!? ... Ich werd dir sagen, was ich mit dem mache: den schneid ich auf und hock mich drüber – und wenn er vollgeschissen ist, kriegt er den Deckel drauf, dann kannst du ihn dir mitnehm!«

Manchmal war Willy regelrecht extrem.

Als wir die Loren erledigt hatten, kamen die ruhigen Tage in Plagwitz. Wir sammelten uns Schnecken. Im Keller standen Vogelbauer – zwei, die niemandem gehörten. Weil Vögel schwer zu fangen waren, mußten Schnecken rein. Irgend etwas mußte rein. Die nackten waren ungeeignet, die wären durch die Gitter. Am besten waren echte Weinbergbrocken. Wenn die richtig schleimten nachts, hatte man am nächsten Morgen Cellophan im Vogelbauer.

Meistens hockten sie in ihrer Schale. Wenn sie sich nicht rührten, wurden sie behaucht. Manche mußten auf die Schneckenschaukel, weil wir ausprobieren wollten, ob sie schwindlig wurden – andere durch Wassergräben, das gefiel ihnen genausowenig. Mit Fritzens Lupe wurden sie haarscharf aufs Korn genommen. »Hast du schon die Geschlechtsteile gesehen?« sagte Willy – »die müssen irgendwo ja sein!« Der konnte auch nichts finden. Unglaublich waren ihre Hörner mit den Augen vorn: dieses unwahrscheinlich lange Umsichschauen, eh sie weiterkrochen. Die hatten eine völlig andre Zeit. Wenn man ihnen eins mit dem Kopierstift auf die Hörner gab, zuckte alles schnell nach innen und blieb drin. Wenn sie sich nach einer Weile wieder trauten, kam das endlos langsam raus. Manche hatten keine Lust mehr nach dem Titscher auf die

Hörner, zogen sich nach innen und verklebten sich – »Feiges Luder«, sagte Willy. Fallweise mußten sie auf unsre Zeigefinger, senkrecht hoch wie die Marienkäfer. Wenn sie oben auf der Kuppe waren, wußten sie nicht weiter.

Willys hatten sogar Namen: Dorle, Martha und Beate hießen die bei ihm. So persönlich war ich nicht mit denen. Dorle durfte man nur vorsichtig berühren – eine dünne, leicht zerbrechliche, die knackte gleich. Martha war kalkgrau, die hatte keine Zeichnung – man wußte gar nicht, was er an den beiden fand. Beate war die dickste Weinbergbolle. »Na, du Schnicke!« sagte er zu der, wenn sie sich beim Kriechen streckte. Den Ausdruck hatte er von Fritz, der brauchte *Schnicke* synonym für *Tschuul.*

Mit den Schnecken haben wir uns eine Zeitlang angenehm beschäftigt. Bis wir sie von einem Tag zum andern an die Luft befördert haben.

August fing auf der Montage wieder mit dem Saufen an. Der wickelte die Bauern ein beim Mittagessen, der machte ihnen weltpolitisch ihre Lage klar und ihre Zukunft – derart beredt, daß Fritz am Abend, wenn er ablud bei Elfriede, nicht mehr durchgestiegen ist. Mit Jalta wärmte er sie an, firm und beschlagen, als ob er neben Roosevelt gesessen hätte, am runden, weiß gedeckten Tisch: die westlichen Demokratien! ... Amerika! – um ihnen mit der Curzon-Linie Trost zu geben und mit der Glatzer Neiße Linderung – »doch nicht die Lausitzer! die sind ja nicht verrückt! – den russischen Koloß noch mästen?!« Bis die Bauern die versteckten Pullen aus dem Keller holten, um die flackernden Visionen abzulöschen, während August ihnen – hochgradig in Stimmung mittlerweile – an die siebenhundert Jahre alten Schlesierherzen griff: »Woiwodschaft Schlesien? Alles Quatsch!« – Sie sollten die Ergebnisse der Konferenz abwarten! Der Truman und der Churchill ebenso, die würden sich von diesem Stalin nicht balbieren lassen, das seien keine Hornochsen politisch! Sie sollten ruhig auf der

Scholle sitzen bleiben und sich um ihre Ernte kümmern –
Vertreibung?! Nie und nimmer! ob sie denn keine Ahnung
hätten, wofür der Westen in den Krieg gezogen sei?! – »für
Freiheit! und Demokratie! und Recht!«

August fuhr mit vollen Segeln.

»Menschenrechte! Recht auf Heimat!« – das sollten sie
sich mal vor Augen führen – sie glaubten ja wohl nicht im
Ernst, daß der Westen sich das leisten könnte völkerrechtlich: Millionen Menschen zu vertreiben, mir nichts dir
nichts! – »Nur ruhig Blut!« – jetzt käm erst mal die Frie-
denskonferenz ...

So hat er sie eingenebelt, die Bauern, bis ihnen glühend
heiß geworden ist im Schädel, vom Glauben ans Humane
und vom Suff – bis er sie hatte, wo er's wollte: unterm
Tisch – und sie dort am Ende dazu brachte, *Blaue Berge/
grüne Täler* rauszuheulen.

Fritz hat das nervlich nicht mehr durchgehalten und hat
August ausgemustert: »Wo denkst du hin, Elfriede! – und
wenn er in dem Zustand an die Phase kommt und Saft
drauf ist!?«

Das leuchtete Elfriede ein: »Um Himmels willen, August!«

Solche Altgesellen konnte Fritz nicht brauchen. Ab sofort ging Willy auf Montage mit statt August – in einer
blauen Schlotterjacke.

Wenn die abends wiederkamen und sich in den Sesseln
fläzten, war man Luft für Willy: »Du hast ja keine Ahnung, Junge!« – der imitierte sogar Fritz: »Na, du Tschullik, schön gespielt?« Man konnte froh sein, daß man ihm
nicht seine Pootschen bringen mußte, die gelb karierten
Filzhausschuhe mit den braunen Leiterschnallen. Dem
wünschte man sich richtig eine volle Phase Saft an seine
Knochen. Am besten auf die nackten Sohlen, die bekrimmerte er extra lange, wenn er von Montage kam, angeblich waren die jetzt wund – der schnitt wollüstige Grimassen.

»Geh für mich schiffen, Rudi«, sagte Fritz, »ich bin zu müde.« Aus dem Sessel, mit geschloßnen Augen. Darüber grinsten alle beide.

Solange Willy auf Montage war, hat man sich durchgehend gelangweilt. Man wußte nicht, was tun. Im Hofe sägte jeden Tag der Budek. Manchmal hat man sich das angeguckt, wie er in Pflegeruniform und blankgewetzten Lederlatschen dick und schwitzend vor dem Bock stand und die Säge stieß. Der hatte ungeheure Mengen Rundholz liegen, der glaubte sibirische Winter im Anmarsch, der sorgte vor, der wollte Weihnachten nicht klappern.

Stück für Stück hat man gesehen, wie sie alle runterfielen, wenn er durch war mit der Säge – erst bedächtig, wenn er anfing, und allmählich immer schneller, stärker – und ganz vorsichtig durchs letzte Ende: bis es runterklappte. Wenn er einen neuen Stumpf in seinen Sägebock gehoben hatte, guckte er ihn einen Weile ruhig an und zog an seiner Pfeife – bis er seelisch so weit war, um auf ihn loszugehen. Nach jedem Stück, das er ihm amputierte, knurrte er und schob ihn weiter vor – bis er ihn komplett zerstückelt hatte.

Beim Hacken kam er regelrecht in Rage, legte sich fluchend die Klötze zurecht und schlug zu. Budek hatte nichts dagegen, daß man in der Nähe war, aber wenn er einen ansah zwischendurch, fühlte man sich wie ein Spaten – oder ein Stück Holz. Allzulange hielt man das nicht aus bei Budek.

Über den Gärten stand rüttelnd ein Falke – den konnte man beobachten, bis einem fast die Augen tränten.

Zu lesen gab's jetzt nichts in Plagwitz. Den *Zobeljäger* hatte Fritz verbrannt. Der hatte zuviel Sirup abgekriegt. »Was willst du mit dem Tinnef! – leichte Kost!« Die *Meuterei* war nach den Russen nicht mehr aufgetaucht. »Hast du was verpaßt, mein Lieber«, sagte Willy.

Die Zeichnung mit dem Jungen, der das Fürchten lernen

wollte und am Galgen saß, und die mit der verschmierten
Gänsehirtin – das konnte man nicht ewig ansehn. Der Rest
in Karolines Märchenbuch, der nicht von Sirup klebte, war
nicht viel: *Hähnchen sprach zum Hühnchen* ... das war bloß
Hühnerkram. Und die Bratwurst, die angeblich falsche
Briefe bei sich hatte? – bei Willy hätte man sich davon sowieso nichts merken lassen dürfen.

Schließlich hab ich den *Zöberlein* versucht. Der lag wie
eh und je auf Fritzens Kleiderschrank, der hatte nirgends
Sirup an den Seiten, der war von vorn bis hinten ohne jeden Flecken durchgekommen. Ich hab mir alle Mühe mit
dem *Zöberlein* gegeben: *Der Glaube an Deutschland.* In dieser eckigen, gestreckten Schrift, wo jedes kleine *S* die Fahne
oben hatte – wenn Doppel-S kam, wurde groß geflaggt! Das
handelte von nichts, das konnte man nicht lesen – bis August mich auch noch dabei erwischte.

»Wo hast du das gefunden, Junge? Gib mir mal her das
Ding! – Willst du dir das Gehirn versaun?! – Nächste Woche werden wir euch was zum Lesen holen.«

Wenn man in die falschen Schriften kam, war August unerbittlich – so wie Elfriede bei den Kapseln mit dem Mohn.
Kaum sah sie die bei einem, warnte sie sofort: »Ja nicht essen! Mohn macht dumm!« Man lief herum, als ob man Gift
in seiner Hosentasche hätte. Man schüttelte von Zeit zu Zeit
und horchte, wie die Körner in dem leichten, trockenen Ge-
häuse rasselten. Man hätte, wenn man wollte, davon essen
können – jederzeit. Wahrscheinlich merkte man am Anfang
gar nicht, wie die schleichende Verblödung über einen
kam – bis man das kleine Einmaleins auf einmal nicht mehr
wußte oder, wenn man immer weiter aß, anfing wie die
Lublinitzer Spargelstecherinnen: *Und ich scheeeerzte –
Liebchen aaaaber weiiiinte –* immer wieder.

Am Kürbisfeld, in dem die Loren liegen, wartet das Kasino – das zog mich magisch an, schon weil dort niemand
je zu sehen war. Die Schienen führen bis zum Küchentor.

Auf denen kann man balancieren und zum Kasino rüber-
schielen, da ist jetzt keiner drin – das ist so leer wie's Feste
Haus, hat man gedacht.

Als man beim Festen Haus vorbeigeht, steht die Kel-
lerzufahrt offen und das Sonnenlicht fällt in den Keller.
Man kann die Decke sehen – den Beton. Das ist der Fuß-
boden der Zellen oben, den haben die mit ihren Löffeln
durchgerieben – genaugenommen sieht man nichts. Im
Kasino gibt es keine Zungen an den Türen, garantiert
nicht.

Das Küchentor ist nicht verschlossen, so wenig wie die
Tür dahinter. Die dritte ist nur angelehnt. Das riecht wie
süßlich dort, wie in der Kiste mit den Apfelsinen, die eine,
die verschimmelt war – auf dem Balkon in Lublinitz, die
mit der staubig-grauen Schale, unten in der Kiste.

Man sieht sofort, daß das die Küche ist: ein heller Ka-
chelraum, in dem die blanken Kessel stehn – groß wie Bal-
lons. Und die Herde gleich daneben glänzen wie gewienert – und die Kellen hängen an den Stangen und die Siebe
hängen an den Haken, daß man glaubt, man kann die weißen Köche sehn, die im Eintopf staken mit den deichsellan-
gen Löffeln – drei Eimer Maggi drauf! – und fünfzig Köpfe
Blumenkohl reinschmeißen – zehn Klumpen Butter für die
Augen auf der Suppe ... und in die rädergroßen Pfannen
kommen Koteletts – für Tausende von Geisteskranken Koteletts, daß es wie irre zischt und spritzt zur Decke hoch –
und alles putzen nachher picobello, sauber wie im Badezimmer bei Elfriede. Und zu den Kesseln laufen Rohre aus
dem Kachelboden – und von der Decke gehen Rohre zu
den Kesseln hin – und die Schraubräder an den Kesseln sagen: »Dreh mich!« – und die Kesseldeckel sagen: »Mach
mich auf!«

Der Anblick dieser unmenschlichen, madenwimmeln-
den Kotze, als ich den Kesseldeckel hochgehoben hatte, verpaßte mir derartig eins, daß ich wie in den Arsch getreten
jäh aus dem mittleren ins späte Kindesalter flog: das wü-

tende weiße Gewimmel im Schleim, das sich da ohne jedes
Zutun bildete – weil es als Brühe und als Blumenkohl und
Lauch schon alles in sich hatte, so zu werden ...

Der Deckel war fest zu gewesen, von außen konnte dort
nichts rein, auf keinen Fall, woher denn? – das war schon
alles drin von Anfang an! Und daß das Tausende von Irren
ausgelöffelt hatten, als das noch Nahrung war, das machte
keinen Unterschied – die faulten ganz genauso jetzt, in denen hatte das genauso angefangen – sobald man nicht
mehr lebte, fing das an und faulte immer weiter ... bis
nichts mehr übrig war von einem.

Das Hauptgericht zur Suppe der Erkenntnis gab's nebenan, im Kühlraum. Wo massenweise Eier stanken und
von den Holzregalen leckten und hoch an der Wand, an eisernen Haken, die Reste halber Schweine hingen: bläulich
faule Pasten, die an Knochen klebten – Rippen wie mit Per-
gament bespannt, graue durchsichtige Häute, hinter denen
es wie in der Suppe drüben wimmelte.

So wurde man, wenn man gestorben war – das war bloß
nicht zu sehen. Weil sie Erde über einen warfen, wenn sie
einen wegbrachten am Ende. Ich stellte sie mir alle vor, wie
sie da in der Reihe hingen: August zuerst, dann Fritz und
dann Elfriede und dann Willy – und das letzte faulende
Stück Fleisch war ich. August hat mir leid getan, der war
bestimmt als erster dran, der war der älteste von uns. Aber
alle andern kamen hinterher. Jeder. Man konnte froh sein,
daß man nicht wie Käse stank.

Willy hat sich nicht in das Kasino locken lassen. Das hätte
ich ihm gern gezeigt. Der hätte sich dort grün geekelt. Ich
hätte es auf Garantie drin länger ausgehalten.

»Du bist ja wohl pervers!« sagt Willy.

Das hatte er von Fritz gehört. Was das genaugenommen
war, *pervers*, das wußte Willy auch nicht. Es klang wie
gleichzeitig normal und geisteskrank. So wie Fritz das aus-
sprach, schien es in der Nähe von *dazu gehört schon was!*

und *interessant* zu liegen. Im Grunde konnte man es nicht gebrauchen.

Wenn Willy mit Fritz auf Montage war, kriegte er jedesmal Sprachunterricht. Von Willy kamen die Wörter herunter zu mir. Manchmal wußte man nicht, wie man sie verwenden sollte. Wenn zum Beispiel Fritz auf seiner Tour in einem Dorfe eine junge, dralle Frau mit kurzen Ärmeln sah und stehenblieb, sagte er: »Ein schönes Brot!« – wenn er aber eine sah, die mager war und ihn trotzdem interessierte, sagte er statt dessen »Tiffe!« Weil man es nicht selbst gesehen hatte, waren *Brot* und *Tiffe* nicht so leicht zu unterscheiden.

Manche Wörter klangen völlig fremd. *Kurva* beispielsweise. Das sollte »Hure« heißen. »Hure« selber war schon schwierig zu bestimmen. Und bei Fritz hieß Hure »Nutte«. Weil wir eine Weile regelmäßig *Kurva* sagten, wurde das für uns zum Lehnwort. Vor Elfriede durfte man das nicht benutzen. Die redete sofort mit einem deutsch, wenn's einem doch durchrutschte: »Pfui!« – man fühlte sich wie eine Töle. In der Verbindung *Kurva-jego-matsch* war *Kurva* für Elfriede augenblicklich Anlaß, einen aufzufordern, sich zu schämen, mit Namensnennung: »Pfui! schäm dich, Rudi!« *Kurva-jego-matsch!* – wir wußten nicht einmal, wie man das hätte schreiben können.

Noch schlimmer war *Juppt-twoi-o-matsch!* – »Fick deine Mutter!« sollte das bedeuten. Auf so was wär man nie gekommen. *Juppfeuermatsch!*« hat Willy das gesprochen. Man hat sich nichts darunter vorgestellt, man hätte ganz genausogut auch husten oder rotzen können. Auf alle Fälle durfte kein Erwachsener das hören. Außer Fritz. Der fluchte oft *Juppt-twoi-o-matsch!* – wenn ihm zum Beispiel eine Sicherung durchknallte.

Eines Abends sagte August: »Morgen fahren wir nach Löwenberg, Jungs! – was zu lesen holen!«

»Wo sollen denn da Bücher sein?« hat Willy ihn gefragt.

»Abwarten!« sagte August.

Der Leiterwagen hatte morgens eine neue Deichsel.

»Wo hast du *die* denn her!?« Willy packt die Deichsel an und wundert sich.

»Red hier nicht rum und zieh!« sagt August.

»Und wo ist jetzt die alte?«

»Was für eine alte?« sagte August.

Vor Löwenberg stand an der ersten Boberbrücke ein Posten mit Gewehr. Der wollte Brückenzoll von uns: zwei Złoty. August fing, ohne viel zu fragen, Polnisch mit dem an, der kam nicht groß zu Wort. Die Złoty hatte er bei August schnell vergessen, der knöpfte ihm statt dessen eine Papirossy ab – »Grüner Junge!« sagte August paffend.

Vor der zweiten Brücke stand mit weißer Farbe LWOWEK auf dem Ortschild, handgemalt – darunter war noch LÖWENBERG zu lesen. August guckte sich das an.

»LWOWEK!« sagte August. »Eines Tages wäscht das die Geschichte wieder weg, Jungs – glaubt's mir!«

»Geschichte – waschen?« sagte Willy.

»Klugscheißer! – bildlich selbstverständlich!«

Von Löwenberg hat man nichts mitgekriegt. Wir hingen wie die Hunde überm Pflaster, um jede Kippe aufzuspüren.

»Moment! – was ist mit der da?!« August zeigte mit dem Kinn. Das Bücken war nicht seine Sache.

Manchmal begegneten wir Polen, Milizern mit Gewehr und anderen mit Panje-Wagen, und russischen Soldaten. Die wollten alle nichts von uns. Am Ring ließ August halten und guckte sich der Reihe nach die Hauseingänge an.

»Und die Bücher?« fragte Willy.

»Streng deinen Grips an! Na!? – geht dir der Leuchter auf?«

Wenn Willy unter Druck gerät beim Denken, wird seine Flappe schlaff und blöde – als ob er seinen Mohn schon intus hätte.

»Wer liest denn überhaupt? – doch nur, wer Schule hat!

Und wer hat Schule? – Ärzte! Rechtsanwälte! Lehrer!«
sagte August. »Also fang wir hier gleich an! kapiert?« Der
Leiterwagen wurde in den Hausflur reingehoben.

»Kieselbach« hieß unser Mann – der hatte wirklich
Schule! In einer Wohnung, die kaum ausgeplündert war,
bei offnen Türen – als ob der Kieselbach gerade erst verschwunden wäre: Wände voller Bücher bis zur Decke! Mit
einer Couch davor und Ledersesseln und einem runden Ei-
chentisch – ein wahres Bücherparadies, vollkommen lautlos. Als ob sie gewartet hätten auf uns.

»Gebildeter Mann!« sagte August und blickte sich nik-
kend um. »Macht's euch bequem, Jungs!« August schloß
die Wohnungstür.

Am Anfang wird genascht, mal hier, mal da gegriffen
und geblättert – »Guck dir das an! Was sagt ihr jetzt?! Sogar den Ranke hat er!« – dann wird gelutscht, man liest
sich fest im Stehen, August auch. Der hebt die Seite ab,
wenn er noch gar nicht unten ist mit seinen Augen, der
liest das letzte Stück halb schräg, der hat den Blick sofort
links oben, wenn er – ruckzuck, das sieht gekonnt aus – die
nächste Seite aufschlägt.

Dann fängt das Schlingen an. Bis man – die Augen immer noch im Buch, nach hinten tastend – mit seinen Wa-
den an den Sessel stößt und in die Knie geht, unentwegt
mit offnem Munde lesend, bis man sitzt.

August ist in die *Geschichte Schlesiens* eingesunken –
Von der Urzeit bis zur Gegenwart, Breslau 1938 – der träumt
bei Kieselbach von Hammelwürsten, der hat leibhaftig Ladislaus gesehn und Boleslaus – der streicht beim Lesen an!
mit dem Kopierstiftstummel.

Willy hat bei Kieselbach den Grund gelegt für seine le-
benslange Macke, der war wie durch göttliche Fügung an
Mommsen geraten: die *Römische Geschichte*, Safari in Berlin – der hat sich dort bei Kieselbach den Cäsar-Wahn geholt. Bis zu den dreiundzwanzig Stichen an der Säule fiel
alles in die offne Furche, ging augenblicklich an und wu-

cherte drauflos bei Willy, der lag mehr als er saß im Sessel, **217**
den Mommsen vorm Gesicht ...

Und keiner sagte was.

August spitzte zwischendurch die Lippen, zog die Augenbrauen hoch, hantierte rechts und links mit dem Kopierstift: Fragezeichen, Doppelstriche! – bei Bolkow von Schweidnitz wahrscheinlich und Primislaus, bei Heinrich dem Ersten auf jeden Fall Ausrufezeichen! August hat den gelben Blick, der setzt energisch seine Marken. Da war er wohl grade an Liegnitz vorbei und sah die Mongolen im Geiste durch Striegau und Jauer ziehen – Rückzug zur Hauptarmee nach Ungarn, nachdem sie vorher wie Säue in Schlesien sich ausgetobt hatten. Das war ja alles schon mal dagewesen, was?! – Kreuz an den Rand und unterstreichen!

Solange ich noch in der *Wölfin Wosca* blätterte, war das nichts weiter als normales Lesen – bis plötzlich mein Blick auf das letzte Brett im Regal oben fiel: die rankengrünen Rücken! Hier gab's gleich dreißig Stück von denen, von *Durch die Wüste* bis *Auf fremden Pfaden* – drei Bände *Winnetou*!

Allein die Bilder auf den Deckeln: wie der, leicht vorgebeugt im Fransenjagdhemd, spähte – und auf dem zweiten Band im Schatten hoher Bäume wartete, am Rande einer hellen Wiese, durch die ein Reiter näher kam ... und auf dem dritten fiel der Schuß – von hinten, weil er rückwärts stürzte, die Arme auseinander – und seine Flinte mit den vielen Nägeln hing vor ihm in der Luft: das war genau der Augenblick, in dem die Kugel in ihn reinschlug – das sah gut aus, der war im Laufen tot. Jetzt konnte man tatsächlich lesen!

Fürs erste aber wurde man enttäuscht, da wurden lang und breit Vergleiche angestellt, die Türken und die Indianer, und die Indianer wurden einem ausgemalt als riesiger Patient, der nackend hingestreckt von Feuerland bis zu den Seen Nordamerikas *in Konvulsionen* zuckte – bis man merkte, daß das bloß die Einleitung gewesen war: *Der Ver-*

fasser. Danach ging's los: *Kapitel 1*. Doch plötzlich fing er wieder mit was anderm an, erklärte einem umständlich das sogenannte *Greenhorn* – bis man endlich in St. Louis war bei Mister Henry und es spannend wurde.

Ich sagte der dauernd, das war er selber – man hatte wirklich das Gefühl, man guckt aus seinem Kopf heraus beim Lesen. Der konnte praktisch alles: turnen, ringen, fechten, reiten, schießen – Türkisch, Arabisch und Mathematik, der drückte dem Rotschimmel derart die Rippen zusammen mit seinen Schenkeln – und nebenbei war er noch Feldvermesser für die Eisenbahn. Dann kriegte Rattler schon die Faust an seine Schläfe und der nächste einen Fußtritt in den Magen – und daneben stand tatsächlich dieser Hawkens aus dem *Zobeljäger*: *Hihihihihi!*

»Schluß, Jungs!« sagte August unversehens.

Jetzt?! mittendrin?! wo der Geist grade weht? – Sam Hawkens Pferd bekommt den Gnadenschuß, weil ihm die Eingeweide aus dem aufgeschlitzten Leibe hängen, dem wird mit der *Liddy* das Leiden verkürzt. Anschließend nimmt man ihm den Sattel ab, fürs nächste Pferd.

»Alles, was nach Plagwitz mit soll, auf den Tisch!« sagt August.

»Da steht doch überall der Name drin! – in jedem Buch, hier: *Kieselbach*!« sagt Willy.

»Das laßt mal meine Sorge sein«, sagt August.

Ich hatte nichts gesagt.

»Und wenn der wiederkommt?« – manchmal war Willy schwer von Kapee.

»Geistiger Mundraub«, sagt August. »Der Kopp verhungert ganz genauso wie der Körper ohne Futter! – oder willst du, daß die Polen sich das untern Nagel reißen?! Und daß ihr nicht bloß Schnooken nehmt! Das hier zum Beispiel muß in jedem Falle mit: *DAS FUNDAMENT* – die Planenden, die Suchenden, die Bauenden!«

In den schwarzen Kloben hatte ich kurz reingeguckt, da ging es um Maschinenbauer, um Borsig, Siemens, Krupp –

um Hobelmaschinen und Schraubenschneidbänke, um 219
Gußeisen, Halbfabrikate und Stahlgranaten, das war nichts,
kalter Kaffee – bis auf das letzte Kapitel womöglich: *Die
Liebenden.* Daran war man schon eher interessiert. Bettina
von Arnim, Charlotte Stieglitz – das würde Willy garantiert
probieren ... der las einfach hinten, wenn vorne nichts war.

August fängt immer vorne an, grundsätzlich. Wenn der
ein Buch aufschlägt, sieht man den Fachmann. Der denkt
sogar beim Motto nach: »*Nichts ist so hoch, wonach der
Starke nicht Befugnis hat, die Leiter anzusetzen* – merkt
euch das, ihr Lergen! Schiller! Mit andern Worten also:
Wer Mumm in seinen Knochen hat, der kann sich alles zu-
traun!« August konnte aus den schiefsten Sätzen Deutsch
rausholen – wenn August einem was erklärte, wußte man
sofort Bescheid.

Zwei Bände UNTERGANG DES ABENDLANDES packte
August auf das FUNDAMENT. Die schweren Dinger konnte
man im Bett bestimmt nicht lesen, die spreizten einem
glatt die Daumen weg mit dem Gewicht.

Bei Goethe griff August mit beiden Händen in Kieselbachs Vorrat, von Goethe nahm er den gesamten Meter, der
runde Tisch war beinah voll. Ich konnte froh sein, daß ich
grade noch zehn Bände May danebenkriegte. Willy mußte
auf die Couch mit seinen. Der nahm natürlich diesen
Mommsen. Und jede Menge über Tiere, die *Wölfin Wosca*
auch. Als wir aus Löwenberg rausschoben, war der Leiterwagen schwerer als beim Trecken. »Grillpazzer hat er leider nicht! – oder habt ihr den gesehen?« sagte August.

Am Bober knallte es. Auf der ersten Brücke stand ein
Russe, der warf Handgranaten in den Fluß. Unten stiegen
jedesmal die Wassersäulen hoch. Anschließend trieben mit
den weißen Bäuchen tote Fische an der Oberfläche. Am
Ufer wartete in einem Kahn ein andrer Russe, der sammelte die Fische ein. Natürlich wußte Willy gleich, daß denen ihre Schwimmblasen zerplatzten – »vom Druck, du
trübe Tasse!« August knurrte »Schweinerei!« Von diesen

Blasen hatte ich bis dahin nie gehört, ich hatte immer angenommen, die Fische konnten schwimmen.

Der Polenposten an der zweiten Brücke grinste, als ob wir aus der Irrenanstalt kämen, kaum daß er unsre Bücherfuhre sah. Während er im Wagen stocherte, hörte man die Explosionen. August hat ihm klargemacht, daß die Bücher alle für den Ofen und zum Arschabwischen wären. Das hat er ohne weiteres verstanden und hat uns ziehen lassen.

»Jedem nach seiner Fasson«, sagte August.

Als Elfriede unsre Beute zu Gesicht bekam, wurde sie bedenklich: »Du bist ein schönes Vorbild, August! Denk an die Jungs!«

»Eigentum ist nur berechtigt, wenn's genutzt wird!« sagte August. »Goethe, Friedel – Goethe!«

»Ich weiß nicht, August ...«

Gegen Goethe konnte sie nicht an.

»Die Jungs verstehn das schon nicht falsch!« hat August sie beruhigt.

Das stimmte, jedenfalls bei mir. Von meinen hätte ich kein einziges mehr rausgerückt. Nie gesehen! Hab ich nicht!

Fritz guckte abends ernst, als er von unsrer Bücherfuhre hörte, der wollte sich mit seiner *Meuterei* und seinem *Zöberlein* nicht degradieren lassen: »Ja, früher hab ich auch gelesen, als ich jung war, den Trappisten beispielsweise. *Ein Trappist bricht sein Schweigen* – sucht doch mal nach, ob er das hat. Hochintressantes Buch gewesen damals, konntest hinter die Kulissen blicken. Da standen vielleicht Dinger drin! Von einem Klosterbruder selbst geschrieben – mein lieber Herr Gesangverein!«

Fünf volle Leiterwagen haben wir in einer Woche bei Kieselbach herausgeholt – und jedesmal lachte der polnische Posten und machte das Arschwischen nach, sowie wir uns der Boberbrücke näherten. Die Bücher mußten alle unters Dach in Plagwitz, in der Wohnung war kein Platz für

Bücher. Sechs Treppen hoch zum Speicher, dort wurden sie gestapelt, die reinste Schwerarbeit.

»Getrennt nach Sachgebieten!« sagte August: »Geschichte – Naturkunde – Literatur. Man kann auch Belletristik sagen. Fremdwörter immer merken!« August stellte Pappeschilder vor die Stapel, in Kunstbuchstaben, handgemalt, wie echt. Belletristik wurde aufgeteilt – in *a* und *b*. Goethe kam zu *a*, Karl May zu *b*. »Klein a ist Bildung«, sagte August. »Klein b ist Unterhaltung.«

Ab sofort hat man Klein a links liegen lassen.

Den Trappisten, der sein Schweigen bricht, konnten wir bei Kieselbach nicht finden.

Alle drei, vier Wochen mußten wir zu Gaupetau. Zu dem traute man sich nicht alleine, Gaupetau war taubstumm.

Gaupetau war sozusagen der letzte Mann der Irrenanstalt Plagwitz. »Den hat der Russe damals nicht erwischen können«, sagte Fritz, »der ist vom Treck weg gleich getürmt – rauf in den Wald am Hirseberg.« Der hat oben auf dem Hirseberg gehockt und zugesehen, als das Brüllen unten in der Anstalt losging, als die Russen in der Irrenanstalt waren und die Kranken in den langen weißen Hemden überall aus den Stationen rannten in den tiefen Schnee. Fritz wußte alles haargenau, der lachte, wenn er das erzählte – »wie Gaupetau im Walde oben auf'm Hirseberg gesessen hat«.

Neben Gaupetau saß eine dicke Kranke, die hat er mitgenommen auf den Hirseberg, die guckte er sich an, wenn er was hören wollte, die grimassierte ihm das Brüllen unten vor. Manche schaffen's aus der Anstalt raus, die sind schon durch die Mauerpforte, die sind schon auf der Goldberger Chaussee, die wollen in den Wald in ihren Hemden – aber alle werden vorher abgeschossen und dann werden sie so lange auf den Kopf geschlagen, daß sie liegen bleiben.

Als sie unten mit dem Schlagen auf die Köpfe angefangen haben, hat die Dicke neben Gaupetau geschrien. Bis Gaupetau ihr mit der Hand das Maul zuhielt. So haben beide oben auf dem Hirseberg gesessen und haben sich das angeguckt: das Hähnchen und das Hühnchen wollten auf den Nußberg gehn – jetzt ist die Zeit, wo die Nüsse reif werden.

Nach drei Tagen, wie sich unten in der Anstalt nichts mehr regte, sind sie runter, halb erfroren fast und halb verhungert. Als die Dicke sich im Wald den Fuß verstauchte, mußte Gaupetau sie schleppen. Sein Ohr hat nur noch kriechen können.

Weil sie beide sonst nichts hatten als die Anstalt, sind sie beide wieder in die Anstalt rein. Dort war jetzt keiner, bloß die Toten. Gaupetau hat sich mit seiner Dicken hinter dem Kasino eingenistet, in einem Nebenbau, im ersten Stock. Weil er ihnen ihre Schuhe machte, haben ihn die Bauern durchgefüttert. Außer Gaupetau war keiner da, der's konnte.

Wenn wir zu Gaupetau die Treppe raufmarschierten, hielt ich sofort von Willy Abstand. »Feige Flasche!« sagte Willy. Der konnte den sogar verstehn, wenn er sein *Goootoooooaaauuu* stöhnte, der hörte ganze Sätze raus: *Te gippe gaupe tau* – deswegen hieß er Gaupetau bei uns.

»Der ist harmlos«, sagten alle, »geht mal hin! Hier: nimm meine mit! – besohlen!«

Gaupetau war mindestens einsneunzig groß – Heftpflaster um die Brillenbügel, von vorn bis zu den Ohren. Mir reichte schon, wenn er an seinem Entenhals den Glatzkopf schlackern ließ und ächzte.

Wenn man gute Nerven hatte, konnte man daneben stehen, wenn er schusterte. Am besten war das Lederschneiden: der nutzte jedes Reststück aus, haarscharf vorbei an alten Nähten – mit dem Daumenkloben auf der kurzen, abgewetzten Klinge – bis er eine Sohle hatte oder einen Absatz.

»Weißt du, wie das heißt, das Ding?« sagt Willy, als Gaupetau die Ahle durchdrückt: »Pfriem!« Bei Willy klingt das unanständig – das soll es auch, der grinst dazu.

Die Fingernägel hatte Gaupetau dermaßen abgegriffen, daß er die Holzstifte kaum packen konnte mit den stumpfen Pfoten. Aber wenn er sie erst vorgepochert hatte, brauchte er nur einen Schlag. Die waren weg und platt, wenn er den Hammer abzog. Dem sah man gerne zu, der konnte was – der roch nach Schuster. Seine eignen Schuhe hatten vorne breite Kappen. »Guck dir die Wülste an!« sagt Willy – »für seine Elefantenzehen, damit die in die Kähne passen!«

Solche Sachen sagte der laut neben Gaupetau, direkt daneben. Am liebsten hätte man ihm eine reingehauen – man war fast wie gelähmt. Wenn er sah, wie man verlegen wurde, nutzte er die Lage richtig aus: »Ach, du hast Schiß, daß die das hört?!«

Die saß nicht weit von uns mit ihrem Kürbiskopf im Schneidersitz auf einem Bett und fingerte an einer Kette – Holzperlen, die sie dauernd drehte. Genaugenommen sah sie ziemlich freundlich aus. Sie war bloß ungeheuer dick, die quoll vor Fett. Sie guckte zu uns rüber und lächelte dazu.

»Die ist doch ganz woanders, Mensch! Sieh sie dir doch mal an!«

Und dabei blickte er noch völlig unverfroren zu ihr hin – als ob sie ein Karnickel wäre, wie die im Stall in Lublinitz – während Gaupetau dicht neben ihm die Stifte einschlug. Man wartete geradezu, daß sie vom Bett aufsprang und losschrie – oder Gaupetau ihm plötzlich eine langte.

Willy dachte gar nicht dran, sich so was vorzustellen. »Na, was sag ich dir! – total manoli!«

Kaum war man raus bei Gaupetau, fing er mit seinen Faxen an: »Ggoooohhhhhpetooouu!« – lauthals durchs Treppenhaus! ... daß man nicht schnell genug ins Freie konnte.

Draußen ging's dann hochdeutsch weiter: »Was glaubst du eigentlich, warum der so begeistert auf den Amboß hämmert? Weil er sich die Dicke draufsetzt abends, dieser Bock! Gib zu, du altes Ferkel, daß du's selber gerne machen würdest!«

Wieso denn ich?! – ich hatte nichts gesagt! Ich war das Stellvertreterschwein für seine dreckigen Gedanken.

Nicht bloß auf dem Gebiet hat man gelernt von Willy damals, ob man's wollte oder nicht. Der war einem schon sprachlich über, der hatte eine Performanz, daß man mit seiner eigenen beschränkten Kompetenz nicht immer mitgekommen ist. Kaum hatte er das *Gaupetau* erfunden, fiel ihm *Te guppi maupa* ein – das sollte Polnisch sein und »Blöder Affe« heißen. *Maupa* ließ sich ebenso allein verwenden, zur Benennung von Personen beiderlei Geschlechts: *Maupa, femininum* – auch für Männer.

Komplizierter waren die Verhältnisse bei *Nille*. Das hatte er von Fritz gelernt. Der sagte *Nille* zu »Geschlechtsteil« jeder Sorte. Willy brauchte Nille nur bei Männern – vorzugsweise für den schlaffen Zustand. Für den andern Zustand nahm er meistens *Drill*. Ursprünglich war das eine Kurzform von »Mandrill« gewesen, bis August eines Tages einen Drillbohrer im Keller suchte. Willy hat sofort geschaltet: *Drill!* – das konnte man jetzt sein und haben.

Vom *Winnetou* kam ich bald nicht mehr los. Dagegen waren doch die Russen Kacke – und alle in der gleichen Uniform, die konnte man nicht auseinanderhalten, den mit der Narbe höchstens noch. Der *Winnetou* war sogar besser als der *Zobeljäger*. Schon daß ihm alles selbst passiert war, was er schrieb. Wenn man, die Beine angezogen, auf dem Küchensofa hockte und der das wilde Maultier, das er gerade eingefangen hatte, bändigte – ihm aus allen Poren schwitzend seine Schenkel an die Rippen preßte – *eine Pferderippe muß sich biegen, das macht Todesangst*:

das konnte man so deutlich vor sich sehen, daß man un-   **225**
willkürlich mitgepreßt hat auf dem Sofa. Bis man blau war
im Gesicht vom Luftanhalten.

Das ging bei dem fast Schlag auf Schlag. Kaum daß er
sich dem Lager nähert, brüllt gleich der Kerl, der an der Ei-
che hängt – weil der Grizzly mit den Vorderpranken ihm
im Unterleibe *wühlt* – der ist dem Tod geweiht, der ist verloren. Und dann springt dieser May heran und schießt dem
Grizzly in die Augen, *ein-zwei-drei-viermal,* links und
rechts – und hinterher das Messer zwischen seine Rippen – und alles ohne jede Hilfe, weil die andern oben auf
den Bäumen sitzen und sich nicht heruntertrauen – feige
Bande! – und kurz danach packt er den Rattler – das merkte
man sofort am Namen! – mit beiden Händen um die Hüfte
und wirft ihn krachend an den Stamm.

Wieso der immer wieder aufstand, dieser Rattler? – der
mußte Knochen wie ein Ochse haben. Der soff, wie August
manchmal soff – aber darauf wär man nie gekommen.
Genausowenig wie bei Klekih-petra, daß der wie Fritz
aussah: bucklig, klein und hager. Fritz als Klekih-petra? –
ausgeschlossen! trotz des Buckels. Selbst wenn einem dieser Klekih-petra nachher nicht ganz echt vorkam, weil er
plötzlich Deutscher war statt Indianer. Und wenn der anfing, seitenlang zu jammern über Gott und über sein Gewissen und ihm *wehe wird ums Herz* dabei – da las man
einfach schneller, passierte praktisch nichts. Das war auch
nicht so angenehm, wenn die beiden, er und May, ihre
weichlichen Gefühle hatten und der Klekih-petra *einen
leisen Gegendruck erkennen ließ,* weil der May ihm seine
Hand gegeben hatte. Obwohl man ein paar Seiten später
sich selber windelweich und wäßrig fühlte – wegen der
Gedankenstriche – bei den letzten Zügen Klekih-petras:
*Da fällt mein Blatt – – Herrgott vergieb – vergieb! – – – ! Ich
komme – – komme – – Gnade – – !*

Bei solchen Stellen kriegte man die Wut, wenn grade
dann Elfriede mit den Töpfen klapperte und mittendrin zu

einem sagte: »Rudi, hol mal Holz, du kannst gleich weiterlesen!« – die hatten wirklich nicht viel Edles an sich in
Plagwitz in der Küche.

Schon wie sie aussahen und sich bewegten und wie sie
redeten – gewöhnlich! Und wenn man sie mit Intschu-
tschuna und mit Winnetou verglich – mit deren würde-
vollem Schreiten, den helmartigen, schwarzen Schöpfen –
und wenn die in den Leggins und den Mokassins und mit
der Medizin am Halse, ohne eine Miene zu verziehen, sagten: *Mein junger weißer Bruder hat solchen Mut besessen ...*

Wenn man sich August angesehen hat dagegen, in seinem ausgebeulten braunen Anzug und seinen durchge-
latschten Schuhen und wenn er sagte: »Ohne Geld ist man
ein Affe!« – das waren eben bloß der August und der Fritz
und die Elfriede und solche Ausdrücke wie *Nille* oder
Tschuul und *dupsen,* die hätte man von Winnetou und
Intschu-tschuna niemals hören können, das war bei denen
unvorstellbar – und Willys Füßekrimmern sowieso.

Bis man schließlich nicht mehr daran dachte, weil der
ganze Plagwitz-Plunder nicht mehr da war, wenn man weiterlas – wenn die Kiowas erschienen und die Friedens-
pfeife rauchten, mit dem sogenannten Kinnikinnik – aus
Rüben, Eicheln, Kolophonium und abgeschnittnen Finger-
nägeln – und wenn der heimtückische Tangua dem
Intschu-tschuna und dem Winnetou die Fesseln derart
schnüren ließ, daß aus dem angeschwollnen Fleische fast
das Blut rausspritzte – dann faßte man sich an die eigenen
Gelenke und quetschte die, so stark man konnte, und
guckte sich das an.

Nur wenn sie Bärentatzen brieten, kam man vom Sofa
hoch und suchte in der Speisekammer nach einer Ecke
Schinkenrinde, die man beim Lesen kauen konnte.

Willy ging natürlich systematisch vor bei der Karl-May-
Lektüre, der fing beim ersten Band der grünen Reihe an:
Durch die Wüste. Was drinstand, wollte er nicht sagen –

»Du hast ja keine Ahnung, Junge!« – das war mir auch egal. Mit Indianern jedenfalls hat das auf keinen Fall zu tun gehabt, der nannte mich mal *Giaur* und mal *Derwisch* und wollte mir die *Bastonade* geben – erklärte mir genau, wie meine Sohlen platzen würden nach dem dritten Schlag – wenn ich, die Füße waagerecht nach oben, an eine umgedrehte Holzbank angebunden wäre: »Leider haben wir hier so was nicht, du Giaur!«

In meinem wurde »Blitzmesser« erstochen, der prahlende Koloss der Kiowas. Der kriegt die Klinge bis ans Heft ins Herz – daß ihm ein fingerdicker Blutstrahl aus dem Einstich spritzt. Danach hat man das Messer auf dem Brotbrett mit andern Augen angesehen.

Bei Nscho-tschis Tod war man nicht ansprechbar – wenn die Gedankenstriche kamen, die starrte man halbblind vor Tränen an, bevor man weiterkonnte: *Old – Shatter – – hand! – Du – bist – da! Nun – – sterbe ich – – – !* Und weil sie sich dabei *mit ihrem kleinen Händchen nach dem Herzen fuhr,* blieb einem gar nichts übrig, als die Rotze hochzuziehn, um nicht gleich loszuheulen.

»Apachen« – dieses Wort allein! das klang dermaßen edel! Als ich später dann in einem andern Band »Apatschen« lesen mußte, konnte ich es kaum begreifen, daß das dieselben waren: »Apatschen« – regelrecht gewöhnlich. Wie gratschen, quatschen und betatschen – schlesische Apachen quasi. Das hätte er nicht machen sollen, das hat mich schwer enttäuscht.

In den Lesepausen hat man sich die Bildung einverleibt. Das sogenannte Anschleichen zum Beispiel: das konnte man auf Karolines Teppich üben, dem mit den Russenflecken – wenn keiner in der Nähe war. Die hätten einen für plemplem gehalten: *Nur die Fingerspitzen und die Schuhspitzen berühren* – wenn es richtig westmannsmäßig ist – *den Boden!* Mehr als zwanzig Zentimeter konnte man nicht schaffen in der Position, eh man zusammenklappte. Man wunderte sich jedesmal, wie dieser May das aushielt.

Die Sache mit dem *eigentümlich blitzartigen Zucken* in den Augen, kurz bevor der Gegner losschlägt, konnte man an der Frisierkommode einstudieren. Man stellte sich vor Karolines Spiegel, guckte sich bewegungslos scharf in die Augen – und plötzlich riß man seine Faust nach oben. Dann mußte man im letzten Augenblick das blitzartige Zucken in den Augen sehen. Ganz sicher konnte man nicht sein, wenn man's gesehen hatte – womöglich zuckte man ja, weil man wußte, daß erst das Zucken kam und dann das Fausthochreißen.

Wie man den Tomahawk dem Gegner mit der flachen Seite an den Kopf schlägt, konnte man nicht üben. Wenn man sich vorsichtig mit Budeks Axt an seine Schläfe tippte, wußte man Bescheid. Beim *Jagdhieb* war's genauso – man hätte zum Probieren einen andern Kopf gebraucht. Am eigenen war man zu zaghaft. Und Willy einfach an der Gurgel packen und ihm die Faust an seine Schläfe donnern? – das traute man sich nicht.

Für solche Skrupel hatte Willy kein Verständnis. Als der im *Winnetou* war, knallte er mir ungeniert die Faust an meine Schläfe und schrie *Shatterhand!* dazu. Von da an hab ich meine Hemmungen verloren. Wir hauten uns die Jagdhiebe in Serie an die Köpfe – bis uns die Birnen dröhnten.

Im zweiten Stock hat sich Frau Böhme einquartiert gehabt – mit ihren beiden Töchtern. Der Mann der Böhme war *vermißt*, genau wie dieser Kurt *in Rußland*. Elfriede hat sofort gekontert, kaum daß die Böhme damit ankam: »Mein Bruder auch, Frau Böhme!« – Patt!

Seit diese Böhme in der Nähe war, durfte alles nur noch hochdeutsch ausgesprochen werden. Man stand auf einer Stufe mit der Böhme und wollte keine tiefer. Da gab's kein *Tippel*, keine *Loden* und kein *Quatschen* mehr und keine

Schlickermilch: »Rudi, reich doch bitte mal das kleine Töpf-   **229**
chen mit der sauren Milch herüber!« – man hat gedacht,
man hört nicht richtig.

Die Böhme hatte eine starke Strahlung, die konnte einem schräg durchs Haus das Leben sauer machen: »Sitzt
grade!« – »Katscht nicht, wenn ihr eßt!« – »Die Gabel in die
linke Hand, das Messer in die rechte!« – »Was sollen sich
die Leute denken, wenn ihr wo eingeladen seid?!« Ich
konnte mir nicht vorstellen, beim besten Willen nicht, wer
mich zum Essen laden sollte.

»Seht euch Frau Böhmes Töchter an: alle beide tadellos
erzogen!«

Aus solchen Ecken wehte jetzt der Wind.

Bei Willy wirkte das – hauptsächlich wegen Edeltraut,
der einen Böhme-Tochter, die war in seinem Alter. Die jün-
gere war sechs, dermaßen kindisch – dagegen war ich absolut immun. Und diese Edeltraut mit ihren Narben im Gesicht und an den Händen? – den rosa Zähnen zu den
schwarzen Haaren? Was sollte man mit der? Bloß weil die
eine weiße Bluse trug? – die hatte nicht mal Brüste. Verglichen mit der blonden Birgel auf der Lublinitzer Treppe
oben war die Edeltraut doch ein Gestecke.

Fritz stellte gleich Prognosen für die Edeltraut: »Wenn
die entwickelt ist, das wird ein Rasseweib!« – der sah schon
alles greifbar vor sich.

Willy hat sich durch und durch verändert, kaum daß die
Edeltraut im Hause war. Seit er die Brandmale gesehen
hatte – die sollte sich als kleines Kind den Topf vom Herd
gezogen haben – kämmte er sich naß. Der brauchte endlos
für den Scheitel, der durfte nur an einer ganz bestimmten
Stelle sitzen, das wurde haargenau geprüft im Spiegel –
senkrecht überm Augenwinkel – sonst fing er neu an, teilte
seine nassen Loden – der schabte sich sogar die Nägel sauber ... Mit Ferkeleien durfte man ihm nicht mehr kommen.
Der stauchte einen regelrecht zusammen: »Wann wirst du
eigentlich erwachsen, altes Schwein?!« – der sagte nicht

mal mehr »du alte Sau!« Man hatte das Gefühl, man war ihm peinlich. Wenn Edeltraut sich näherte, ging er sofort auf Abstand.

Plötzlich fiel ihm ein, den Garten umzugraben – tagelang, penibel gründlich! Der Acker sah wie Streuselkuchen aus. Dazwischen stand er, aufgestützt auf seinen Spaten, in der Gegend und guckte affig hoch zum zweiten Stock – vielleicht war Edeltraut ja hinter der Gardine. »Spiel hier nicht rum, mach was Vernünftiges!« Der schwitzte wegen der Gefühle, die er hatte – der putzte sich die Schuhe blank! – der würde sich demnächst die Hose bügeln ...

Nur abends vor dem Schlafen konnte man mit ihm noch reden – wenn er auf der Matratze saß und an den Füßen schabte. Dann ließ er sich wie früher aus zu *Nille, Tschuul – Juppfeuermatsch!* An seinem Sprechen hörte man, daß er im Dunkeln grinste. Dann roch er auch wie früher. Der konnte mir nichts vorschauspielern – der konnte noch so vornehm tun tagsüber: der war genausowenig edel wie ich selber.

Als der August zu Ende ging, gab es am Küchenfenster wieder was zu sehen: unten auf der Straße rückten die Galizier-Polen an. Die waren von den Russen rausgeschmissen worden – Hau ab hier! Geh nach Schlesien, da wird frei!

»Europa zieht jetzt um«, sagt August. Der steht am Fenster, guckt sich's an. »Galizien kommt nach Schlesien – und wo kommt Schlesien hin?«

»Lange kann's wohl nicht mehr dauern, August«, sagt Elfriede.

»Tja, Friedel, so wird's sein!« sagt August.

Die Polen kamen jeden Tag. Mit kleinen Panje-Wägelchen, vor denen Hungergäule trabten. Die waren Wochen unterwegs, die wollten irgendwo nun bleiben. Aber unser Irrenwärterkasten dicht am Straßenrand, die Ruinen rechts und links daneben, weit außerhalb des Dorfes – das hatten sie sich in Galizien anders vorgestellt. Die quietschten meistens bloß vorbei mit ihren Elendskarren.

Wenn ihnen einfiel, auf der Wiese vor dem Bahndamm Rast zu machen, nahm August sich der Sache an, damit sie dort nicht Wurzeln schlugen. Im Handumdrehen war er unten und brachte sie in Schwung. Der konferierte mit den Häuptlingen in Polnisch, als ob er selber aus Przemyśl wäre, der gaukelt ihnen Riesen-Rittergüter vor im Westen – fruchtbare Böden, Rinderherden! – »Ah!« – »Hier lang durch Lwowek durch und weiter! weiter!« – der zeichnet ihnen eigenhändig ihre Route in den Sand: »Jedenfalls nicht hier in Plakowicze!«

Die Galizier-Polen waren höchst erbaut von dem Beschiß und rückten Schnaps und Tabak raus – »Dziekuje, Pan!« – nur selten mal ein Brot. Meistens soffen sie mit August gleich an Ort und Stelle. Dann wurden ihre Augen naß vor Heimweh nach Galizien. August tröstete sie, was das Zeug hielt – mit allen polnischen Gebrechen: erste, zweite, dritte Teilung, alle nacheinander – »Noch ist Polen nicht verloren!« Im Tee war August wirklich firm historisch – »Nekscheje Polska!« – bis sie endlich Leine zogen.

»Die Lumpen sind wir los! Na also!« sagte August.

»Die Beeren auch und auch das Obst!« sagte Elfriede.

Während August vorne auf der Wiese beim Palaver mit der Führungsriege saß, drang hinten das Gefolge in die Gärten ein und räumte ab. Zum Pflücken hatte keiner Lust von denen – die rissen sich die Sträucher raus und brachen ganze Äste runter, mit allem, was daran war. Das fraßen sie, wenn's weiterging, im Fahren auf den Wagen ab und spuckten uns die Kerne zu.

»Ich kann nicht vorn und hinten sein«, sagt August.

An Budeks Stallkarnickel konnten sie nicht ran. Die mummelten seit Monaten im Keller – hinter einer Wand von Spalteholz.

Zuletzt war alles blankgefressen von den Panje-Wagen-Polen. Was August ihnen abnahm, reichte nicht für uns.

Fritz kam nicht mehr in Frage als Ernährer. Auf den Bauernhöfen ringsum in den Dörfern saßen jetzt die Polen als Besitzer. Elektrik wollten die nicht haben. Schließlich wurde Fritz von irgendeiner russischen Verwaltungsstelle einberufen, nach Löwenberg zur Hochspannungszentrale. Was der vom Starkstrom als Verpflegung mit nach Hause brachte, das paßte in ein Kochgeschirr.

Aber August hatte vorgesorgt, der hatte im Keller fast dreißig Zentner Kartoffeln liegen. Die hatten die Plagwitzer Bauern ihm, als das noch ging, für ein paar Fünf-Mark-Stücke rausgerückt – in Lublinitzer Silberwährung. Auf seine eindringliche Prophezeiung hin, daß sie spätestens im Winter Knechte auf den eignen Höfen wären und dann danebenstehen könnten, wenn die Polen ihre Mieten plündern würden – »Wollt ihr das?!« Wenn August den Bauern die Lage erklärte, war er flexibel.

Die dreißig Zentner wurde man so leicht nicht los, die konnte man nicht essen und weg waren sie – das waren derart viele ... von diesen dreißig Zentnern träumte man – die waren immer da. Obwohl Elfriede ihnen tapfer auf die Pelle rückte und sich den Daumen braun und rissig schälte, bis die beiden kleinen Messer mit den schwarzen Griffen rund wie Sicheln waren. Wenn ich abends schlafen wollte, standen sie mir vor den Augen – in langen Reihen zu zehn Sack – im Keller, hinter einer Eisentür. Dort warteten sie lautlos und geduldig, bis man am nächsten Tage wieder runterkam zu ihnen mit dem Korb. »Das Licht ausmachen, Rudi, denk daran!« – damit sie ja nicht keimten.

Und wenn man sie am Ende doch vergessen hatte, hörte man am nächsten Morgen auf dem Sofa unterm Zwischenfenster, wie Elfriede in der Küche einen neuen Topf auf ihren Ofen hob – damit man sie gleich nach dem Aufstehn schlucken konnte, mit Sirup oder pur: als Frühstück. Man hatte sie tagtäglich vor sich, in Schale oder ohne, kalt und warm, zerstampft mit Brennesseln in Wasser, als Suppe jeder Art, nur nie mit Fleisch – als Puffer meistens ange-

brannt und trocken, weil sie fettlos zäh am Pfannenboden **233**
pappten. Zum Brechen ekelhaft als Bratkartoffeln, wenn
sie zwischen den verkohlten Zwiebeln aneinanderklebten.
Und für ein paar kurze Wochen schluckten wir sie mit der
Heringslauge.

Die Lauge holte uns Elfriede jeden dritten Tag aus Löwenberg. Die kriegte sie von einem, den sie kannte, der
früher Prokurist gewesen war und jetzt Faktotum war, im
Löwenberger Lebensmittellager bei den Polen. Der hatte
Anweisung, die Lauge aus den leeren Heringstonnen weg-
zukippen in den Rinnstein, und hat für sich und auch für
uns zwei Kellen vorher abgeschöpft. Als die Polen ihm deswegen seine Rippen eingetreten hatten und sein Kopf nach
dieser Nacht noch mal so dick war, konnte er das mit den
Heringstonnen aus gesundheitlichen Gründen nicht mehr
machen und wir mußten die Kartoffeln wieder ohne Lauge
runterdrücken.

August und Elfriede wurden schlank. Die sahen neuer-
dings viel jünger aus als früher, sie hatten jetzt kein Dop-
pelkinn, nur Truthahnlappen um den Hals. Wenn Elfriede
manchmal ihren Ehering probierte, fiel er ihr sofort vom
Finger. Fritz kam nicht besser weg bei der Kartoffelkur.
Wenn er morgens aus dem Bett kroch, stand der Buckel
völlig fleischlos vor – der hatte jetzt auf jeden Fall genügend Platz in dem Korsett.

Ich selber hatte mich zum Voll-Spittel entwickelt – Haut
und Knochen. Schlafen konnte ich sogar am Tage. Stundenlang. Man dämmerte vom Morgen in den Abend. Man
fühlte sich ganz leicht. Das hatte was. Willy war noch nicht
soweit, der blieb noch wach am Tage. Aber Augenringe
hatte der, daß Fritz ihn fragte: »Wichst du schon?!« Der
wäre viel zu matt gewesen, um zu wichsen. Wir wußten gar
nicht, wie das ging. Das Messen an der Lublinitzer Singer-
Nähmaschine hat nichts damit zu tun gehabt.

Je mehr wir uns von den Kartoffeln einverleibten, desto

stiller wurde es am Tisch. Wenn zwischendurch ein Kanten Brot auftauchte, hörte man kein Wort. Brot mußte man gut kauen, pro Bissen fünfundzwanzigmal. Dadurch würde man es »optimal verwerten«, sagten sie. »Das haben Ärzte festgestellt!« – »Die müssen's wissen!« Wir saßen uns wie Kühe gegenüber. Aber lange hat man das nicht durchgehalten, dann war man wieder gierig und schluckte schließlich doch.

Nach den letzten Panje-Wagen schlug das schöne Wetter um. Wenn man zur Straße runterging und durch den Nieselregen Richtung Goldberg guckte: bis hin zum *Sargdeckel* war alles leer – dem langgestreckten, schmalen Hügel an der Straße, auf dem zwei dürre Fichten standen.

Aus dem Nieselregen kamen auf dem Bahndamm Viehwaggons gerollt. In denen hockten »nur die allerärmsten Schweine – alles, was der Russe in Ostpolen rücksichtslos zusammenkehrt«, sagt August. Die rollten in den Viehwaggons vorbei am Küchenfenster und wurden abgestellt am Bahnhof Plagwitz. Die Lok, die sie geschoben hatte, fuhr gleich zurück nach Goldberg. Die Polen ließ sie einfach stehen, die schimmelten in den Waggons, im feuchten Stroh. Sie kratzten sich ganz langsam ihre Läusestiche blutig und stierten durch die Schiebetüren in den Regen raus. Immer wenn man in den Lesepausen aus dem Küchenfenster guckte, waren sie noch da.

Old Death – den las ich, wie man's schreibt: Old De-ath. Das *h* am Ende störte mich so wenig wie das *Sh* bei *Shatterhand*. Old De-aths Totenkopf, *in dessen Haut der Kehlkopf wie in einem Ledersäckchen niederhing*, hatte man beim Lesen klar vor Augen. De-ath nahm Opium, hat man erfahren und hat sich an die Mohnkapseln erinnert: »Aus Mohn wird Opium gemacht!« – August war beschlagen. De-ath aß das Zeug mit Kautabak vermischt, infolgedessen war er jetzt *dem Untergang geweiht.* Ein hoffnungsloser Fall. Mohn machte nicht bloß dumm ...

Fritz sah bald aus wie De-ath. Der konnte die Kartoffeln **235**
nicht vertragen und krümmte sich vor Magenschmerzen,
daß ihm die Augen schwarz nach innen wollten.

Als nach der Nieselregenzeit die Sonne wieder schien,
ging's mit dem Ährensammeln los. Wir wiegten wie die
Gibbons übers Feld – die Arme wurden einem lang und
länger. Elfriede kniete meist dabei, die hatte einen roten
Kopf vom Ährensammeln, schaffte nichts. August kam
fürs Ährensammeln nicht in Frage: »Mit einer Hand vielleicht?« – die Knoche!

Abends wurde das, was wir gesammelt hatten, auf dem
Hof im Sack geprügelt. Anschließend drehte man die Körner durch die Kaffeemühle, bis der Holzknopf an der Kurbel heiß war in der Hand. Elfriede kochte dann die Schleim-
suppen für Fritz daraus, damit sein Magen »ausgekleidet«
wurde. Wenn er voll war mit der Pampe, konnte er für eine
Weile grade sitzen: »Mein lieber Herr Gesangverein, das
sind dir vielleicht Schmerzen!« – man sammelte die Ähren
praktisch nur für seinen Magen. Über die Gefühle, die
man dabei hatte, durfte man nicht sprechen, nur mit Willy
abends. Der sollte sich das Zeug alleine sammeln! Der hätte
wenigstens die Kaffeemühle drehen können! Bestimmt
markierte der das meiste bloß von seinen angeblichen
Schmerzen.

Winnetou trank plötzlich Bier! das hätte man sich nicht
gedacht bei dem, ausdrücklich deutsches, hieß es. Der
schnalzte sogar mit der Zunge nach dem Schluck – *am
Halse die dreifache Kette von Krallen des Grauen Bären.* Auf
dem Boden liegt der tote Bluthund vor ihm. Den hatte sich
der Shatterhand gegriffen und mit dem Kopf voran an eine
Wand geschleudert – daß man's krachen hörte, als der
Schädel brach.

August *beizt* mit Fritz zusammen Tabakblätter in der
Küche. Winnetou hat sich dermaßen dußlig angeschli-
chen, daß Santer ihn zu fassen kriegt und *krummschließt.*
Um das richtig zu verstehen, muß man ins Wohnzimmer

nach nebenan und sich verrenken – bis man wie ein Ring gebogen auf dem Teppich liegt, die Hände an den Füßen, hintenüber. Sechs Stunden sollte der das ausgehalten haben? ... und wenn er pinkeln mußte? Dann lieber doch den Kolben ins Genick wie Shatterhand. Die Tabakblätter legen sie in eine Büchse und schieben die ins warme Ofenröhr, die sollen dort drin »schwitzen«. Den Gambusino haben sie im Sand vergraben, bis zum Kinn. Anschließend haben sie ihm das Gesicht mit frischem Schlachtfleisch eingerieben. Dem wimmeln die Mücken in Augen und Ohren und Nase und um den Mund. Der Rücken ist blutig zerschlagen.

Nachts donnert's an die Tür. Das kennt man. Diesmal wird dazu geschossen. Budek muß den Balken von der Tür wegheben. Man hört ihn gleich danach laut schreien. Die polnischen Milizer trampeln auf dem Budek rum im Hausflur. Bis sie ins Treppenhaus rauf schießen: »In zehn Minuten deutsche Schweine raus!« Das schaffen alle. An der Haustür kriegt man einen Tritt in seinen Hintern. Jeder. Auch Elfriede. Draußen regnet es, man sieht nicht viel. Budek muß im Handwagen befördert werden, den Bahndamm hoch und bis zum Hirseberg. Dann steht man stundenlang im Dunkeln vor der Friedenseiche. August raucht und sagt kein Wort. Elfriede hält das Ende mit dem Schrecken für besser als den Schrecken ohne Ende. Außer Budek konnte keiner sitzen. Man stand im nassen Gras und fror.

Nach ein paar Stunden geht's zurück ins Haus – die polnische Miliz ist längst woanders. Old Firehand steht vollgespritzt mit Blut vor einem Felsen und *wühlt* mit beiden Händen *im Leben seiner Feinde*. Stone und Parker werden *ausgelöscht*. Dann schläft man ein.

Bei Willy ist man abgeschrieben – der glänzt pomadig für die Edeltraut. »Spielen« ist jetzt unter seiner Würde. Ich fing mir Ameisen als Partner und baute ihnen eine Burg in einer Schüssel – mit breitem Wassergraben ringsherum – und guckte ihnen zu, wie sie versuchten wegzukommen. Neben ihre Insel stellte ich den Futterturm ins Wasser – mit einem Zweig als Brücke. Wenn sie was zu fressen haben wollten, mußten sie da rüber. Sobald sie eine Straße bildeten, zog ich die Brücke ein. Das brachte sie vollkommen durcheinander. Mit der Lupe sah ich mir das an, wie sie konfus am Strand lang rannten. Wenn sie sich mit ihrer neuen Lage abgefunden hatten, kam die Brücke wieder drauf. Aus heitrem Himmel.

Für Willy war ich einfach Luft, der hatte kein Interesse mehr an mir – die Edeltraut versalzte mir das Dasein. Als ich eines Tages ihre kleine Schwester zufällig allein im Treppenhaus erwischte, brachte ich ihr das Wort *ficken* bei – mit Faust und Zeigefinger, damit sie sich was denken konnte.

Am Hancock-Berg hat Winnetou den Lungenschuß bekommen und mußte jetzt verbluten. Kaum daß ich die Kartoffeln runter hatte – mittags, in der Küchensofa-Ecke. Das zog mir in die Nase hoch. Vor dem Essen hatte er noch ganz normal gelebt, jetzt ging das Sterben los. August und Elfriede sitzen vor den leeren Tellern. Der Apache rührt sich nicht und blutet weiter.

Plötzlich ist die Böhme in der Küche – auf einem Felsenabsatz über Winnetou versammeln sich die Sattlers und wollen ihm den letzten Wunsch erfüllen – die Böhme will mit August und Elfriede sprechen: »Es geht um Ihren Sohn!« – die Sattlers singen, daß man schniefen muß:

> *Es will das Licht des Tages scheiden;*
> *Nun bricht die stille Nacht herein*

– die Böhme sagt, sie ist »entsetzt«, die sieht durch mich auf einmal ihre Göre in Gefahr – »nachdem ich dieses Kind vor so etwas bisher bewahren konnte«. Winnetou kann nur noch flüstern, mit der letzten Anstrengung der schwachen Kräfte: *Schar-lieh, ich glaube an den Heiland. Lebe wohl!* – »Der Junge soll es ruhig hören, wenn's ihn betrifft!« sagt

August. Elfriede kratzt sich ihre linke Hand – die Böhme druckst, die weiß nicht: Soll sie? Soll sie nicht? – durch den Körper Winnetous geht das bekannte Zittern – die Böhme spricht von ordinären Ausdrücken im allgemeinen: »Was soll das Kind sich dabei denken?!« – man merkt genau, wie sie zu einem hinsieht zwischendurch – August versucht, die Böhme abzufangen: »Vorpubertät, das Alter eben!« – die Sattlers singen ihre dritte Strophe:

Es will das Licht des Tages scheiden;
Nun bricht des Todes Nacht herein.
Die Seele will die Schwingen breiten;
Es muß, es muß gestorben sein

– der Kopf wird einem furchtbar heiß, der Böhme wegen – und weil man kurz vorm Heulen ist – »Mit dem Zeigefinger in die hohle Hand – beim Mittagessen!« sagt die Böhme. »Ich hab gedacht, ich seh nicht richtig! und außerdem das Wort ... und immer wieder! Sie können sich wohl denken, wie mir zumute war! Mit nicht mal sieben Jahren!« – das *ficken* hat die Böhme nur geflüstert – aus dem Mund quillt Winnetou ein Blutstrom – *der Häuptling der Apachen drückte nochmals meine Hände und streckte seine Glieder. Dann lösten seine Finger sich langsam von den meinigen – Winnetou war tot!* ... ich fing in meiner Sofa-Ecke an zu schluchzen, mit abgewandtem Kopf – »Der Junge ist nicht so!« sagt August, »Sie sehn ja selbst, wie ihm das leid tut!« – die Böhme ist beeindruckt. August spricht von schwierigen Verhältnissen und von der Schule, die uns fehlt vor allen Dingen! und daß man sich im Grunde wundern müsse, »wie anständig die Jungs geblieben sind«. – »Ja, glauben Sie, ich wäre nicht entsetzt, wenn ich das hörte von den Jungen!« sagt Elfriede. Winnetou begraben sie in den Groß-Ventre-Bergen – mit allen seinen Waffen aufrecht auf dem toten Pferd sitzt er dort im Innern eines Hügels – die Böhme hat genug, die will jetzt weg, August und Elfriede bringen sie zur Tür – »Tucke!« hört man August sagen, August geht aufs Klo. Elfriede räumt die Teller ab,

sie sagt kein Wort. August zieht die Spülung. Winnetou ist **239**
tot. Weiterlesen kann man vorerst nicht.

Grade hatte er mit ihm im Wald gesessen – gleich nach
der Sache mit dem deutschen Bier! – Hand in Hand im
Walde unterm Baum – *Scharlieh, mein lieber, lieber Bruder!*
– und schon saß er auf dem toten Pferd im Dunkeln.

Jetzt werd ich dir die Lergen drillen!« sagt August, als
der Winter kommt. »Wart's ab, die kriegen Zuch, Elfriede!«

»Zug« mit *ch* – das klang nach Schule. August hatte
lange keinen Alkohol gehabt, mit dem war nicht gut Kirschen essen, der hatte, wenn er »drillen« sagte, schmale Augen. Draußen schneite es. Am Anfang war der Hirseberg
voll Schnee, dann blieb er auf dem Bahndamm liegen,
dann auf der Straße unten – bis der letzte schwarze Fleck
auf dem Asphalt verschwunden war. Elfriede stand am
Fenster – »Alles weiß.«

»Was könnt ihr überhaupt noch, Jungs?« sagt August.
»Sechzehn mal sechzehn beispielsweise – na?«

Diesmal hatte Willy selber keine Ahnung – »Auswendig? aus dem Kopf?!«

»Ja, wie denn sonst?! – vielleicht 'n Bleistift suchen? und
wenn du keinen findest, geht's nicht? Was glaubst du, wo
die andern sind inzwischen?! – so was muß man doch im
Koppe haben! Also schreibt's euch auf: bis zwanzig alle mit
sich selber und auswendig! für morgen!«

Willy schrieb natürlich *HAUSAUFGABE* in die Ecke seines Blattes, mit Doppelpunkt dahinter. Das Schreibpapier
hat August uns organisiert, einen ganzen Packen Formu-
lare aus der Irrenanstalt, gelblich, aber glatt. Die Rückseite
war nicht bedruckt, auch auf der Vorderseite war viel
Platz. Oben in der Mitte stand in fetten Großbuchstaben

und darunter klein in Klammern: *(gemäß Artikel 3 Abs. 4 der Verordnung zur Ausführung des Gesetzes zur Verhütung erbkranken Nachwuchses)*

Dann kamen ein paar Zeilen Vordruck, zum Ausfüllen und Unterstreichen:

Der/Die

Familienname ... ...

Vorname ... ...

derzeitiger Aufenthaltsort ... ...

leidet an/ist verdächtig zu leiden an:

angeborenem Schwachsinn – Schizophrenie – manisch-depressivem Irresein – erblicher Fallsucht – erblichem Veitstanz – erblicher Blindheit – erblicher Taubheit – schwerer erblicher körperlicher Mißbildung – schwerem Alkoholismus.

Danach war wieder freier Platz: dort sollte die Adresse hin – von dem, der den anderen anzeigen wollte.

»Karl der Große? Goethes Tod? Schlacht im Teutoburger Wald? – bist du nicht auf dem Gymnasium gewesen, Willy?!«

Willy hatte keinen Schimmer – ich selber sowieso nicht.

»Napoleon?«

Den hatte ich zum erstenmal auf diesem Rollwagen nach Greiffenberg gehört, von dem Eisenbahner, der mich an die Runge quetschte: *Napoleonsfichte* – war der das?

»Ich bin bloß Volksschüler!« sagt August – das weiß ich doch aus dem Effeff! das bringt man sich doch selber bei! – Autodidakt! Schreibt's auf!« August hatte seinen gelben Blick. »Mir hat das keiner eingetrichtert, von wegen Schule, so wie du! Wo denkt ihr hin!«

Willy kriegte seine weiche Flappe, der genierte sich. Der hatte keine Chance mehr, Autodidakt zu werden. Der war in Lublinitz schon aufs Gymnasium gegangen – damit mußte er jetzt leben.

August diktierte, alles aus dem Kopf: »1517 – 9 nach –

1077 – 399 vor – 768 bis 814 – 375 – 1529 – 1789 – 1564 bis 1642 – 1618 bis 48 – 1914 bis 18 – 1918 bis 25 – 1740 bis 1786 – 1724 bis 1804 – Null – 1212 – 1492 – 1157 – 1525 – 1759 bis 1805 – 1770 bis 1827 –1749 bis 1832 – 1799 bis 1814 – 1241. Die schlagt ihr alle nach im Ploetz! – und ordnen vorher selbstverständlich!«

»Und das Große Einmaleins?« sagt Willy.

»Aufgeschoben ist nicht aufgehoben«, sagte August und verzog sich in die Küche, um sich aufzuwärmen. Unser Klassenraum war ungeheizt – *überschlagen* hieß das, wenn die Wärme nur zu riechen, aber nicht zu spüren war. Wir saßen im Mantel am Wohnzimmertisch, mit dicken Socken und dem *Kleinen Ploetz* von Kieselbach. Den hatten wir bisher nicht angerührt, der strotzte regelrecht vor Zahlen, zum Lesen war der ungeeignet.

»Hier, guck dir *das* an!« sagte Willy. Im Kleinen Ploetz vorn war ein Stempel

Ex libris

GRAF V. KLINCKOWSTROEM

rings um ein Wappen mit zwei Löwen, die fletschend auf den Hinterbeinen standen. »Kieselbach klaut selber Bücher«, sagte Willy. »Scheißkälte! Fang schon an!«

Wir brauchten eine halbe Stunde, eh wir die meisten Zahlen hatten. »Kopf kalt, Füße warm, macht den besten Dokter arm«, rief uns Elfriede von der Tür aus zu – »Ja anbehalten, eure Socken!«

Manches war im Kleinen Ploetz nicht drin: 1564 bis 1642? 1724 bis 1804? ... schließlich hatten wir fast alle rausgeschrieben und geordnet. August kam zurück: »Na – und?«

»*399* – Sokrates trinkt den Schierlingsbecher«, sagte Willy.

»Gift«, sagt August, »zeig ich euch im Sommer, wächst hier auch.«

»Und weshalb trinkt der das?«

»Kommt alles später, erst mal das Gerüst!« sagt August. *Null* war leicht zu merken.

»Beginn der Zeitrechnung«, sagt August.

»Christi Geburt«, sagt Willy.

»In jedem Falle Null!« sagt August. »Alles was davor war, wird zurückgerechnet!«

»100 bis 44 – nicht 44 bis 100, du Affe!« sagte Willy. »9 – Schlacht im Teutoburger Wald. Hermann, der Cherusker.«

»Armin heißt der richtig!« sagte August.

»375 – Völkerwanderung.«

»Wir komm noch drauf«, sagt August, »so wie heute! Weiter!«

»1077 – Gang nach Canossa«, sagte Willy.

»Barfuß durch den Schnee!«

»1212 – der Kinderkreuzzug«, sagte Willy.

»Totale Hirnverbranntheit!« sagte August.

1157 hatten wir nicht finden können.

»Wichtig!« sagte August. »Merken! Beginn der deutschen Wanderung nach Schlesien! So lange sind wir hier! Und mindestens genauso wichtig: 1241 Schlacht bei Liegnitz! Rettung des Abendlandes durch die Schlesier – vor den Mongolenhorden!«

1492 hatten wir – und 1529 auch.

»Abgeschmettert«, sagte August. »Heim ins Reich. Den Kaffee ham se dagelassen.«

»1564 bis 1642 gibt's im Ploetz nicht«, sagte Willy.

»Galilei!« sagte August. »Astronom! – erstes Fernrohr zur Beobachtung der Sterne. Blind geworden nachher, tragisch!«

Der Dreißigjährige Krieg war leicht.

Kant war aus Königsberg und »pünktlich wie ne Uhr! – Kritik der praktischen Vernunft! Lesen, wenn ihr älter seid! Kleiner Mann gewesen und verwachsen, aber zähe – achtzig Jahre alt geworden! Großer Denker!«

Beethoven war noch tragischer als Galilei – »Völlig taub am Ende, nichts zu machen, aber vorher: Neunte! – *Freude, schöner Götterfunken! –* schreibt's euch auf!«

Götterfunken schrieb sich komisch. August war längst weiter. »Größter deutscher Dichter: Goethe – Schiller mehr

Dramatiker gewesen. Goethe: jeden Tag ne Flasche Wein! Schiller dafür Äpfel.«

»Äpfel?!« fragte Willy.

»Im Schreibtisch! – alte Äpfel, der Geruch. Zur Anregung gewissermaßen. Jeder, wie er's braucht«, sagt August.

Das mit den Äpfeln hielt man für verrückt. Das mit der Flasche Wein war eher zu verstehen – wie August, aber täglich.

1789 hatten wir gefunden – fettgedruckt sogar.

»Bastille!« sagte August. »Wie man's spricht.«

Den Rest von unsern Zahlen mußte August uns diktieren, der war im Ploetz nicht drin. 14/18 konnte man auf Anhieb gut behalten, das klang schon wie ein Wort. Danach kam nur noch Friedrich Ebert: der war erst Sattler gewesen und anschließend Reichspräsident, den mußte man unbedingt wissen – der war sogar Autodidakt gewesen!

»Das ist das Gerüst«, sagt August, »das müßt ihr im Schlafe können. Damit kann man sich in jedem Falle aus der Patsche helfen. Wenn zum Beispiel einer sagt: *Friedrich der Große hat in Preußen die Kartoffel eingeführt,* dann weiß man automatisch: Friedrich der Große, 1740 bis 1786 – Einführung der Kartoffel also irgendwann dazwischen.«

»Und was haben die davor gegessen?« fragte Willy.

»Brot wahrscheinlich oder Runkelrüben«, sagte August.

Unglaublich! die kannten die gar nicht, die hatten nicht diese endlosen Säcke im Keller stehen!

»Und wie soll man sich die Zahlen alle merken!?« wollte Willy wissen.

»Drei Methoden«, sagte August. »Methode eins: die Zahl anstarren« – August machte uns das vor – »dann Augen hoch und vorstelln sich im Geiste: 1157 – bis man's sieht! Methode zwei: laut aussprechen dabei! Siebenhundertachtundsechzig bis achthundertvierzehn, siebenhundertachtundsechzig bis achthundertvierzehn – so lange, bis das sitzt! Sechzehnachtzehn bis achtundvierzig – hört man doch schon!«

»Und die dritte?« fragte Willy.

»Eselsbrücken bauen«, sagte August. »1077: zwei Siebnen wie zwei S – wie in Canossa! 1212: lauter Zwölfjährige – Kinderkreuzzug! Oder 44: Hälfte davon 22, gleich 22 Dolchstiche – Ermordung Cäsars.«

»Stimmt nicht«, sagte Willy. »Dreiundzwanzig!«

»Weißt du das einwandfrei? – guck lieber noch mal nach!«

Am nächsten Tage hatte Willy eine Eselsbrücke für die Dolchstiche gefunden.

»WAS, AUCH DU MEIN SOHN BRUTUS? – dreiundzwanzig Buchstaben – wie die Dolchstiche!« sagte Willy.

»Hat der wirklich *Was* gesagt?« sagt August.

»Man kann genauso *Wie* sagen«, sagte Willy, »immer dreiundzwanzig!«

Leider ging das mit den 44 jetzt nicht mehr. Die konnte man wahrscheinlich nur durch Anstarren behalten.

Fritz wollte vom Gerüst nichts wissen, dem durfte man mit Wissen gar nicht kommen. »Kinderkreuzzug? Red nicht so ein Tinnef!«, der wurde ärgerlich, wenn Willy weiterbohrte: »1832, Onkel Fritz?«

»Im Arsche ist finster und stinkt's ganz erbärmlich« – damit war der Fall für Fritz erledigt.

Zu manchen Zahlen gab es einen *Kernsatz*. Den *Kernsatz* mußte man sich merken. 399: *Ich weiß, daß ich nichts weiß.* 44: *Lieber auf dem Dorf der Erste als in Rom der Zweite.* Den kannte Willy längst. 1564 bis 1642: *Und sie bewegt sich doch!* 1759 bis 1805: *Ein echter Schütze hilft sich selbst!* – Augusts eigener Wahlspruch.

Anschließend wurde uns DER STAAT diktiert – mit Schönschrift in die klammen Finger, damit sie sich gelenkig schrieben.

»Frage, Doppelpunkt: Was ist der Staat?« sagt August.

»Antwort: DER STAAT IST DAS UNTER EINER HÖCH-
STEN GEWALT STEHENDE, RECHTLICH GEEINTE VOLK
EINES BESTIMMTEN GEBIETES – Komma nicht verges-
sen!«

Den Staatssatz mußte man auf alle Fälle können – auch
wenn man plötzlich aus dem Bett gerissen wurde. August
hatte mit dem Staatssatz glänzende Erfahrungen gemacht, als sie ihn in der Inspektorprüfung seinerzeit aufs
Glatteis führen wollten: »Was ist denn eigentlich für Sie
der Staat?« – DER STAAT IST DAS ... postwendend. »Die
guckten wie Piksieben«, sagte August: »Eins!«

Handschrift stand bei August hoch im Kurs. Was schwächlich vor sich hingetorkelt ist, nicht Richtung halten
konnte – womöglich ohne Bogen überm *u* – war *Klaue*.
Mit *Klaue* lief man praktisch nackt herum: »Wenn ihr damit euren Lebenslauf geschrieben habt, wissen die sofort
Bescheid!«

Willy war in Handschrift nicht zu schlagen, der konnte
schreiben wie gedruckt, leicht schräg nach rechts geneigt,
schnurgrade – der schrieb tatsächlich *eine tadellose Hand*,
wie August sagte, mit gleichen Abständen von einem Buchstaben zum anderen. Meine standen alle matt nach oben,
mal höher und mal tiefer – weiche Eier zwischen schlappen Stangen. Wenn August seine Kantenprobe machte und
ein Blatt an meine Zeilen legte, hieß es regelmäßig: »Zieh
dir lieber vorher Linien, Junge – bei dir muß man Nudeln
anlegen!«

Erdkunde hat uns August beigebogen, ohne daß wir's
merkten. August spielte *Stadt Land Fluß* mit uns. In der
Küche lag der Atlas aus den Kieselbach-Beständen. Man
durfte jederzeit zum Atlas hin und suchen. Die einzige Be-
dingung war, man mußte auf Verlangen zeigen können, wo
das lag. Jeder konnte das verlangen, auch von August. Anfangs kriegte man für alles, was man richtig hatte, einen

Punkt. Dann wurden die Regeln geändert: wer das Größte hatte, wurde Sieger ...

Schließlich stellte man sich Listen auf und lernte die: *Athen – Australien – Amazonas –* alles möglichst groß! Aber wenn dann zwei dasselbe hatten, war der Punkt genauso weg. Also suchte man den Atlas ab nach mittelgroßen, die auch selten waren: *Aachen – Arno – Ararat – Arabien –* immer zeigen können! August feixte. Der konnte sogar C und Z, selbst Ypsilon: *Ypern – Ceylon – Zypern – Celebes –* »Was ich dir sage! Hier! Von wegen selbstgemacht!«

Auf August war Verlaß, der hielt sich an die Regeln. Nur wenn er zufällig durch Fritz an eine Flasche Schnaps gekommen war und sich nach Strich und Faden vollgesoffen hatte, nicht mehr – dann nahm er Königsberg bei Berg/Gebirge und Wolgograd bei Fluß. Bis er am Ende alles durcheinanderschmiß: Kant Auschwitz pünktlich wie ne Uhr Katyn – *Ich weiß, daß ich nichts weiß* Kritik der Vernunft – Totale Geisteskrankheit Null! *Und sie bewegt sich doch!* – dann war mit August nichts mehr anzufangen. Elfriede schleppte ihn nach nebenan. Meist kotzte er noch vor dem Schlafengehen. Oder würgte nachts im Klo, bis alles aus ihm raus war.

»*Krachen und Heulen und berstende Nacht,* Absatz! – habt ihr? – *Dunkel und Flammen in rasender Jagd – ein Schrei durch die Brandung!* Absatz! – *Mutter, 's ist Uwe!*«

's ist kannten wir nicht.

»Auslassung vom Dichter«, sagte August: »*es ist Uwe!* – viel zu lang und viel zu steif! Schreit doch keiner so. Der steckt bis zum Halse im Wasser bei Sturm! – *'s ist Uuuwe!!!* Völlig anders beispielsweise bei *Es ist ein Ros entsprungen* – also weiter. Willy, lies mal vor!«

Willy las schön alles gleichmäßig herunter: »Krachen – und Heulen – und berstende Nacht ... «

»Und so eben nicht!« sagt August. »Betonung! Und wenn man das aufsagen muß vor der Klasse: Haltung und vorher tief atmen paarmal, damit euch die Puste reicht. Moment erst warten, bis sie alle ruhig sind ... und plötzlich ohne jede Warnung: KRRRACHEN UND HEUUULEN UND BERRSTENDE NACHT!! – 'S IST UUUUWE!!!«

»Um Gottes willen, August!?« – Elfriede stürzte rein – »Man denkt sich ja sonst was!«

Das U von Uwe konnte August wirklich gut. Das heulte bis zur Küche rüber. Die andern Strophen sollten wir uns suchen – in Kieselbachs *Ewigem Brunnen*. Der Titel und der Dichter wurden nicht genannt. Man mußte Seite für Seite den *Brunnen* abgrasen.

Aber Uwe war nicht drin.

»Halbe Sachen so was!« sagte August – Kieselbach war bei Gedichten schwach. August selber hat »das Ding nicht ganz komplett im Kopf« gehabt, nur die Stelle mit dem Uwe – der schrie direkt am Anfang so.

Zum Ausgleich gab's den *Glockenguß zu Breslau,* der hatte dreißig Strophen. »Abschreiben – lernen hinterher!«

August wartete schon ungeduldig, wann wir ihm das runterstammeln würden. Die ersten fünfzehn Strophen machte ich, die zweiten Willy. Als wir zu Rande waren mit den dreißig, war August an der Reihe. Gemächlich und besinnlich anfangs und nach und nach mehr Unterton:

> *Will mich mit einem Trunke*
> *Noch stärken zu dem Guß,*
> *Das gibt der zähen Speise*
> *Erst einen vollen Fluß!*

Und als es August schließlich zischen ließ und zucken und ziehen zu dem Hahne hin, den der Junge nicht um alles in der Welt berühren sollte, merkte man, wie's August überlief bei dem Gedanken, wie das enden würde – und als der Meister, jähzornig wie August selber, sich nicht beherrschen konnte und das Messer zog, wurde August immer schneller, immer lauter und das Messer derart scharf, daß man eine Gänsehaut beim Hören kriegte, weil man beinah glaubte, August selber stieße es dem Jungen in die Brust –

Vielleicht, daß er noch retten,
Den Sturm noch hemmen kann –
Doch sieh, der Guß ist fertig,
Es fehlt kein Tropfen dran.

Und dann wird August langsamer und leise, der Meister immer stiller – bis er die Glocke klingen hört, kurz bevor sie ihm den Kopf abhacken:

Die Augen gehn ihm über,
Es muß vor Freude sein.

Die gingen jetzt auch August über, der ließ auch seine Blicke leuchten, durchs Fenster zum verschneiten Plagwitz hin und in die grauen Wolken hoch – der hörte wirklich jetzt *die Magdalenenglocke zu Breslau in der Stadt* ...

»So trägt man so was vor, ihr Pfeifen!«

Da mußte man noch sehr viel üben.

Willy hatte den verlangten Bogen eher raus als ich, der schaffte selbst *Johanna Sebus* – der sprach die derartig gedehnt, die Sebus war sein Fall. Mir lag die nicht mit ihrer Ziege, ich brachte jedesmal die Strophen durcheinander.

Der *Eisenhammer* war mir lieber – *Herr, dunkel war der Rede Sinn, sie wiesen nach dem Ofen hin.* Das war so spannend wie der Junge, der nachts beim Feuer unterm Galgen saß. Mit den Gehenkten, die die Zehen streckten.

»Wenn man's nicht weiß – grundsätzlich nachschlagen!« sagt August. »Wer nicht nachschlägt, bleibt beschränkt! Wortschatz und Wissen ständig erweitern!«

Beim *Lotsen* wäre man schon nach der ersten Zeile absolut beschränkt geblieben: *Siehst du die Brigg dort auf den Wellen?*

»Brigg?«

»Schiff«, sagt Willy.

»Jjjaaa – aber was für eins!« sagt August.

Kieselbachs Zwei-Bände-Brockhaus mußte ran.

»Der kleine bloß – für'n Anfang reicht's!« sagt August.

Brigg: Segelschiff mit zwei Masten (Fock- und Großmast),

die mit Rahen getakelt sind. Unversehens hatte man vier **249**
neue, die man ebenso nicht wußte.

»Und immer weiter nachschlagen!« sagt August.

Fock: *Erstes Segel vor dem Mast* – der *Fockmast* stand
nicht extra drin, der *Großmast* auch nicht. Dafür die *Rahe*
(*die quer zum Mast verlaufend angebrachte Stange, an der
trapezförmig das Rah-Segel befestigt ist*) und dahinter das
Trapez: *ein Viereck mit zwei parallelen, aber ungleich langen Seiten* – Wie sollte das aussehn?! am Fockmast? – und
dann noch *getakelt*! – takeln? – *Takelung*: *Segeleinrichtung
eines Segelschiffes* ...

Zum Glück gab's Bilder in Kieselbachs Brockhaus. *Vier-
mastgaffelschoner – Kutter – Brigg*: *g*anz klein in Schwarz,
wie Scherenschnitte. Jetzt konnte man die Brigg tatsächlich
sehen.

Nachschlagen war nicht ohne – wenn man einmal damit
angefangen hatte, ging das praktisch endlos weiter. Und
wenn man dabei seitwärts guckte, landete man sonstwo.

Auf der Suche nach *Trapez* war man an *Trappist* vorbeigekommen, das interessierte einen – *Ein Trappist bricht
sein Schweigen!*

Trappisten: *S lat. ORDO CISTERCIENSIUM REFORMA-
TORUM seu STRIKTIORIS OBSERVANTIAE, der durch Rancé
reformierte Zweig der Zisterzienser.*

Wenn man da wirklich nachgeschlagen hätte ... und das
sollte Fritz angeblich alles wissen?!

»Klosterbrüder, die nicht quatschen dürfen«, sagte Fritz.
»Machen lebenslang das Maul nicht auf. Aber sehn natürlich alles, was sich abspielt in den Mauern. Und wenn von
denen einer spricht und auspackt – mein lieber Freund und
Kupferstecher!«

Ficken stand nicht drin im Kleinen Brockhaus.

Als wir den *John Maynard* lernen mußten, war die *Gischt*
nicht drin. Gleich in der Nähe hätte der *Geschlechtsverkehr*
sein müssen und war genausowenig drin. Statt dessen der

Geschlechtstrieb. Der wurde einem als *instinktmäßiger Drang zum anderen Geschlecht* beschrieben. Dann hatte Willy den Geschlechtstrieb bei der Edeltraut, und wie! – *siehe auch: Begattung.*

Dort war vom *Leitorgan* die Rede, *durch das der Samen in den weiblichen Geschlechtsweg* kommt – das machte der auf keinen Fall! doch Willy nicht! Zu der *Vereinigung der Keimzellen von Menschen, Tieren oder Pflanzen* sollte man sich *Abb. B 36* ansehn.

B 36 waren Blüten – mit *Pollenkörpern, Staubbeuteln* und *Griffeln.* Rechts war noch eine schräge Roggenähre hingezeichnet, darüber stand klein *Windbestäubung.* Das war doch nie Geschlechtsverkehr! – durch Wind?

»Natürlich steht *Geschlechtsverkehr* nicht drin, du Affe«, sagte Willy, »da mußt du unter *Liebe* nachsehn!«

Drei Wochen lief ich mit der Vorstellung herum, daß ich in einem von Elfriedes Oberschenkeln dringewesen war als *Fötus* – nur wegen *Abb. G 14,* einer Zeichnung zu *Geburt* im Kleinen Brockhaus. Total verkrümmt lag der dort drin – der hatte ja kaum Platz im Fleisch! Mehrmals guckte ich mir daraufhin Elfriedes Beine an – unfaßbar! Bis Willy mir die Abbildung erklärte.

»Du bist vielleicht ein blöder Hund: Oberschenkel?! wo denn? – das ist der Bauch, Mensch! durchgeschnitten!«

Der Bauch?! – die schräge Birnenform? mit dem dicken Ende oben? wo der die Füße an sich ziehen mußte, weil das viel zu eng war innen, weil er unten mit dem Kopf ans Knie anstieß? – Die kniete grade, mit dem Kind im Oberschenkel drin!

»Die kniet nicht, du Pfeife, die liegt auf dem Rücken! – durchgeschnitten, sag ich doch! Hier, wo dein Gesicht dran war, das ist der Hintern – am Arsch hast du gelegen! Und hier vorne bist du rausgekommen – das ist die Scheide, nicht das Knie, kapierst du jetzt?!«

Im Nu hat Willy noch zwei Beine an den sogenannten Bauch gezeichnet, eins nach oben angewinkelt und das andre vorne auf den Tisch gelegt – »So sieht das aus, da bist du durch ... und wenn sie dabei pissen müssen, dann kriegst du alles ab, voll in die Fresse. Deswegen waschen sie dich gleich danach. Weil du nämlich stinkst, wenn du geboren bist!«

Willy machte das nichts aus, das merkte man – »Erst war der Schwanz drin und dann du!« – der hatte seine Edeltraut total vergessen, bei dem war alles Edle weg. »Gib mal den Bleistift her, da fehlt was!«

Bei solchen Dingen war er gründlich: »Hier hat sie Haare drauf, mein Lieber – wie die Berlinerin in Dresden – da mußt du, wenn du rauskommst, durch – voll durch die Loden! Und weil du die in Dresden nicht gesehen hast, deswegen hast du keine Ahnung, Junge!«

Als er vorne alles zugekräuselt hatte mit dem Bleistift, guckte er sich das auf Abstand an: »So sieht das aus, hier: haargenau! Oberschenkel!! – Und radier das schleunigst wieder weg! – Wie: womit?! dann reiß die Seite raus, wenn du's nicht kannst! Was glaubst du, wenn das August sieht!«

Am liebsten dachte man nicht mehr daran: die ganze Zeit lang an Elfriedes Hintern mit dem Kopf? mit dem Gesicht? – und anschließend bepißt? – wie in Altreichenau im Bett, als die Russen alle auf uns drauf im Dunkeln ... bis man vor Ekel nicht mehr konnte. Nur daß man auch noch nackt gewesen war bei der Geburt.

»Orion und rechts unten Beteigeuze – Riesenstern! Links oben: Rigel – mit einfachem i!« Die Karte mit den Sternenbildern sah wie die Schnittmuster Elfriedes aus. »Erst die Figuren zeichnen und dann lernen!« sagte August.

Was man grade sehen konnte, gab's nicht mehr – »jedenfalls nicht so«, sagt August.

»Und wie sieht das jetzt aus?«

»Weiß man erst in paar Millionen Jahren.«

Wozu sollte man das lernen?

»Dreineunundneunzig: *Ich weiß, daß ich nichts weiß*!«
sagt Willy.

»Sehr gut!« sagte August. »Angewandtes Wissen!«

Der Gürtel des Orion wurde *Jakobsstab* genannt – da
dachte man an Martins »Aaronstab« in Reichenau. Seltsam
war dieses Haar der Berenike: *Haupthaar der Berenike*. Wie
man auf so was kam? – das hätte auch woandersher sein
können, sonst hätten sie nicht extra *Haupt* geschrieben.

Das *Kreuz des Südens* hätte man sich gerne angesehen.
Von Plagwitz aus war nichts zu machen. »Da mußt du mindestens nach Afrika«, sagt August.

Die ganze Sternfigurenlernerei hat sich nicht ausge-
zahlt – entweder war »kein Sternenhimmel« oder über
Plagwitz war der Mond zu hell, wenn man nachts im
Schnee gestanden hat mit kalten Füßen. Wenn er aber gar
nicht schien, konnte man die Hilfszeichnungen nicht erkennen, weil man keine Taschenlampe hatte. Am Ende
kam's bloß wieder auf den Großen und den Kleinen Wagen
raus, den Nordstern, den Orion, das Gekeupel – das andre
blieb Geflimmer.

Eines Tages nahm sich August alle Bücher aus *Klein a* vor
und *signierte* die. Von *Klein b* nur ab und zu mal eins. Die
Blätter mit der Kieselbach-Beschriftung wurden vorher
rausgeschnitten. Plötzlich hatte ich jetzt Bücher, die gehörten mir seit Jahren:

Meinem Neffen Rudi von seinem Onkel Erich
Ostern 1939 – Bunzlau in Schlesien

mit Augusts langem Schnörkel drunter. 1939 war ich erst
drei Jahre alt gewesen. Diesen Erich hatte ich noch nie gesehen – den mit der eingebrannten Nummer unterm Arm.
Willys Bücher stammten meist von Onkel Martin.

Die dicksten Klötze schenkt sich August selber: *Das Fundament, Geschichte Schlesiens, Der Untergang des Abendlandes* – in die schreibt er mit Tintenstift den eignen Namen. Und immer *Bunzlau, Burghausstraße 10* dazu und sei-

nen Schnörkel mit den beiden Strichen durch – »Sieht sonst zu nackt aus, Junge.«

Wir setzten langsam Bildungsringe an in Augusts Schule und fühlten uns auch so. Fritz wurde jeden Tag beschränkter, der hatte *keine Ahnung* mehr. Das Lesen hatte der endgültig hinter sich. Manchmal saugte er an seiner Hohner abends oder sang:

Seht wie die Sonne dort siii – siiiinket
hinter dem nächtlichen Waaa – aaald!

Anschließend biß er wieder in die Hohner – die *Lieblinge*, die Blonde und die Schwarze.

»Jetzt geht's auf Weihnachten!« sagten sie plötzlich – als wäre ein Ruck durch die Tage gefahren, die wurden alle ständig kürzer – als ob wir plötzlich Tempo machten, auf den Magnetberg Heiligabend zu. Kaum ist die Sonne aufgegangen – drei Strophen *Taucher*, ein Diktat bei August – ist sie schon hinterm Festen Haus – dawai! dawai!

»Auf keinen Fall jetzt nachlassen!« sagt August. »Wer lernen will, muß zähe sein. Mit sechzehn ist das Hirn vollständig ausgebildet, merkt euch das! Was später kommt, geht nur noch mühsam rein. Jetzt entscheidet sich's, was aus euch wird!«

»Was ein Häkchen werden will!« – Elfriede gab den Senf dazu, die fand das wunderbar, wenn August uns gleich morgens trimmte – *Der Lotse, Die Glocke, Graf Richard, Der Fischer, Der Taucher*

Es kommen, es kommen die Wasser all,
Sie rauschen herauf, sie rauschen nieder …

Wieso man überhaupt ein Häkchen werden sollte? Häkchen, nicht mal Haken.

Mit sechzehn sollte das Gehirn *vollständig ausgebildet* sein? Dann war man ja bloß unter Sechzehnjährigen!

Für Willy wurde es jetzt knapp. Der hatte gut drei Jahre weniger als ich, der war jetzt angemeiert, weil er älter war – der kriegte Panik.

»Mit sechzehn!? – glaubst du das?«

»Wenn August das gesagt hat – «

»Da kannst du Arsch ja noch drei Jahre rumfaulenzen!«

Der merkte jetzt, wie nah er schon am Gipfel seiner ausgereiften Blödheit war, der konnte sich jetzt nichts mehr leisten.

»Glaubst du doch selber nicht, du Naphtel!«

Der rächte sich bei den Karl Mays. Kaum war ich fertig mit dem *Winnetou*, hat er ihn sich ans Bett gepackt. *Bagdad-Stambul* ließ er nach der halben Strecke einfach liegen. »Sobald ich durch bin mit dem *Winnetou*, mach ich hier weiter! Und wenn du mittendrin bist, merk dir das!« – der knickte in den *Stambul*-Band ein Eselsohr, der setzte einen unter Druck – »beeil dich, sag ich dir!«

Im *Balkan* endlich hatte ich genügend Vorsprung und mußte ihn nicht mehr belauern. Bis ich ihn auf einmal nachts erwischte, wie er heimlich weiterlas, im Schneidersitz, leicht vorgebeugt – »Quatsch mich nicht an, du störst!«

Um meinen Abstand zu behalten, machte ich gleich fünfzig Seiten, mitten in der Nacht – bis mir das Buch fast aus der Hand gefallen ist.

Am nächsten Morgen platzt Elfriedes Beinfleisch auseinander. Nur weil sie gegen Karolines Küchenherd damit gestoßen ist. Aus ihrem Bein läuft rosa Wasser raus. Oben war sie immer magerer geworden, aber unten immer dicker. Die Beine waren angeschwollen, regelrechte Elefantenbeine – wie Nellys, im Farbfotobuch vom Zoo. »Die Pumpe macht's nicht mit!« – »Die einseitige Kost!« – »Die Aufregung!« – »Das viele Trecken!«

In der Mitte braucht sie kein Korsett mehr – »Hach, schon lange nicht, wo denkt ihr hin!« sagt sie zu Fritz und

August, als ob ihr jemand etwas weggenommen hätte und
sie im Grunde stolz ist, daß es fehlt.

Man hatte das Korsett seit einer Weile nicht im Badezimmer hängen sehen. Dort hing das Ding normalerweise auf
der Leine, wenn es durchgewaschen worden war. Von der
Brille guckte man direkt darauf und überlegte sich, ob man
sich traute, Elfriedes Schale mit den vielen Haken anzufas-
sen.

Um Elfriedes dicke Beine zu massieren, rückt die Schwester Leobgyta an. Die kennt sich aus mit solchen Sachen,
die ist früher in der Irrenanstalt Pflegerin gewesen: »Dreihundert Striche mindestens pro Tag – die spiegeln ja, Frau
Rachfahl!«

Zum Massieren bringt sie Graupensuppe mit, weil's Fett
nicht gibt. Die Graupensuppe sieht gut aus, die würde man
gern essen – von der bleibt nie was drin in Leobgytas Kochgeschirr. Die kommt löffelweise auf Elfriedes rote Beine
zum Massieren. Nachher will man sie nicht mehr.

Zum Trocknen von Elfriedes aufgeplatzter Stelle nimmt
Leobgyta Fritzens Weizenmehl – mit dem ihm sonst der
Säuremagen ausgekleistert wird. »Entweder halten Sie die
Schmerzen durch, Herr Fritz ... ich garantier für nichts!«
Leobgyta machte nicht viel Federlesens.

Fritz spielte zum Massieren in der Küche Mundharmonika: *Die blauen Dragoner, sie reiten –*

»Sie spielen schön, Herr Fritz!«

»Was man so kann – nur leichte Kost natürlich«, sagte
Fritz, »aber besser als bloß so.«

Beim Spielen guckte er sich Leobgytas Hintern an. Leobgyta hatte beim Massieren vorschriftsmäßig eine weiße
Schürze vorgebunden. Wenn Fritz die nasse Hohner aus-
schlug, hörte man Elfriede stöhnen.

Das ist schon reichlich nah an Weihnachten gewesen. In
unserm Eisstall, wo wir paukten, stand *der Baum* – ein kleiner Derglich mit nichts dran. Den hatte Fritz am Hirseberg
gehackt. »Diesmal wirds auch ohne das Lametta gehen –

grüne Weihnachten!« sagt August. Es schneite draußen unentwegt. Plagwitz war gar nicht mehr zu sehen im Gestöber.

Ich quälte mich mit diesem Juden von Chamisso ab. Bei
dem war August unerbittlich, den wollte er »genau«, kaum
daß er ihn entdeckt hatte im *Brunnen*:

> *Die Sonne bringt es an den Tag!*
> *Die Sonne bringt's nicht an den Tag!*
> *Die Sonne bringt es an den Tag!*
> *Sie bringt es doch nicht an den Tag!*
> *Die Sonne bracht es an den Tag*

– bis man's nicht mehr hören konnte, immer wieder das
Gemehre. Bloß weil er für acht Pfennige den Juden totgeschlagen hatte! Der wäre niemals aufgefallen, wenn er
den Mund gehalten hätte. Am Ende tat er einem beinah leid, daß er nach zwanzig Jahren dafür noch büßen
mußte.

Willy paukte sich *Von drauß vom Walde* ein, das sollte er
zu Heiligabend von sich geben: »unterm Baum«. In der Küche nebenan massierte Leobgyta an Elfriedes Beinen –
Fritz spielte seine Hohner – vor dem Fenster drehten sich
die Flocken.

Am Heiligabendvormittag gab's Ferien in Augusts Schule –
»Feiertage, Jungs!« Endlich konnte man sich auf die *Skipe-*
taren konzentrieren.

Die Aladschy kriegten nacheinander den Spezialgriff an
die Schulter und den Jagdhieb – alles wie bei Rattler damals. Dem Suef wollte er den Kopf *zusammendrücken wie*
ein Ei, falls er sich weiter muckt. Weil er ein Verräter ist,
muß er sich der Bastonade unterziehen – *La Illaha ill' Allah*
we Mohammed rassul Ullah! Fünfzig auf die nackten Sohlen, daß sie platzen wie Elfriedes Beine – und dann Raki in
die Wunden. Der Suef hatte, hieß es, *Nerven wie aus Eisen-*
draht. Oder hatte er die Bastonade früher schon so oft erhal-
ten, daß er jetzt an den *Genuß* gewöhnt war? – Genuß?!
wieso Genuß? Willy wollte man nicht fragen.

Der grüne Derglich stand inzwischen in der Küche, auf einem abgedeckten Stuhl beim Fenster – »Da kommen die Geschenke drunter«, sagte August.

Im *Schut* war Czakan-Übungswerfen dran: dreifache Schnelligkeit ganz plötzlich, wenn er mit einem Ruck vom Boden aufsteigt. Obwohl der Nemsi niemals einen Czakan in der Hand gehabt hat, kappt er einen hundert Meter weit entfernten Weidenast damit. Israd bleibt die Spucke weg – auf dem Küchenofen blubbern die Kartoffeln, Elfriede humpelt mit den dicken Beinen hin und schiebt den Deckel auf die Seite, damit er nicht mehr klappert. Fritz kommt gerade von der Böhme hoch. Die hat gehört – von einem, der das auch gehört hat – die würden sich »zurückziehn bald«, die Russen und die Polen. Die Westalliierten würden »den Raum übernehmen«. Das Land sei immer deutsch gewesen, das ließen die nicht zu! »Was hältst du von der Sache, August?«

August dreht sich gar nicht um, der steht am Fenster und beobachtet die eisige Chaussee: »Menschenskind, den Wecker, Fritz! – guck dir den da an!«

Fritz hat ihn schon: den golden-grünen Wecker, der durch die Bank halb sieben zeigt, den im Herbst noch nicht mal die Galizier wollten – nicht mal die dümmsten Russen wollten den – dem Fritz das Bimmeln wieder beigebogen hatte: sofort, wenn man den Knebel losließ, fing er an.

Dem schlägt die Stunde, das weiß August augenblicklich, als er unten auf der Goldberger Chaussee den Russen sieht, der von Löwenberg getorkelt kommt – mit einer Kuh am Bändel hinter sich im Schnee, bloß dieser eine Russe und die Kuh – »Auf den hab ich gewartet!«

Zwei Minuten später kaum ist August bei ihm unten und redet auf ihn ein – die Kuh will sowieso nicht weiter durch den Schnee.

»Um Gottes willen, August! – der holt sich was, der Mann!«

Was sich August holte, konnte man vom Fenster gut erkennen: August führt sich seelenruhig einen zu Gemüte, der hat's nicht eilig in der Kälte, sowenig wie der Russe neben ihm – beide aus derselben Flasche: Bruder! Heiligabendmittag! Menschensohn! Nastrowje! – »Gib eine Papirossy! Komm!« – bis Fritz mit seinem Wecker ran ist: »Uri! Uri!«

Nach einem einzigen Gebimmel aus der breitbeinigen Dose war der Tausch perfekt – dem Russen war's egal, ob es halb sieben war, der war dermaßen voll, daß ihm die Bimmel reichte.

Anschließend wurde gleich die Kuh ins Haus geleitet, durch den engen Kellergang. An den Hörnern vorne haben Ostpreußen gezogen, hinten hat der Budek mit dem Rechen nachgeschoben, der wollte nicht an den verkackten Hintern mit den Händen. Alle, die im Hause Unterschlupf gefunden hatten, standen auf der Kellertreppe und zerlegten sie mit ihren Augen – bis sie sie im Waschraum hatten und die Tür zuschlugen: »Kinder raus!«

»Halt sie – ich geb ihr zwischen die Hörner!«

Während sie im Keller schon die Kuh aufbrachen, hat oben auf der Straße August mit dem Russen unbeirrt getrunken. Als die Flasche leer war, hat er kein Interesse mehr an ihm gehabt und hat ihn sitzenlassen. Der saß im Schnee und lachte lallend. »Bringt das Schwein hier weg!« sagt August. »Und beeilt euch mit der Kuh! – wenn er morgen zu sich kommt, fällt ihm vielleicht was ein. Und keine Spuren! Was bis morgen nicht gefressen ist, muß restlos von der Bildfläche verschwinden!« August hat den gelben Blick.

Den Russen setzen sie auf einen Kinderschlitten, mit dem Wecker vorne in der Wattejacke. Den fahren sie zum Bahnhof Plagwitz – der schläft dabei – und stellen ihn vor die Waggons mit den Galiziern: »Hier, ham wir gefunden! Kommandantura!« Die Galizier wollen den nicht haben – bis sie ihn in einen Viehwaggon reinziehen, um ihn auszurauben.

Die Kuh ist längst in Stücke kleingehauen. Budek sägt die großen Teile auf dem Sägebock – genau nach Maß, wie seine Hölzer, das kann man durch das Kellerfenster sehen – im Treppenhaus riecht's überall nach warmem Blut.

»Jetzt werden wir die grüne Lerge schmücken, Jungs!« sagt August. August ist bei bester Laune und legt Koteletts in den Weihnachtsbaum.

»Na, wer sagt's denn! – Frohes Fest!«

»August, versündige dich nicht!« Elfriede räumt den Baum prompt wieder ab.

»Als Lametta Würste wär noch besser«, sagte August, »von der Spitze runter.«

Elfriede brät in beiden Pfannen, Fritz und August hinter sich am Herd. August wedelt sich die Bratendüfte zu: »Gelobt sei Jesus Christus!«

»In Ewigkeit – Aaaamen!« sagt Fritz.

Als die Koteletts auf den Tellern lagen, wurde *Stille Nacht* gesungen – im Stehen, wie in Lublinitz. Singend guckten alle zu den Koteletts hin. Fritz machte die zweite Stimme bei *himmlischer Ruuhuu* – so hoch wie eine Frau. Bei *Chriiiiiist, der Retter* Willy auch. Dann rissen sie mit ihren Fingern die Koteletts auseinander – »Haaaaach!«

Elfriede fand das ungehörig, die hat mit Messer und Gabel gegessen wie immer.

»Jetzt ein großes Helles drauf, das wär's!« sagt August.

»Du hast ja wohl genug!« – Elfriede ist verärgert.

»Ja, is ja gutt«, sagt Fritz und leckt sich seine Finger ab.

»Wenn wir fertig sind, gibt's Einbescherung, Jungs!« sagt August.

Unterm Baum lag Karolines blaues Tischtuch – mit zwei Beulen. Die Beulen waren nicht besonders hoch. Als ich zwischendurch aufs Klo ging, heulten sie in der Gromottka-Wohnung nebenan die Sache mit dem *Ros entsprungen*. Die machten ohne zweite Stimme. Aber bis in unsern Flur herüber.

Kurz vor der Einbescherung mußte Willy ran – Hände an der Hosennaht und nasser Scheitel, dieser Affe: *Von drauß vom Walde komm ich her* – eine ganze Seite, richtiggehend kindisch.

Ich sprach: »Die Rute, die ist hier;
Doch für die Kinder nur, die schlechten,
Die trifft sie auf den Teil, den rechten.«
Christkindlein sprach: »So ist es recht!«

Die prügelten im Himmel auch, aber Bastonade, fünfzig auf die nackten Sohlen, war was andres.

Unter meiner Tischtuchbeule hat ein Buch gelegen: *Robinson Crusoe* – mit einer Widmung auf der ersten Seite

Meinem Sohn Rudolf zugeeignet
Weihnachten 1946
von seinem Vater

und dem langen Schnörkel drunter mit den beiden kleinen Strichen durch – »Du verstehst schon, Rudi.« Willy hatte *Kulis, Kapitäne, Kopfjäger* geschenkt bekommen. Das hatte ich bei Kieselbach kurz angeblättert, das hätte ich nicht haben wollen. Zusätzlich wurde jedem eine Lederhose angekündigt – »Jetzt könntet ihr die in der Kälte sowieso nicht tragen!« Dabei sind mir die Hefeklöße eingefallen, die würde ich dann in die Klappe stecken – wie damals Horst in Lublinitz.

Für meinen *Crusoe* blieb mir keine Zeit. Obwohl der prima aussah auf dem Umschlag: mit Fellmütze und Riesenstrohschirm und einer Axt im Gürtel. Willy hatte mich am Vormittag mit »Atabaskakröte« angeredet – der war wahrscheinlich längst bei Paranoh mit dem skalpierten Schädel – viel Vorsprung hatte ich nicht mehr. Als er nach der Einbescherung »Hund von Pimo« zu mir sagte, wußte ich Bescheid: der war am Ende von Band II, der war mir auf den Fersen – und plötzlich kam er nicht vom Klo zurück.

Die andern hatten ihre weiche Welle.

»Das schöne Schlesien!«

»Jajaja!«

»Weißt du noch, was ich dir dreiunddreißig – ?«

»Das muß der Neid dir lassen!«

So gähnten sie sich durch den Heiligabend. Fritz rieb sein Wasserglas. August guckte mit verkniffnen Augen über meinem Kopf *Die Freuden* an, die Knoche vor sich auf dem Tisch. Elfriede strich die Falten in der Wachstuchdecke glatt, mit dem Daumen – ein ums andre Mal.

»Was soll nun werden, August?«

»Tja!«

August suchte mit der Zunge nach den Kotelettresten in den Zähnen.

Von wegen Klo! – brennt überhaupt kein Licht! der liegt im Bett und liest – »Glaub nur nicht, daß ich warte, wenn ich ran bin!« Der ließ mich absolut nicht sehn, wie weit er war im dritten Band, der zog das Kissen übers Buch – »Leg dir am besten gleich den *Robinson* zurecht!«

Der Bär zerfleischt den alten Mübarek im Schuppen und kriegt das Messer *zwischen die bekannten beiden Rippen – Allah, akbar!* Bei Willy muß jetzt auch was Gutes sein, der macht beim Lesen »Uff! Uff! Uff!!« – die Brust des alten Mübarek ist nur ein Brei aus Fleisch und Blut und Knochen.

»Immer wenn du denkst, es geht nicht mehr, kommt von irgendwo ein Lichtlein her«, sagt August hinterm Zwischenfenster – dann knallt die Ofentür. August hat sich einen Fidibus zum Rauchen angesteckt.

»Mir langt's für heut – in diesem Sinne!« Fritz ist das in der Küche, der rückt den Stuhl zurück. Nach Manach stürzt sein Bruder in die Schlucht, muß aber zusätzlich erschossen werden, weil beim Darüberreiten mit dem Rappen ein Klagelaut zu hören ist. In der Küche knipsen sie das Licht aus.

»Frohe Weihnachten noch mal«, sagt Fritz im Flur.

»Fritz, du hast Humor«, sagt August.

»Eh so ein Leben, lieber gar nicht«, sagt Elfriede – die Türen stehen alle offen, damit es von der Küche »überschlägt«.

»Kopf hoch, Friedel!« hört man August sagen.

Dann klickst im Schlafzimmer die Nachttischlampe.

Willy röchelt schon auf der Matratze.

Jetzt geht's hinter Hamd el Amasat her, der mit dem Schut beim Ochsenkarren ist – am Horizont sieht man den weißen Punkt, nicht größer als die Schale einer Muschel ... und dann hört Rih das altgewohnte *Kawahm* und greift aus, als ob er bisher nur im Schritt gelaufen wäre – er flog! Maschallah! welch ein Pferd! – man fühlte gar nicht, daß er sich bewegte und keinen Zoll breit auf- und niederschwankte – ich saß im Sattel wie in einem Stuhl, ich hätte dabei schreiben können, so gleichmäßig schoß Rih dahin ... weit ab lag Plagwitz hinter mir in Eis und Schlaf.

Am zweiten Weihnachtsfeiertag hat August mich zum Spielen kommandiert: »Eisenbahn! Elektrisch, Junge!« – ohne jede Warnung vorher. Bei solchen Sachen fackelt August nicht, wenn er sein Ziel im Auge hat, ist man schon längst verplant. Anschließend tarnt er das: »Geh ruhig hin, ich hab dich angemeldet, Rudi, der weiß Bescheid, der Pietsch« – als ob man sich noch selbst entscheiden könnte – »der wartet jetzt natürlich!«

Pietsch – wieso Pietsch?!

»An der Anstalt runter und dahinter links der Vierte, Rudi.«

»Der Dritte!« sagte Fritz. »Erst Willenbruch, dann Wendisch, dann der Pietsch – ich werd doch wissen, wo der Pietsch wohnt!«

Pietsch, Willenbruch und Eisenbahn? – ich wußte gar nicht, was die wollten, bei mir war grade der Schut in die Spalte gesaust, mit vollem Karacho! – morgens um halb zehn in Plagwitz, Roß und Reiter wie die Bleisoldaten – wie beim Taucher: einfach weg.

»Gar nicht zu verfehlen, Rudi – rechts im Graben liegt'n Totenkopp am Wasserrohr.«

»August! – bitte!« sagt Elfriede.

»Der Dritte links«, sagt Fritz. »Schön Gruß von deinem Onkel! Vergiß das nicht, sonst brauchste nicht erst hinzu-gehn!«

»Und nimm ne Tasche mit!« sagt August. »Die Tasche für den Jungen, Friedel! Und wenn du fertig bist mit Spie-len, sagste noch mal *Schöne Grüße!* – falls er nicht kapiert, der Affe! Sag ihm, daß wir frieren, wenn er wissen will, wie's geht! Hier die Tasche, Junge!«

»Fusel gibt der nicht, verlaß dich drauf!« sagt Fritz.

Die hatten mich zum Schnorren eingesetzt – Schnorren mit Eisenbahnspielen, damit's nicht so auffiel.

»Zieh endlich Leine!« sagte Willy. »Eisen-bahn-spie-len!«

»Und guck dir alles an dabei, die Weichen, wie das funk-tioniert« – Pietsch, Totenkopf und Weichen: *Der Junge wird mal Ingenieur!*

»Wie kommt denn der jetzt an die Eisenbahn?« Elfriede wundert sich. – »Der schiebt mit Russen«, sagte Fritz.

Ich war total benommen, ich lief schon an der Anstalts-mauer lang, am Gleis mit den faulenden Polen vorbei, weil sie mich regelrecht aufgedreht hatten und auf die Goldber-ger Chaussee gesetzt – eh ich allmählich in den nassen Schuhen zu mir kam und eine Frau, die vor mir herging, sah – die genau wie ich am Arm die weiße Binde hatte.

An der Ecke stand der Posten – »Stój!«

»Dzien dobre, pan!«

Bei *Stój!* erstarrte jeder, der eine weiße Binde tragen mußte, und sagte augenblicklich laut »Dzien dobre, pan!« – wenn sich bei *Stój!* noch einer rührte, schossen sie. *Stój!* konnte hinter jeder Ecke sein, sogar in Fenstern von besetz-ten Häusern. Wer auf der Straße gehen wollte, brauchte gute Ohren.

Wenn sie *Stój!* gerufen hatten, konnten sie mit einem alles machen, wenn sie wollten, einen auch nackt ausziehn und verprügeln – je nachdem, wie alt der Posten war. Wenn sie jünger waren, machte ihnen das mehr Laune. Die Alten ließen einen meistens so vorbei. Die traten einen bloß – »Dziekuje, pan!« – das wußte man und kniff den Hintern ein, die Mütze in der Hand. Wenn man nach dem Arschtritt aufstand und sich vorschriftsmäßig laut bedankte, hat man meistens weitergehen dürfen. Wenn man heulte, lag man gleich zum zweitenmal im Dreck – »Dziekuje, pan!«

Der an der Ecke war nicht alt. Die Frau blieb vor ihm stehen und grüßte vorschriftsmäßig. Irgendwas gefiel dem nicht an der. Sie war im selben Alter wie Elfriede etwa. Die hatte Angst, das merkte man. Sie sollte ihre Schuhe ausziehn: der zeigte drauf mit dem Gewehr – mit einem Sokken stand sie schon im Schneematsch. Sie bückte sich nach ihrem andern Schuh und heulte. Der rauchte und hat grinsend zugesehen. Der wollte nichts von mir, der ließ mich durch. Als sie nicht zurechtkam mit dem zweiten Schuh, schob er ihr von hinten zwischen ihren Beinen den Gewehrlauf hoch. Das sah von weitem komisch aus, wie sie halb auf dem Gewehrlauf sitzend einen Augenblick lang mit den Armen in der Luft herumgefuchtelt hat – bis sie vornüberstürzte. Man hörte nichts. Es schneite.

Wenn man vorbeimußte am Posten und mit steifen Beinen auf den Arschtritt wartete, hätte man ihm gern die Augen ausgedrückt – wie Omar diesem Amasat: *Dort drüben scheint die Sonne – schau sie noch einmal an!* Die vier Finger an die Ohren und die beiden Daumen vorne auf die Augen und dann plötzlich drücken – daß die Augen wie die Kirschen runterhängen. Nur daß bei Omar der Karl May danebenstand mit seinem Henrystutzen und der Amasat war unbewaffnet.

»Muckt euch ja nicht, wenn die Schweine treten!« hatte August allen eingeschärft. »Die schießen sonst, das wißt ihr! die ham das Sagen jetzt.«

»Vorläufig!« sagte Fritz.

»Das wirst du nicht erleben, Fritz!« sagt August.

»Entscheiden die Akten!« hat Fritz gesagt. »Was deutsch ist, muß deutsch bleiben, August!«

Bis Fritzens Akten sich entschieden hatten, mußte man sich treten lassen: »Dziekuje, pan!« Wenn man sich zu Hause seine weiße Binde auf den Ärmel streifte, kniff der Hintern sich von selbst zusammen.

Der Totenkopf hat wirklich da gelegen, im Graben an der Straße, halb im Dreck, bloß der Schädelknochen mit den nassen Haaren war zu sehen – und die Zähne, über die das Wasser aus dem Steinrohr lief. Das lief seit langem in ihn rein, das sah man, der war fast weiß, der Knochen. Als ich ihn mit einem Stock verdrehen wollte, konnte ich ihn nicht bewegen, der klebte fest im Matsch. Bis ich merkte, daß er schief in einem Stahlhelm steckte – ohne Unterkiefer. Den hätte auch der Junge nicht mehr rund gekriegt auf seiner Drehbank, als er mit den nackten Männern aus dem Schornstein kegeln wollte.

»Putz dir die Quanten ab!«

Pietsch war riesig in der Haustür.

»Spielen willste?! – Los! Es zieht!«

»Wie siehst *du* denn aus, du Hering?! Wichst du etwa?«

»Schuhe runter – ja nicht weiter!«

Pietsch hatte die Flossen in warmen Walenkis. Die konnte man beim Schuhaufknibbeln sehen, die standen neben einem. Hoch oben brüllte es aus Pietsch: »Erwin!!! – der Rachfahljunge ist zum Spielen da!« Während man tief unten an den nassen Senkeln zerrte.

»Ich will nicht spielen!!!«

Erwin war das – hinten durch die Tür.

»Los, zeig ihm deine Eisenbahn! – du spielst!!«

Erwin war ein dummes Luder, im höchsten Falle sieben – zu dem war ich zum Spielen kommandiert, den hatte ich noch nie gesehen – diesem kleinen rothaarigen Drecksack mußte ich mich auf den feuchten Strümpfen nähern.

Von wegen Eisenbahn! elektrisch! keine Spur! – zum Aufziehn war die, weiter nichts – die hatte nicht mal einen Bahnhof, die fuhr, wenn er sie aufgezogen hatte, nur im Kreis – und mitten in dem Kreis stand eine Holzkuh: die sollte Landwirtschaft und Wiese auf dem öligen Linoleum markieren. Um die kam seine schlappe Lok knapp zweimal rum – »Nicht berühren!«

Aus mindestens drei Schritt Entfernung mußte man sich Erwins Kinderkacke ansehn – viel näher ließ er einen gar nicht ran an seine Bahn: Aufziehn – zweimal um die Kuh rum – Aufziehn. Der war total bekloppt, der hatte keinen Tunnel, keine Brücke und Weichen sowieso nicht – »Nicht berühren!«

Die ganze Zeit stand man davor, stocksteif, die Tasche in der Hand – der peilte einem auch beim Aufziehn nach den Füßen. Wenn Willy dagewesen wäre – Te guppi maupa! Juppfeuermatsch! der hätte ihm in seinen Kübelhintern reingetreten, daß er auf die Bahn geflogen wäre – und dann die Bastonade auf die Quanten, mit seinen eignen Schienen! – bis ihm das vergangen wäre: »Nicht berühren!« Und am Ende mit dem Absatz auf die Lok drauf: richtig platt! – der hätte sich nicht mehr gemuckt, dieses Eisenbahnrindvieh ...

»Die Tasche her!«

Mitten in meinen schönsten Gedanken war Pietsch durch die Tür, auf seinen Filzwalenkis – der stopfte mir Elfriedes Tasche voll – zwei Bollen in karierten Lappen. »Hier, damit du was auf deine Rippen kriegst: Butter! – Du siehst ja aus wie's Leiden Christi, Junge! Eßt ihr nischt? Guck dir den Erwin an! Und Käse! – Erwin, nicht bloß vorwärts! Jetzt mal rückwärts! Los! – Schön Gruß zu Hause! Danke! heißt das. Und wann will Fritz den Generator machen? Sag ihm: ich warte! Und wenn er nicht bald kommt, dann gibt's nischt mehr!«

Pietsch hatte das normal gefunden, daß ich beim Spielen Abstand halten mußte – »Guck dir den Erwin an!« Ich stand in Socken auf dem Eisfußboden, aus der Tasche stank der Käse. Von dem ich was auf meine Rippen kriegen sollte! Bis ich aussehn würde wie der Erwin. Das zog dermaßen eklig in die Nase aus den Lappen und Erwin fuhr jetzt immer rückwärts, immer wieder rückwärts um die Kuh rum – bis mir immer mehr das Heulen kam, weil ich immer noch so dämlich dastand – bis Erwin plötzlich schrie: »Hau ab!« – mit der Hand auf der Lok.

»Hau ab! Hau ab! Hau ab! Hauaaaaaab!« Der wußte haargenau, wie er mich kriegen konnte, der hörte überhaupt nicht auf – als wenn man einem Wecker reingefummelt hätte, der plötzlich wie verrückt zu klingeln anfing und nicht mehr abzustellen war – »HAU AB! HAU AB!« – bis brüllend Pietsch reinsauste: »Is was, Erwin?! gutt jetz, Erwin!! – Schluß!!!« Da war ich schon in meinen Schuhen drin und konnte von der Haustür hören, wie Pietsch in das HAU AB reinschlug – links rechts, links rechts, bis Erwin schwappte und ich schon draußen war, in voller Fahrt die Straße runter, weg.

Der Posten war jetzt nicht zu sehen – dem hätte ich die Tasche hingehalten: Hier! Bitte sehr! Dziekuje, pan! Aber bis zur Anstaltsmauerecke wollte keiner was von mir, ist niemand unterwegs gewesen. Nur ich mit dieser Käsetasche. Es schneite große Flocken.

Der Kleiderhaufen oben an der Straße, das war Budek. Man hat nicht gleich erkennen können, daß das Budek war, man hat gedacht, das seien bloß Klamotten – bis man seine nackten Füße sehen konnte und den Hintern – blutig-naß in der zerrißnen Hose, und darunter seine blutverschmierten Sohlen. Budek kniete vorgebeugt im Schnee, den Kopf auf seinen Knien, und stöhnte – bis er merkte, daß ich da war: »Junge, hilf mer! hol n Schlitten, Junge, ich hab abgebaut« – wachsgelb im Gesicht, mit den Pfoten im Schnee, wie ein sprechender Hund. »Geh doch, Junge! Sag's ihn, los!« Dann klappte Budek vorneüber und machte weiter mit dem Stöhnen.

Die ganze Anstaltsmauer lang war Schneegestöber, durch das man mit der Käsetasche, so schnell man konnte, rennen mußte – während man an Hadschi Halef Omar dachte und Manach el Barscha und Barud el Amasat und an die Kosaken im *Zobeljäger*: Budek hatte die Bastonade bekommen! – dem fiel jetzt das Fleisch von den Knochen.

Als sie ihn auf einem Kinderschlitten holten, stand er vorn und hinten über. Sitzen konnte der nicht mehr, der fuhr ausgestreckt auf seinem Bauch nach Hause. Der hielt sich neben seinen Ohren an den Kufen vorne fest und winselte.

Wie sie ihm den Hintern abgewaschen hatten und die aufgeplatzten Füße und den Kopf, wußte man, was mit ihm war. Der hatte seit dem ersten Feiertag gefehlt. Der war zu Weihnachten ins Dorf und nicht zurückgekommen – und in der Anstalt hatte einer nachts geschrien, das hatte Willy auch gehört. Nicht richtig laut, so wie der Wenzel damals, wie zugehalten eher: immer wieder plötzlich dieses kurze Brüllen und dann Totenstille ... daß man lange warten mußte zwischendurch – »Sei doch mal ruhig, Mensch!« – bis am Ende nichts mehr kam und man angefangen hat zu frieren vor dem Fenster.

Budek war das und nicht Gaupetau, wie Willy steif und fest behauptet hatte – Budek. Dem hatten sie ein Kissen aufs Gesicht gedrückt beim Brüllen, deswegen hatte man den nur so abgequetscht gehört, als der Steffinski auf ihm rumgetrampelt ist. Leobgyta war genau im Bilde, die war, als sie den Budek auf dem Kinderschlitten brachten, gerade bei Elfriede zum Massieren, die hatte ihn mit abgewaschen, weil er »alles unter sich gelassen hatte« – »mit dem Ochsenziemer aufs Gesäß«, wie Leobgyta sagte – »bis alles aus ihm rausgekommen ist, Frau Rachfahl. Vier Mann gehalten immer und einer auf dem Kopf gesessen, weil er brüllte – und zum Schluß auf seine nackten Sohlen, bis er ohnmächtig gewesen ist und am nächsten Tage in den Schnee ge-

worfen wurde, an der Mauer – wo der Rudi ihn gefunden
hat, Frau Rachfahl.«

»Bild dir bloß nichts ein, du Hammel!« sagte Willy. Der
stand neben mir auf meinem Sofa. Durch das angelehnte
Zwischenfenster konnte man das alles gut verstehen, Leobgyta hatte eine rauhe Stimme.

»Mein Gott! – der Mann!« sagte Elfriede.

»Barbaren!« sagte August.

Dann war für eine Weile nichts zu hören. *Barbaren* – das
Wort benutzte keiner außer August, damit hielt August alles nieder.

»Kanaillen, die sie freigelassen haben für den Krieg –
geisteskranke Kriminelle!«

»Solche Lumpen wie Steffinski wärn bei Adolf nicht frei
rumgelaufen, niemals!« sagte Fritz. »Da kannst du über
Adolf sagen, was du willst!«

»Nur daß wir ihm das überhaupt erst zu verdanken haben, daß solches Pack in Schlesien ist« – wahrscheinlich
hatte August seinen gelben Blick.

»In diesem Punkt geb ich dir recht.« Fritz lenkte ein – *in
diesem Punkt*. Die andern Punkte interessierten August
nicht, der ging aufs Klo.

»Und was nützen ihm die Töchter jetzt?« sagt Leobgyta.
»Die ham die Haut umsonst zu Markt getragen – sehn Se
sich den Mann mal an, Frau Rachfahl!«

»Und ausgerechnet Heiligabend!« sagt Elfriede. »Das
wollen Katholiken sein!«

»Tschenstochau! – Schwarze Madonna!« sagt Fritz.

»War der denn überhaupt in der Partei?«

»Kassierer war er, jeden Monat«, sagte Leobgyta.

»Mitgegangen – mitgehangen!« sagte Fritz.

»Wenn er Glück hat, überlebt er's«, sagte Leobgyta.

»Der Budek ist robust.«

»Täuschen Sie sich nicht, Herr Fritz! Der Mann hat keine
Sohlen mehr – der kann wochenlang nicht gehen! Monate
wahrscheinlich.«

»Bastonade!« sagte Willy. Der guckte mich mit schmalen Augen an dazu: »Bastonaaade! Wenn sie dir die geben, läufst du rum wie Budek – hier: so gehst du dann, mein Lieber!« Der machte mir das auch noch vor, auf den Außenkanten seiner Füße lief er wie der alte Mübarek durchs Zimmer – der fand das prima, mir das auszumalen, wie ich die Bastonade kriegte – »auf jede Sohle zwanzig! Aber sehr wahrscheinlich scheißt du dir beim ersten Schlag schon ein, du Flasche!«

»So, Frau Rachfahl, jetzt die Beine!« hört man Leobgyta sagen ... und plötzlich, wie Elfriede quiekt und schreit. August spült im Klo gleich alles runter – »Was is denn, Friedel?!«

In Leobgytas Graupensuppe zum Massieren ist diesmal Heringslauge drin – die Suppe holt sie sich in Löwenberg aus der Kantine.

»Um Himmels willen: in die offnen Beine!«

Nachts war's eiskalt. Der Himmel war so klar, daß ich mir eingebildet habe, ich könnte überm Dorf das *Haar der Berenike* sehen.

»Du bist bekloppt«, sagt Willy. «Hau dich hin!«

Sofort nach Weihnachten war Flaute. Man war aus der Narkose aufgewacht. An die Sache mit dem holden Knaben und dem Ros konnte man sich kaum erinnern. Davon hätte keiner jetzt mehr angefangen. Man hätte sich geniert dabei. Man hatte Weihnachten endgültig hinter sich – mit allem.

»Einbescherung durch die Alliierten? Schlesien deutsch? – großer Anschiß!« sagte August.

»Hoffen und Harren macht manchen zum Narren!« – auf solche Lagen war Elfriede immer vorbereitet. Man glaubte fast, sie wartete darauf, daß einer von den Sprüchen paßte.

Bis sie, weil Silvester ranzog, neue Hoffnung schöpften: »Verlaß dich drauf, was ich dir sage! Neujahr!« – »Wenn der Westen zur Besinnung kommt!« – »Das wird die höch-

ste Zeit, wir ham nur noch den halben Sack im Keller!« –
»Dann ist der ganze Spuk vorbei hier!«

Jetzt begriff man jedenfalls, warum Steffinski Heiligabend so gewütet hatte – »Der weiß, er muß zurück in
seine Walachei, zu den Schweinen in die Jauche, wo er
rausgekrochen ist, das Vieh!«

In Budeks Briefkasten war plötzlich wieder Tabak. Von
diesen Töchtern, die mit Polen gingen. Und daneben lag
ein Zettel: *Es wird bald besser!! Hab Geduld!!*

»Ist doch klar, daß die was wissen!« sagte Fritz. »Wenn
einer dran am Polen ist, dann die!«

Den Zettel hatte Leobgyta rausgeholt. Die versorgte
nicht nur Budeks Hintern und die Füße, die guckte täglich
auch in seinen Kasten. Budek selber kriegte man nicht zu
Gesicht. Den hörte man bloß schreien – wenn Leobgyta
ihm an seine wunden Teile mußte.

Die Böhme hatte »längst so eine Ahnung – als ob sich alles wendet jetzt, Frau Rachfahl! – Es sollte mich sehr wundern, wenn ich nicht recht behalte!«

August führt sich selber hinters Licht. Der wittert Ein-
sicht bei den Alliierten: »Die merken jetzt, wie Stalin sie
balbiert hat! – Glatzer! nicht Lausitzer Neiße! die Idioten!«

Sie fieberten zum Jahresende hin – der Überrest von 45,
die letzten drei, vier Tage: das flog vorbei, obwohl man
stillestand – verzog sich zu dem andern Kack – war weg,
vergessen, ein für allemal – »Kommt Zeit, kommt Rat!« –
»Warts ab!«

Sie heulten wie die Schloßhunde in die Silvesternacht.
Als Fritz die Hose fallen ließ und *zwölwe!* sagte – der hatte
scharf die Wadenuhr im Blick – da schluchzten sie und riefen sich »Prost Neujahr!« zu, mit Leitungswasser in den
Gläsern und mit zerlaufenden Gesichtern – Elfriede, Fritz
und Leobgyta, die Böhme sowieso. Bis sie alle sangen, was
das Zeug hielt: *Heimat – deine Sterne!* Von Sternen konnte
keine Rede sein, von keinem einzigen – rings um sie her
war nur pechschwarze Nacht. Aber vor den feuchten Au-

gen standen ihnen Lichterketten und sie steigerten sich immer lauter in die *Blauen Berge* und die *Grünen Täler – mitten drin ein Häuschen klein* – Fritz mit seiner zweiten Stimme, Willy derart weibisch weich – daß einem warm davon im Rücken wurde: *Herrlich ist dies Stückchen Erde ...*

Sie hätten auch sprühendes Feuerwerk über Plagwitz gesehen und selbst den Halleyschen Kometen, wenn August es verlangt hätte von ihnen – *denn ich bin ja dort daheim!* August hatte sie mürbe gemacht für den Jahreswechsel, der hat von zwanzig vor zwölf bis zur letzten Sekunde die Neujahrsansprache gehalten: mit Druckknopffliege und Jackett, in kerzengrader Haltung, die Rechte auf der Knoche – die glänzenden, gelben Augen zur Wand überm Sofa gerichtet:

Die Freuden, die in der Heimat wohnen,
suchst du vergebens in fernen Zonen

– das habe Karoline damals sich dort hingehängt, mit der Weisheit der einfachen Frau aus dem Volke – nichtsahnend, daß jetzt dieser Spruch ein Schicksalsspruch für Millionen sei – die man für vogelfrei erklärt hat und denen man ihr Menschenrecht verweigert, das Recht auf Heimat – »ein beispielloser Vorgang in Europa, bei dem sich keine Hand im Westen rührt: die Vertreibung eines ganzen Volkes aus dem angestammten Lebensraum.«

»Wo nimmt der Mann das alles her?!« sagt Fritz – der kann kaum noch, der zieht schon hoch, dem laufen gleich die Augen über. »Ja, August ist beschlagen!« sagt Elfriede tapfer.

»Aber ich kann's mir nicht vorstellen« – August macht weiter, der läßt nicht locker – »beim besten Willen nicht! wenn ich's historisch sehe: daß niemand merkt im Westen, was hier mit uns verlorengeht – denn die Räume zwischen Schneekoppe und Memel haben nicht bloß Roggen und Kartoffeln produziert – achthundert Jahre kultureller Arbeit sollen mir nichts dir nichts in den Wind geschrieben sein? – die Stadt des Philosophen Kant soll russisch reden?

und Eichendorffs Heimat polnisch? – besetzt von fremden Völkern, die nie die wirtschaftliche Kraft besitzen werden, ein so gewaltiges Gebiet vernünftig zu verwalten? Und alles nur nach dem Gesetz: Auge um Auge und Zahn um Zahn?«

Die Böhme gibt seelisch klein bei, die drückt sich das Taschentuch vor die Flappe, die zittert.

»Eins aber weiß ich«, sagt August – man merkt, daß August jetzt weit in die Ferne blickt – »Wenn in Europa nicht ein andres Denken Platz gewinnt, dann wird das Land hier Wüste werden – und am Ende werden hier Mongolen und Chinesen siedeln!«

Punkt zwölf.

Fritz läßt die Hose fallen.

August kann wirklich, wenn er will. Wie in seinen besten Simmelwochen. Und alles nur mit Leitungswasser! – Heimat, deine Sterne ...

Willy hatte miese Laune, der ging schlafen, ohne was zu sagen. Die Edeltraut war nicht gekommen – die war zu schwach für die Silvesterfeier. Der lag schon längst auf der Matratze, als ich aufs Sofa kroch. »Fang ja nicht an! sonst fliegst du raus mit deinem Asthma! mir reicht die blöde Singerei!« – der war gereizt, dem fiel man auf die Nerven.

In der Küche sangen sie den *Lindenbaum* am Tore: *Ich schnitt in seine Riiihinde.* Die Böhme spitzte ihren Mund dabei, das hörte man – *zu diiiir mich iiimmerfoort.* Willy hatte nichts mehr dafür übrig. Der sagte mir sein Nachtgebet im Dunkeln auf, das hatte er von Fritz gelernt:

Müde bin ich, geh zur Ruh,
deck mein Bett mit Scheiße zu –
will mich nachts der Teufel haschen,
muß er erst in Scheiße fassen.

Den quälten jetzt *die reichen seelischen Gehalte,* wie's im Brockhaus unter *Liebe* stand.

Im Januar schlief Augusts Schule ein, allmählich, peu à peu. In der Woche nach Silvester riß er sich noch mal zusammen: »Träger ostdeutscher Kultur! – Gliederung in vier Sektoren. Name mit Geburtsort!«

Ostpreußen hatte ziemlich viel. Aber meistens nur in Königsberg geboren: Hoffmann, Herder, Kollwitz, Kant – und der wichtigste von allen: Nikolaus Kopernikus – »Na also!«

Westpreußen war bequem, da gab's nur einen: Schopenhauer, kurz gesprochen, Danzig. Pommern auch: Friedrich, Greifswald – die hatte man schnell.

Schlesien dauerte am längsten. Mit diesem Opitz ging das los, der kam aus Bunzlau! Und Gryphius aus Glogau und Eichendorff aus Lubowitz – »Hier bei Kattowitz!« sagt August. «Kreuz dran!«

Eichendorff mußte man auswendig können. »Gib mal den *Brunnen* her!« – *Wem Gott will rechte Gunst erweisen, den schickt er in die weite Welt.* Eichendorff war praktisch ohne Handlung – kein Vergleich mit *Glockenguß zu Breslau* oder *Taucher.*

Hochgradig wichtig: Hauptmann! »Gerrad« Hauptmann kannte sogar Fritz. Hauptmann, Agnetendorf, Riesengebirge: Nobelpreis für Schlesien!

Später wurde Hauptmann wieder aufgewärmt – als wir rausgeschmissen wurden. Hauptmann soll genauso raus: »Solche Leute nicht bei uns!« – Ausweisungsbefehl der polnischen Regierung. Schukow bietet Dresden an oder – wenn er will – Berlin. Hauptmann weigert sich. Der will im Park des Wiesensteins beerdigt sein, unter dem Kamm des Riesengebirges – »Deutsche Gräber hier bei uns? Kommt nicht in Frage!« Keine Extrawurst für Hauptmann. Hauptmanns Leiche muß nach Hiddensee. August weiß Bescheid: »Wenn se den noch nicht mal tot hier haben wollen ...«

Mitte Januar war das Papier zu Ende, die Geisteskranken-formulare, auf die man in Schönschrift *Graf Richard, Die Füße im Feuer,* den *Ring des Polykrates* und *Die Rache* geschrieben hatte.

Das Essen wurde täglich weniger. An den letzten Sack Kartoffeln machte man sich sehr behutsam ran. In keinem Falle schälen! Man wartete, daß auch die Keime freigegeben wurden – Nachtschatten! Vorsicht! – »Weißt du das hundertprozentig!?«

Fritz brachte abends kaum was mit aus Löwenberg. Man hatte immer den Verdacht, er hatte längst gegessen, wenn er kam. Zeitweise stieß er sogar auf. Wenn er abends gar nicht kam, legte man sich ohne hin.

Das Lublinitzer Jubiläum wurde still begangen.

»Heute ist's ein Jahr.«

»Hättst du das je gedacht?«

»Wenn ich mir vorstelle, was im Kasino dort an Schnaps gelegen hat – wie hat man bloß so dumm sein können!?« sagte August.

M anchmal hörte man sie wie im Traum. Man trank jetzt Wasser, wo man ging und stand. Wenn man sich zum Schlafen auf den Rücken legte, gluckste es in einem. Man gärte langsam vor sich hin – wie die Polen früher in den Viehwaggons. In den Waggons war nur das nasse Stroh inzwischen. Die Polen waren in die Bauernhäuser eingezogen. Die Bauern lagen in den Ställen.

Nach der Siebzehn war das Große Einmaleins zu Ende. Dann hatte keiner ein Interesse mehr am Großen Einmaleins. Die *Kraniche des Ibykus* hat August in der fünften Strophe gähnend abgebrochen – der blieb dort einfach mit der Leier liegen: *Wie weit er auch die Stimme schickt, nichts*

Lebendes wird hier erblickt – für alles Übrige vom Ibykus
ist man zu schlapp gewesen.

Elfriede nörgelte von Zeit zu Zeit die beiden Pflüge vor
sich hin:

In einer Scheune lag versteckt,
ein Pflug schon ganz mit Rost bedeckt

und den daneben, der so abgewetzt ist, daß er blinkt –
Wie's kommt, fragst du, versetzte der: mein Glanz kommt
von der Arbeit her – anschließend kroch Elfriede gleich zurück ins Bett. Fritz laberte ins Blaue, wie's ihm einfiel:

Jetzt fängt es an zu wintern
die Hunde riechen an die Hintern
die Hasen hoppeln im Revier
wie kalt ist mir

– im Sessel ausgestreckt, die Augen zu, ein Sofakissen auf
dem Magen – mit seinen Knochenhänden drüber. So
horchte er nach innen. Draußen schneite es.

In den Karl-Mays hat man bloß noch geblättert: die Dat-
teln und Orangen am Stillen Ozean, der Mahdi in den Kor-
dilleren, die Erben Winnetous am Rio de la Plata – das
kriegte man am Ende nicht mehr auseinander. Meistens ist
man dabei eingeschlafen. Dann waren auf einmal die Toten
wieder lebendig und ritten wieder über die Savanne und
Prärie: Winnetou und Intschu-Tschuna und Old Wabble
auch. Oder war das damals dieser De-ath mit dem Totenkopf gewesen?

Einmal wurde ich nachts wach und horchte, ob man
Schreie hörte aus der Anstalt von Steffinskis Prügeln. Im
Mahdi war das, nach der Stelle, wo der Vater der Fünfhun-
dert dem Arnauten Peitschenhiebe geben läßt. *Im Handum-*
drehen wurde ihm ein Leder um Kopf und Kinn geschnallt,
durch das der Unterkiefer festgezogen wurde – *so daß er*
ihn nicht mehr bewegen und also auch nicht schreien
konnte – dann wurde er hinausgetragen.

Die Stelle mit dem Leder unterm Kinn hat man sich
zweimal durchgelesen. Dem Budek hatte einer, während er

geprügelt wurde, das Kissen ins Gesicht gedrückt. Im *Mahdi* hatten sie dafür das Leder. Mit dem festgeschnallten Leder um den Kopf war man ein Ding geworden, von dem kein Laut zu hören war, wenn es totgeprügelt wurde. Sie trugen ihn schon so hinaus. Wie einen Gegenstand. Das kam einem noch schlimmer als bei Budek vor, obwohl es nur im Buch passierte.

Im Treppenhaus sah man sie hungrig auf- und niedersteigen – ohne Ende, geisterhaft. Sie sagten nichts. Den ganzen Tag lang rauschten überall die Klos. Das lief aus ihnen raus wie Leitungswasser und stank bis oben hin im Haus. Manchmal hockten auf den Treppenstufen welche, die nicht weiterkonnten – sie drückten mit dem Daumen irgendwo ins Bein und guckten auf die Delle, wie die blieb – dann drückten sie woanders wieder.

Vor dem Küchenfenster war es eisig kalt und alles voller Schnee. Auf der Chaussee ging keiner mehr.

Tagelange Ortsveränderungen waren Fritz verhaßt. Der blieb nicht gerne von zu Hause weg, der wollte abends mit den Pootschen an den Füßen in der Küche sitzen. Nach Hirschberg auf Montage? – Tinnef! Da mußte man in ein Hotel, ins Zweibettzimmer – und wo mit dem Korsett nachts hin? Kunersdorf, Rakwitz, Kunzendorf, Sirgwitz und Görisseiffen: »Kenn ich jeden Mast und jede Tiffe!« – das war sein Terrain. Dort ging er gerne durch die Gegend und guckte sich dabei *die Brote* an. Goldberg war für ihn schon Ausland – »Ist nicht mein Bezirk!«

Als Mitte März auf der Chaussee die ersten Ausgewiesenen vorbeimarschierten, war er störrisch. Der wollte nicht aus Schlesien raus – mit allem, was man tragen konnte? wenn's hochkam mit dem kleinen Leiterwagen? – und hinten polnische Miliz zum Beine machen?

»Die Potsdamer Beschisse!« sagte August und guckte weiter auf die Straße runter. »Da gehste auch bald mit, mein lieber Fritz – sei froh, daß du die Anstalt um die Ecke hast.«

Was auf der Goldberger Chaussee erschien, marschierte in die Irrenanstalt rein, ins Sammellager Plagwitz, zum Registrieren und zum Konfiszieren. Anschließend wurden sie in die Waggons gedrückt und dampften oben auf dem Gleis vorbei an Karolines Küchenfenster.

»Kommt nicht in Frage!« sagte Fritz. »Wenn alle abhaun, ist doch klar, wie dann die Volksabstimmung ausgeht!«

Der glaubte wirklich dran, daß sie ihn fragen würden, dem hatte August mit der Neujahrsrede regelrecht den Kopf verdreht, der sah das greifbar deutlich vor sich: die Polen raus, bis nach Wolhynien, Schlesien deutsch! – und jeden Samstagabend wieder ab nach Löwenberg, zu *Aulich* und ins *Weiße Roß*, sich einen auf die Lampe gießen ... und nachts mit dem Fahrrad nach Plagwitz zurück. Und Sonntagvormittag zieht man die Hohner – die *Lieblinge*, die Schwarze und die Blonde – und mittags gibt's Rutscher bei Karoline. Polnische Klöße jedenfalls nicht mehr!

»Du bist vielleicht naiv, Mensch, Fritz«, sagt August.

»Du hast ja selbst vor kurzem dran geglaubt!«

»Nach Tische las sich's anders.«

August weiß, woher der Wind inzwischen weht, der hat's jetzt täglich vor sich. »Exodus!« sagt August. Der sitzt jetzt in der Irrenanstalt vorne an der Pforte, wie seinerzeit in Brieg sein Vater. An August mit der Knoche muß vorbei, was rausgeschmissen wird aus Schlesien. Ganze Dörfer und Gemeinden. Rein in die Irrenanstalt Plagwitz und den nächsten Morgen hoch zur Rampe – und dann weg damit nach Westen.

Neben August sitzt Matticke in der Pforte. Matticke stammt aus Oberschlesien. Den haben die Polen in Löwenberg ausgehoben, zwangsverpflichtet, so wie August. Matticke hat ein Holzbein – vierzehnachtzehn wie bei Augusts Knoche.

August und Matticke nehmen die Parade ab: das schlesische Viehzeug wird durchgezählt. Kindertiere, Frauentiere, Männertiere – die müßten dringend untern Schlauch, die stinken. Manche Herden sind seit dreißig Kilometern nicht getränkt und nicht gefüttert worden. Die sind jetzt willenlos, die geben kaum noch Laut, die schieben Kinderwagen voll Gepäck und schleppen Koffer. Kranke liegen zugedeckt in Leiterwagen. Die dösen unter Federbetten. Die wachen gar nicht auf dabei. Die kleinen Tiere quieken ab und an. Sonst hört man nichts. Rechts und links der Herden fahren polnische Milizen auf den Rädern. Die halten das Viehzeug zusammen mit ihren Gewehren – bis zum Tor der Irrenanstalt Plagwitz.

August zählt, Matticke schreibt die Listen: 1-2-3-4-5-6-7 – nach neun Strichen einer quer. Wenn die polnische Miliz vorbeikommt, zählt Matticke auch: »Arschloch-Arschloch-Arschloch«, einfache Chargen mit Knarre. Zeitweise kommen Offiziere durch die Pforte, die grüßen knapp zu August und Matticke rein. August und Matticke grüßen dann zurück: schräg an die Schläfe – international. August und Matticke tragen Ordnerbinde.

Im Verwaltungsbau der Irrenanstalt sitzt die Aus- und Umsiedlungsbehörde Plagwitz. Alles Polen. Steffinski ist gefeuert worden, Steffinski war zu dämlich fürs Büro – »Schifferscheiße«, sagt Matticke.

Die Offiziere geben sich die größte Mühe, Ordnung reinzukriegen in das große Treiben. Das wächst tagtäglich über ihren Kopf. Wenn sie nicht mehr weiterkönnen mit der Vieh-Logistik, rufen sie nach August.

August hat schon ganz was anderes verwaltet – »Wär ja gelacht!« – der zeichnet Pläne für die Polen und stellt Listen auf: Wann welches Dorf? Wie viele pro? – daß sich das ja nicht staut in Plagwitz, Verpflegung zweimal täglich, die Potsdamer Beschlüsse! Bei denen läßt August nicht mit sich reden: *in geregelter und in humaner Weise* hat die Vertreibung stattzufinden – »Wortwörtlich! Hier steht's!« Wenn August ihnen ihre Arbeit abnimmt, sind die Polen selbst zu diesem Äußersten entschlossen. »Pan

Rachfahl, Organisation!« – faktisch ist August der Administrator.

»Umsonst ist der Tod!« sagt Matticke.

Die Offiziere liefern täglich ab bei August. Jeden Abend ziehen Willy oder ich zur Pforte, die Verpflegung holen. Eimerweise Suppe, halbe Laibe Brot. August schafft selbst Fleisch und Hering – *An der Quelle saß der Knabe.* Elfriede glaubt, daß es jetzt aufwärtsgeht.

Mit den Verwaltungsoffizieren versteht sich August bestens: »Studierte Leute drunter!« – die können alle Deutsch, der eine oder andre ist sogar *beschlagen.* Die kommen regelmäßig zum Palavern in die Pforte. Grundsätzlich nur mit Schnaps und Zigaretten, die wissen sehr genau, was sich gehört. »Kongreß- und Nationalpolacken«, sagt Matticke. Manche sind »total vernagelt«. Die werden von August »zurechtgerückt«. Von denen läßt er sich Schlesien nicht wegdebattieren. Die seift er ein nach Strich und Faden.

Fallweise sind sie mitten in der Diskussion, wenn man zum Essenholen hinmuß. Nach dem dritten Schnaps ist August top in Form. Dann wird er historisch und gibt ihnen Zunder. In der schlesischen Geschichte ist er schärfstens präpariert, da braucht nur einer »Wratislavia« zu sagen oder die Piasten zu erwähnen – schon kriegen sie alles von Anfang an eingerieben.

Burg Nemzi, das sollten sie mal übersetzen – was das denn heißt auf deutsch: Na also! – südöstlich vom Silling, kultisches Heiligtum auf dem Zobten, vandalischer Stamm: die Si-lin-gen! Ostgermanen! Hunderte von Jahren hier! – Ger-ma-nen wohlgemerkt! Kein Schimmer von den Polen damals. Er wüßte wirklich gerne, wo die gewesen seien um die Zeit: »Hier nicht auf alle Fälle!« – in Ostgalizien und in Wolhynien vielleicht, bei Kiew-Kursk womöglich, die hätten sich ja überhaupt erst ab sechshundert hier in Schlesien blicken lassen. Saft- und kraftlos übrigens, weil kein Zusammenhalt – zu schwach, um sich der Böhmen zu erwehren. Wratislav der Erste: Böhmenherrscher! – wenn schon, sei das böhmisch. »Der hat das doch gegründet: Breslau! – und dieser komische Miezko, der hat sich Schlesien einfach abgepflügt – fällt mit Gewalt hier ein und raubt sich das für Polen.« Nur daß die Polen zu der Zeit dem Kaiser Otto gegenüber tributpflichtig gewesen seien, das sollten sie mal nicht vergessen! »Otto der Erste – Pole war der nicht!« Und mit den übrigen Piasten sollten sie ihm bloß nicht kommen, da würden sie sich einen Bärendienst erweisen – »der Kasimir vielleicht?! der hatte eine deutsche Mutter, die Pfalzgräfin Richezza nämlich, die führte die Regierung!«

Sie sollten doch mit dem Gemehre aufhörn, mit Böhmen und mit Mähren: »Ladislaus und Odosohn und Stöckerbein, die stritten sich, die ham den Kopp sich eingehaun und wir ham euch die Städte wieder aufgebaut – jedesmal, wenn ihr euch nicht vertragen habt und euch gekloppt habt.«

»August, vergiß mir Liegnitz nicht!« – Matticke sekundierte.

»Ihr wart noch nicht mal in der Lage, die Pruzzen oben an der Ostsee kleinzukriegen – die ham sich einen Dreck aus eurem Konrad von Masowien gemacht! und ohne uns wär der glatt eingegangen wie ne Primel, der hat ja nicht umsonst den Deutschen Orden selbst gerufen – und anschließend sollte das Polen heißen? DER STAAT IST DAS UNTER EINER HÖCHSTEN GEWALT STEHENDE ... und die höchste Gewalt waren Deutsche, nicht Polen. Na bitte!«

Das hat den Polen nicht gefallen, die wurden fuchtig, schrien August an – aber August blieb in seiner Spur.

»Von wegen *deutscher Drang nach Osten!* – geladene Gäste sind wir gewesen, freudig von euch begrüßte Helfer! Boleslaus der Lange wußte, was er an uns hatte, und Heinrich kannte seine Pappenheimer – die wußten, daß mit euch kein Staat zu machen war. Die wollten deutsche Siedler haben und wollten schließlich selber Deutsche sein und nicht mehr Polen. Und das waren sie im Grunde auch: die Hofhaltung war deutsch, die Hofsprache war deutsch – und Heinrichs Frau war sogar deutsch: Hedwig nämlich, denn die kam aus Bayern! und Bayern liegt wohl nicht bei Krakau. Und alles ohne jeden Zwang! – gerufen von den Polenfürsten, die endlich aus dem Land was machen wollten, was mit der polnischen Bevölkerung nie klappte. Und ihr selber seid heilfroh gewesen, als wir euch in eurem Brachland hier eine nach der andern Stadt gegründet haben. Löwenberg zum Beispiel: 1217 nach deutschem Stadtrecht! Und Goldberg genauso – so lange ist das deutsch, wo ihr hier sitzt – siebenhundert Jahre lang! Fünfmal länger, als Amerika besteht.«

»Vergiß bloß Liegnitz nicht, wo wir den Kopp ham hingehalten für die Brüder!« Matticke grinst, der will jetzt *Liegnitz* – der wartet darauf, daß August den Polen das Liegnitzer Ass sticht.

Bei *Liegnitz* sind die Polen an der Reihe. August hat Zeit, der pafft sich eine, der hört sich das in Ruhe an, die Knoche vor sich auf dem Tisch: wie sich die Polenfürsten alle, um den Mongolen standzuhalten, vereinigt hätten auf dem Schlachtfeld – die Zusammenfassung aller nationalen Kräfte Polens, um das Abendland zu retten! Na und ob! – Heinrich zwei mit den zehntausend Mann – die Blüte des polnischen Heeres als Opfer fürs Abendland – 1241 hier in Schlesien!

Bei *Liegnitz* ist mit ihnen nicht zu spaßen – August kennt sich aus. Wenn sie ihre Liegnitz-Macke haben, fängt er sehr behutsam an: schenkt ihnen erst mal Heinrich, den *polnischen Leonidas* – »Alle Achtung! Hut ab vor dem Manne! – aber andrerseits: Wer hat denn gekämpft in dem Zehntausend-Mann-Heer?« – auf der Walstatt nämlich hätten haufenweise Deutsche Ordensritter, Templer, Johanniter und die deutschen Bergknappen von Goldberg anschließend gelegen und der Vogt von Löwenberg hier auch. Die hätten alle erschlagen vor Liegnitz gelegen und zahlreiche Bürger schlesischer Städte dazu – und ob man dann vom *Opfer Polens für das Abendland* so einfach sprechen könnte? Er frage ja nur mal ...

Matticke zieht die Fresse schief, der guckt jetzt bloß mit einem Auge, der kann sich's kaum verbeißen.

Bei *Liegnitz* werden die Polen wild, da fliegt den Polen der Deckel vom Topf, das sieht man, da wollen sich manche an August vergreifen. Aber der kneift nicht, der gibt nicht klein bei – »Recht muß Recht bleiben!« – und läßt nach der Verwüstung Schlesiens durch die Mongolenhorden den deutschen Siedlerstrom noch stärker schwellen und besiedelt ihnen die nach den Mongolen menschenleeren Räume – mit dreiundsechzig Städten und fünfzehnhundert Dörfern »allein in Niederschlesien: ausnahmslos alle mit deutschem Recht!« sagt August.

Die Zahlen bringen sie erst richtig auf die Palme. Da springt manch einer hoch vom Stuhl, schreit Flüche raus – aber August läßt sich nicht beirren, der hat die Hosen nicht gestrichen voll, wenn sie ihm »Scheiße! Lüge!« übern Tisch zuschreien, ihm ins Gesicht reinschlagen wollen, daß ihre eignen Städte durch die Deutschen überfremdet wurden und daß sich schon im dreizehnten Jahrhundert der nationale Widerstand erhoben habe, gegen die dauernd bevorzugten Deutschen – und daß sogar der Papst auf ihrer Seite stand!

»Ja, was denn?! Warum wohl?! – weil die Deutschen ihm den Peterspfennig nicht bezahlen wollten, den die polnische Bevölkerung ihm ohne Murren blechte. So dämlich waren wir halt nicht!« sagt August kalt.

Bis die Polen keine Luft mehr kriegten vor lauter rechtmäßigen Deutschen und als Schlagobers Kasimir den Dritten schlucken mußten – »Vertrag von Trentschin, 1335! Verzicht auf Schlesien gegenüber Böhmen, auf ewige Zeiten und gegen Bezahlung! – schriftlich und mit Brief und Siegel, Kasimir der Große! – einschließlich Oberschlesien!

Von wegen Landraub: rechtlich abgesichert!« – das hätten sie genau gewußt, bis 1410. Und dann beißt August ihnen von der Schicksalsschlacht bei Tannenberg den dünnen Faden auch noch ab: »Kein Schlesier hat damals auf polnischer Seite gekämpft gegen Deutsche! Nicht einer. Weshalb wohl?! Aber Konrad von Oels und Ludwig von Liegnitz, die setzten sich ein für den Orden – gegen euch Polen, die eigenen Fürsten! Weil sie wußten, daß sie selber Deutsche waren!« – und was danach gekommen sei, das müsse er wohl nicht erklären: Ferdinand eins – Maria Theresia – Friedrich der Große. Innerdeutsche Angelegenheiten: siebzehndreiundsechzig, Friede von Hubertusburg – »da habt ihr historisch doch längst im Regen gestanden«.

»Barfuß bis zum Halse«, sagt Matticke. »Tja, das sind die Fakten!«

Anschließend weideten sie sich daran, wie sich die Polen in der Pforte in die Wolle kriegten, spinnefeind wie Hund und Katze, die nationalen und die vom Kongreß, weil sie sich selber nicht einigen konnten darauf, was denn nun Polen sein sollte.

»Studierte Leute!« sagte August. »Und solche Gimpel schmeißen uns hier raus, weil diese Hornochsen von Alliierten keinen blassen Schimmer haben von Geschichte. Das ist der wunde Punkt, Matticke: Laien! – Einfaltspinsel, die die Welt aufteilen!«

Die ganze Zeit lang, während August so vom Leder zog und sich die Polen in den Haaren lagen, stand Mattickes Schlüssel schräg am Feuerhaken an der Kante seines Tisches – und schwankte leicht, wenn er den Haken unten anstieß.

Mit dem Schlüssel hat Matticke gleich beim erstenmal, als man ihn kennenlernte, angefangen: »Kann der so an der Kante stehen? Geht das? Nein?« – dabei hatte er den großen Schlüssel schräg nach außen an den Rand der Tischplatte gehalten.

»Geht aber trotzdem, Junge!« Dann steckte er die Feuer-

hakenspitze durch den Schüsselgriff, so daß sich das ver- **285**
klemmte: der Feuerhaken hing nach unten und der Schlüssel stand schräg oben auf dem Tisch – »Köpfchen, Junge!
Schwerpunkt!«

Darüber sollte man sich noch gehörig wundern. Kaum
war man drin im Pfortenraum, stand Mattickes Schlüssel
an der Kante. Ab und zu stieß er den Feuerhaken an und
ließ den schrägen Schlüssel schwanken – immer wieder.
Mattickes Schlüssel-Fimmel.

Wenn August sich die polnischen Querelen eine Weile
angesehen hatte, schlug bei ihm das Wetter um – je nachdem, wieviel er intus hatte in der Zwischenzeit.

»Na schön – die Silinger sind freiwillig abgehauen, den
war's in Schlesien wohl zu rauh im Winter«, fing er an.
»Die sind zum Rhein und Richtung Spanien-Portugal, wo's
wärmer war – gut, geb ich zu.« Aber lange Zeit vor denen
hätten Kelten sich in Schlesien angesiedelt, die seien auch
schon rausgeschmissen worden – und wenn, dann müßten
sie es denen geben, nicht sich selber untern Nagel reißen,
mir nichts, dir nichts – die hätten die älteren Rechte. Und
dieser Kasimir, na und? – sie sollten sich doch nicht ins
Bockshorn jagen lassen, Verzichterklärung hin und her, der
hätte Schlesien weiterhin freiweg zu Polen mitgerechnet –
»dem kam's auf eine Unterschrift nicht an, der wartete auf
bessre Tage, der Mann war Realist, der mußte halt.« Das
könne aber nicht dran rütteln, daß die Grenze zwischen
Schlesien und Polen sechshundert Jahre unverändert war,
und wenn sie nach sechshundert Jahren kämen und wollten jetzt ihr Haus zurück, weil die Mieter sich das damals
vor sechshundert Jahren widerrechtlich angeeignet hätten ... »das ist natürlich Blödsinn! wenn der Hauswirt sich
sechshundert Jahre lang hat nicht mal blicken lassen?! – da
könnten eher noch die Indianer kommen und New York
verlangen. Und wenn das Stühlerücken erst mal losgeht in
Europa, dann sind am Ende alle dran. Nee, nee«, sagt August, »völkerrechtlich ist nischt drin für euch. Ihr habt jetzt

die Macht und wir müssen raus – bloß weil das Arschloch Adolf seinen Hals nicht vollgekriegt hat. Und wenn der Dschugaschwili hinten euren Hof besetzt, da müßt ihr sehen, wo ihr vorne bleibt, das ist ja klar – aber unter völkerrechtlichem Gesichtspunkt: Nix! Nitsche-wo! Und wenn dann ihr sechshundert Jahre hier seid und wir kommen, so wie ihr jetzt und der ganze Irrsinn fängt von neuem an – Mord und Totschlag und Vertreibung: Raus! Wir wolln das jetzt zurück!? ... das ist halt nicht deutsch und ist halt nicht polnisch – das kriegt eben keiner mehr auseinander historisch – ihr nicht und wir nicht. Und die Rindviecher von Jalta sowieso nicht! Niech zyje Europa! müßte das heißen – nicht Polen und nicht Deutschland. Und wenn ihr einen Funken Grips in eurer Birne hättet, dann würdet ihr uns nicht vertreiben jetzt, denn irgendwann werdet ihr doch wieder rufen nach uns, wenn ihr kapieren werdet, daß das besser geht zusammen – wie bei Liegnitz damals gegen die Mongolen: NIECH ZYJE EUROPA!«

Wenn August bei Europa angelangt war, hörten alle Polenstreitigkeiten auf. Das amüsierte die. Da wurden sie ein Herz und eine Seele und klopften August auf die Schulter: »Tak tak, dziadek!« – Ja, Großvater! Wenn August von Europa anfing, hielten sie ihn für bekloppt, das sah man. Alle waren schwer im Tee inzwischen. Sie waren bester Laune, wenn sie gingen.

»Das wolln Akademiker sein, Matticke!« sagt August. Matticke hatte selber einen kleben.

»Ein hoffnungsloser Fall!« sagt August – »die werden lange brauchen, um zu Verstand zu kommen!«

»Meinst du das wirklich, August? Glaubst du das?! – Schlesier und Polen?!«

»Wart's ab!« sagt August. »Du und ich, wir wer'n das nicht erleben – da wer'n wir längst verfault sein, wenn's so kommt, Matticke.«

»Ich weiß nicht, August ...«, sagt Matticke.

Wenn August und Matticke Dienstschluß haben, wird

meistens das Büro gefegt. Nach ihnen sitzen über Nacht zwei polnische Milizer in der Pforte.

»Staubig heute – Rudi, sieh mal nach, ob einer in der Nähe ist!«

Wenn reine Luft ist sozusagen, knöpft sich August seinen Bottel aus der Hose und geht langsam durch den Pfortenraum. Hierhin und dahin – schön gleichmäßig überall hin. Matticke guckt mit ausgestrecktem Holzbein zu. Wenn August fertig ist damit, holt Matticke sich den Reisigbesen aus der Kachelofenecke, um die nassen Dielenbretter abzufegen. Bis man draußen die zwei polnischen Milizer von den Rädern steigen sieht, die Gewehre auf dem Rücken.

»Da sind die Affen schon«, sagt August. »Feierabend! – Los, Rudi, raus, hier stinkt's!«

Drei Wochen später hat Willy auf meinem Sofa gelegen und hat in die Lehne gestöhnt – am hellichten Tage, den Hintern zum Zimmer, halb eingerollt: die Edeltraut war weg. Die Böhme hatte sich vertreiben lassen – freiwillig eher, die wollte »auf jeden Fall in die britische Zone«. August hatte das gedeichselt.

August will auch in die britische Zone, aber der darf nicht. August ist Administrator, der muß so lange bleiben, bis alles »abgewickelt« ist. Bis der letzte Schlesier aus der Irrenanstalt Plagwitz ausgeräumt ist – erst beim allerletzten Zug ist August dran. »Persönlicher Rausschmiß – extra für uns!« sagt August. »Wir solln die Mohikaner sein in Plagwitz!«

Elfriede wird nervös, die will ums Verrecken nicht »in die russische Zone«.

»Kommt Zeit, kommt Rat«, sagt August.

Fritz will gar nicht raus aus Schlesien – »Einer muß die Stellung halten, August!«

»Jeder seines Glückes Schmied«, sagt August.

Willy wälzt sich auf dem Sofa. »Was ist mit dem denn los?« sagt Fritz. »Liebeskummer«, sagt Elfriede, »laß ihn, das vergeht.« Willy ist nicht ansprechbar. Der denkt verheult an Edeltraut. Mit dem Gesicht zur Sofalehne. »Bloß wegen einer Tiffe, Mensch!? Du bist ja wohl plemplem!« sagt Fritz.

»Die Pubertät«, sagt August.

»Beim erstenmal, da tut's noch weh – jaaaa«, sagt Elfriede zart.

»Schätzchen a-deee, a-deee!« singt Fritz in der Küche.

Willy kann durchs Zwischenfenster alles hören, der liegt mit seinem Kopf direkt darunter, rührt sich nicht.

Am nächsten Tag lag Willy weiter auf dem Sofa. Der stand nur auf zum Essen und fürs Klo. Der redete kein Wort am Tisch. Mit mir schon überhaupt nicht. »Laß ihn, Rudi – Zeit heilt Wunden!« sagt Elfriede. Abends zog er wortlos um auf die Matratze, damit ich auf das angewärmte Sofa konnte. Nach dem Frühstück lag er wieder auf dem Sofa, mit dem Gesicht zur Lehne hin – »Quatsch mich nicht an!« – der hob nicht mal den Kopf beim Sprechen, der redete ins Sofa rein.

»Komm hoch, du Memme, sei jetzt endlich Mann!« schrie August durch die Tür ins Zimmer.

»Laß mich in Ruhe, ich bin krank!«

»Die Krankheit kenn ich!« sagte August.

Vorläufig konnte man mit dem nicht rechnen. Manchmal hörte man ihn stöhnen, aber kein Vergleich mit Budeks Stöhnen damals – dem hätte der Steffinski einen drüberziehen sollen, da wäre er schnell hoch vom Sofa. Der sagte nicht mal was, wenn man im Zimmer furzte – nichts. Wie der Nepomuk in Brieg.

Wenn er zum Essen kommt, hat er ein windschiefes Gesicht: weichlich verzogen, flappig – als ob er nur markiert. Der findet seinen Zustand schön, so sieht das aus. Anschließend liegt er weiter auf dem Sofa. »Was ich nicht leiden kann, sind Mädelkatschker!« sagt August in der Küche.

»Meine Herrn! wie kann man bloß!« sagt Fritz. »Die Welt ist voller Brote.«

»Bleib auf dem Teppich, Fritz, der Junge ist erst dreizehn!« sagt Elfriede.

Am vierten Tage hörte ich ihn nachts im Dunkeln reden. Als ich mein Licht anknipste, saß er vorgebeugt auf der Matratze, betastete sich seine Sohlen und sah mir ins Gesicht – als ob er sonst wo wäre in Gedanken. Bis er plötzlich »Pueblo!« sagte – »Morgen bist du fällig! Mach das Licht aus!«

Kaum war ich wach am nächsten Morgen, da ging er mich schon an: »Du weißt auf Garantie nicht, was ein Pueblo ist, du Pfeife! – Los, hol den Bleistift und Papier!«

Papier war leicht gesagt, das gab es nicht mal auf dem Klo. Seit Wochen war man umgestellt auf kaltes Wasser.

»Dann hol ein Buch! beweg dich endlich! – doch den Karl May nicht, Mensch! das sieht dir ähnlich! – Hol dir den *Zöberlein* beim Fritz, den liest ja sowieso kein Schwein.«

Der *Zöberlein* lag immer noch in Fritzens Zimmer oben auf dem Kleiderschrank. Den konnte man von unten nicht erkennen, den hatte der wahrscheinlich längst vergessen.

»Merkt er überhaupt nicht«, sagte Willy – »Her damit!« Der zeichnete dem Zöberlein ein ganzes Pueblo in den Deckel: vier Etagen, mit Schattierung, richtig plastisch! Früh um acht im Bett, das konnte der – »Hier, so sieht das aus, mein Lieber: Stufenpyramide!«

Vorne zeichnete er eine Ebene mit Fluß dazu, wie bei Winnetous Apachenlager. Mitten in den Fluß kam eine kleine runde Form, mit einem Loch und Zähnen drin – »Rattler! wie er grade schreit«, sagt Willy – »dem schießen sie die Rübe weg vom Ufer aus.«

Die Indianer hinten wurden nur blaß angedeutet. Zwei Striche als Gewehre. Das interessierte Willy nicht, der machte gleich am Pueblo weiter. Einwände schmetterte er lässig ab. »Leitern?! – eingekerbte Balken, Mann! Leitern hatten die doch gar nicht – keine Ahnung!« – bis er fertig war.

»Hast du jetzt kapiert inzwischen? – und so was werden wir ab morgen bauen: echtes Pueblo!«

Wie das gehen sollte, war mir schleierhaft – vielleicht mit Holz und Steinen?

»Du bist ja wohl behämmert« sagte Willy – »es gibt nämlich auch Schluchtpueblos!«

Vorne war im *Zöberlein* kein Platz mehr für das Schluchtpueblo, also kriegte er das hinten rein, mit allem, was dazugehörte: die schräge Wand, in die er Treppen zeichnete, und Gänge, die zu Höhlen führten, und vor die Höhlen Plätze. Auf einem von den Plätzen war ein Feuer zu erkennen, vor dem ein Indianer kauerte – die Decke um die Schultern.

»Saltillodecke«, sagte Willy.

Der Kerl bekam zwei Federn in die Haare.

»Häuptling!« sagte Willy.

Außen an den Rand des Pueblos strichelte er Büsche. Dort hockte einer – splitternackt, genaugenommen konnte man von dem nur seinen Hintern sehen.

»Indianerscheißhaus«, sagte Willy. »Ist dir schon mal aufgefallen, daß sie im Karl May nie scheißen? – nein? Und genauso niemals pinkeln? – Du denkst nicht nach beim Lesen! Dabei essen sie ja dauernd. Und wenn sie Gefangene machen, dann bleiben die stundenlang, tagelang liegen – gefesselt! Merkst du was?! – Glaubst du denn, die könnten das so lange halten? Davon erzählt er nichts! – Hast du jemals überhaupt ein Buch gelesen, wo sie kakken?«

Mir fiel tatsächlich kein einziges ein.

»Sag ich dir doch!« sagte Willy.

Links erschien ein großer Baum mit dickem Stamm in seiner Zeichnung.

»Weißt du endlich, wo wir sind?! – das ist die Friedenseiche! die du jeden Tag vom Fenster aus beglotzt, du Affe.

Und das hier ist die Schlucht am Hirseberg: da baun wir uns das Pueblo hin – in die gelbe Sandwand rein! Wenn du dich am Riemen reißt, sind wir in zwei Wochen damit durch!«

Jetzt wußte man auch, wer der Kerl mit der Saltillodecke und den Adlerfedern und wer der Scheißer war.

Von wegen in zwei Wochen durch! – den ganzen Mai, bis in den Juni haben wir gegraben. Jeden Morgen, sogar sonntags, zogen wir zum Bahndamm rauf, mit Friedrichs Schaufel und mit seinem Spaten. Wenn an der Plagwitz-Rampe hinten ein Zug bereit zur Abfahrt war, dann machten wir uns Nuggets, eh wir zur Arbeit gingen. Bevor die Schlesier in die Viehwaggons verfrachtet werden, müssen sie die Leiterwagen von der Rampe schieben – für die gibt's keinen Platz in den Waggons, die werden sämtlich, wie sie sind, vom Bahndamm weggestoßen, die bleiben unten auf der Wiese liegen.

Wenn alle drin sind in den Viehwaggons, steht an der Rampe nur noch die Miliz – und August mit der Ordnerbinde, den rechten Arm zur Lok hoch: Fertig! – Ab!!

»Geld drauf!« sagt Willy.

Wenn sie richtig auf den Schienen liegen, werden sie so dünn wie Blech, die Groschen und die Pfennige – dann gehen reihenweise die Waggons mit Schlesiern drüber und walzen sie so platt, daß bei den Nuggets hinterher die Zahlen und die Adler kaum mehr zu unterscheiden waren. Die Schlesier merkten nichts davon. Man hörte sie in den Waggons drin singen, wenn sie an uns vorüberrollten. Die Türen mußten alle zu sein bei der Abfahrt.

Die plattgewalzten Münzen drehten wir zusammen, in Friedrichs Schraubstock, mit der runden Zange – »Nuggetkörner«, sagte Willy. Die kamen in die Lederbeutel, zu unsern Fünf-Mark-Silberstücken. An die Fünf-Mark-Stücke trauten wir uns nicht. Elfriede kontrollierte grundsätzlich vor jeder Flucht die Beutel.

Die Sandwand machte uns zu schaffen, wochenlang, obwohl wir unermüdlich gruben – bis man selbst vom Küchenfenster sehen konnte, wie die Sache Form annahm: das Schluchtpueblo. Abends fühlte man sich wie gerädert, völlig krumm vom Schaufeln.

»Halt dich grade!« sagte Fritz – ausgerechnet der!

Plateaus gab's bald genug, mit Astgeländern und mit Treppen zur Verbindung der Etagen. Beim Höhlengraben hatten wir kein Glück – der war zu weich, der Sand, um Höhlen reinzugraben. Wenn man halbwegs drin war in der Wand, sackte das beim nächsten Spatenstich in sich zusammen – bis wir schließlich nur noch die Plateaus anlegten.

»Sommerpueblo«, sagte Willy.

Bei Regen stockte jedesmal die Arbeit. Anschließend mußte neu befestigt werden, damit das Pueblo uns beim nächsten Guß nicht wegfloß. Bis Willy sich am Bahnhof einen Leiterwagen mitnahm, in dem wir Schotter holen konnten von den Gleisen, um die Plateaus zu pflastern.

Als das Schluchtpueblo schließlich fertig war, wurden wir die Indianer. Die Schwierigkeiten fingen gleich am Anfang mit den Haaren an. Aus unseren ließ sich kein *helmartiger Schopf* zusammenbinden, beim besten Willen nicht. Es fehlten einfach Haare. Also knallte man sich seine Adlerfedern mit Elfriedes Einweckgummis an den Kopf. Aber ewig hielt man das nicht aus, das spannte. Der *leise Bronzehauch* in den Gesichtern war leichter hinzukriegen, vormittags jedenfalls, nachmittags nicht – mit der lehmverschmierten Fresse konnte man nicht gut zum Essenholen in die Irrenanstalt einmarschieren.

Hochgradig anstrengend war dieses *würdevolle Schreiten* wie bei Winnetou und Intschu–tschuna. Man mußte sich beim Gehen jedesmal zusammenreißen – ganz langsam, Schritt für Schritt, als ob man Blei in seinen Knochen hätte. Brust raus, Kinn hoch! Nicht mit der Birne wackeln! – Meistens schaffte ich es nicht mal diese fünfzig Meter bis zur Zeder, wenn wir vom Pueblo kamen.

»Du latschst wie Klekih-petra«, sagte Willy.

Die Friedenseiche hieß jetzt Zeder.

Ende Juni brach die Jagdzeit an. »Fleischmachen«, sagte Willy. Mangels Bisons ging's auf Mäuse. Maulwürfe kamen zusätzlich in Frage. Eine Maulwurfspfote wäre eine gute *Medizin* gewesen vor der Brust. Aber Jagd auf Maulwürfe und Mäuse war genauso schwierig wie auf Bisons. Wir hockten stundenlang am Hirseberg auf halber Höhe und peilten, ob sich was im Gras bewegte, die Speere griffbereit. Der Speer von Willy war ein Häuptlingsspeer, der hatte Reißzwecken im Schaft, das sah gut aus. Mein eigner war bloß nacktes Haselnuß. Natürlich hatte er auch eine Feder mehr am Kopf. Darüber wurde nicht erst diskutiert, das war von Anfang an gewesen: er eine mehr als ich.

Zum Ausgleich hatte ich den echten Tomahawk: ein Lochstein mit verkeiltem Stiel! Den konnte man tatsächlich werfen. Wenn Willy seinen pfefferte, flog ihm meist alles auseinander, der hatte keinen Lochstein finden können. Auf jeden Fall war meiner besser. Wenn man irgendwie an einen Hering drangekommen wäre, hätt ich mir den Griff mit Fischhaut überzogen: *geperlte Fischhaut!* – wie die Czakans der Aladschy.

»Du bist vielleicht manoli!« sagte Willy. »Czakan!! – bist du dir eigentlich im klaren, wo wir sind?! A-me-ri-ka ist das da unten! Amerika, nicht Balkan, Mensch! – da: Feuerroß!«

Auf halber Höhe hatte man vom Hirseberg aus einen guten Blick auf die Prärie. Am Bahnhof Plagwitz dampfte eine Lok. Der fehlte vorn der Kuhfänger – das störte Willy nicht.

»Und das da? Weißt du, was das ist?« Willy zeigte auf die Irrenanstalt: »Fort Wilkins! – Merk dir das!«

Wo der Bober war, floß jetzt der Rio Grande oder Rio Pecos, jedenfalls ein Rio. Und das Haus, in dem wir selber wohnten, war das Gasthaus Mutter Thicks. Folgerichtig mußte Mutter Thick Elfriede sein.

»Umgekehrt, du Greenhorn!«

Anschließend gab er mir ein kurzes »Pshaw!«

Plötzlich reißt Willy den Speer aus dem Gras und zeigt mit der Spitze nach Osten: »Uff! Uff! Uff! Uff! viel weißer Mann!« Auf der Chaussee tief unter uns sieht man auf Fahrrädern drei polnische Milizer kommen, die haben jeder eine Flinte umgehängt – die reiten auf Fort Wilkins zu. Kaum hat Willy die gesehen, streckt er die Arme vor – im Schneidersitz – den Blick zum Steinberg drüben, als ob er eine Schrift ablesen könnte in den Wolken: »Bevor die Sonne um die Breite eines Messerrückens in den Westen sinkt, wird der Skalp der weißen Hunde dort an meinem Gürtel hängen!« – bis zur Straße runter sind's gut hundertfünfzig Meter, die Milizer fahren ruhig weiter ...

Und dann, als die polnischen Reiter grade unter uns sind, springt Willy unversehens hoch und schüttelt seinen Häuptlingsspeer und reißt die lehmverschmierte Klappe auf und schlägt sich immer wieder mit der flachen Hand davor – Hiiiiiiiiiiiiiih! – nervend schrill wie die Apachen, wenn's zur Sache geht: Hiiiiiiiiiiiiiih!!! – Hiiiiiiiiih!!!

Damit erzielte er schnell Wirkung bei den Polen – das Kriegsgeschrei der Mescaleros und der drohend hingereckte Häuptlingsspeer brachten die im Nu aus ihren Sätteln. Die hobbelten nicht mal die Gäule an, die rissen sich, kaum daß sie abgesprungen waren, die Flinten von den Rücken – die wurden wild bei Willys Anblick, die jagten wie die Teufel los – den Hirseberg rauf, direkt auf uns zu ...

Als ich die ersten Schüsse hörte, war Willy längst gestartet – der hatte nicht so eine lange Schrecksekunde, der war schon dreißig Meter vor mir, bergauf zum Waldrand hin – eh mir der Seifensieder aufging – der hatte alles stehn- und liegenlassen und mich auch – *Ein echter Schütze hilft sich selbst!* – den sah ich einmal sich im Rennen umdrehn, mit offnem Munde zu mir runterschreien ... da spritzten überall schon Dreck und Steine aus der Wiese ... da war das Tauben- schießen schon in vollem Gange ... auf den letzten Metern in der Sonne, wo nur Gras ist, keine Deckung ... Willy Haken schlägt und weg ist und ich keine Luft mehr hatte ... bis die Bäume vor mir platzten und ich's doch noch schaffte in den Wald rein ... fix und fertig, völlig außer Atem.

Im Hohlweg konnten sie mich nicht erwischen, der lief quer – den jagte ich gebückt nach unten, weil aus den Stämmen dicht darüber knallend weiße Splitter flogen und mir endlich aufgegangen war: die schossen wirklich! – die machten nicht *Karl May,* die meinten mich! – die wollten mich erschießen!! ... bloß weil Willy, dieser Hammel, mit dem Speer herumgefuchtelt hatte.

Nach zwei Stunden Richtung Braunau war ich um den Luftenberg herum – immer abseits, mitten durch die Fel- der, wo kein Fahrrad fahren konnte – auf den Bahndamm zu, den sah man jetzt: die schnurgrade Linie durch die Prä- rie und hinter dem Bahndamm das Haus – und wenn man kniepte in der Sonne: Karolines Küchenfenster.

Willy war wahrscheinlich längst zu Hause, der stand wahrscheinlich dort am Fenster – der hatte sich vermutlich irgendwo versteckt und sich in aller Ruhe angesehn, wie die im Walde auf mich schossen. Und als sich das nach Braunau hin verzog, da war der kurzerhand nach Hause. Vorsichtshalber einen Bogen und dann seelenruhig durch die Gärten – »Weiß ich auch nicht, wo der ist, der Rudi!«

Der war jetzt dort hinten am Fenster und konnte mich sehen, der hatte garantiert schon einen Kommentar auf La- ger, wenn ich ausgehungert durch die Tür gestolpert kam – »Wo warst du denn, du Heini! Ich hab gedacht, die hätten dich erschossen! Hast du etwa Schiß gehabt vor denen?« – mindestens so in der Art vielleicht. Man merkte, wenn man übers Feld marschierte, wie er einen durch das Küchenfenster regelrecht bepeilte – aus seinem Blickstrahl konnte man nicht raus.

Als ich noch höchstens hundert Meter bis zum Bahndamm hatte, lag plötzlich ein großes Stück blutiges Fleisch in den Disteln – das hätte ich fast übersehen: die Hinterbeine und der halbe Bauch – abgerissen – alles andre fehlte.

Das sah gut aus, wenn man's nach Hause bringen würde: halber Hase! Ein großes Fleischstück mit zwei Griffen dran – das konnte man leicht tragen ...

Bis mir allmählich August einfiel, am Stacheldraht bei Bunzlau damals – *den kann man essen, der ist frisch, was meinst du, wie der schmeckt!* – als er keinen Stock gefunden hatte, um ihn übern Zaun zu heben ... bis mir's am Ende dämmerte und ich von einem Augenblick zum andern nicht mehr von der Stelle konnte – weil ich seitlich vor mir in der Sonne diesen Trichter sah: keine zwanzig Meter vor mir – wo sie unsichtbar gewartet hatte, als er draufgetreten war.

Ich stand mit dem blutigen Fleisch in der Hand wie eingerammt mitten im Minenfeld und konnte nicht mehr vor und nicht zurück: die waren im Unkraut gar nicht zu sehen – die waren längst von Disteln zugewachsen – die hatten sie unsichtbar eingegraben – und wenn man sich schief nach den eigenen Fußspuren umsah: die konnte man auch nicht erkennen ...

Am Plagwitzer Haltepunkt pfiff die Lok.

Bis mir die Welle Hitze hochkroch – heißrot von unten in den Kopf – und ich auf einmal pissen mußte, mit dem Fleischstück in der Hand, und es ganz vorsichtig aus mir herausließ – ganz langsam, obwohl ich's kaum halten konnte, zwischen die Schuhe, wo Lehmboden war ... und als ich das hatte, den Bahndamm anstierte – bis ich nur noch diese scharfe Linie quer durch die Prärie erkennen konnte und dann schreiend loslief – »Aaaaaaaahhhhh!« – mit aufgerissnen Augen und dem toten Hasen in der Hand zum Bahndamm hin – ohne irgend etwas sonst zu sehen

als den Bahndamm – besinnungslos auf diesen Bahndamm
zu – und würgend in die Böschung stürzte, weil ich's nicht
mehr schaffte hoch zum Gleis ... bis das Zittern nachließ
und ich oben war.

Das Minenfeld lag ruhig in der Sonne. Das sah von oben
aus wie jedes andre Feld.

»Wo bleibst du, Idiot?« sagt Willy an der Wohnungstür.
»Was sollte das da auf dem Acker? – du hättest dich mal sehen müssen!«

»Fleisch gemacht!«

Der kriegt kein Wort raus, der ist sprachlos, dem geht
mein Hase an die Nieren, der kann mir nicht das Wasser
reichen mit seinen Mäusen und den Maulwurfskrallen.

»Du bist ja wohl plemplem!« sagt Willy. »Du hast sie ja
nicht alle – du weißt wohl nicht, was los ist hier – pack
deine Sachen, morgen ist Vertreibung! Beeil dich! Steh
nicht rum!«

Den toten Hasen wollte keiner haben – »Wer weiß, was
damit ist!« – »Ich fang doch jetzt nicht an zu braten!« –
»Wo kommt der her?! Vom Felde?«

Dafür wär man beinah in die Luft geflogen!

August hörte gar nicht hin, der hatte eine Kiste vor sich,
ein langes schwarzes Ding mit Deckel. In der Irrenanstalts-
pforte war ein Pole aufgetaucht, einer von Augusts Kasi-
mir-Diskutanten: »Letzter Zug in die englische Zone, Pan
Rachfahl!« – ein Auge zugekniffen wie Matticke: »Powod-
zenia!«

So schnell hat August nicht damit gerechnet, das brachte
uns auf Trab – »Nur die Ruhe, Friedel!« – »Morgen schon?«

»Morgen mittag kommt ihr durch die Pforte«, sagte August. »Ich kenn euch nicht, nicht mit der Wimper zucken –
wir zählen euch wie alle andern.«

In die beiden Kistenenden bohrte August je zwei Löcher
und zog Kabelstücke ein als Griffe – »Tipptopp! Was ich dir
sage!« August setzt sich auf die Kiste und fängt an zu rau-

chen – »Die ist stabil, da geht was rein! und wenn's mal nichts zu sitzen gibt, reicht die für alle.« August schlägt der Kiste mit der flachen Hand auf ihre Flanke: »Tadellose Sache!«

»Wenn's hart auf hart kommt, kannst du dich beerdjen lassen in der Truhe«, sagte Fritz.

Die schwarze Kiste sah tatsächlich wie ein Sarg aus. Man hat sich vorgestellt, wie sie den Deckel über einem schlossen und einen so zum Friedhof brachten. Fritz ging nicht rein, auf keinen Fall. Der hätte überhaupt in keinen Sarg gepaßt mit seinem Buckel, der mußte sich anders beerdigen lassen.

Innen auf den Kistendeckel schrieb August groß in Druckbuchstaben AUGUST RACHFAHL mit Kopierstift – den leckte er sich an dazu.

»Und die Adresse?« sagte Fritz.

»Da gehört sie hin«, sagt August und schreibt DEUTSCHLAND in die Kiste – einmal unterstrichen

AUGUST RACHFAHL <u>DEUTSCHLAND</u>

»Wenn irgendwann dort eine Stadt steht und ne Straße, Fritz, dann schreib ich dir – nach PLAKOWICZE/LWOWEK POLSKA!«

»Niemals!« sagt Fritz. »Die Abstimmung kommt!«

»Deine Stimme gegen paar Millionen Polen? – überleg dir das noch mal!« sagt August.

»Einer muß die Stellung halten!«

»Wir sehn uns dann im Westen wieder«, sagte August. »Unten erst die Bücher rein, Jungs! drei für jeden! freie Wahl – Natürlich kein Kaleika, denkt dran!« August geht sich seine eignen Bücher holen.

Als ich anrückte mit meinen, lagen Willys drei schon in der Kiste: der schwarze *Mommsen*-Ziegel mit der Goldschrift drauf, die *Wölfin Wosca* – und eine dünne braune Schwarte, die hatte ich bis dahin nie bei ihm gesehen: *Was fliegt denn da?* – mit langem Fragezeichen. Wenn man aufschlug, saßen Vögel auf den Seiten – eine Reihe nach der an-

dern, jeder eingerahmt. Und darunter stand der Name, der
Gesang und wo er wohnte: Trauerschnäpper Wasserralle –
wiedl! wiedl! wiedl! – rülsch! rülsch! rülsch! – Mönchsgras-
mücke Sumpfrohrsänger Ziegenmelker Zeisig – Waldblö-
ßen Steinwände Weinberge Knicks. Alle bunt, naturgetreu.
Was wollte der damit?

»Pfoten weg, du Seidenschwanz!« – plötzlich war er hinter mir. Der wollte nicht, daß ich den *Robinson* auf seine
Vögel legte.

Fritz guckte uns beim Packen zu vom Tisch aus.

»Ihr wißt doch garantiert nicht, was ein Dompfaff ist, ihr
Gimpel! Welche Farbe hat zum Beispiel ein Pirol?«

So was wußte Willy, damit konnte Fritz nicht landen.

»Und wie erkennst du eine Eule?«

»Die hat am Arsch ne Beule«, sagte Willy, der kannte
sich mit Fritzens schweinischen Gesängen aus. Als Fritz
auch noch den Wiedehopf von ihm verlangte, war zufällig
Elfriede an der Tür.

»Gut verteilen!« sagte Fritz – »sonst geht einer in die
Knie morgen!« Kaum war Elfriede in der Nähe, machte er
sofort auf Onkel.

»Halt gefälligst Abstand mit den Kinderbüchern!« sagte
Willy.

Meine sollten in die andre Kistenecke – der *Crusoe, Unter Geiern* und der *Schatz im Silbersee*. Den *Crusoe* hatte
ich bisher nur durchgeblättert, den würde ich »im Westen« lesen. Mit dem Märchenbuch von Karoline hätte
man sich bloß blamiert »im Westen«, die Sirupflecken
sahen immer mehr wie Kacke aus. *Unter Geiern* und den
Silbersee wollte ich mir in den Rucksack nehmen. Wenn
man beim Vertreiben lange warten mußte, hatte man die
griffbereit.

August legte die *Geschichte Schlesiens* in die Mitte auf
den Kistenboden – zwei Bände voll Kopierstiftstriche: *Von
der Urzeit bis zur Gegenwart* – mit dem grauen Adler vorne.
Auf den Adler kam der *Kleine Ploetz* und zu mir *Der Brun-*

nen. Willy kriegte auf den *Mommsen* zusätzlich *Das Fundament* gepackt. Der hatte gleich zwei Ziegelsteine.

»Na also«, sagte August, »klappt ja! – Friedel, du kannst
ran, wir sind so weit!«

Nachts im Dunkeln, als ich schon halb eingeschlafen
war, sagte Willy plötzlich laut und deutlich: »Die Polen
können sich das Pueblo in den Hintern stecken – und den
ganzen Hirseberg dazu!« Der hatte kein Interesse mehr an
seiner Häuptlingswürde – der ärgerte sich jetzt im Dunkeln, daß er um ein Haar erschossen worden wäre von
den Polen – dem war die große Fresse jetzt vergangen.

In der Küche hörte man sie murmeln – von Lublinitz
und Dresden und von Altreichenau – vom Martin, von der
Anny und der Else – und vom vermißten Kurt ... und unentwegt von Bunzlau wieder. Bis ich todmüde war und nur
noch hören konnte, wie Elfriede nah am Zwischenfenster
sagte: »Wenn wir im Westen sind, wird alles aufgeholt, sobald wir da sind, komm sie in die Schule, dann wird ihnen
das Bummeln schnell vergehn!« und Wasser laufen ließ –
und wie Fritz darüber lachte: »Kommst du heut nicht,
kommst du morgen, das ist dann vorbei!« – das amüsierte
den, das hörte man. Der konnte einem im letzten Moment
die Vertreibung versauen.

Am nächsten Morgen ging August administrieren wie immer. Kurz vorher schleppte er mit uns den Sarg nach unten, der sollte jetzt vom zweiten Stock ins Erdgeschoß –
»Vorsicht, Mensch!!« – »Achtung! die Ecke! Weiter!« August tastete sich rückwärts auf den Stufen runter, mit der
Knoche steuerte er aus, wenn er um die Treppenkurven
mußte. Oben hatten ihn Willy und ich, jeder eine Hand im
Kabelgriff – »Langsam, ihr Ochsen! ich kann ihn nicht halten! – Absetzen!! Pause!! – Die Plauze! Die Pumpe! – Weiter
jetzt! – Los!!!«

»Verflucht und zugenäht!« sagt August, als wir unten
sind. »Für Treppen ist der nicht gemacht.« Dann wird er in

die Waschküche verfrachtet, wo Budek Weihnachten auf seinem Bock die Kuh zersägt hat – auf den Leiterwagen mit der neuen Deichsel. Dem hat August vorn und hinten seine Wände abgeschlagen, weil er für den Sarg zu kurz ist. Mit dem Leiterwagen läßt er sich gut dirigieren, bis zur Irrenanstalt morgen.

»Also pünktlich zwei Uhr dasein, Jungs!« sagt August. »Wenn ihr an den Tischen durch seid, komm ich nachmittags vorbei!«

Als August weg war, hatte man nichts mehr zu tun. Man saß herum und wartete. Elfriede stand am Küchenfenster und guckte sich den blauen Himmel an: »Schönes Vertreibungswetter, ja! – damit wir's merken, was wir hier verlassen müssen!« Die sah das als Schikane an, daß grade jetzt die Sonne schien.

Mir war das sowieso egal, von mir aus hätte es genauso regnen können. Was sollte man noch hier? In Plagwitz kannte man inzwischen alles. Mir paßte das, daß es woandershin ging, mein Rucksack war gepackt: Schuhcreme Lappen Wurzelbürste – Unterhosen Unterhemden – Nadeln Zwirn auf der Sternpappe Wolle zum Stopfen – Eßbesteck mit Schiebeöse Socken – *Unter Geiern Schatz im Silbersee*. Alles drin in meinem! In der Klappe oben, mit Kopierstift nachgezogen: *Rudi Rachfahl Bunzlau Burghausstraße 10* – dort wird er abgegeben, wenn er mir verlorengeht. Den Brustbeutel hatte ich umgehängt. Ohne die Nuggets. Die hatte uns Elfriede alle rausgeworfen – »Ihr seid wohl ganz meschugge!« – nur die Lublinitzer 5-Mark-Silberstücke waren zugelassen.

Bis Mittag war es lange hin. Man überlegte sich, ob man jetzt *Unter Geiern* lesen sollte – das fehlte einem dann vielleicht bei der Vertreibung. Wenn man plötzlich ohne dasaß, war man aufgeschmissen.

»Habt ihr eure Unterhemden? Habt ihr die Reservesokken?!« Elfriede war nervös – »Hab ich die Seife eingepackt?!«

Nach der Methode nahm das Packen nie ein Ende.

»Und was, wenn nachher der Gummizug reißt in der Unterhose?!« – die Sicherheitsnadel hatte ich auch.

Fritz war morgens schon um sechs Uhr los. Der mußte mit dem Buckel auf die Eisenmasten bei Schmottseiffen klettern. Durchs Zwischenfenster hat man hören können, wie er vom Frühstück aufgestanden ist – »Wenn ich heut abend wiederkomme, seid ihr weg!« – und wie Elfriede schniefte.

Dann hört man, wie er sich räuspert im Flur.

»Bist du dir wirklich sicher, Fritz?« sagt August an der Wohnungstür.

»Budek und ich, wir bleiben hier!« sagt Fritz.

»Fritz, halt die Ohren steif!« sagt August.

Bis eins war Elfriede dreimal bei Budek unten gewesen, um nach der Zeit zu fragen. Fritz hatte seine Zwiebel an der Wade in Schmottseiffen auf dem Mast. Diesmal sagte sie, als sie zurückkam: »Ist soweit!«

Eine Viertelstunde später fuhren wir mit unsrer schwarzen Kiste an der Anstaltsmauer lang – links die Mauer, rechts das Bahngleis, wo wir morgen früh verladen wurden, und unten vor dem Gleis die Wiese mit den abgestürzten Leiterwagen: Hunderte, drunter und drüber und viele die Räder nach oben – so wie sie ihren letzten Tritt am Gleis bekommen hatten. Vorn zog Willy an der neuen Deichsel und hinten schoben wie immer Elfriede und ich und auf der Kiste lagen die drei Rucksäcke vor uns. August hatte keinen Rucksack, der hatte eine Aktentasche. Mit der Aktentasche ging er jeden Morgen in die Pforte. »Mehr brauch ich nicht«, sagt August – was er sonst noch brauchte, war im Sarg.

Außer uns war niemand unterwegs auf der Chaussee. Man hörte nichts, nur unsre Leiterwagenräder knirschen. Diesmal hetzte einen keiner. Und Willy hielt sogar – der

kratzte sich und rückte sich danach die weiße Binde wieder
grade. Die hatte jeder vorschriftsmäßig um den linken Arm.

Elfriede war die Stille nicht geheuer – »Wie seinerzeit in
Lublinitz, erinnert ihr euch dran?! Mach weiter, Willy,
komm!«

Als wir um die Anstaltsmauerecke bogen, war Elfriede
gleich beruhigt: ein ganzer Trupp von Bindenleuten marschierte auf die Pforte zu, aus Richtung Löwenberg. Die
hatten nicht die Irrenanstalt um die Ecke so wie wir, die
waren Stunden unterwegs gewesen, die schwitzten Blut
und Wasser, die hatten schon was hinter sich, das sah man.
»Erschossen wie Robert Blum!« hätte August gesagt. Mit
denen zwängten wir uns dann durchs Tor, mittendrin im
schweißigen Geschiebe.

Am offnen Pfortenfenster stehen August und Matticke.
August zählt – Matticke macht die Striche. Rechts und
links vom Eingang stehen zwei Milizer mit Gewehr. An denen muß man dicht vorbei – die gehen nicht zur Seite im
Gedränge – die darf man nicht berühren.

»128 – 129 – 130«, sagte August. Matticke strich uns
durch.

August zählte uns wie alle andern. Dem merkte man
nicht an, daß er uns kannte. »Nicht so langsam, junge
Frau!« sagte August zu Elfriede, als wir mit dem Sarg an
ihm vorüberschoben. Matticke grinste bloß. Von vorne
pfiff mich Willy an – »Drück nicht dauernd so, du Affe! Du
siehst doch, daß kein Platz ist hier!« – der kriegt den Deichselgriff ins Kreuz und dafür gibt er mir die Schuld.

Grade als wir vor Matticke waren, stockte das. Matticke
guckt mir in die Augen und nach innen schräg zum Tisch:
an der Kante steht der Schlüssel mit dem Feuerhaken –
»Schwerpunkt!« sagt Matticke. »Alles klar?«

Drinnen lehnt der Reisigbesen vor dem Kachelofen. Auf
die Dielenbretter scheint das Sonnenlicht durchs Seiten-
fenster.

Mit einem Ruck ging's weiter und man hörte August sa-

gen: »131 – 132 – 133« – dann wurde man an einem eisernen Geländer eingequetscht und plötzlich ging es auseinander, man hatte wieder Luft – und war auf einem freien
Platz, wo am Rand im Schatten Tische standen. Vor denen
warteten in langen Schlangen Bindenleute in der Sonne.
An den Tischen saßen polnische Milizer. Die schrien und
schrieben alles auf – »Name? Alter? Und von wo?! –
Pirunje, zeig den Ausweis endlich!«

Zuerst wird das Gepäck gefilzt, anschließend wird man
selber abgetastet. Jeder. Die machen nicht viel Federlesens – die können einen, wenn sie wollen, zu einer Holzbaracke bringen lassen. Willy weiß genau Bescheid, was
dort passiert mit einem: »Die packen dir in deine Krinne,
ob du Gold drin hast – Ringe oder goldne Zähne! – Völlig
nackt, mein Lieber, Beine breit!«

Zähne im Hintern? – das findet man komisch.

Auf die Tische wurde alles draufgestapelt, was sie dabehalten wollten: Sparkassenbücher, Papiere und Wäsche,
Geschirr – je nachdem, ob das dem Kerl am Tisch gefiel. Alles andre flog in hohem Bogen auf den Boden – das sammelte man ein, so schnell man konnte, wenn sie mit einem
fertig waren.

An unserm Tisch der war schon älter, der war schon
schlapp, das sah man, der brauchte ständig einen aus der
Flasche, der winkte mich und Willy einfach durch, mit Kindern wollte der sich nicht befassen – der wollte nicht mal
unsre Hintern sehen. Vor dem Tisch die beiden rückten unserm Sarg zu Leibe. Als sie an die Bücher kamen, knallten
sie den Deckel drauf.

Aus der Reihe neben unsrer wurden welche rausgeholt
zum Hinterngucken, zwei Männer und zwei Frauen – die
wollten nicht in die Baracke rein – die schrien was von *Alliierten* – bis plötzlich alle nach den *Alliierten* schrien.

Für solche Fälle hatten die Milizer an den Tischen Knüppel griffbereit. Mit denen schlugen sie so lange auf die
Tische, bis keiner mehr was sagte.

Elfriede brauchte bloß den Hals zu zeigen. Sie zog die Bluse auseinander bis zur Brust – ihr Lederbeutel war bei August in der schwarzen Aktentasche. Als sie *Dokumente* von ihr haben wollten, sagte sie: »Verbrannt!« – sie sah verlegen aus dabei, sie konnte nicht gut lügen, August hatte morgens eine pralle Aktentasche mitgenommen. »Sparbücher?!« – »Nic!« sagte Elfriede.

Mit unsern Rucksäcken gab's keine Schwierigkeiten. August hatte uns gut vorbereitet: »Nicht erst fummeln bei den Riemen! offenlassen! – die machen kurze Fuffzehn, schneiden auf.« Aus unsern konnten sie, so wie sie waren, schütten – bis alles auf der Erde lag.

»Guwno! – weiter! weiter!«

Zum Einpacken war keine Zeit – »Los! weg hier! weiter! weiter!« – wir stopften rein, wie's kam.

Bei den Hinternguckern hatten sie's genauso eilig. Manche flogen richtig aus der Tür der Holzbaracke, die Hosen in der Hand. Die mußten sie vor allen draußen anziehn – krumm, mit enggestellten Beinen – bis sie wackelnd endlich drin gewesen sind. Auch Frauen mit offenen Blusen, die knöpften noch.

»Nicht stehenbleiben! Weiter! Weiter!« – über das holprige Pflaster der Brücke mit unserm Wagen ins Plagwitzer Schloß – durch die dunkle, enge Einfahrt in den hellen Hof. Augusts Warnung im Gedächtnis: »Nicht ins Gebäude, Friedel – ja nicht! Auf jeden Fall im Hofe bleiben!«

Die andern drängten sich sofort ins Schloß, von denen wollte keiner draußen schlafen. Wir blieben, wo wir waren, mitten in der Sonne.

Kaum saßen wir, schossen sie wieder raus aus dem Plagwitzer Schloß – mit bleichen Gesichtern: »Lufffft! ooooh!« – »nicht auszu … Heilloser Gestank!!« – mit Sack und Pack zurück ins Freie. Da saßen wir längst, zu dritt auf dem Sarg – und neben uns der Leiterwagen: freier Blick nach Süden in die Landschaft bis zum Steinberg hin. »Sperrsitz!« sagte Willy.

Elfriede wickelte drei hartgekochte Eier aus – »Ihr müßt was essen, Jungs, bei Kräften bleiben!«

Von nebenan die schielten einem auf das Ei beim Essen, die hatten selber keins. Man hat das, wie Elfriede, schnell geschluckt. Nur Willy nicht. Der pellte seins umständlich langsam, Stück für Stück, der wollte extra Salz dazu, der hielt das hoch, damit es jeder sehen konnte – bis es ihr reichte: »Willst du oder willst du nicht?!«

Für so was hatte Willy kein Gefühl – »Ich weiß nicht, was ihr habt!« – bis er's endlich runterhatte. Ein paar Minuten später ging er sich *mal umsehn in dem Kasten* – »Komm mir bloß nicht nachgekrochen!«

Erst war er mir peinlich, dann ich ihm.

Wenn man etwas sagen mußte, hatte man gleich zwanzig lange Ohren um sich – und wenn einer sich bewegte, guckten alle zu ihm hin. Der eine war dem anderen die Abwechslung beim Warten.

Elfriede wurde schläfrig in der Sonne: »Rudi, paß n bissel aufs Gepäck auf« – leise, daß kein anderer das hören konnte. Ich war heilfroh, daß ich im Rucksack *Unter Geiern* hatte, aus der Kiste hätte man das jetzt nicht rausgekriegt. Aber *Unter Geiern* war ein Riesenreinfall – *Unter Geiern* war mir bald vergangen.

Das Bild darauf war interessant, das konnte man sich eine Weile ansehn, mit dem hartgekochten Ei im Bauch: die drei Reiter vorn im Schatten und die beiden großen Geier über ihnen in der Luft, die Kreise zogen, und dahinter steil die weißen Felsen. Der eine von den Reitern war er selber, mit dem Fransenjagdhemd und der eingerollten Decke hinterm Sattel – Saltillodecke, garantiert! Er spähte grade nach den Geiern oben, den Henrystutzen griffbereit – das würde man gut lesen können, dachte man.

Aber schon am Anfang klang das komisch: *Zwei Männer ritten*, hieß es da – *zwei Männer*? wer denn? – und anschließend wurden die endlos beschrieben: der Knochige im Gummimantel und der kleine Dicke mit dem Pelz, der

keine Haare hatte – die ritten stundenlang durch die Prärie und unterhielten sich – stinklangweilig, passierte
nichts ...

Und wo war er? Von ihm war nicht die Rede – der
wußte haargenau, daß die dort ritten und war selber nicht
dabei?

Schubweise drückten durch das Schloßtor neue Bindenleute in den Hof. Die wollten immer alle schleunigst unter
Dach und Fach, auf keinen Fall ins Freie. Dann warteten die
draußen grinsend, bis die Neuen aus den Seitenflügeln
und dem Haupthaus wieder rausgeschossen kamen mit
den angeekelten Gesichtern. Ein paar markierten jedesmal
und guckten in den Himmel hoch: »Draußen ist viel schöner!« – bevor sie sich am Ende zu den andern in die Sonne
setzten.

In den *Geiern* gab's auf einmal ein Kapitel mit der Über-
schrift *Old Shatterhand.* Das konnte man sich nicht erklären. Wieso *Old Shatterhand*? das würde der doch von sich
selbst nicht sagen! Und außerdem war er bis jetzt noch gar
nicht vorgekommen. Erst als Frank und Jemmy quer durch
die Savanne reiten, tritt unversehens einer hinterm Busch
vor und spricht Deutsch.

Von einem Augenblick zum andern war das Buch im
Schatten.

»Na – spannend?« sagte Willy.

Elfriede stöhnte leise neben mir, die war eingeschlafen
auf der Kiste – sitzend, mit verschränkten Armen, vorgebeugt.

»Guck dir das Schloß an!« sagte Willy. »Der Kasten ist
voll Scheiße, Mann – und du sitzt hier und liest!« *Old Shatterhand hielt inne,* hieß es grade, *er hängte seinen Henrystutzen an den Sattel* – Wieso denn *er*? – er selber war das
doch!

Willy war inzwischen weg. Wo war der überhaupt? Die
andern saßen alle rings um einen in der Sonne und beäug-
ten einen.

Old Shatterhand hörte in seinem Versteck – das kam einem regelrecht fremd vor – der tat so, als ob er sich selbst belauschte. Und wenn er dann schrieb *Old Shatterhand wußte,* da fragte man sich, woher er das wußte, was dieser Old Shatterhand wußte ... bis man ihm schließlich nicht mehr glaubte: der hatte sich das einfach ausgedacht! die ganze langweilige Sache mit den Geiern.

Plötzlich sah man alle nur von weitem dort im Wilden Westen – wie im Kasperletheater aus der letzten Reihe. Ohne *ich* war alles Käse bei den Geiern. Kein Vergleich mit *Durch die Wüste* oder *Winnetou* – das hatte er noch selbst erlebt. Für die Vertreibung jedenfalls war *Unter Geiern* ungeeignet. Das konnte man in Plagwitz lassen, das hatte ich umsonst geschleppt – lesen konnte man das nicht.

»Na? – Tinnef?« sagte Willy hinter mir. »Hättst mich ja vorher fragen können. Du hast ja diesen *Schatz im Silbersee*, nimm den doch mal!«

Der Schatz im Silbersee war auch nicht besser, ein Schlag ins Wasser – Stuß! Bis Seite hundert tauchte dieser Shatterhand nicht auf. Nur solche Krücken wie die Tante Droll und Humply Bill und ein gewisser Brinkley. Bis ich am Ende einfach keine Lust mehr hatte auf Karl May – restlos die Nase voll davon im Schloß in Plagwitz hatte.

Als es allmählich dunkel wurde, kam August in den Hof zu uns – mit seiner schwarzen Aktentasche. Die verstaute er gleich unten in der Kiste. Den ließen sie rein zu uns in den Schloßhof, der hatte die Administratorbinde an seiner Knoche. Bei dem beschwerten sich wildfremde Leute, die wie Trauben an ihm hingen – aus denen man es schreien hörte: von »unwürdigen Zuständen« und von »Beschlüssen des Kontrollrats« und Sachen, »die jeder Beschreibung spotten«.

»Ich kann Ihnen kein Scheißhaus zaubern!« schrie August zurück. »Nur eine Nacht – und dann gibt's Luft! Abmarsch morgen fünf Uhr früh!« August beruhigte sie

alle, bis sie alle von ihm abgefallen waren und sich wieder
setzten.

Anschließend wurde Suppe ausgeteilt. Endlich konnte
man das Klappbesteck benutzen, solche Sachen waren gut
an der Vertreibung. Beim Suppelöffeln war es still im Hof,
da sagte keiner was. Wahrscheinlich überlegten sie bei jedem Löffel, wie sie das nachts machen wollten nach der
Suppe. Wer einmal drin war in der Reuse Plagwitz, konnte
nicht mehr raus. Vor dem Ausgang standen Posten mit Gewehr.

»Alles klar, Jungs? Kopf hoch, Friedel! – Tadellose Kiste!«
August setzte sich dazu – »Und wie wollt ihr schlafen?«

Uns war bis jetzt nicht aufgefallen, daß was fehlte.

»Ihr seid mir vielleicht Naphtel – mitkomm, Jungs!« Bei
so was wurde nicht gefackelt – *Ein echter Schütze hilft sich
selbst.* August ging mit uns ins Schloß – »Hier, die ist groß
genug!« – August hängte kurzerhand die nächste Schloß-
tür aus. Die trugen wir zu unserm Sarg, die kam schräg auf
zwei Rucksäcke als Bett. »Für alles gibt's ne Lösung!« sagte
August. »Willy auf die Kiste nachts und ihr beide, Friedel,
auf die Tür!«

»Und du?« fragt ihn Elfriede.

»Ich schlaf in meinem Bett zu Hause. Du weißt doch, daß
ich bleiben muß: Administrator bis zum letzten Schlesier.
Wir sehn uns morgen früh am Bahnhof!«

»Beschrei's nicht, August!« sagt Elfriede.

August pafft.

Als August gehen wollte, war's im Hof fast dunkel. Darüber stand der blanke Sternenhimmel – *Andromeda, Gekeupel, Kassjopeija.* Weit hinten konnte man die Boberwiesen ahnen, von denen kam es feucht herauf. Viel war jetzt
nicht mehr zu erkennen dort, nur Dunst und ein paar Um-
risse von Pappeln noch – und flackernd ein kleiner Lichtschein dazwischen. Aber bei dem kleinen Lichtschein
wußte man schon nicht genau, ob das ein Stern war oder
bloß von einem Haus.

»Hat einer eine Mundharmonika?« sagt August plötzlich laut im Dunkeln. »Zeigt der Miliz, was in euch steckt. Der letzte schlesische Himmel heut nacht! – was kommt, weiß keiner!«

Mit solchen Reden brachte August sie in Schwung. Bis einer anfing auf der Mundharmonika und einer leise sang dazu – und andere und schließlich alle, die bei den Koffern und den Säcken hockten im Schloßkarree der Irrenanstalt –

Im schönsten Wiesengrunde

– und richteten sich auf von ihrem Krempel und drehten sich ins letzte Licht zum Bober hin.

Im schönsten Wiesengrunde
ist meiner Heimat Haus

– das glaubten sie dort im Dunst zu erkennen, das merkte man an ihrem Singen und wie sie alle aufgestanden waren –

dich, mein stilles Tal,
grüß ich tausendmal ...

Und während sie sangen, kam Wind auf und fuhr ins Karree des Plagwitzer Schlosses, ins Haupthaus und die Seitenflügel, wo jetzt der letzte heimatliche Auswurf auf heimatlicher Erde faulte – und wehte das den Sängern zu, die mit den feuchten Augen immer weiter von dem stillen Tale sangen, das sie dort hinten bei den Boberwiesen wirklich sahen, obwohl dort längst nichts mehr zu sehen war – nur Dunkelheit.

Nachts auf der ausgehängten, schrägen Tür im Schloßhof Plagwitz träumte ich, daß ich am Pueblo war und nach oben stieg. Da lag mein Tomahawk. Den steckte ich mir in den Hosenbund, stand vorne am Plateau und guckte in die Schlucht hinunter, so ernst und würdevoll ich konnte – mit dem Lochstein-Tomahawk in meinem Gürtel. Und als ich ihn um meinen Kopf gewirbelt und mit aller Kraft geworfen hatte, flog seine Steinschneide alleine los – weit aus dem Pueblo raus. Mit dem leeren Holzstiel in der Hand sah ich sie in die Sonne fliegen und dann fallen – tief unten hörte man es rascheln im Gebüsch. Davon erwachte ich im dunklen Schloßhof und sah die Sterne über mir – und plötzlich, ohne daß ich daran dachte, fiel mir das wieder ein, diese rätselhafte Sache in Band II beim *Winnetou*: da hieß sein Pferd auf einmal *Rih* – *Rih!* im Wilden Westen! Und mit Bleistift hatte einer *Swallow!* an den Rand geschrieben, *Swallow!* – mit Ausrufezeichen. Das mußte Kieselbach gewesen sein, der hatte ihn erwischt! – von wegen *Druckfehler*«, wie Willy sagte: die druckten doch nur das, was er geschrieben hatte.

Von einem Augenblick zum andern wußte ich: auch *Winnetou* und *Durch die Wüste* und *Schut* und *Skipetaren* – das war bloß alles hingeschrieben – und er machte außerdem dabei noch Fehler, obwohl er angeblich beim Schießen immer traf, sogar den Stein, der in die Luft geworfen wurde. Wahrscheinlich hatte es den nie gegeben, diesen Winnetou, und die andern alle ganz genausowenig – jedenfalls nicht wirklich, nur im Kopf.

Als ich im Morgengrauen munter wurde, waren wir schon auf dem Weg zum Gleis. Jetzt ging es los, jetzt kam die richtige Vertreibung! – in Reih und Glied, in Sechserreihen – die Straße an der Anstaltsmauer hoch zum Bahnhof – und jeder mit der weißen Binde um den Arm. Wenn die Kinderwagen und die Leiterwagen sie nicht dran gehindert hätten, wären sie im Gleichschritt abgerückt, die Schlesier.

Die Nacht im Schloßhof auf dem ausgehängten Türblatt war mir nicht bekommen – auf meiner Seite war die Klinke. Die fühlt man jetzt bei jedem Schritt.

»Na, gut gedöst?« sagt Willy. »Hinkst du etwa?« Der

hatte wie ein Stockfisch auf dem Sarg gelegen. Er zog den Wagen und wir schoben hinten und neben uns ging die Miliz.

Seht's euch noch mal an, das schöne Plagwitz! – für solche Sachen war jetzt keine Zeit mehr. Diesmal hätte ich mir's gerne *noch mal angesehen* – wer sich's noch mal ansieht, kommt nicht wieder.

»Pennst du?!« schrie mir Willy zu, »soll ich den alleine hochziehn?!« – als wir steil zum Gleis raufkeuchten. Der war gereizt, das hörte man. Elfriede stöhnte neben mir, die sagte nichts.

Oben an der Bahnsteigkante steht ein langer Zug von Viehwaggons – und davor steht August und verteilt die Schlesier. *Bequem und reibungslos* wird die Verladung durchgeführt, genau nach den Beschlüssen. Jeder darf von seinen Sachen nehmen, was er tragen kann. Alles andre nimmt sich die Miliz. Wenn der Krempel drin ist im Waggon, kriegt der Leiterwagen seinen Tritt – saust den Bahndamm runter, wo sich Hunderte verkeilen: schlesisches Wagengebirge im Frühlicht.

An der Lok und in der Bahnsteigmitte steht die polnische Miliz mit den Gewehren und dazwischen August mit der Ordnerbinde. August bringt das Vieh auf Trab. Immer vierzig pro Waggon. Kälber bei den Kühen bleiben. Alte, die nicht können, werden hochgestemmt und gleich verstaut. Der vorletzte Waggon ist unserer. Elfriede schafft die hohe Kante nicht mit ihren wunden Beinen, die muß gehoben werden von den andern – der Sarg ist schneller als Elfriede drin.

Die Miliz ist vorne eingestiegen. Knapp neben unsrer Schiebetür geht August auf dem Bahnsteig hin und her. Dann sieht man ihn, wie er den Zug abwinkt. Dann pfeift die Lok. Der Zug ruckt an. Dann geht August wieder durch den hellen Lichtfleck in der Tür – man sieht, wie August sich die Ordnerbinde von der Knoche streift und sie nach unten zu den Schienen wirft und wie er anfängt, neben unsrer Tür zu laufen. Der Zug rollt schneller – August läuft – bis er im Lauf zur Kante hochspringt – und mit der Knoche auf den Bohlen schabt – und von den Männern an der Tür gepackt und reingezogen wird ...

August stakt durch all die Hocker, setzt sich auf den Sarg und keucht. August singt keuchend mit, als sie jetzt singen – die an der Tür zuerst, lauthals

Nun ade, du mein lieb Heimatland

der ganze Viehwaggon voll Schlesier, so laut und eckig, daß man dachte, sie marschierten –

es geht jetzt fort zum fremden Strand

– während die eisernen Räder über das Schienenstück rollen, wo man aus Groschen und Pfennigen Nuggets gequetscht hat – am Bahnübergang vor dem Gasthaus von Mutter Thick – Fort Wilkins – Jefferson City – am Rande der Rockys –

Gott weiß, zu dir steht stets mein Sinn,
doch jetzt zur Ferne zieht's mich hin.

Bei der zweiten Strophe paffte August schon, mitten unter den heulenden Sängern im dunklen Waggon – bis sie schluchzend sich die Tränen wischten, auch Elfriede, und der Zug jetzt schneller fuhr und schneller. Jetzt war man *vertrieben* – jetzt konnte man das Land nicht mehr berühren mit den Füßen – jetzt fühlte man es nur noch durch die Eisenräder und die Schienen – jetzt war man unterwegs.

Nach Goldberg merkten einige »sofort«, daß es tatsächlich weiter ostwärts ging. Die malten einem in dem heißen Viehwaggon eiskalte Arbeitslager in Sibirien aus. Aber August rückte ihnen ihren Kopf zurecht – mit den eingestürzten Boberbrücken, den gesprengten Schienen südlich Haynau – bis sie alle eingelullt nach Osten dampften, dösig im Halbtraum und viele im Schlaf, als der Zug in Liegnitz seine Richtung änderte und westwärts fuhr.

Rings um uns saßen sie auf dem Gepäck – auf Koffern, Taschen, Lakensäcken – betäubt vom Tackern der Räder und müde. Elfriede war eingenickt auf der Kiste, die hing vornüber neben Willy, der mit den Armen um den Rucksack schlief.

August war bei den Männern an der Tür, die hatten sie zurückgeschoben, die guckten in das Land beim Fahren, in die Dunstschicht und das Flackern vor den nahen Wäldern ... als ob der Feuerschein der Lok dort liefe.

Elfriede war umgesunken und atmete schwer und weil ich pinkeln mußte, machte ich mich auf den Weg zur Tür – nah am Boden, um nicht hinzufallen auf die Schläfer – und als ich meine Hose offen hatte an der Tür, hielten mich zwei Männer fest – während ich nach draußen pinkelte und spürte, wie ein nasser Wind auf meine Hände und in mein Gesicht schlug – von anderen, die weiter vorn in andern Wagentüren festgehalten wurden – daß man froh war, als die Männer »Fertig?!« brüllten durch den Fahrtwind und man wieder reingezogen wurde, wo der Fahrtwind nicht zu spüren war, und sehen konnte, wie auch andere dabei gehalten wurden. Auch Frauen, die packten sie an den Armen und hängten sie mit dem Hintern ins Freie – weil der Viehwaggonzug nirgendwo mehr stehenblieb, unaufhörlich weiter westwärts rollte – und neben den Frauen, die sie ins Freie hielten, sah man große leere Flächen, dicht bedeckt mit Unkraut, ohne irgendeinen Menschen ... nur einmal klein ein Kind, das stand weit weg mit einer Kuh in einem Distelfeld.

Und als der Zug dann langsam wurde und schließlich auszurollen schien, kamen aus der Dunstschicht vor den Wäldern fahlweiß große Vögel, flogen eine Zeitlang mit uns und verschwanden wieder – die kannte man nicht, die hätte Willy in seinem *Was fliegt denn da?* nachschlagen können – auch was sie schrien: das kreischende *Tekeli-li* immerfort –

bis man die Bremsen quietschen hörte und einer von den Männern an der Tür »Kontrolle« reinrief in den Wagen und August sich nach hinten wühlte zu den Lakensäcken

und darunterkroch und zugedeckt wurde mit Mänteln und
Taschen – bis er kaum noch atmen konnte und Elfriede
fragte »August, hast du Luft?« – und dann hielt der Zug auf
freier Strecke.

Vorn hörte man Schläge an den Waggons und Schieben
von Türen und Schreien – »die Schweine plündern! Ban-
den!« – dann knallte die Tür zu und wurde verrammelt.
Man hörte auch an unserem Waggon die Schläge, aber sie
konnten die Tür nicht öffnen von außen. Auch nebenan
nicht, das hörte man auch.

Urplötzlich ruckte er und machte wieder Fahrt und die
Männer drinnen johlten und August regte sich unter den
Säcken und setzte sich auf – man hörte das Pfeifen der Lo-
komotive und hörte, wie es stille wurde im Waggon, weil
sie jetzt alle lauschten – weil der Zug nach einer Weile wieder langsamer geworden war … dann hielt er endgültig an
und die Lok pfiff sehr lange.

Und als sie durch den Türspalt spähten, »Kohlfurt«
schrien und die Tür aufrissen, sah man – vollkommen reg-
los auf dem Bahnsteig – in einer Uniform, die man nicht
kannte – nah vor uns einen Offizier: in tadelloser, kerzengrader Haltung, mit einem Stöckchen unterm Arm.

Und dieser Offizier war größer als alle russischen Soldaten und alle polnischen Milizer, die man bisher gesehen
hatte, und seine Uniform war derart sauber und gebügelt –
und wie er dort stand auf dem Bahnsteig, war er der Westen, ein höheres Wesen, das aus dem Westen kam – und
seine Haut im Gesicht und die an den Händen war weiß
wie der Schnee – daß man unwillkürlich an die Gänsehirtin denken mußte, wie sie leuchtend hell im Türrahmen gestanden hatte … damals, bevor sie einem verkackt worden
war von den Russen.

Und als sich die Erstarrung löste im Waggon, zerrten sie
die weißen Binden von den Armen und schleuderten sie
auf den Bahnsteig. Das taten sie alle, den ganzen Zug entlang, so daß auch der Bahnsteig so weiß war wie Schnee.

Keine Stunde später waren wir auch weiß wie Schnee. Wer nach Westen wollte, mußte sich entlausen lassen. Ungeziefer aus dem Osten kam im Westen nicht in Frage. Jeder mußte vor der Pulverspritze durch – Kinder extra immer. Die kriegten nur die halbe Ladung. Ich mußte zu den Kindern. Der Schritt in den Westen warf mich um Jahre zurück.

Willy hatte volles Rohr bekommen, der war bis an die Haare weiß gepudert. Der grinste, als er mich gesehen hat: »Du hast halt Kinderläuse, Junge – sag ich doch!«

»Sein schönstes Buch.«
Hubert Winkels, Die Zeit

Klaus Modick
Sunset
Roman
192 Seiten, gebunden/Schutzumschlag
€ 18,95 (D) • sFr 27,050
ISBN 978-3-8218-6117-3

Weltberühmt und wohlhabend, aber argwöhnisch beschattet von den Chargen der McCarthy-Ära, lebt Lion Feuchtwanger 1956 noch immer im kalifornischen Exil – der letzte der großen deutschen Emigranten. Als ihn an einem Augustmorgen die Nachricht vom plötzlichen Tod Bertolt Brechts erreicht, ist er tief erschüttert. In stummer Zwiesprache mit dem toten Freund ruft Feuchtwanger die Stationen dieser Freundschaft wach, ihren Beginn im München der Räterepublik, die literarischen Triumphe der Zwanzigerjahre, die Flucht und das Leben im Exil.

»(Das Buch) hat Wärme, Weisheit, Intelligenz, und man liest, selten genug, bewegt und glücklich.«
Elke Heidenreich, Die Welt

Das für dieses Buch verwendete FSC®-zertifizierte Papier
Lux Cream liefert Stora Enso, Finnland.